완전무결한 웨딩 2

완전무결한 웨딩 2

이여운 장편소설

Terrace Book

Vol.1

[Contents]

Vol.2

chapter 16

뜨겁게 고백

당장 문을 열고 들어갈 것 같았던 태무진 사장이 움직이지 않자 이재경 비서실장은 의아하게 생각했다. 뒷모습일 뿐이지만 태산 같은 몸이 금방이라도 무너져 내릴 것 같은 위기감이 느껴졌다.

태무진 사장은 끝까지 문을 열지 않고 뒤로 물러났다.

"내가 왔다는 건 비밀로 해주세요."

살짝 보이는 수려한 옆얼굴이 창백하게 질려 있었다. 그럼에도 돌아가는 걸음걸이는 왔을 때와 똑같았다. 이재경 비서실장은 걱정되는 눈으로 멀어지는 그의 뒷모습을 바라보다가 다시 굳게 닫혀 있는 문 쪽을 주시했다.

계속 듣고만 있던 천수연 대표가 이제야 말을 하고 있었다.

"일 때문에 만난 자리였고, 태무진 사장님도 알고 계셨습니다. 제 실수라면 그런 사진이 찍히는 줄 몰랐다는 겁니다. 심려를 끼쳐드려서 송구합니다."

주눅이 든 목소리가 아니었다. 그러고 보니 그녀의 아버지인 천태진 대표도 그랬던 것 같다.

"앞으로는 절대 이런 일이 없도록 하겠습니다. 약속드려요."

여자는 아무 사이 아니라고 어필하듯이 당당했다.

그런데 조금 전 태무진 사장은 왜 그랬던 걸까? 도대체 뭐가 문제였지?

이재경 비서실장은 골똘히 생각해보았지만 도통 답을 찾을 수가 없었다.

설마 몸이 안 좋았던 건가?

그럼 더 큰 문제였다.

아무래도 사장 비서실에 넌지시 언질을 주어야겠다.

생각보다 빨리 나온 태무진 사장은 혼자였다. 운전기사는 천수연 대표와 같이 나올 줄 알았기에 의아하게 생각했지만 쓸데없는 질문을 하지는 않았다. 단지 어디로 그를 데려가면 되는지 태무진 사장의 지시만 기다렸다. 멍하니 창밖을 바라보고 있던 태무진 사장이 뜻밖의 지시를 내렸다.

"해은사로 가주세요."

해은사는 태무진 사장의 어머니 위패가 모셔진 절이었다. 분명 기일에만 가는 걸로 알고 있는데 갑자기 왜 거기에 가겠다는 건가 싶었다. 운전기사는 조용히 차를 출발시켰다.

무진의 어머니는 절에 가지 않겠냐고 느닷없이 그에게 묻곤 했었다. 그는 아직 어린 학생이었고, 어머니는 그런 아들을 둔 엄마라는 게 믿기 힘들 정도로 아름다운 청춘이었다. 무진은 시험이 있는 게 아니면 군말 없이 따라나섰었다. 어머니가 절에서 몇 시간이나 불공을 드리는 동안 그는 무료하게 절을 구경하는 게 전부였다. 세상과 단절된 듯한 조용하고 나른한 시간이었었다.

왜 마음이 지옥 같은 이 순간 그 절에 가고 싶어진 건지 그 자신도 모를 노릇이었다.

해은사는 처음 갔을 때나 지금이나 변함없이 고요하고 성스러웠다. 세상의 너저분한 번뇌와 죄악도 이 절의 담은 넘을 수 없을 것만 같았다. 아마도 그래서 어머니도 이곳을 도피처로 생각한 것인지도 모르겠다.

그도 어머니를 흉내 내어 불당 앞에 섰다. 하지만 자애로운 부처상을 아무리 보고 있어도 그의 마음은 전혀 편해지지 않았다. 자꾸만 그녀가 했던 말이 떠올랐다.

— 정말 좋아요. 사장님 신부 해드릴 수 있어서.

그 말이 그를 들뜨게 했었다, 사춘기 소년처럼 밤잠까지 설칠 정도로. 그런데 그 말 앞에 아버지의 부탁이 있었다고 생각하니 모든 게 허상인 것만 같았다. 그는 단지 그가 느끼고 싶은 대로 느꼈던 건지도 몰랐다. 그녀는 단지 태성 그룹 회장님의 부탁을 거절할 수 없었을 뿐인데. 아니, 그게 어떻게 다 거짓일 수 있단 말인가. 아버지의 부탁만으로 그렇게까지 할 수는 없었다. 그럴 리가 없다. 그럴 수가 없다.

의심과 부정을 오가던 마음은 결국 자책으로 마무리되었다. 처음부터 그녀에게 결혼식을 부탁하면 안 되는 일이었다. 치사하고 이기적인 행동이었다.

차라리…….

지금 와서 후회한들 이젠 다 무슨 소용이란 말인가.

아름다웠던 것들이 그 색을 잃어버렸다. 그는 이제 무엇이 그녀의 진심이고, 무엇이 아닌지 구분조차 안 되었다.

무진은 결국 고개를 숙이고 무릎을 꿇었다. 무엇으로도 구원받을 수 없을 것만 같은 기분이었다.

어머니, 죄송해요. 그땐 제가 몰랐어요.

그의 절망 앞에 서서야 어머니의 절망이 얼마나 컸을지 짐작하며 죄스러워졌다.

몸속이 뜨겁게 젖어드는 게 어머니 때문인지 그에 대한 연민 때문인지 알 도리가 없었다.

태무진이 집에 들어오지 않았다.

아침에 일어나서 그 보고를 받은 태준석 회장은 팔짱을 끼고 심각한 표정을 지었다.

설마 천수연이 고자질이라도 했나?

그럼 정말 앙큼한 것이었다.

그의 앞에서는 그리 고개 숙여 사죄를 하더니 바로 쪼르르 달려가 무진에게 일렀다는 것이니까.

하지만 그런 것이라면 태무진이 당장 달려와 그에게 따졌을 것이다. 이리 조용히 외박했다는 게 뭔가 석연치가 않았다.

“회사에 없는 건 확실하고?”

“네, 일찍 퇴근하셨답니다.”

더더욱 의문스러워졌다.

그럼 도대체 어딜 간 거란 말인가?

다 큰 아들이 하룻밤 집에 안 들어왔다고 실종 신고를 할 수는 없었기에 태준석 회장은 지시했다.

“회사에도 출근 안 하면 사람 풀어 찾아봐.”

“네, 알겠습니다.”

무진이 집에 들어오지 않았기에 아침 식사는 그 혼자 해야만 했다. 안 그래도 단출한 식구인데 한 명이 빠지니 그 빈자리가 더 컸다. 입맛이 뚝 떨어졌지만 이 나이에는 아침을 챙겨 먹는 게 중요했기에 억지로 먹기로 했다. 그래서 수저를 들어 국을 먼저 뜨는데 누군가 서둘러 달려와 다이닝 룸 입구에서 말했다.

“사장님이 오셨습니다.”

태준석 회장은 수저를 내려놓으며 허리를 폈다.

이 자식이 뭐라고 말하는지 들어나 보자.

곧 다이닝 룸으로 어제와 똑같은 옷차림을 한 태무진이 들어섰다. 새벽 서리라도 맞고 온 듯 무진의 낯빛은 창백했다.

꼭 밤새 한숨도 못 잔 얼굴이었다.

태준석 회장은 눈썹을 찌푸리며 물었다.

"도대체 어디서 뭘 하다 온 거냐?"

"해은사에 갔었습니다."

무진의 대답에 태준석 회장은 눈을 키웠다.

"거길 왜?"

아직 아내의 기일이 되려면 15일이나 남았다. 태준석 회장은 순간 자신이 날짜를 착각한 줄 알고 흠칫 놀랐다.

"거기 말고는 제가 갈 곳이 없었습니다."

그게 도대체 뭔 소리인가 싶었다.

여기 사람 백 명은 거뜬히 재워줄 수 있을 정도로 넓은 집이 있는데 자기가 왜 갈 곳이 없나!

"아버지."

갑자기 근엄하게 그를 부르니 태준석 회장은 다음 말을 듣기도 전에 덜컥 겁부터 났다.

"우선 아침부터 먹어라."

"저 결혼식 안 합니다."

두 사람의 말이 동시에 나왔다.

태준석 회장은 눈을 감았다 뜨며 자신이 방금 무슨 말을 들었는지 복기해보았다.

"너, 방금 뭐라고……?"

분명 그가 잘못 들은 것이라고 생각했다.

결혼식 날짜도 잡고, 신부도 구하고, 이제 청첩장만 돌리면

다 끝나는 결혼식을 뭐?

그런데 무진은 더 사나워진 얼굴로 거칠게 말했다.

"그 결혼식, 거지 같아서 못 하겠다고요."

태준석 회장은 기가 막히고 화가 나서 순간 숨도 못 쉬었다.

"그게 무슨 거지 같은 말이야!"

태준석 회장은 더 크게 화를 냈다.

"처음부터 아버지 억지셨고, 끝까지 아버지가 망쳤어요. 그러니까 저도 그만하겠습니다. 더 이상 못 하겠어요. 아니, 하기 싫습니다."

무진이 마치 그를 원망하듯이 말하자 태준석 회장도 억울해졌다. 그는 아들한테 이런 취급을 받을 정도로 잘못한 게 없었다.

"내가 억지로 시켰어? 집안도 안 보고 친정도 불안한 거 따지지 않고 네 마음에 든다고 해서 무조건 받아줬잖아! 그런데 도대체 뭐가 불만이야!"

"전 다 진짜인 줄 알았어요!"

태무진의 고함이 넓고 높고 거대한 저택에 울려 퍼졌다. 고용인들도 깜짝 놀라서 다들 얼어붙었다. 태준석 회장도 아니고 태무진 사장이 이런 적은 처음이라. 북극 호랑이는 얼음처럼 차갑기만 했는데, 이리 뜨겁게 불을 뿜어내는 건 분명 무언가 크게 잘못된 것이었다.

"아버지가 부탁한 것인지도 모르고 진심인 줄 알았다고요."

아들이 붉게 젖어든 눈으로 고통스럽게 말하자, 태준석 회장은 얼이 빠졌다. 그의 아내도 이렇게까지 그를 원망하는 말을 한 적은 한 번도 없었다. 명백히 그의 잘못이 분명했는데도 말이다. 그런데 하나 남은 아들이 이렇게 그를 원망하니 태준석 회장의 억장이 무너지는 것 같았다.

"그러니까 여기서 멈추겠어요. 더 엉망이 되기 전에."

태준석 회장은 더 이상 아무 말도 할 수가 없었다. 그가 계속 결혼식을 강요하면 무진이 그를, 이 집을 떠날 것이라는 게 느껴졌으니까.

태무진이 몸을 돌려 걸어갔다.

뚜벅뚜벅.

아들의 멀어지는 발소리를 듣던 태준석 회장이 급하게 일어나며 그를 불렀다.

"태무진!"

쫓아가서 붙잡고 싶은 걸 사람들의 시선 때문에 차마 못 했다. 이 순간에도 그는 태성 그룹의 태준석 회장이라서.

"무진아!"

그가 아무리 불러도 아들은 돌아오지 않았다.

제발 너까지 날 버리지 마.

태준석 회장은 혼자 남겨지는 게 세상에서 가장 무서웠다.

수연은 핸드폰을 붙잡고 고민했다. 서이재와 찍힌 파파라치 사진은 태성 회장실에서 막아서 기사로 나가진 않았다. 그런데 태무진 사장이 그 사진을 봤는지 못 봤는지 알 수가 없었다. 하필 사진을 찍어도 같이 웃고 있는 걸 찍어놔서 누가 봐도 오해하기 딱 좋은 사진이었다. 그녀는 단지 서이재가 웃는 걸 보고 태무진 사장을 생각했을 뿐인데…… 언제 어디서나 방심은 금물이었다. 이번에 크게 깨달았다.

태준석 회장은 태무진 사장에게는 비밀로 하라고 당부했었다. 그래서 먼저 이실직고해서 광명을 찾아야 하는 건지, 그가 먼저 전화를 해서 물어볼 때까지 입 싹 닦고 있어야 하는 건지 쉽사리 결정할 수가 없었다.

역시 말하는 게 낫겠어.

이것 때문에 잠까지 설쳤다. 서이재와는 아무 사이도 아닌데 비밀로 하니까 꼭 무슨 사이인 걸 숨기는 것처럼 죄스러워졌다.

수연이 결심하고 태무진 사장에게 전화하려던 순간, 갑자기 전화벨이 울리며 그의 이름이 핸드폰 화면에 떴다. 화들짝 놀란 수연은 핸드폰을 손에서 놓쳐버렸다.

탁—.

핸드폰이 아주 격하게 바닥에 떨어졌다. 수연은 서둘러 핸드폰을 집어 들었다. 전화벨이 계속 울리는 걸 보니 다행히 고장 나진 않은 것 같았다. 그녀는 바로 통화 버튼을 눌렀다.

“여보세요?”

[뭐 하고 있었습니까?]

"저도 막 사장님한테 전화하려고 했어요."

그녀가 웃으며 말했는데 반대편에서는 아무 말이 없었다.

설마 그 사진 때문에 전화한 건가?

심장이 스릴러 영화를 볼 때처럼 쿵쿵쿵 뛰어댔다. 그녀는 조심스럽게 물어보았다.

"왜 전화하셨어요?"

[보고 싶어서.]

그의 말에 수연은 안도하며 웃었다.

와! 방금 말은 진짜 연인 같았다.

수연이 혼자 호들갑스럽게 설레고 있는데 태무진 사장은 거침없이 한발 더 나아갔다.

[지금 데이트할래요?]

그의 물음에 수연은 시계를 보았다. 밤 8시라 아주 늦은 시간은 아니었지만 데이트하기에는 조금 늦은 시간이었다.

"지금요?"

[1시간 정도만. 그 이상은 안 붙잡을게요.]

"2시간도 돼요. 아니, 3시간도."

그녀가 자꾸 시간을 늘리자 낮은 웃음소리가 기분 좋게 들려왔다. 밤이라서 그런지 그의 웃음이 은은하게 반짝였다.

[1시간이면 충분해요.]

수연은 벌떡 일어나며 물었다.

"그럼 제가 어디로 갈까요?"

[창문 열어봐요.]

창문?

수연은 커튼이 처진 창문 쪽을 보았다.

설마……. 에이, 그럴 리가. 그런 건 드라마에나 나오지.

수연은 기대했다가 실망할까 봐 괜한 기대를 억지로 내려놓으며 창가로 걸어갔다.

촤악—.

그녀가 커튼을 걷자 대문 앞에 세워진 벤츠와 그 앞에 그림처럼 서 있는 장신의 남자가 눈에 들어왔다. 먼 거리였지만 태무진 사장과 시선이 마주친 게 느껴졌다. 수연의 얼굴에 꽃이 피듯이 웃음꽃이 활짝 피었다.

"바로 나갈게요."

지금 이 순간만큼은 집 앞의 남자가 세상의 전부인 것만 같았다.

수연은 날듯이 계단을 뛰어 내려갔다. 부엌에 있던 박 씨가 소리를 듣고 나왔다.

"이 밤에 어디 가?"

"잠깐만 나갔다 올게요."

그녀의 신난 목소리에서 불안을 느낀 박 씨가 충고했다.

"남자가 만나자고 해도 막 만나고 그럼 안 돼. 여자는 좀 튕겨야지."

"네!"

대답은 씩씩하게 하면서 뒤도 안 돌아보고 현관문 밖으로 나가버리는 그녀를 보고 박 씨는 한숨을 길게 내쉬었다.

"이래서 집안에 여자 어른이 있어야 하는 건데."

연애는 처음이나 마찬가지인 수연이 너무 남자가 하자는 대로 끌려 다닐까 봐 걱정이 되었다.

박 씨의 걱정을 뒤로하고 수연은 대문을 열고 나갔다. 차에 기대서 있던 태무진 사장이 고개를 들어 그녀 쪽을 보았다. 수연은 웃으며 그가 있는 곳으로 먼저 다가갔다.

"저녁은 먹었어요?"

태무진 사장이 고개를 저었다.

"아! 나도 안 먹었어요."

사실 먹었다. 이럴 줄 알았으면 안 먹고 기다렸을 텐데, 설마 평일에 태무진 사장이 데이트하자고 직접 찾아올 줄은 상상도 못 했다.

"먹은 거 같은데."

태무진 사장이 그녀의 거짓말을 바로 잡아냈다. 수연은 당황하지 않고 바로 정정했다.

"조금만 먹어서 또 먹을 수 있어요."

"밥은 안 먹을 거니까 타요."

태무진 사장이 조수석 문을 열어주었다. 운전기사가 없다는 걸 그제야 알게 된 수연은 눈을 동그랗게 떴다.

"직접 운전하고 오신 거예요?"

"네. 데이트하려고."

어쩜 말도 저리 예쁘게 하는지.

수연은 조수석에 올라탔다. 운전석에 타는 태무진 사장을 보며 그녀는 다시 말했다.

"밥 먹으러 가요. 배고프……."

태무진 사장의 몸이 그녀 쪽으로 기울며 가까이 오자 수연은 놀라서 말이 멈추었다. 코가 닿을 듯한 거리에서 그가 찌를 듯한 시선으로 그녀를 쳐다보았다. 우아하게 뻗은 속눈썹 아래 검은 눈동자가 그녀를 해부하는 듯해서 수연은 숨까지 멈추었다. 키스하는 줄 알고 몸속에서 불씨가 피어오르는데, 안전벨트가 그녀의 가슴을 짓누르며 아래로 내려왔다.

달칵─.

안전벨트가 채워지는 소리에 그녀는 눈동자만 굴렸다. 음란 마귀가 몸에 들어왔나 보다. 이젠 가까이만 오면 키스 타임인 줄 착각했다.

"한강 가죠."

그의 말에 그녀는 고개를 주억거렸다. 어디든 상관없었다.

차는 소리도 없이 부드럽게 출발했지만, 그녀의 심장은 시끄럽게 덜그럭거렸다. 창피함과 떨림이 오락가락했다.

"별일 없었습니까?"

그의 질문에 수연은 입술을 물었다. 태준석 회장한테 불려 가서 혼난 일이 있었지만 그걸 그한테 솔직하게 말할 수는 없었다. 태준석 회장도 비밀로 해달라고 당부했고.

"내일 가온 광고 TV에 나와요."

그녀가 좋은 일을 말하자 태무진 사장이 잠깐 고개를 돌려 그녀의 얼굴을 보았다. 곧바로 정면으로 고개를 돌렸기에 그의 표정을 자세히 볼 수는 없었다.

"광고 일정에 맞추어서 신제품도 출시해요. 저 대표 되고 처음 나오는 신제품이라서 반응이 어떨지 너무 궁금해요."

"반응 안 좋으면 내가 다 사줄게요."

"네?"

그녀가 기겁하며 쳐다보자 태무진 사장이 낮게 웃었다. 내내 무표정하던 그가 웃으니 그제야 그녀도 긴장감이 풀렸다.

"대표 자리라는 게 매일 시험받는 위치 같아요. 결정을 하나 내릴 때마다 과연 이게 맞는 건지, 결과가 괜찮을지 항상 두려워요."

"그럼 잘 가고 있는 거예요. 그런 걸 감당하며 회사를 멈추지 않게 하는 게 대표가 해야 할 일이니까."

아주 잘하고 있다는 칭찬이 아닌데도 그의 말을 들으니 안심이 되었다.

"사장님 비서로 일한 경험이 없었다면 저 버티지 못했을 거예요."

갑자기 스승의 은혜 같은 분위기가 되었다. 그러려던 의도가 아닌데 말이다.

"알아요. 나 존경하는 거."

자화자찬인가 싶은데 그렇다고 하기에는 그의 표정이 자신

만만하지 않고 좀 쓸쓸하게 느껴졌다.

"그건 확실히 알겠어."

좋은 말인데 왜 마음이 쓰일까 싶었다. 불빛 아래 음영이 깊게 진 얼굴이 평소보다 더 우수에 차 보였다. 도시의 불빛을 배경으로 운전하는 그의 모습이 꼭 영화의 한 장면 같은데 해피 엔딩 영화는 아닌 듯해서 거슬렸다. 그들은 데이트를 가고 있으니 당연히 해피 엔딩 로맨스여야 했다.

"사장님 진짜 잘생겼어요."

그녀의 갑작스러운 외모 칭찬에 태무진 사장이 놀란 눈으로 돌아보았다.

"볼 때마다 감동적이에요."

"감동?"

이것도 좋은 말인데 그가 혼란스러워하니까 수연은 더 말하기가 조심스러워졌다.

어디서부터 꼬인 거지?

그녀가 회사 이야기를 하지 말았어야 했나.

한강에는 나들이 나온 가족, 친구, 회사 동료, 연인, 정말 다양한 관계의 사람뿐만 아니라 개들까지 몰려나와 있었다.

"생각보다 사람이 많군요."

태무진 사장은 생각했던 그림이 아니었는지 심각한 표정으로 말했다.

"날씨가 풀려서 그런가 봐요."

태무진 사장이 고민하는 듯하자 수연은 쓱 암표를 내밀듯이 말했다.

"그럼 좀 어두운 곳으로 갈까요?"

태무진 사장이 그녀를 돌아보았다.

"거길 왜?"

"그런 데가 사람이 없어요."

태무진 사장은 짧게 한숨을 내쉬며 차 문을 열었다.

"우선 좀 걷죠."

수연은 아쉬워하며 안전벨트를 풀었다. 이렇게나 사람이 많으니 오늘 데이트는 건전하게 시작해서 건전하게 끝날 것 같았다.

수연은 걸으면서 힐긋 태무진 사장의 얼굴을 살폈다. 그녀가 느끼는 아쉬움을 그는 전혀 느끼지 않는 것 같았다. 그녀한테 키스할 때 참을 수 없다는 듯이 뜨거워지던 남자와 지금 옆에서 아무런 욕망 없이 걷고 있는 이가 같은 사람이라는 게 정말 신기했다.

남자는 처음에 제일 흥분하고 점점 흥미가 떨어지는 건가?

수연은 고개를 저었다. 태무진 사장은 달랐다. 절대 그런 남자가 아니었다.

"아! 사장님 저녁!"

그가 밥을 아직 안 먹은 걸 기억해낸 수연은 고개를 번쩍

들었다.

“이거면 돼요.”

그가 말한 ‘이거’란 그녀의 손이었다. 다섯 손가락 사이로 파고들어 오는 길고 단단한 손가락의 감촉에 수연의 발가락이 신발 안에서 오그라들었다.

두 사람은 손을 잡고 걸었다. 사람들의 눈에는 그들이 연인처럼 보였는지 부러움의 눈빛으로 쳐다보는 시선이 많았다. 이건 이것대로 좋다고 생각하며 수연은 혼자 웃었다.

“평일에 이렇게 잠깐씩 데이트하는 것도 좋은 거 같아요.”

태무진 사장이 고개를 내려 그녀의 얼굴을 보았다. 수연은 그가 얼마나 바쁜지 알기에 서둘러 덧붙였다.

“그렇다고 일부러 시간 빼달라는 게 아니고요. 그냥 어쩌다 일이 일찍 끝나면 이렇게 만나면 좋겠다고요.”

그녀의 얼굴을 빤히 쳐다보던 태무진 사장이 물었다.

“천수연 대표도 나랑 데이트하는 게 좋습니까?”

수연이 웃으며 고개를 끄덕이자 그의 입꼬리가 위로 말려 올라갔다. 그녀의 시선이 잠시 홀린 듯 그의 입술에 꽂혔다. 하지만 바로 고개를 내리며 속으로 정신 차리자고 일침을 놓았다.

“여기 잠깐 앉아 있어요.”

편의점이 보이자 그가 잡고 있던 그녀의 손을 놓았다.

“같이 가요.”

그녀가 서둘러 그의 손을 다시 잡으려고 했지만 그의 움직임이 더 빨랐다.

"기다려요. 금방 올 테니까."

그가 너무 빨리 걸어가버려서 그녀는 좇아가는 걸 포기했다. 그의 움직임을 보니 같이 가는 것보다 그 혼자 다녀오는 게 더 빠를 것 같기는 했다. 그는 다리가 길어서 그런지 순식간에 편의점 안으로 들어가버렸다. 다시 나온 태무진 사장의 손에는 맥주가 두 캔 들려 있었다.

"와! 술이다."

그녀가 감탄하며 손을 내밀자 태무진 사장은 그녀의 손에 맥주 캔을 하나 쥐여주었다. 두 사람은 나란히 앉아서 맥주를 마시며 불빛이 반짝이며 부서지는 한강을 바라보았다. 특별한 대화가 없어서 더 평온했고, 눈에 닿는 게 전부 아름다워서 수연은 이 순간이 너무 좋았다. 긴 밤, 이대로 계속 그와 함께 있고 싶을 정도였다.

"손 좀 줄래요?"

그의 말에 수연은 망설임 없이 그녀의 손 하나를 그의 손 위에 올렸다. 가만히 그녀의 작고 하얀 손을 바라보던 태무진 사장이 팔목에 채워진 팔찌로 손을 뻗었다. 그가 직접 채워주었던 팔찌였다. 결혼식을 위한 뇌물이라고 하며. 그가 직접 그녀의 팔에 채워진 팔찌를 풀자 그녀의 눈동자가 커졌다.

"결혼식은 취소됐어요."

그가 예고도 없이 차분하게 꺼낸 말에 수연은 하늘에서 무언가 떨어져 머리를 얻어맞은 것만 같은 기분이었다. 그의 결혼식인 줄만 알았는데 이제 보니 그녀의 결혼식이기도 했나 보다. '결혼 취소'라는 말에 파혼당한 여자처럼 심장이 쿵, 내려앉았다.

"왜?"

그 한마디 말밖에는 아무 말도 할 수가 없었다. 충격에 얼어버린 그녀와 달리 태무진 사장의 얼굴은 너무 담담했다.

얄미울 정도로. 처음으로 미워질 정도로.

"처음부터 잘못된 결혼식이었으니까."

정상적인 결혼식이 아니긴 했지만 그래도 그와 그녀는 잘 지냈으니까 결혼식도 무사히 치를 줄 알았다.

"여기서 멈추는 게 맞아요."

그 말은 꼭 그들도 여기서 멈추어야 한다는 말처럼 들려서 그녀의 눈동자가 정처 없이 흔들렸다.

"나는……."

이대로 끝낼 수 없다고.

그 말이 목구멍에 걸려 차마 밖으로 나오지 못했다. 그녀가 무슨 자격으로 그런 말을 한단 말인가. 태무진 사장의 결혼식이었다. 그녀는 그의 선택을 받고 그 결혼식의 일부가 되었을 뿐이었다. 그녀한테 결혼식 취소를 막을 자격 따위는 없었다. 그가 결혼식을 하지 않겠다고 하면 하지 않는 것이었다.

"회장님도 허락하셨어요?"

그녀를 내려다보는 그의 눈빛에 순간 고통이 일렁였다.

"아버지는 상관없어요. 내 결정입니다."

그 말이 그녀한테는 더 가혹하게 들렸다. 차라리 태준석 회장이 스캔들 사진 때문에 그녀가 마음에 안 든다고 말하는 게 상처를 덜 받을 것 같았다.

조금 전까지는 그의 신부였지만, 이젠 그에게 그녀는 아무것도 아니었다. 그의 말 한마디에 그렇게 되어버렸다.

언제나 보고 싶다고 했으면서.

그녀와 하는 데이트가 좋다고 했으면서.

마치 그 말은 순간의 감정이었다는 듯이 지금은 이리 냉정하게 굴었다. 하지만 수연은 태무진 사장에게 화를 낼 수 없었다. 그저 너무 무서웠다. 이대로 정말 모든 게 끝나버릴까 봐.

"혹시 내가 뭘 잘못했어요?"

그리 묻는 그녀의 목소리가 떨렸다. 눈에는 물기가 차올라 금방이라도 울 것 같은 얼굴이 되었다.

"설마 사진 봤어요? 그거 아니에요. 진짜 오해예요."

애써 해명하려는 그녀를 내려다보며 태무진 사장은 고개를 저었다.

"내가 떳떳해지고 싶어서, 그래서 결혼식 취소한 겁니다."

그게 무슨 소리인지 수연은 정말 알아들을 수가 없었다. 결혼 취소의 충격에 그녀의 뇌가 멍청해지기라도 한 것 같았다. 돌아가지 않는 머리로 어떻게 해야 그를 붙잡을 수 있는지 어지럽게 생각하고 있는데 그의 목소리가 그녀의 심장을 움켜쥐었다.

"사랑해요."

물기가 차올라 시야가 흐릿한 그녀의 두 눈이 천천히 커졌다. 눈앞의 태무진 사장이 아주 멀리 있는 것처럼 흐릿했다.

"네?"

결혼 취소보다 더 믿기 힘든 말을 들은 것만 같았다.

"내가."

흐린 시야 속에서 그의 목소리는 더욱 또렷하게 귓가를 파고들었다.

"천수연을 사랑합니다."

거래가 아니라 구애를.

결혼이 아니라 사랑을.

거기서부터 다시 시작하면 되는 것이었다.

수연은 넋이 나간 표정으로 태무진 사장을 쳐다보았다.

처음 본 순간부터 지금까지 그는 너무 먼 곳에 있는 빛나는 존재였다. 그녀가 감히 탐을 내면 안 되는 그런 사람이라고 믿었기에 짝사랑으로도 만족해버렸었다.

너무 오랜 짝사랑으로 그녀의 살과 뼈에 인이 박여버린 건지 수연은 그의 입에서 '사랑한다'는 말을 듣고도 그 말을 현실로 받아들이는 게 쉽지 않았다.

"거짓말."

결국 수연은 고백을 믿지 않는 걸 선택했다. 어떻게 사랑하는데 결혼식을 취소할 수 있단 말인가. 악몽이 행복하다는 말과 똑같은 것이었다. 그런 건 이 세상에 존재할 수 없었다.

그녀의 부정에 태무진 사장의 눈매가 일그러졌다. 마치 그녀가 더 큰 잘못을 한 듯.

"내가 왜 천수연 대표에게 거짓말을 합니까?"

"아니면 미안하다는 말을 그런 식으로 돌려서 하시는 거예요?"

그런 것이라면 그녀는 그 말이 전혀 기쁘지 않았다. 오히려 그녀에 대한 기만이었다.

"거짓말도 아니고, 사과한 것도 아닙니다."

그의 단호한 말에 그녀의 눈동자가 크게 떨렸다.

"내 마음을 무조건 받아달라는 건 아니니까 부담 가지지 마요. 이번엔 결혼식 때처럼 천수연 대표의 곤란한 상황을 이용할 생각도 없습니다."

방금 결혼식을 취소해버린 냉정한 남자와 사랑을 고백하는 남자 중 도대체 어느 쪽이 그의 진심인지 알 수가 없어서 수연은 그저 답답했다. 숨쉬기조차도 힘들 정도였다.

"사랑한다는 말이 진심이라면 도대체 결혼식은 왜 취소하시는 건데요?"

그녀의 추궁에 그가 말없이 그녀의 얼굴을 바라만 보았다. 그녀가 아버지 부탁으로 그와 결혼식을 하려고 해서라고 무진은 솔직하게 말할 수가 없었다. 그럼 결혼식 취소의 책임이 그녀에게 있는 게 되었다. 하지만 이 결혼식은 오로지 그와 아버지 사이의 문제였다. 부자가 억지로 그녀를 끌어들인 것이었다. 마지막을 그녀의 탓으로 돌릴 수는 없었다.

연극이 되어버린 결혼식의 장막을 거두고 맨얼굴로 그녀의 앞에서 그의 마음을 고백하고 싶었다. 그런데 그녀가 그의 말을 믿지 않는다. 거절할 수도 있다고 짐작하긴 했지만, 아예 믿음조차 없다니. 잘못된 결혼식의 그림자가 너무도 짙었다. 하지만 진짜 사랑도 가짜로 둔갑시키는 건 말이 안 되지 않는가.

"어차피 진짜 결혼식도 아닌데 왜 거기에 집착합니까?"

태무진 사장이 제대로 설명하지 않자 수연의 얼굴이 일그러졌다. 그의 회피에 화가 난 게 아니라 정말 숨쉬기가 힘들어져서였다. 너무도 자연스러웠던 것이 전혀 쉽지 않게 되자 그녀의 얼굴이 희게 질렸다.

"천수연 대표?"

수연이 이상하다는 것을 느낀 태무진 사장이 그녀의 이름을 부르며 어깨를 붙잡았다. 수연은 괜찮다고 말하고 싶었는데 숨쉬기가 힘드니 말도 쉽게 안 나왔다.

"수, 숨이……."

숨을 쉴 수 없다는 게 이렇게 고통스럽다는 걸 처음 느낀 수연은 괴로운 표정을 지으며 몸을 웅크렸다. 수연이 괴로워하는 모습에 무진은 크게 당황했지만 서둘러 핸드폰을 꺼내 아버지 주치의인 문 교수에게 전화를 걸었다.

"갑자기 숨 쉬는 걸 힘들어하는데, 어떻게 응급처치하나요?"

[뭐? 회장님이?]

"아뇨! 응급처치법만 알려주세요."

마음이 급해지자 무진의 목소리가 높아졌다.

[아! 과호흡 증상 같은데, 비닐봉지 같은 걸 입에 대서 이산화탄소를 들이마시게 해.]

“네, 지금 바로 병원으로 가겠습니다.”

[그래, 급하다고 과속하지 말고.]

전화를 끊은 무진이 어딘가로 달려가자 수연은 그를 붙잡기 위해 손을 뻗었다. 지금은 그녀 혼자 남겨지는 게 세상에서 가장 무서웠다.

하지만 그녀의 손은 허공만 힘없이 움켜쥐고 아래로 떨어졌다. 가슴이 찢어질 것처럼 아팠다. 눈물이 흘러내려 그녀의 얼굴을 함부로 적셨다. 몸의 고통 때문에 우는 건지, 무산된 결혼식 때문에 우는 건지 그녀도 알 수가 없었다.

도저히 숨을 쉴 수가 없어서 이대로 기절할 것만 같은데 어딘가로 혼자 가버렸던 태무진 사장이 손에 검은 비닐봉지를 들고 다시 그녀에게로 뛰어오는 모습이 보였다. 수연은 흐릿한 시야와 고통스러운 의식 속에서 그의 모습만 눈으로 좇았다.

병원에 도착했을 때, 다행히 그녀의 상태는 좀 나아져 있었다. 후배 의사들에게 맡기지 않고 직접 수연을 진료한 문 교수는 무진을 따로 불러 물었다.

“최근 극심한 스트레스를 받은 일이 있나?”

문 교수의 물음에 무진의 낯빛이 어두워졌다. 오늘 그녀에게 충격을 준 건 다른 사람도 아닌 그였다. 하지만 결혼식은 취소해야만 했다. 그렇지 않으면 그는 끝까지 그녀의 마음을 의심했을 것이다. 설마 그가 사랑한다고 한 말이 그녀에게 결혼식 취소보다 더 충격이라면 그건 그에게 암담한 일이었다.

고백만으로도 과호흡 증상을 보이는데 그가 무엇을 더 할 수 있겠나. 아예 그녀의 눈앞에서 사라져주는 게 그녀를 위한 일일 것이다.

"몸에 문제가 있는 건 아닌가요?"

"검사 결과를 봤을 때 심리적인 요인일 가능성이 커. 당분간은 휴식을 취하면서 스트레스받는 일을 피한다면 별 탈은 없을 거야."

무진은 문 교수에게 감사 인사를 건네고 수연이 있는 병실로 향했다. 병실 문 앞에서 그의 걸음이 잠시 멈추었다. 문 교수가 말한 피해야 할 스트레스가 아무래도 자신을 지칭하는 것 같아서 무진은 마음이 무거워졌다.

정말 그 혼자만의 착각이었단 말인가. 그녀에게 그는 단지 부담되는 전 직장 보스일 뿐이었을까. 그녀에게 제대로 묻고 싶었지만 그럼 안 되는 것이었다. 그녀의 몸이 어떻게 되든 상관하지 않겠다는 이기심이니까.

무진은 문에 이마를 대고 긴 한숨을 내쉬었다. 태어나 처음 누군가에게 사랑한다고 말한 날이었다. 그런데 고백의 결과가 병원이라니.

Rrrrrrrr— Rrrrrrrr—.

그때 병실 안에서 전화벨 소리가 들려왔다. 수연이 전화 받는 소리가 들리지 않자 무진은 그제야 병실 문을 열었다. 수연은 병원 침대에 누워 잠이 들어 있었다. 무진은 잠든 수연이 깨지 않게 그녀의 핸드폰을 집어 들었다.

발신자를 본 무진은 대신 전화를 받았다.

"여보세요."

[어? 천수연 전화 아닌가요?]

김정숙이 깜짝 놀라며 물었다. 무진은 두 눈을 감고 있는 파리한 안색의 수연을 내려다보며 나직하지만 단호한 목소리로 말했다.

"지금 바로 태성 병원으로 와요."

[네?]

그녀가 병실에서 눈을 떴을 때 뜻밖에도 김정숙이 앞에 있었다.

"네가 왜?"

그녀의 물음에 김정숙이 어깨를 으쓱하며 말했다.

"나도 모르겠다. 너 부산 갈 건지 물어보려고 전화했는데 다짜고짜 병원으로 오라잖아. 그래서 왔지."

"누가?"

"어떤 남자가. 병원에 와보니까 없던데, 도대체 누구야?"

그녀의 눈동자가 파르르 떨렸다.

태무진 사장일 테니까.

더 이상 그는 이곳에 없었다. 그녀가 괜찮아져서 돌아간 것일 테지만 그녀만 이 차가운 병원에 두고 떠나버렸다는 게 서글펐다.

"그런데 넌 어디가 아픈 거야?"

그녀도 자신이 정확히 어디가 아픈지 알 수가 없었다. 몸인지, 마음인지.

"보통 좋아하는 사람한테서 사랑한다는 말을 들으면 어떤 기분이 들까?"

생뚱맞게 들리는 그녀의 질문에 김정숙은 심드렁하게 대답했다.

"비정상적이게 되겠지."

확실히 그녀도 비정상적인 증상을 보였다.

"너 설마 누구한테 고백받고 병원 실려 온 건 아니지?"

김정숙은 절대 아닐 거라고 생각하며 물었다가 수연이 말없이 그녀의 얼굴을 쳐다보자 입을 쩍 벌렸다.

"남자가 너한테 전기 충격기라도 썼냐?"

"비슷하긴 하네."

태무진 사장의 고백은 충격 요법에 가까웠다. 김정숙이 의자를 질질 끌고 병상에 바싹 붙어 앉았다.

“홍미롭군. 나한테 다 말해봐.”

누가 드라마 PD 아니라고 할까 봐 남의 불행에 눈을 반짝이며 캐묻는다. 수연은 등을 보이고 누우며 입을 꾹 다물었다. 그리고 태무진 사장이 했던 말을 천천히 곱씹어 보았다.

그는 충동적이고 감정적인 사람이 절대 아니었다. 모든 일을 철저한 계산과 냉철한 이성으로 판단하고 결정했다.

그러니 결혼식을 취소한다는 말은 진짜일 것이다.

그럼 사랑한다는 그 말은…….

수연은 한숨을 삼키며 두 눈을 감았다. 생각하면 할수록 태무진 사장이 그녀에게 무언가를 숨기고 있는 것 같았다. 그렇지 않다면 결혼식을 취소한 이유를 제대로 설명하지 못할 리가 없었다. 엄밀히 따지면, 그의 결혼식이었다. 태무진 사장이 그녀에게 설명할 의무는 없었다. 하지만 사랑한다는 말이 진심이라면 말해주었으면 했다. 왜 그녀를 사랑한다고 말하면서도 결혼식은 할 수 없는 건지.

수연은 이제 태무진 사장이 걱정되기 시작했다.

설마 시한부 선고 같은 걸 받은 건 아니겠지?

극단적인 생각까지 들자 수연은 몸을 부르르 떨었다.

무진은 수연의 친구가 그녀의 병실에 들어가는 걸 직접 눈으로 확인한 뒤 자신이 묵고 있던 호텔로 돌아왔다.

달칵—.

호텔 방에 들어선 무진은 먼저 와 있는 사람을 발견하고 문가에서 움직이지 않았다. 태준석 회장이 소파에 앉아 있었다. 그날 결혼을 취소한다고 말하고 집을 나온 뒤 처음 보는 것이었다.

"나도 해은사에 다녀왔다."

아버지의 말에 무진은 묵묵히 서 있기만 했다.

"네 엄마는 한 번도 나한테 화낸 적이 없어."

그건 그도 마찬가지였다. 아버지에게 그렇게 소리친 건 처음이었다.

"그래서 난 내가 얼마나 잘못한 건지도 몰랐지."

"모두 아버지 탓이었던 건 아니에요."

정말 잘못을 저지른 사람들은 아무 잘못도 없는 어머니를 집요하게 괴롭힌 친척들이었다. 태성 오너가에 덩그러니 두 사람만 남게 된 것도 어머니가 돌아가신 뒤 아버지가 친척들의 출입을 영원히 금지했기 때문이었다.

"이번에도 난 내가 옳은 줄 알았다."

모든 게 완벽했다고 자화자찬했다. 아들이 그렇게 시뻘건 비명을 지르기 전까지는 그런 줄로만 알았다. 이번에도 그가 무얼 얼마나 잘못했는지 모를 뻔했다.

"결혼식은 취소하마."

그한테 아들은 남들에게 보여주기 위한 트로피가 아니었으니까. 그는 단지 아들에게 제대로 된 가족을 만들어주고 싶었을 뿐이었다.

"그러니까 집에 돌아와."

유일한 가족이었다. 그러니 외면당한 채 살 수는 없었다. 결혼식과 아들 중 하나를 선택하라면 그는 당연히 무진이었다. 무진은 며칠 사이 더 늙은 것 같은 아버지를 바라보다가 고개를 숙였다.

"죄송해요. 그날 소리쳐서."

그 사과에 태무진 회장의 입매가 단단해지며 눈가가 떨렸다.

"나도 미안하다. 내 마음대로 결혼식 날짜를 정해서."

처음으로 사과라는 걸 해본 두 사람은 더 이상 말이 없었다. 그래도 믿어 의심치 않았다. 가족인 두 사람이 서로를 배신할 일은 죽을 때까지 없을 거라는 걸.

병원에서 하룻밤을 보낸 수연은 아침에 퇴원 수속을 했다. 회사에 출근해야 했으니까. 전날 저녁, 엄청난 일이 있었지만 다행히 오늘의 태양은 멀쩡히 떴다. 그래서 수연은 아무 일 없었다는 듯이 일상으로 돌아가기로 했다.

병원을 나서던 수연은 뒤를 돌아보았다. 혹시라도 태무진 사장이 그녀를 만나러 오지 않을까 싶어서. 하지만 그의 모습은 보이지 않았다. 지금 그를 만나면 무슨 말을 해야 할지 알 수 없으니 다행이라고 해야 하는 건지, 섭섭하다고 해야 하는 건지 알 수가 없었다.

삑삑.

알람 소리에 수연은 핸드폰을 꺼내 확인했다.

날 만날 마음이 생기면 청담 문라이트로 와요.

태무진 사장이 보낸 메시지를 보고 그녀의 눈이 커졌다.

문라이트라면…… 그들이 처음 만난 곳이었다.

그가 정한 장소가 너무 뜻밖이라서 수연은 한동안 메시지에서 눈을 떼지 못했다. 마음만 먹으면 오늘 당장이라도 갈 수 있는 장소였다. 하지만 수연은 그러지 않기로 했다. 그가 무슨 말을 해도 받아들일 준비가 되었을 때 가기로 했다. 만약 그녀를 사랑한다는 말이 진심이라면 태무진 사장도 분명 기다려 줄 것이다.

수연은 마음을 굳히고 앞을 보며 걸어갔다. 더 이상 뒤돌아보지 않았다.

떠나는 그녀의 뒷모습을 무진은 병원 주차장에 세워진 차 안에서 바라보고 있었다. 어제와는 달리 건강한 모습을 보니 다행이라는 생각이 들었지만, 그가 보낸 메시지를 받고도 망설임 없이 회사로 가는 모습을 보니 마음 한쪽이 쓸쓸해지기도 했다.

"그만 출발하죠."

비관적으로 생각하지 않기로 했다. 설령 그녀가 그를 사랑하는 게 아니라고 해도, 무진은 자신의 마음을 고백한 걸 후회하지 않았다.

서이재의 광고가 처음 지상파 전파를 타고 TV에서 나오는 걸 함께 본 가온 직원들은 너 나 할 것 없이 박수를 치며 가온의 부활을 기뻐했다.

정작 수연은 성공적으로 세상에 나온 가온 광고를 보고도 마음이 씁쓸했다.

따지고 보면 저 광고 한 편 때문이었다. 그녀가 태무진 사장과 결혼식까지 하게 된 건. 태무진 사장은 그녀가 아무 대가 없이 도와주는 걸 결코 용납하지 않았고, 그래서 그녀는 광고를 받아들였다.

만약 그녀가 끝까지 저 광고를 거부했으면 결혼식은 처음부터 이루어지지 않았을까?

그건 그것대로 쓸쓸한 일이었다.

Rrrrrrrr— Rrrrrrrr—.

전화벨 소리가 들리자 수연은 열없는 시선으로 고개를 돌렸다. 핸드폰 액정에 뜬 이정희 과장의 이름을 보고 그녀의 눈가에 경련이 일었다. 이정희 과장이 가온 광고를 축하해주려고 전화한 건 아니라는 예감이 강하게 들었기에.

수연은 천천히 손을 뻗어 핸드폰을 집어 들었다. 피하고 싶다고 해서 피할 수 있는 일이 아니었다.

[괜찮아? 결혼식 취소됐다고 해서 깜짝 놀랐어. 두 사람, 잘 지내는 것처럼 보였으니까.]

회사에서도 결혼식 취소가 확정된 것을 들으니 진짜 현실이라는 게 실감이 났다. 그녀의 심장이 아주 무거운 돌에 깔려서 찌그러지는 기분이었다.

[사장님한테 좀 실망이야.]

"사장님도 회장님이 마음대로 결혼식 날짜를 잡아서 어쩔 수 없이 하려고 하신 거잖아요."

그녀가 태무진 사장을 탓하지 않자 이정희 과장의 목소리가 조심스러워졌다.

[그렇긴 하지만, 난 정말 천 대표한테 진심인 줄 알았지.]

수연은 다시 사랑한다고 했던 태무진 사장의 말을 떠올렸다. 그 말을 그대로 믿고 싶다가도 결혼식을 취소한다고 말하던 그의 목소리가 무섭게 덮쳐왔다. 아직은 아닌 것 같았다. 여전히 마음이 흔들렸다.

[기운 내. 천 대표 정도 미모면 서이재도 거뜬히 잡을 수 있어.]

이정희 과장이 위로라며 하는 말에 수연은 쓰게 웃어버렸다.

"이젠 가온 일에 집중해야죠."

[그것도 나쁘지 않고. 서이재 광고도 나왔으니까 가온의 상

황도 좋아질 거야.]

정말 그렇다는 걸 증명이라도 하듯이 그날 하루 가온의 주문 전화는 평소보다 20%나 증가했다.

서이재 광고 효과와 더불어서 신제품이 최고 판매량을 기록했다. 이 흐름을 잘 활용해야 했기에 번 돈을 그대로 전폭적인 마케팅에 쓰기로 했다. 돈을 벌고 쓰는 걸 동시에 하는 건 고도의 스킬이 필요했다.

수연은 그 어느 때보다 서류에 사인할 때 신경을 많이 쓰게 되었다. 그녀한테는 아직 노련한 사업 경험이 없으니까 매사에 신중해야 실수를 줄일 수 있었다.

"대표님, 오늘은 그만 퇴근하시죠."

오늘도 늦게까지 퇴근하지 않는 그녀에게 장 실장이 무리하지 말라고 충고했다.

"전 괜찮으니까 실장님 먼저 퇴근하세요."

대표가 퇴근하지 않는데 비서가 마음 놓고 퇴근할 수는 없었다.

"신제품 반응이 좋으니 이젠 마음 놓으셔도 됩니다."

그래서 그녀는 더 마음이 안 놓였다. 이게 신기루처럼 끝나버리면 안 되니까.

"광고 효과가 그렇게 오래가지는 않을 거예요. 그러니까 새로운 이벤트가 필요해요."

또다시 엄청난 일거리를 만들어내는 그녀의 말에 장 실장은 한숨을 내쉬며 집무실을 나갔다.

혼자 남은 수연은 탁상 달력을 보았다. 벌써 일주일이나 지나 있었다. 태무진 사장은 그날 메시지 한 통 보내고 아무런 연락이 없었다. 마치 아무 일도 없었던 것처럼. 그러나 분명 결혼식은 취소되었고, 문라이트에서 기다린다는 태무진 사장의 메시지는 그녀의 핸드폰에 아직 남아 있었다.

수연은 핸드폰을 열어 태무진 사장이 보낸 메시지를 다시 확인했다.

> 날 만날 마음이 생기면 청담 문라이트로 와요.

날짜도, 시간도 정하지 않았다. 마치 무작정 그녀를 기다리겠다는 뜻으로 들렸다. 태무진 사장의 살인적인 스케줄은 비서 출신인 그녀가 가장 잘 알았다. 그가 술집에서 매일 그녀를 기다릴 만큼 한가하지 않다는 것 역시.

고작해야 일주일에 한두 시간 정도 시간을 낼 수 있을 것이다. 그런데 그날 그 시간에 그녀가 문라이트에 가지 않으면 그가 그녀를 기다린다는 말은 거짓말이 되었다. 똑똑한 태무진 사장이 그걸 모를 리가 없을 텐데도, 이런 식으로 메시지를 남긴 것이다.

설마 그곳에서 매일 날 기다리고 있어요?

의문이 드니 직접 눈으로 확인하고 싶어졌다. 아직 그를 제대로 마주할 용기가 생겼는지 마음의 확신도 없는데 호기심이 더 커져버렸다.

당신 정말 날 기다리고 있나요?

아니면, 단지 그녀의 희망 사항일 뿐일지도.

문라이트 사장 문수호는 혼자 앉아 있는 태무진에게 먼저 다가가서 넌지시 물었다.

"너 혹시 뒤늦게 반항기야?"

그런 게 아니라면 대한민국에서 가장 만나기 힘들어야 할 태성 그룹 사장을 이렇게 매일 문라이트에서 볼 수 있을 리가 없었다. 사회적 탕아로 낙인찍힌 박성민도 매일 얼굴도장을 찍은 적은 없었다.

덕분에 일주일 사이 가게에 여자 손님이 거의 2배로 늘긴 했다. 문수호의 허무맹랑한 물음에 무진은 부정도 하지 않고 와인을 한 모금 마셨다.

요즘 아버지가 그에게 아주 많이 관대해지긴 했다. 아무래도 결혼식 문제로 아직 그한테 죄책감을 느끼고 계신 듯했다. 덕분에 그가 일주일 동안 매일 정시에 퇴근해도 회장실로 호출하지 않았다.

"내가 일주일 정도 일을 미룬다고 태성이 무너지는 건 아니니까."

한량처럼 대답하는 게 전혀 태무진답지 않았기에 문수호는 심각해져서 물었다.

"너 설마 어디 아파?"

"차라리 그랬으면 좋겠네."

무심하게 받아치는 무진의 말에 문수호는 황당한 표정을 지었다.

무진은 창밖으로 시선을 돌렸다. 오늘도 역시나 올 생각이 없나 보다. 우선은 기다리겠다고 했다. 그 때문에 병원까지 실려 간 그녀에게 그의 마음만 강요할 수는 없었으니까. 살면서 처음으로 상대방의 선택에 그의 운명을 맡겼다.

무진은 문수호를 뒤로하고 가게에서 나왔다. 오늘도 결국 허탕이지만 크게 실망하지는 않았다. 고작 일주일이 지났을 뿐이니까.

이번엔 그녀를 이기려고 하지 않을 것이다. 하지만 인어 공주처럼 물거품이 되기도 싫었다. 어떤 게 가장 그다운 방법인지 좀 더 많이 생각해봐야 할 것 같았다.

차에 올라타려던 무진은 잠시 멈추어 서서 거리 쪽으로 고개를 돌렸다. 이미 늦은 밤이라서 인적도 많이 줄어 있었다. 뭐가 마음에 걸린 건지 그도 잘 알 수가 없어서 미간을 좁혔다. 다시 차에 올라타려고 몸을 돌렸을 때, 그를 부르는 익숙한 목소리가 들려왔다.

"사장님."

무진은 뒤를 돌아보았다. 문라이트 건물 옆 골목에서 수연이 걸어 나왔다.

무진은 미묘한 미소를 지으며 그녀에게 물었다.

"나 피해 숨은 거 아니었습니까?"

그런데 왜 스스로 들킨 거냐는 그의 질문에 그녀는 멋쩍은 표정을 지었다. 그녀도 정말 모르겠다, 지금 그녀가 진심으로 원하는 게 무엇인지.

무진은 보라색 문라이트 입구 쪽을 손가락으로 가리켰다.

"들어갈래요?"

수연은 천천히 고개를 끄덕였다.

두 사람은 같이 문라이트로 들어갔다. 그녀는 9년 만에 와 보는 곳이었다. 이곳에서 열린 오픈 파티에서 태무진 사장을 처음 만났다. 그녀는 청춘의 초입이었고, 그는 그때 이미 완성된 어른이었다.

그가 만날 장소로 이곳을 정한 건 우연일까, 아니면 이곳의 의미 때문에 여기로 정한 걸까?

"왜 여기서 보자고 하신 거예요?"

수연은 대놓고 묻지 못하고 조심스럽게 돌려서 물어보았다. 그의 대답을 듣기도 전에 심장 박동이 제멋대로 빨라졌다.

"무슨 장사를 하든지 1년을 넘긴 적이 없는 지인인데, 이곳만은 곧 10주년이 되어갑니다."

그들의 인연이 그 파티에서 끝나지 않은 것처럼 곧 망할 줄 알았던 와인 바가 이제는 청담의 명소가 되었다.

"지인 장사 도와주고 싶어서요?"

그녀가 실망하는 표정을 짓자 무진은 입꼬리를 올렸다.

"이곳이 우리 두 사람의 시작이었으니까, 여기서 제대로 시작하는 게 좋을 거 같아서."

그녀의 눈동자에 빛이 너울졌다. 그가 말하는 시작이 너무 특별하고 애틋해서 떨렸다.

문수호는 여자와 함께 다시 돌아온 그를 보고 활짝 웃으며 다가왔다.

"태무진이 매일 기다렸던 게 그쪽이었군요."

태무진 사장이 방금 말한 지인이 바로 그라는 걸 수연도 바로 알 수 있었다. 수연은 얼굴을 붉히며 태무진 사장의 옆얼굴을 올려다보았다. 그는 부정도 긍정도 없이 서 있을 뿐이었다.

하지만 태무진이 아니라고 하지 않는 것만으로도 문수호가 보기에는 엄청난 일이었다.

"제가 직접 안내하죠. 따라오세요."

문수호는 두 사람을 루프탑 자리로 안내했다. 이곳은 손님을 받지 않는 문수호의 개인 공간이었다.

"이 자리에 손님이 앉았던 건 오픈 파티 때뿐입니다."

문수호의 설명에 수연은 웃으며 태무진 사장을 바라보았다.

"그럼 두 사람 즐거운 시간 보내요."

문수호가 떠나고 둘만 남게 되자 수연은 다시 어색해지려고 했다. 서울의 밤이 한눈에 내려다보이는 루프탑은 마치 두 사람만을 위한 공간인 것 같아서 너무 로맨틱했건만, 그녀의 마음은 긴장 때문에 쉽게 낭만에 빠지지 못했다. 오늘은 작정하고 그를 만나러 온 게 아니라 그가 정말 그녀를 기다렸는지 확인하고 싶은 마음에 왔던 것이라 무슨 말을 해야 할지 알 수가 없었다.

"내일까지 안 오면 회사에 찾아가려고 했습니다."

"네?"

그의 말에 수연은 흠칫 놀랐다. 마치 빚쟁이의 빚 독촉이라도 받은 사람처럼.

무진은 그녀가 더 이상 놀라지 않게 차분히 말을 이어갔다.

"이곳에서 처음 봤을 때는 어린 게 마음에 걸렸고, 회사에서 다시 봤을 때는 비서 면접을 온 게 걸렸고, 당신이 태성을 떠날 때는 천태진 대표와 가온이 걸렸고, 결국 내 결혼식까지 얽혀서 지금까지 와버렸습니다."

담담히 긴 시간 동안 그가 그녀에게 솔직하게 다가서지 못했던 이유를 말하던 태무진 사장의 입가에 어느새 미소가 걸렸다.

"이젠 그러기 싫은데, 내가 그냥 아무 이유 없이 당신을 사랑해도 되겠습니까?"

그가 처음 사랑한다고 말했을 때는 충격으로 다가왔는데, 이번에 그는 그녀에게 조심스럽게 다가왔다.

수연은 흔들리는 눈빛으로 그를 쳐다보았다.

"정말 절 사랑하세요?"

그런 기적을 감히 그녀가 가질 자격이 있는 걸까.

무진은 수연이 그를 잘 알고 있다고 생각했었다. 그의 비서로 4년이나 일했으니까. 하지만 이번에 알게 되었다. 두 사람은 정말 마음에 품은 말은 단 한 마디도 못 하고 그 긴 세월을 살아왔다는 걸. 그래서 그 시간이 아깝다는 건 아니었다. 두 사람 모두 최선을 다해 살아온 시간이었으니까.

"내 마음이 부담된다고 해서 그게 천수연 대표 잘못은 아니라고 생각하니까 걱정 마요."

수연은 고개를 저었다. 그런 뜻으로 물은 게 아니었다.

"저는 사장님 비서로 일할 때 제 의도가 너무 불순하다고 생각했어요."

수연이 자신을 나쁘게 말하자 무진은 눈썹을 찌푸렸다.

"그래서 사장님이 절 좋아할 거라는 생각은 차마 할 수 없었어요. 그거까지 바라면 너무 욕심이 큰 거니까."

욕심?

무진은 그녀가 말하는 욕심이 무엇을 뜻하는지 똑똑한 머리로도 바로 알아들을 수 없었고, 수연은 의식의 흐름에 따라 말했다. 그의 마음을 묻다가 그녀의 마음으로 넘어와버렸다. 어쩔 수 없었다. 두 사람의 마음은 강렬하게 상호작용하고 있었으니까. 한 사람이 자신의 마음을 꺼내놓은 순간부터 다른 한쪽이 완벽하게 마음을 숨기는 건 불가능해졌다.

"전 사장님을 다시 만나고 싶어서 태성에 면접 보러 간 거였어요.”

그녀의 고백에 무진의 눈동자가 천천히 커졌다.

“세상에 내가 짝사랑했던 사람이 날 짝사랑할 확률이 얼마나 되겠어요. 그건 너무 희박하잖아요. 아마 벼락 맞고도 살아날 확률이랑 같을 거예요.”

무진은 할 말을 잃고 그녀의 얼굴을 바라보기만 했다. 이젠 그가 이 상황을 빠르게 따라잡을 수가 없어졌다. 그는 당연히 그녀가 그의 마음을 부담스러워한다고만 생각했었다. 그녀가 그를 사랑할 수도 있다는 기대는 해보지도 못했다. 그는 냉정하고 차가운 성격이기에 쉽게 다가갈 수 없는 상대였으니까. 연정우 대리와 달리.

“우리 둘 중 한 명이 착각하는 거라면 지금 바로잡는 게 나아요. 나중에 실수였다고 하면 그건 너무 잔인한 짓이에요.”

처음부터 안 주는 것보다 줬다 뺏는 게 더 나빴다. 이미 그에게 결혼식 취소를 당한 수연은 그런 일을 다시 겪고 싶지는 않았다. 또다시 취소한다는 말은 절대 듣기 싫었다.

“그러니까 진짜 잘 생각해보고 말해주세요. 정말 절 사랑하세요?”

수연은 진지한 눈빛으로 태무진 사장의 대답을 기다렸다. 그런데 태무진 사장이 손으로 두 눈을 덮으며 고개를 숙였다.

뭐야, 벌써 후회하는 거야?

그녀의 심장이 무겁게 내려앉는 그 순간, 그가 한숨처럼 중얼거리는 목소리가 들려왔다.

"정말 바보 같네."

수연이 그의 사랑 고백을 믿기 힘들어했다면 그는 그녀의 마음을 단 한 번도 눈치채지 못한 자신이 너무 한심해서 참을 수가 없었다.

세상 그 누구보다 잘나고 대단한 것처럼 살았으면서 이리 바보같이 살았다니.

번쩍, 태무진 사장이 갑자기 고개를 쳐들자 수연은 깜짝 놀라서 어깨를 뒤로 뺐다.

"그럼 아버지 부탁으로 결혼식을 허락한 거 아니었습니까?"

이 상황에 갑자기 튀어나온 태준석 회장의 이름에 수연은 얼떨떨하기만 했다. 태무진 사장이 그걸 알고 있었다는 것도 미처 몰랐다.

"회장님이 저한테 부탁하신 건 사장님보다 뒤였어요."

태무진 사장이 완전히 얼이 빠진 표정을 짓자 수연은 당황스러웠다. 그가 그 일을 알게 되면 기분이 안 좋을 거라고 생각하긴 했지만 이렇게까지 충격을 받을 줄은 몰랐다.

도대체 왜?

"아버지가 부탁해서 천수연 대표가 결혼식을 허락한 줄 알았는데, 이제 보니 천수연 대표가 결혼식을 허락한 게 먼저였네요."

"어느 쪽이 먼저인 게 중요한가요?"

어차피 둘 다 같은 걸 부탁한 것이었는데.

누가 먼저 부탁했든 그녀의 입장에서는 똑같았다.

"네. 그거 때문에 결혼식 취소한 거니까."

이제야 그가 결혼식을 취소한 이유를 알게 된 수연도 할 말을 잃은 표정으로 그의 얼굴을 쳐다보았다. 그녀는 그가 죽을 병에 걸린 게 아닌가 고민했었는데 고작 그 이유로 결혼식을 취소했다는 게 정말 황당하기만 했다.

각자 나름대로 충격을 받은 두 사람은 한동안 아무 말도 할 수가 없었다. 그때 문수호가 직원과 함께 직접 와인과 안주를 가져왔다.

"두 사람 즐거운 시간 보내고 계신가요?"

두 사람이 아무 반응이 없자 문수호는 태무진에게 넌지시 말했다.

"내가 폭죽도 분위기 죽이게 터트려줄 수 있는데."

무진은 제발 그냥 가달라는 뜻으로 손을 내저었다.

문수호가 직원을 데리고 떠나고 다시 둘만 남게 되자 수연은 먼저 와인 병을 따서 잔에 가득 따랐다. 그리고 와인을 물 마시듯 꿀꺽꿀꺽 마셨다.

탁—.

반쯤 비워진 와인 잔을 테이블에 내려놓은 수연은 솔직하게 털어놓았다.

"저는 사장님이 결혼식을 취소하면서 사랑한다고 말한 게 도저히 이해가 안 되었어요. 분명 둘 중 하나는 진심이 아닌 거 같은데, 결혼식은 진짜 취소되어버렸으니까. 그게 진심이라는 뜻이잖아요."

말하다 보니 감정이 격해져서 수연의 몸이 점점 앞으로 쏠렸다.

"사장님 같은 분이 저를 오해할 거라고는 전혀 상상조차 못했거든요. 평소 실수 같은 거 절대 안 하시잖아요. 남의 실수도 용납하지 않고."

그녀가 그에게 화내는 것처럼 들렸기에 무진은 묵묵히 듣고만 있었다. 그의 잘못이 확실한 것처럼 들렸으니까.

"그런데 전 사장님이 대가 없이 남을 사랑할 수 있는 분이라는 것도 상상하지 못했어요. 미안해요. 함부로 오해해서."

결국 그녀도 그를 오해했다는 말에 무진의 깊고 검은 눈동자에 잔물결이 일었다.

"이젠 믿는 겁니까? 내가 사랑한다는 말."

그의 고요한 물음에 수연의 입꼬리가 부드럽게 호를 그리며 위로 올라갔다. 그녀는 고개를 끄덕였다.

"저도 사랑해요."

9년 전 싹을 틔운 마음을 이제야 솔직하게 꺼내놓았다.

그녀의 고백에 창백할 정도로 하얗던 그의 얼굴에 점점 혈색이 살아났다. 오래도록 원하고 애썼지만 결국 얻지 못했던 마음이 그에게 허락된 순간의 감동을 그는 평생 잊지 못할 것 같았다. 그녀의 말대로 정말 벼락을 맞고 살아날 확률인지도.

"사장님은 제 마음 믿으세요?"

무진은 앞으로 손을 뻗어서 그녀의 작고 하얀 손 위에 그의 손을 겹쳤다. 서로의 따뜻한 온기가 닿자 마음의 온도도 금세 올라갔다.

"앞으로 서로에게 솔직하면 됩니다. 그럼 오해할 일 없을 테니까."

'앞으로'라는 말이 이렇게 떨리는 말인 줄은 이전엔 미처 몰랐다. 수연은 태무진 사장의 수려한 얼굴에서 눈을 떼지 못했다. 서울의 밤 풍경과 어우러진 남자는 평생을 보아도 질리지 않을 만큼 분위기가 넘쳐흘렀다.

결국 결혼식은 취소되었지만, 이제 슬프지 않았다. 더 귀하고 아름다운 그의 마음을 얻었으니까.

만약 다음에 그와 결혼식을 하게 된다면 그건 진짜 결혼식이 될 테니까 오히려 기대감이 생겼다.

두 사람의 결혼식이 부디 이 한 번으로 끝이 아니기를 수연은 속으로 몰래 빌었다.

문라이트를 나와서 무진은 그의 차로 그녀를 집까지 데려다주었다. 차는 부드럽게 서울 시내를 달렸고, 뒷좌석에 나란히 앉은 두 사람은 앞을 응시했다. 이젠 행복만 있을 것 같은 두 사람 사이에 미묘한 어색함이 흘렀다. 공적인 관계에 너무 오래 익숙해져서 지극히 사적인 관계가 되었을 때 서로를 어찌 대해야 하는지 아직은 미숙했다.

수연은 무릎 위에 놓인 손을 만지작거렸다. 그러니까 지금부터 정식으로 사귀는 관계가 된 것인지 태무진 사장에게 묻고 싶은데 부끄러워서 차마 말이 안 나왔다. 사랑한다는 말도 거침없이 했는데 왜 이 말은 못 하는 건가 싶었다.

"천수연 대표."

그가 부르는 소리에 그녀의 어깨가 작게 움찔했다. 수연은 입술을 깨물며 그를 돌아보았다. 아무래도 저 호칭이 바뀌지 않는 이상 사귀는 사이는 아닌 것 같았다.

"사장님, 저희 이제 말을 편하게 하는 게 좋지 않을까요?"

그녀가 하는 말의 의미를 정확히 알 수 없어서 무진은 고개를 틀었다.

"내가 불편하게 말했습니까?"

수연은 이때가 기회라고 생각하고 서둘러 말했다.

"저한테 반말하셔도 돼요. 제가 여섯 살이나 어리니까."

무진은 미묘한 표정을 지었다. 그의 존댓말은 상대방에 대한 예의와 그 자신에 대한 경계심이었다. 높은 자리에 앉아 있는 자는 쉽게 자만과 권력욕에 빠져 다른 사람을 함부로 대할 수 있었기에 그리되는 걸 피하기 위해서였다.

"난 계속 존대하고 싶은데."

처음부터 그가 그녀의 말에 반대하자 수연은 당황했다. 그녀가 상상했던 연애와는 첫발부터 달라져버렸다.

"그럼 앞으로도 절 계속 천수연 대표라고 부르실 거예요? 사업 파트너처럼."

그녀가 낯빛이 어두워져서 우울하게 묻자, 무진은 입꼬리를 올렸다. 그녀는 참 사소한 부분에서 예상도 못 한 사랑스러움을 보인다. 그와의 다름이 신기하고 소중했다.

"수연."

그가 처음으로 그녀의 이름을 부르자 수연의 눈동자가 천천히 커졌다. 단지 그가 불렀을 뿐인데도 그녀의 이름이 아름답게 들렸다.

"기념으로 인형 뽑기 하겠습니까?"

꿀처럼 흐르던 마음이 인형 뽑기에서 잠시 멈칫했다.

"하필 오늘이요?"

두 사람이 처음 서로의 마음을 확인한 날 인형 뽑기가 과연 옳은 선택인지 수연은 알 수 없었다.

"난 그날 처음으로 내 마음을 인정했었습니다."

늦은 밤 몰래 그녀를 보러 갔다가 인형을 뽑아주던 날, 자신이 그녀를 사랑한다는 걸 깨달았다. 내내 무시하고 모른 척하던 마음이 이름을 찾은 날이었다.

"아, 그럼 앞으로 우리 기념일마다 인형 뽑아서 주실 거예요?"

그녀의 물음에 무진은 눈을 내리깔며 넌지시 물었다.

"수연이 뽑아서 날 줄 생각은 없습니까?"

수연은 웃으며 고개를 저었다.

"전 받기만 할 거예요. 사장님 비서 할 때 제가 몸과 마음을 다 바쳐 모시기만 했잖아요."

"그래서 억울합니까?"

수연은 순간 무슨 용기가 솟아난 건지, 먼저 그에게 다가가서 그의 뺨에 입술을 꾹 눌렀다. 무진은 예상치 못한 입맞춤에 멈칫했다.

일을 저지른 뒤 부끄러움이 몰려온 수연은 서둘러 그에게서 떨어졌다. 얼굴이 불로 지진 것처럼 후끈거렸다. 이보다 더 진한 키스도 했던 사이인데 고작 이 정도 스킨십에 왜 이리 심장이 떨리는지 모르겠다.

"제가 뽀뽀해드렸으니까, 인형은 사장님이 뽑아……."

그녀가 말을 미처 다 끝내기도 전에 커다란 손이 그녀의 뺨을 감싸더니 그녀의 얼굴을 들어 올려 그대로 입술을 포갰다. 사실 그가 자신의 마음을 깨달은 그 밤에도 이렇게 그녀에게 입을 맞추고 싶었다는 말 대신 무진은 그녀의 입술에 뜨겁게 키스했다.

절대 만나지 못할 줄 알았던 태양과 달은 결국 닿았다.

'사랑'이라는 우주 속에서.

뺨을 감싸던 손이 뒤로 넘어가 그녀의 머리카락 사이로 긴 손가락이 파고들었다. 무진이 고개를 틀자 겹친 입술이 더 깊게 닿으며 숨결이 흩어졌다. 처음으로 서로의 마음을 확인했기에 그동안 참아왔던 인내와 금욕은 그대로 욕심이 되고 욕구가 되었다.

무진은 남자라서 그녀보다 더 통제되지 않았다. 부드러운 입술이 그의 뺨에 닿는 순간 그녀의 입술에 키스하고 싶었고, 그녀의 입술에 키스한 순간 갈증은 뜨겁게 달아올라 맹렬해졌다.

여린 살결을 쓸어내린 뒤 욕심껏 머금자 그녀의 입술 사이에서 달콤한 신음이 흘러나왔다. 그 소리가 그를 더 자극하며 그 누구보다 냉철하다고 자부했던 이성이 모래성처럼 무너져 내렸다. 전신의 혈관을 타고 흐르는 피가 들끓으며 몸의 감각이 타올랐다.

치열하게 살아온 지난날이 깡그리 지워지며 지금 이 순간 그가 안고, 느끼고, 사랑하는 그녀의 존재만이 전부가 되었다. 뜨겁게 얽히는 숨결 사이로 무진은 애타게 그녀의 입술을 더 듬었다. 다물어진 입술 틈을 혀로 가르며 열자 그녀의 몸이 크게 떨렸다.

무진은 잠시 멈추었다. 그녀가 조금이라도 그를 밀어내면 여기서 멈출 생각이었다. 급할 것 없었다. 두 사람한테는 이제 함께할 수 있는 미래가 있었다.

오늘이 마지막 키스가 아니었다.

그리 생각하면서도 무진은 완전히 뒤로 물러날 수가 없었다. 열기에 휩싸인 그의 눈동자가 그녀를 옭아매듯이 바라보았다. 말 없는 시선은 도리어 더 강렬한 언어를 품고 있었다.

수연은 물기가 맺힌 눈빛으로 그의 검은 바다 같은 시선을 마주 보다가 그의 허리를 안고 있던 손을 풀었다. 순간 무진은 맥이 탁 풀렸다. 이대로 끝이라고 생각하며 물러나려는 순간, 그녀의 두 팔이 그의 목을 끌어안으며 더 가까이 다가왔다. 입술이 다시 맞붙고 더 진해진 그녀의 향에 무진은 정신이 혼미해지는 것만 같았다. 무진은 그녀의 가는 몸을 두 팔로 으스러지게 안으며 그녀의 매끄러운 입술 틈을 가르고 유영하듯이 안으로 들어갔다. 젖은 혀로 건드는 곳마다 뜨거움과 달콤함이 뒤엉켰다. 무진은 그녀의 더운 숨결과 함께 분홍 혀를 거침없이 집어삼켰다.

점점 더 뜨겁게 달아오르는 키스에 수연은 마치 꿈을 꾸는 것만 같았다. 그녀에게 키스하는 태무진은 태성 그룹의 사장님이 아니라 단지 본능에 충실한 남자일 뿐이었다. 절대 무너지지 않는 철옹성 같았던 그를 이렇게 만든 게 그녀라는 사실이 수연의 심장을 더 세차게 뛰게 하였다.

차는 이미 인형 뽑기 가게 앞에 멈추어 섰지만, 두 사람은 알지 못했다. 아니, 상관없었다. 엔딩이 없는 음악처럼 키스는 쉬이 끝나지 않았다.

chapter 17

베이징 데이트

부산은 드라마의 마지막 촬영지였다.

김정숙은 촬영 전에 드라마의 주인공인 서이재를 찾아갔다.

"이렇게 찾아오지 않아도 알아서 잘합니다."

불편한 내색을 하는 서이재에게 김정숙은 진짜 찾아온 목적을 말했다.

"부산에서 찾아야 할 사람이 있는데 도와줄 수 있어요?"

서이재의 인맥을 이용해서 천수민을 찾는 게 가장 효율적인 방법이었다.

"그런 건 경찰에 부탁하셔야죠."

"가온의 천수연 대표 오빠를 찾을 거예요."

무관심하던 서이재는 수연의 이름을 듣자마자 바로 눈빛이 변했다.

"천수연 대표 오빠요?"

김정숙은 고개를 끄덕이며 덧붙였다.

"수연이한테는 이제 하나 남은 가족이나 마찬가지예요. 그러니까 서이재 씨가 찾아주면 엄청 고마워하지 않겠어요?"

서이재는 특유의 화사한 미소를 지으며 대답했다.

"그럼 오늘 촬영 NG 없이 빨리 끝내야겠네요."

서이재가 진짜 천수민을 찾아낸다면 그 빚은 그녀가 아니라 천수연이 갚아야 하겠지만 김정숙은 깊게 생각하지 않기로 했다. 수연도 오빠를 찾는 게 먼저일 테니까.

부산 촬영은 촬영 허가를 받은 시간이 정해져 있어서 길을 통제하며 빠르게 찍어야 했다.

"다들 집중해주세요. 마지막 촬영이니까 유종의 미를 거두자고요."

서이재는 낯선 장소라 감정 잡기 힘들 텐데도 카메라 앞에 서자 프로답게 완전히 그 역할에 몰입했다. 김정숙은 모니터를 보며 미장센이 잘 나오고 있나 확인했다.

"꺄아아악! 서이재 너무 멋있어!"

서이재를 구경하기 위해 몰려든 인파로 현장 통제가 힘들어졌다. 김정숙은 조연출에게 사람들을 조용히 시키라고 지시하기 위해 고개를 들었다가 인파 속에서 낯익은 얼굴을 하나 발견하고 자리에서 벌떡 일어났다. 촬영장 총책임을 맡은 피디가 갑자기 자리를 이탈하자 다들 의아한 눈으로 그녀의 움직임을 좇았다.

"천수민!"

김정숙이 외치는 소리를 들은 서이재는 서둘러 주위를 둘러보았다. 저 멀리 달려가는 호리호리한 남자의 뒤태가 보였다.

서이재는 사람들을 향해 외쳤다.

"저 남자 잡아요!"

몰려 있던 사람들은 그게 누군지도 모르고 서이재가 잡으라고 하자 우르르 그쪽을 향해 달려갔다.

현장은 순식간에 아수라장이 되었다.

결혼식도 취소되고, 태무진 사장이 일주일 연속 정시 퇴근을 해도 회장실에서 아무 말이 없자 비서실장은 불안해졌다. 혹시라도 태무진 사장에 대한 태준석 회장의 신임이 흔들리는 건 아닌가 해서.

이런 때야말로 보스에게 직언하는 비서가 진정한 충신이라고 생각했기에 비서실장은 태무진 사장에게 솔직하게 말했다.

"사장님, 외람된 말씀이지만 아무리 부자 사이라도 한 번 믿음이 무너지면 되돌리기 힘듭니다. 그러니 이제라도 제발 회사 일에 집중해주십시오."

안 그래도 더 이상 문라이트에 갈 일이 없어진 무진은 비서실장을 안심시켰다.

"앞으로 회장님이 나 때문에 불안해할 일은 없을 테니까, 걱정 마세요."

태무진 사장의 말에 비서실장은 그제야 안도한 표정을 지었다. 그가 자신이 한 말을 어기는 사람이 아니라는 건 잘 알고 있었으니까.

“사장님이 그리 말씀해주시니 이제야 마음이 놓이네요.”

그때 책상 위에 놓여 있던 태무진 사장의 핸드폰이 울리며 액정에 이름 하나가 떴다. 익숙한 이름인 듯 보여서 저절로 시선이 가는데, 태무진 사장의 손이 갑자기 핸드폰을 덮어 화면을 가렸다.

탁—.

그는 확연히 냉정해진 목소리로 말했다.

“그만 나가보세요.”

방금까지 친근하게 걱정하지 말라고 하셨잖습니까.

비서실장은 섭섭한 마음을 혼자 떠안고 집무실을 나갈 수밖에 없었다. 태무진 사장이 ‘어서 썩 나가.’라고 눈빛으로 쏘아대고 있었으니까.

혼자 남게 된 무진은 그제야 전화를 받았다.

“여보세요.”

이제 막 연애를 시작한 남자의 모습이 창문에 비친 태무진 사장의 얼굴에 그대로 담겨 있었다. 그는 지금 세상에서 가장 행복한 남자였다.

[사장님, 저 갑자기 중국 출장을 가게 되어서요.]

생각도 못 한 말에 올라갔던 무진의 입꼬리가 내려왔다.

"무슨 일 생겼습니까?"

[서이재 광고를 보고 중국 측에서 계약하고 싶다고 먼저 연락이 왔어요. 그래서 중국 백화점 쪽 재계약 문제도 해결할 겸 제가 직접 가려고요.]

서이재라는 이름은 연인이 된 뒤에도 그 위용을 떨치고 있었다. 어떻게 아무것도 안 했는데 존재만으로도 이리 거슬릴 수 있는지. 무진은 속에서 불이 확 올라왔지만 회사 일에 사적인 감정을 티 낼 수는 없는 노릇이었다. 그러기에 그는 너무 완벽한 사업가의 탈을 쓰고 있었다.

"계약 문제라면 변호사 역할이 클 거 같은데, 가온 법률 상담 쪽은 믿을 만합니까?"

[아버지 친구분이세요.]

"중국 현지 변호사를 연결해줄 수도 있습니다."

[아니에요. 최 변호사님도 지금까지 가온의 중국 계약을 다 맡아 하셔서 잘 아세요.]

그들은 왜 또 자연스럽게 사업 이야기를 하는 건가 싶었다. 버릇이 되면 큰일이라고 생각하며 무진은 무겁게 물었다.

"언제 돌아옵니까?"

그녀가 돌아오면 꼭 데이트를 해야겠다고 다짐했다. 그래야 그들이 연인이 되었다는 걸 잊지 않을 수 있었다. 사장과 대표의 연애에서 사업 이야기는 1%를 넘지 않도록 언제나 주의해야만 했다.

[일주일 뒤요.]

순간 무진의 말문이 턱 막혔다. 예상보다 너무 길었다. 어째 앞으로 그가 바빠서 못 만나는 일보다 그녀가 바빠서 못 만나는 일이 더 자주 생길 것 같다는 생각에 머리가 지끈거렸다. 그녀를 대표 자리에 올려놓은 게 그였으니까 누굴 탓할 수도 없는 노릇이었다. 그의 발등을 그가 찍은 격이었다. 무진은 어떻게든 이 사태를 좋은 방향으로 이끌고 가야만 했다.

"그럼 일요일에 중국에서 만나겠습니까?"

그가 중국까지 오겠다는 말을 하자 수연은 깜짝 놀랐다.

[설마 중국까지 오시겠다고요?]

"네."

무진은 고민 없이 대답했다.

[하지만 사장님이 오셔도 저는 저녁밖에 시간이 없을 텐데.]

"얼굴 볼 수 있으면 됩니다."

태무진 사장이 이리 무모한 줄은 미처 몰랐다. 남자 태무진은 좀 더 도전적이고 감정에 충실했다. 마치 막 첫사랑을 시작한 청년 같아서 그녀까지 덩달아 뜨거워졌다.

[그럼 저희 다음 데이트 장소는 베이징이에요?]

무리해서 오지 말라고 말려야 했지만, 그가 할 수 있다면 그녀도 말리고 싶지 않았다. 어렵게 이어진 사이인 만큼 지금 이 순간이 그 무엇보다 소중했다.

"한국에서는 민속촌을 갔으니, 베이징에서는 자금성을 가겠습니까?"

수연은 그의 뚝심 있는 데이트 코스에 '하하' 웃어버렸다. 하지만 곧 웃음을 거두고 진지하게 물었다.

[농담한 거 아니죠?]

“네.”

민속촌 데이트 다음은 자금성 데이트라니. 참으로 역사적인 데이트의 발자취였다.

수연은 중국으로 가는 비행기 안에서도 몇 번이고 계약서를 검토했다. 가온 대표로서는 처음 해외 출장을 가는 것이었기에 신경이 안 쓰일 수가 없었다. 경험이 많은 장 실장과 최 변호사가 있다고는 하지만, 그녀가 대표이니 최종 결정은 그녀의 책임이었다.

“이런, 가온의 새로운 대표가 이렇게 미인인 줄은 미처 몰랐군요. 직접 광고를 찍으셨으면 저도 가온 가방을 바로 샀을 겁니다.”

그녀도 대표로 참석한 자리에서 소개팅에서나 들을 소리를 듣게 될 줄은 몰랐다. 중국 쪽 책임자로 나온 남자는 30대였고, 한국어까지 유창하게 했다.

“가온 가방만 좋게 봐주시면 저는 더 바랄 게 없습니다.”

그녀는 예의를 지키며 할 말만 했다.

“가온 가방이 품질이 좋다는 건 이미 확인했습니다. 이젠 천태진 대표의 부재가 가온의 아킬레스건이 될 거 같지 않다고 판단했습니다."

아버지가 없어도 가온은 문제없이 돌아간다는 말이 수연에게는 기쁘기보다는 한없이 쓸쓸하게 느껴졌다. 그녀는 여전히 아버지의 자리를 잠시 지키고 있을 뿐이라고 생각했으니까.

"가온 가방은 품질과 가격 모두 메리트가 있기에 중국에서 홍보만 잘 되면 분명 성공할 수 있을 겁니다. 우리 회사는 그 홍보까지 맡아서 해드릴 수 있습니다."

조건이 너무 파격적이었다. 그렇다는 건 다른 조건을 내걸겠다는 뜻이었다.

"원하시는 조건이 뭔가요?"

내내 능글맞은 표정을 짓던 중국 담당자는 그 순간만은 웃음기를 싹 지우고 건조하게 말했다.

"가온의 중국 판매 독점권을 주시면 됩니다."

아마도 그 말이 그가 오늘 한 말 중 가장 진심인 듯했다.

"지금 당장 결정하기는 힘들 거 같은데 생각할 시간을 주십시오."

결국 아무것도 한 것도 없이 호텔로 돌아왔는데 너무 지쳤다. 독점권이라는 말이 영 거슬렸다. 마치 아주 잘 만들어진 덫처럼 느껴진다고나 할까.

의논할 사람이 있으면 마음이 편하겠지만 태무진 사장에게는 말하지 않을 생각이었다. 그녀가 자꾸 그러면 그들은 또다시 비서와 보스의 관계로 돌아가 버릴지도 몰랐으니까.

Rrrrrrrrr— Rrrrrrrrr—.

신호음이 울리는 동안 수연은 베이징의 밤 풍경을 바라보았다. 화려한 베이징의 풍경을 보니 그와 아주 멀리 떨어져 있다는 게 실감이 났다.

달칵—.

[오늘 일은 잘됐습니까?]

그녀는 먼저 일 이야기를 안 꺼내려고 했는데 태무진 사장이 먼저 물으니 잠시 움찔했다.

"걱정 마세요. 잘하고 있어요."

수연은 그를 안심시키고 연인끼리의 대화로 바로 넘어갔다.

"일요일에 진짜 중국 오실 거예요?"

[네. 비행기 표 이미 끊었습니다.]

그가 중국에 오는 건 정말 좋았지만, 바다 건너서 오는 거니까 바로 돌아가기는 힘들 것이었다.

"그럼 일요일에는 중국에서 주무실 거예요?"

수연은 그녀가 묵고 있는 호텔 방 침대를 보았다. 둘이서 자기에도 충분히 넓은 침대였다. 하지만 여기서 자고 가라고 하는 건 너무 이른 것 같았다. 그녀가 눈치 보며 아무 말도 못 하자, 태무진 사장이 말했다.

[나 재워줄 수 있습니까?]

수연은 순간 심장이 너무 세차게 뛰어서 가슴을 뚫고 나올 것만 같았다.

"아, 그게……."

세상에! 데이트에 신을 구두가 아니라 속옷을 사야 한단 말인가!

"여기 침대가 크긴 한데, 제가 아직은…… 그러니까 싫다는 건 아니라……."

그녀가 횡설수설하며 제대로 말하지 못하자 태무진 사장이 짧게 한마디 했다.

[농담입니다.]

수연은 그래도 바로 진정이 안 되었다.

"농담이라고요?"

숨이 턱까지 차오른 듯 호흡이 흐트러졌다. 이미 상상 속에서는 그와 한 침대에 같이 누워 있었다.

[보통 연인들은 이런 농담도 하지 않을까요?]

하루 날 잡고 서울 도시에 숨어 있는 보통 연인들을 찾아내어서 하나하나 물어봐야겠다. 진짜 그러냐고.

"그럼 사장님은 어떤 연애를 하고 싶으세요?"

[마음 가는 대로 하는 연애.]

항상 계획과 목표를 정해놓고 살아야 했던 태무진 사장이었기에 연애만큼은 그 틀에서 벗어나고 싶은 건가 싶었다.

"제가 응원할게요."

그녀가 제삼자인 것처럼 말하자 전화기 안에서 태무진 사장의 웃음소리가 들려왔다. 그윽하고 기품이 느껴지는 웃음소리에도 절제가 느껴지니, 그의 말대로 자유로워지는 건 시간이 좀 걸릴 듯했다.

[같이 노력해준다고 해야 하는 거 아닙니까?]

“그건 앞으로 사장님 하는 거 봐서요.”

연애는 그녀가 태무진 사장 앞에서 건방지게 구는 것도 가능하게 해주었다. 이 얼마나 은혜로운 연애란 말인가.

[내가 어떻게 해야 천수연 마음에 차는 겁니까?]

“얼굴에 팩 하고 자세요. 더 잘생겨지게.”

그녀의 말에 전화기 안에서 태무진 사장이 가장 크게 웃었다. 그가 웃으니 그녀도 행복해졌다.

태무진 사장은 다 웃고 나서야 심각하게 물었다.

[농담 아닌 거죠?]

“네, 증거 사진 꼭 찍어요.”

전화 통화만으로도 하루의 피로가 싹 사라지는 기분이었다. 사랑만 하고 살 수는 없겠지만, 사랑하는 존재가 있기에 버틸 힘이 생겼다.

오랜 시간 서로의 마음을 모른 채 엇갈린 시간이 아깝기는 했지만 이제라도 이렇게 함께하게 되어서 정말 다행이었다. 만약 끝까지 그의 마음을 알지 못한 채 짝사랑으로 끝났다고 생각하면 너무 무서웠다.

수연은 전화를 끊은 뒤에 내일의 계획을 바로 세웠다.

“구두랑 속옷을 사야겠어.”

유비무환이라고 하니까.

사람 일은 어찌 될지 아무도 모르는 것이었다.

무진은 다시 집에 돌아오긴 했지만 아직 태준석 회장과는 서로를 신경 쓰고 있었다.

무진은 수연과의 일을 아버지에게 솔직하게 말할 수 없었다. 그럼 꺼졌던 결혼식의 불씨가 다시 화르륵 커질 게 뻔했으니까. 또다시 아버지의 강요로 결혼식까지 달려가는 짓은 절대 하고 싶지 않았다. 다시 수연과 결혼식을 하게 된다면 그건 오로지 두 사람만의 의지여야 했다. 그러니 수연과 제대로 이야기를 끝내기 전에는 결코 태준석 회장한테 들키면 안 되었다. 그래서 본의 아니게 비밀 연애를 하게 되었다.

"저 일요일에 베이징 갑니다."

외박을 해야 했기에 무진은 어쩔 수 없이 태준석 회장에게 미리 알렸다. 또 가출했다고 착각하게 할 수는 없었으니까.

"베이징? 출장 보고는 못 들었는데."

비밀 연애의 힘든 점은 거짓말을 해야만 하는 상황이 생긴다는 거였다.

"……자금성 가려고요."

무진은 진실을 반만 말했다.

그가 중국에 가는 이유를 들은 태준석 회장은 어이없다는 표정을 지었다. 그러나 깊게 따져 묻지는 않았다. 취소된 결혼식 후유증이 아직은 어떤 식으로 튀어나올지 몰랐으니까.

"중국 갈 거면 휴가를 써서 며칠 쉬다 와."

이런 식의 배려는 처음이라서 무진은 양심에 찔렸다.

"아뇨, 하루면 됩니다."

"하루면 비행기에서 시간 다 보내겠다."

그러려고 가는 것이었다. 그의 목표는 단지 수연의 얼굴을 보는 것뿐이었으니까.

"회사 일은 신경 쓰지 말고 푹 쉬어."

무진은 낯선 사람 보듯이 아버지를 쳐다보았다.

"저한테 그만 미안해하셔도 돼요."

그날 호텔에서 그는 다 풀었다. 이제 정말 아버지한테 서운하거나 맺힌 건 아무것도 없었다. 하지만 태준석 회장은 태무진의 그 말에 오히려 코가 시큰거릴 정도로 아렸다.

"나도 늙었나 보다."

마음에 눈물이 차올랐다. 그가 가족에게 좋은 남편 노릇도, 좋은 아버지 노릇도 못 했다는 게 너무 사무쳤다.

후회하는 아버지의 모습을 보니 죄책감이 들었지만 무진은 그래도 아버지에게 솔직하게 말할 수 없었다. 그는 앞으로 성공적인 비밀 연애에 열정과 노력을 다 바칠 작정이었다.

일요일. 그날은 가온이 입점해 있는 중국 백화점들을 직접 돌아보기만 하면 되었다.

"와! 서이재 광고를 붙여놨네요."

멀리서도 눈에 띄는 서이재의 얼굴을 보며 역시 연예인은 연예인이라고 생각하게 되었다.

"드라마 때문에 중국에서도 서이재의 인기가 높으니까요."

중국 시장까지 노리고 찍은 광고가 아니었기에 덤으로 얻은 행운처럼 느껴졌다.

"아무래도 무리해서라도 서이재 광고 재계약을 해야 할 거 같습니다."

광고의 힘을 이번에 톡톡히 느끼고 있었다. 다음 광고는 남의 도움 없이 가온의 힘으로 해내야 했기에 수연은 갑자기 돈 계산으로 머리가 복잡해졌다.

"그건 신제품 매출 결과가 나온 뒤에 다시 이야기해요."

수연과 장 실장은 가온 본사에서 나왔다는 걸 숨기고 한 매장에서 직접 가방까지 구입했다. 중국 직원들의 친절함과 가온 가방에 대한 이해도를 파악하기 위해서였다.

그렇게 백화점 3곳을 도니 어느새 오후였다. 수연은 태무진 사장을 만나러 가야 했기에 마음이 급해졌다.

"오늘은 여기까지만 할까요? 며칠 동안 너무 바빴잖아요. 장 실장님도 푹 쉬세요."

"저는 괜찮습니다."

아버지뻘인 장 실장이 괜찮다고 하니 수연의 말은 명분이 약해졌지만 그녀는 강하게 어필했다.

"아뇨. 건강은 미리미리 챙기셔야 해요."

수연은 억지로 장 실장을 차에 태우고 호텔로 향했다.

호텔 방에 돌아온 뒤 그녀는 옷을 갈아입고 다시 화장을 했다. 이제 가온 천수연 대표에서 태무진의 연인 천수연으로 바뀔 시간이었다.

곧 베이징 공항에 도착한다는 기내 방송을 들은 무진은 천천히 눈을 떴다. 데이트 한 번 하려고 진짜 중국까지 날아왔음을 실감한 그는 옅게 미소를 지었다. 이게 그가 말한 마음 가는 대로 하는 연애였다.

찰칵—.

사진을 찍는 소리가 들리자 무진은 고개를 돌려 옆자리를 보았다. 어려 보이는 여자가 서둘러 핸드폰을 아래로 내리고 있었다. 그리 티 나게 행동하니까 그를 찍었다는 걸 알 수 있었다. 항상 비서와 동행했기에 이런 일은 주로 비서가 알아서 처리했었다. 그런데 지금 그는 혼자였기에 모든 일을 그가 처리해야만 했다. 무진은 그냥 무시하기로 했다. 이 좋은 기분을 모르는 타인 때문에 망치고 싶지 않았다.

공항에 내린 뒤 무진은 바로 택시를 타고 수연이 묵고 있는 호텔로 향했다. 며칠 못 봤을 뿐인데, 아주 오랜만에 만나는 것처럼 느껴졌다.

무진은 마지막으로 만났을 때 그녀와 나누었던 키스를 떠올렸다. 생각만으로도 모든 게 선명하게 뜨거웠다. 마음이 가는 대로 하고 싶은 연애라고 해도 이 사나울 정도로 뜨거운 열망은 조심해야 할 듯했다. 좋을수록 아끼라는 말이 괜히 있는 건 아닐 테니까. 성급하게 가지려다가 망치고 싶지 않았다.

딩동—.

초인종 소리가 들리자 수연은 태무진 사장이 온 줄 알고 서둘러 문으로 달려가서 벌컥 열었다. 문 앞에 서 있던 장 실장은 한껏 꾸민 그녀의 모습에 놀라고, 수연도 생각했던 사람이 아니라서 흠칫했다.

"자, 장 실장님. 왜 안 쉬시고 오셨어요?"

"아, 외출 준비하신 거 같은데, 관광이라도 하시려는 겁니까?"

"아니에요! 그냥 쇼핑한 거 입어본 거예요!"

수연은 극구 부인했다. 관광 간다고 하면 장 실장이 같이 가겠다고 할 것 같았으니까.

"다름이 아니라 왕위 씨에게서 연락이 와서 말씀드리려고 온 겁니다."

왕위는 중국 케이난 쪽 담당자였다.

"계약은 내일 만나서 마무리 짓기로 했잖아요."

생각할 시간을 충분히 달라고 했다. 그래서 계약은 가능한 한 뒤로 미루었다.

"네, 오늘은 대표님께 저녁을 대접하고 싶다고 합니다."

수연의 입에서는 바로 거절의 말이 나왔다.

"이미 선약이 있다고 하세요."

그런데 장 실장이 난감한 표정을 지으며 말했다.

"그게, 지금 호텔 로비랍니다."

"네?"

뭐 이리 무례한 사람이 다 있나 싶었다.

"제 실수입니다. 그날 헤어질 때 왕위 씨가 출장 일정을 묻기에 대답해주었었습니다."

그러니까 오늘 저녁 특별한 일정이 없다는 걸 이미 알고 왔다는 소리였다. 태무진 사장을 위해 일부러 비워놓은 시간이 이리 이용당할 줄은 몰랐던 수연은 골치 아프다는 표정을 지었다.

지금 수연이 호텔까지 찾아온 사람을 그냥 돌려보내면 내일 계약에도 영향이 있을 게 뻔했다. 그걸 노리고 지금 찾아온 게 분명했다. 이미 공적인 의도냐, 사적인 의도냐는 무의미해졌다. 그녀는 내일의 계약만 생각하고 결정을 내려야 했다.

수연은 깊은 고민에 빠진 얼굴로 방 안을 서성였다. 그런 그녀를 장 실장은 조용히 지켜볼 수밖에 없었다.

우뚝, 그녀의 걸음이 멈추었다. 고개를 돌린 수연은 결연한 표정이었다.

"내려가죠."

만약 그녀가 가온의 대표가 아니었다면 왕위 같은 남자는 상대도 하지 않았을 것이다. 하지만 가온의 대표 천수연은 아무리 무례한 상대라도 계약을 위해 직접 만나야 했다.

수연은 엘리베이터를 타고 내려가면서 핸드폰을 만지작거렸다. 태무진 사장이 차라리 늦게 도착하길 바랐지만 그는 그럴 것 같지 않았다. 수연은 메시지를 적었다.

> 중국 측 담당자가 찾아와서 잠시 만나요.
> 도착하면 호텔 로비에서 기다려주실래요?

굳이 자세한 상황을 그에게 알리지는 않았다. 그의 눈에는 한없이 서툰 대표로만 보일 것 같았으니까.

띵—.

엘리베이터 문이 열리자 로비에 있는 왕위가 보였다. 수연은 싫은 마음을 표정에서 지우고 손님을 맞이하는 친절한 미소를 지으며 왕위가 있는 곳으로 걸어갔다.

비지니스 정장을 벗고 하얀 실크 원피스를 입은 그녀의 모습을 보는 왕위의 눈동자가 번들거렸다.

"오늘은 더 아름다우시군요."

"멀리는 가지 못할 거 같은데, 이 호텔 카페의 차도 괜찮으신가요?"

"어디든 영광입니다."

수연은 힐긋 호텔 정문을 쳐다보았다. 태무진 사장의 모습은 아직 보이지 않았다. 부디 그녀가 왕위를 무사히 보내고 난 뒤 도착했으면 좋겠다.

1층 카페로 들어가 음료를 주문했다.

"그냥 가온 대표만 하기에는 너무 미모 낭비 아닌가요?"

왕위의 목적은 확실해 보였다. 자기 지위를 이용해서 여자에게 집적거리려고 온 것이다. 상대방이 저리 나오니 그녀도 목적을 확실히 하기로 했다.

"케이난은 왜 가온에 그리 큰 투자를 하려고 하는 거죠?"

케이난이 제2의 아르노가 되지 말란 법도 없었다.

"제가 윗선에 적극적으로 가온을 추천했죠. 가온의 가능성을 크게 보고 있습니다."

"서이재 광고 말고 왕 실장님이 가온에 대해 잘 아는 게 있으신가요?"

왕위의 손이 점점 그녀에게 다가왔다. 그녀는 왕위의 표정 변화를 살피느라 알지 못했다.

퍽!

갑자기 왕위의 몸이 앞으로 쓰러졌다. 수연도 놀라서 눈이 커졌다. 왕위가 앉아 있던 의자를 발로 걷어찬 사람은 태무진 사장이었다.

"뭐야!"

왕위가 화나서 돌아보았을 때 태무진 사장은 세상 정중한 태도로 사과했다. 절대 고의가 아니었다는 듯이.

"죄송합니다. 제가 눈이 어두워서."

이곳은 사람이 많은 호텔이었기에 왕위도 정중하게 사과하는 상대에게 대놓고 화내지 못했다.

수연은 멍하니 태무진 사장의 움직임을 눈으로 좇았다. 그는 그녀를 전혀 모르는 사람처럼 지나쳐 가버렸다. 돌아보고 싶었지만 차마 그럴 수 없었다.

부르르르—.

그녀가 잡고 있던 핸드폰이 진동하며 화면이 밝아졌다.

> 케이난이 최근 적대적 M&A를 통해 인수한
> 패션 회사에 관해 물어봐요.

태무진 사장이 보낸 메시지를 읽고 수연은 침을 꼴깍 삼켰다. 어떻게 그녀가 걱정하는 부분을 정확히 짚어낸 건가 싶었다. 그녀는 케이난과 왕위에 대해 한마디도 안 했는데.

"요즘에는 무례한 사람이 많으니 천 대표도 조심하십시오."

왕위가 그녀의 뒤 어딘가에 앉아 있는 태무진 사장을 흘겨보며 하는 말에 수연은 표정을 갈무리했다.

"케이난이 적대적 M&A로 동종 업계 회사를 인수한 걸로 알고 있습니다. 그런데 정말 아르노와 다른 목적이라고 자신할 수 있으신가요?"

그녀의 물음에 왕위의 눈동자가 커졌다.

"그건 어떻게 아셨습니까?"

"제가 알고 싶은 건 케이난의 투자 목적입니다. 만약 다른 뜻이 없으시다면 계약서에 추가해주실 수 있겠죠. 앞으로 어떤 상황에서도 가온의 경영권을 침범하는 일은 없을 거라고."

계약을 이용해서 그녀를 만나러 왔던 왕위는 오히려 계약 전에 그녀에게 덜미를 잡히는 계기가 되자 불편한 표정을 지었다. 그는 일부러 미소를 지으며 신사인 척 말했다.

"저는 단지 천 대표와 식사나 하고 싶어서 온 거니 계약 이야기는 그만하죠."

"저는 왕 실장님과 계약 말고는 할 이야기가 없습니다. 그럼 더 이야기하기 싫으신 거 같으니까 먼저 일어나겠습니다."

수연은 바로 자리에서 일어났다.

"천 대표, 잠깐만!"

왕위가 그녀를 붙잡기 위해서 따라 일어나 쫓아가려고 하자 무진은 일어나서 왕위의 앞을 막아섰다. 왕위는 태무진 사장을 피해 앞으로 가려고 했지만 자꾸 그가 막아서자 버럭 화를 냈다.

"왜 남의 앞을 막는 겁니까!"

"지금 나한테 화내는 건가?"

아까와는 180도 다른 그의 살벌한 태도에 왕위의 표정이 굳었다.

뚜벅.

무진이 앞으로 다가서자 왕위는 뒤로 물러났다. 찍어 누르는 듯한 남자의 눈빛에 왕위는 공격을 받은 듯한 압박감을 느껴야만 했다.

"당신 누구야?"

무진은 차갑고 단호하게 대답했다.

"카페 손님입니다."

마음 같아서는 주먹이라도 한 대 날리고 싶지만, 참기로 했다. 그가 못 참으면 그녀가 참은 게 다 헛일이 될 테니까.

카페에서 나온 무진은 수연을 찾아 주위를 두리번거렸다. 수연보다 먼저 발견한 건 장 실장이었다.

"태무진 사장님이 여긴 어떻게?"

수연이 걱정되어서 호텔 방으로 올라가지 못하고 있었는데 뜻밖에도 태무진 사장을 보게 된 장 실장은 놀란 표정으로 쳐다보며 물었다. 그가 아버지에게 아무 말 못 한 것처럼 수연도 그랬으리라 짐작한 무진은 차분하게 말했다.

"중국에 일이 있어서 왔습니다. 천 대표는?"

"그게……."

수연과 태무진 사장의 결혼식이 취소된 지 얼마 되지 않았기에 장 실장은 대답하기를 꺼려 했고, 무진도 대답을 강요하지 않았다.

장 실장에게 인사하고 그 자리를 먼저 떠난 무진은 핸드폰을 꺼내 수연에게 전화를 걸며 앞으로 걸어갔다.

Rrrrrrrrr— Rrrrrrrrr—.

달칵—.

다행히 그녀는 금방 전화를 받았다.

"지금 어디 있습니까?"

[여자 화장실요.]

그의 걸음이 멈추었다. 거긴 그도 갈 수 없는 곳이었다.

[오늘은 내가 가온 대표라는 게 너무 싫었어요. 만나기 싫다는 말도 솔직하게 하면 안 되고, 상대방이 불쾌해도 참아야만 했으니까.]

그녀의 속상한 마음이 느껴져서 무진은 죄책감을 느꼈다. 그래야만 하는 자리라는 걸 뻔히 알면서도 그녀를 그 자리에 앉혔던 거니까.

"대표라는 게 원래 그런 자리입니다."

[그럼 남자 대표였어도 오늘 저 같은 일을 겪었을까요?]

무진은 입이 다물어졌다. 마음에 커다란 돌덩이 하나가 떨어진 기분이었다. 결국 그는 대화 주제를 바꾸기로 했다.

"자금성 문 닫을 시간 다 되어가는데, 계속 여자 화장실에 있을 겁니까?"

[지금 나갈게요.]

여자 화장실 쪽에서 하얀 원피스를 입은 수연이 걸어 나왔다. 꼭 선생님에게 야단맞은 학생처럼 주눅이 든 모습이었다.

"죄송해요. 중국까지 일부러 절 만나러 왔는데 제가 처음부터 망쳐버려서."

그녀가 반성문 쓰듯이 사과부터 먼저 하자 무진은 입꼬리를 올렸다.

"난 나랑 데이트하려고 일부러 꾸민 줄 알았는데, 내 착각입니까?"

그의 물음에 수연은 크게 고개를 끄덕였다.

"그건 맞아요. 절대 그 인간한테 잘 보이려고 꾸민 게 아니라……."

수연은 솔직하게 말하고 난 뒤에야 민망해져서 붉어진 얼굴을 두 손으로 가렸다. 무진은 손을 올려 그녀의 손을 잡고 아래로 내렸다.

"계약할 때 다시 세부 사항 조율해요. 저쪽이 파고들 구멍이 없게."

계약 이야기에 그녀의 표정이 심각해졌다.

"이젠 저쪽에서 계약을 엎으려고 하지 않을까요?"

"그렇지는 않을 겁니다."

그들이 마음대로 할 수 있는 어린 여자 대표라는 생각은 버리게 되었을 것이다. 무진은 그녀의 손을 잡아끌었다.

"이제 데이트 가죠."

낭비할 시간이 없었다. 우선 자금성 문이 닫히기 전에 빨리 가야 했다.

자금성에 도착한 두 사람은 이미 마지막 입장 시간이 지났다며 출입을 거부당했다. 수연은 그의 눈치를 보며 눈동자만

굴렀다. 연인이 된 이후 처음 하는 데이트인데 큰일이었다.

왕위만 아니었으면 마지막 입장 시간은 맞출 수 있었을 거라 수연은 속이 탔다. 이 원수를 어떻게 갚아야 한단 말인가.

"흠."

그가 소리를 내자 수연의 어깨가 잘게 떨렸다.

설마 화났나?

그녀의 걱정과 달리 태무진 사장의 목소리는 평온했다.

"이 근처 자금성이 잘 보이는 곳에서 식사나 할까요? 나 오늘 한 끼도 못 먹었는데."

그의 말에 수연은 깜짝 놀라서 물었다.

"네? 비행기에서 안 드셨어요?"

"네."

국제선이니까 당연히 기내식이 나왔을 것이다.

"옆에 비서가 없다고 끼니를 거르시면 안 돼요."

그는 단지 그녀를 만나러 오는 길이 설렜을 뿐이었다. 배고픔도 잊을 정도로. 하지만 그런 걸 솔직하게 털어놓는 성격이 못 되어서 그냥 비서 없으면 밥도 못 먹는 사장으로 남아버렸다. 그는 주로 말을 하지 않아서 오해받는 스타일이었다. 그래도 무진은 크게 개의치 않았다. 오해로 무너질 진심이라면 지킬 가치가 없었으니까.

"뭐 먹고 싶습니까?"

"사장님 먹고 싶은 걸로 먹어요."

"내가 음식에 별로 관심 없는 거 알잖아요."

그래서 주는 대로 먹는 편이었다. 살면서 입에 들어가는 걸로 그를 길들인 건 그녀의 커피가 유일했다.

"그럼 베이징이니까 베이징 덕 먹을까요?"

그녀가 메뉴를 제안하자 무진은 고개를 끄덕이며 동의했다. 수연은 삐걱거리던 데이트가 이제야 정상 궤도를 찾은 것 같아서 활짝 웃었다. 그녀의 웃는 얼굴을 보고 무진은 눈을 가늘게 떴다.

"왜 그리 웃습니까?"

"좋아서."

그녀의 대답에 그의 긴 눈매도 부드럽게 휘었다.

특별한 일을 해서 특별해지는 게 아니었다. 아는 사람이 아무도 없는 베이징 거리를 나란히 걷던 이 순간을 영원히 기억하게 될 것 같았다.

베이징 덕을 먹으러 간 식당에서는 베이징 덕을 만드는 모습을 직접 볼 수 있어서, 그들이 중국에 있다는 실감이 느껴졌다.

"자금성에서는 뭘 보고 싶으셨어요?"

"그냥 같이 가고 싶었던 겁니다."

"그럼 민속촌을 고른 것도 그런 의미였어요?"

태무진 사장이 고개를 끄덕이자 수연은 손으로 입을 가리며 웃음을 참았다.

"전 엄청 심오한 뜻이 숨겨진 줄 알았는데."

심오함은 없었지만 진심은 있었다.

"그럼 앞으로 데이트 코스 제가 골라도 돼요?"

그녀의 제안에 무진은 궁금한 눈빛으로 쳐다보며 물었다.

"가고 싶은 곳 있습니까?"

태무진 사장이 평생 가본 적 없는 곳만 골라서 함께 가고 싶었다. 그럼 그곳은 두 사람만의 추억이 될 테니까.

"사장님은 저랑 뭐 하고 싶으세요?"

그녀의 물음에 그의 시선이 그녀의 입술로 내려왔다. 수연은 저도 모르게 의식되어서 입술을 깨물었다.

"깨물지 마요."

그의 충고에 그녀는 바로 입을 벌렸다.

"속 보이지도 말고."

태무진 사장은 경고를 날리며 그녀의 입 안에 베이징 덕 한 조각을 넣어주었다. 수연은 바삭하고 촉촉한 오리고기를 씹으며 그의 눈치를 보았다. 그는 아무 일 없었다는 듯이 고기를 먹었다.

"맛있으세요?"

"먹을 만하네요."

아주 심플하고 무감동한 평가였다. 태무진 사장이 식사하는 모습을 보고 여비서들끼리 그런 말을 했었다.

— 밥 먹는 모습만 보면 무성욕자처럼 보이지만, 반대로 침대에서는 엄청 열정적일 가능성이 커.

갑자기 왜 그런 시답잖은 말이 생각난 건가 싶었다. 수연은 붉어지는 얼굴을 물컵을 들어 올려 물을 마시며 가렸다. 그땐 보스의 사생활은 금기나 마찬가지였기에 상상하는 것조차 강제로 차단했는데, 이젠 그녀도 상관있는 일이 되어버렸다. 태무진 사장의 사생활이 곧 그녀의 사생활이었다.

"짜요?"

그의 물음에 수연은 움찔했다.

"네?"

"물을 계속 마시기에."

수연은 자신이 무슨 상상을 했는지 절대 들킬 수 없었기에 그런 것 같다고 고개를 끄덕이며 물을 한 컵 더 마셨다. 결국 수연은 물배가 차서 고기를 많이 먹을 수 없었다.

별로 한 것도 없는데 밥을 먹고 나오니 어두워져 있었다.

그녀는 수요일 귀국이었지만, 태무진 사장은 8시간 뒤 다시 비행기를 타고 한국으로 먼저 돌아가야 했기에 데이트를 일찍 끝내는 게 아쉬웠다.

"호텔에 데려다줄게요."

"네? 벌써요?"

그녀는 화들짝 놀라서 그를 올려다보았다.

"내일 계약 잘하려면 체력 관리해둬요."

"저 안 피곤한데. 지금 몸이 엄청 가벼워요."

아니, 안 가벼웠다. 아까 마신 물이 배 안에서 출렁거리며 화장실에 가고 싶어졌다.

기적적으로 멋진 애인이 생겼지만, 멋진 데이트는 아무래도 기술인가 보다.

"저, 잠깐 화장실 좀……."

이다지도 어설프다는 게 슬플 지경이었다.

chapter 18

사장님의 꼬리

택시를 타고 호텔로 돌아오는 동안 수연은 계속 옆자리의 태무진 사장 얼굴을 힐끔거리며 보았다. 태무진 사장은 차에 탄 뒤로 내내 창밖의 베이징 풍경만 보고 있었다.

설마 괜히 중국까지 왔다고 생각하는 건가?

역시 왕위 때문에 기분이 나빴던 것이다. 자금성 못 간 것도 거슬린 것이고.

그녀의 시선이 시트 위에 놓인 그의 손으로 떨어졌다. 수연은 용기를 내서 손을 뻗었다. 그녀가 막 손을 잡으려고 했을 때 그의 손이 위로 움직이더니 그대로 팔짱을 껴버렸다.

수연은 허망한 눈으로 혼자 남은 손을 내려다보았다. 연인이 되었지만 아직도 어려움이 남아 있는 것 같았다. 과거가 사라지는 건 아니었으니까. 얼마나 시간이 지나야 정말 그와 모든 걸 공유할 수 있는 연인이 되는 건가 싶었다.

호텔에는 금방 도착했다. 수연은 더 같이 있자는 말을 할 용기가 사라져서 말없이 차에서 내렸다. 태무진 사장은 그녀를 호텔 방 앞까지 에스코트해주었다. 그녀가 연인이라서 보여주는 행동이라기보다는 매너에 가까웠다.

"데려다주셔서 고마워요."

그녀가 감사 인사를 하며 고개를 숙였는데, 머리 위에서 그의 목소리가 들려왔다.

"이대로 그냥 보내는 겁니까?"

이대로 끝인 줄 알았던 데이트가 아직 진행 중이었다.

무진은 사실 그녀를 호텔에 데려다줄 때까지만 해도 데이트를 끝낼 생각이었다. 수연은 아직 출장 중이었고, 중요한 계약이 남아 있었으니까 그녀의 시간을 많이 빼앗으면 안 된다고 생각했기 때문이었다. 출장을 많이 다녀본 그가 잘 아는 일인데도 막상 호텔 방문 앞에 서니 이대로 헤어지기가 싫어졌다.

그가 연애를 시작하고 가장 크게 달라진 게 있다면 충동적이게 되었다는 것이다. 참고 인내하는 건 자신 있었는데 이젠 그게 되지 않았다.

"와인 한잔만 더 하겠습니까?"

수연은 눈을 크게 뜨며 물었다.

"어디서?"

"어디든 편한 장소로 골라요."

수연은 호텔 방문과 그의 얼굴을 번갈아 보다가 조심스럽게 말했다.

"그럼 방에서 한잔하실래요?"

당연히 그녀가 호텔 라운지로 가자고 할 줄 알았기에 무진의 눈이 살짝 커졌다.

그를 믿는 건가, 그를 시험하는 건가?

"라운지에 갔다가 장 실장님이랑 마주칠까 봐."

무진은 이해했다는 듯이 고개를 끄덕였다. 이미 장 실장과 마주쳤다는 말은 할 수가 없었다.

"우리 관계, 사람들이 알면 곤란한 거죠?"

그의 물음에 수연은 당황해서 손을 크게 내저었다.

"그런 거 아니에요."

"따지는 거 아닙니다. 나도 아버지한테 말할 생각 없으니까."

그가 쿨하게 받아치는 말에 수연은 어떤 표정을 지어야 할지 알 수 없어졌다. 결혼식이 취소된 지 얼마 안 되었기에 그가 두 사람의 관계를 숨기는 이유를 너무 잘 아는데도 막상 비밀로 한다고 하니 마음 한쪽이 묵직해졌다.

"나랑 만난다는 거 지금 가온에 알려지면 천수연 대표한테는 별 도움이 안 될 겁니다."

그저 추문만 늘어날 것이다. 그들의 마음이 아무리 진실되고 오래되었다고 해도 사람들은 결코 알아줄 리 없었다. 본인들이 듣고 싶은 대로 떠들어댈 게 뻔했다. 가장 자극적이고 저속한 쪽으로.

"수연도 비밀로 해요. 천태진 대표 깨어날 때까지는."

아버지가 언제 깨어날지 미지수였기에 수연의 얼굴이 어두워졌다.

"만약 사람들한테 우리 두 사람 사이를 들키면, 그땐 어떡해요?"

그녀의 무거운 물음에 무진은 눈을 내리깔았다.

뚜벅.

무진은 그녀에게 한 발 가까이 다가갔다. 그녀를 안을 듯이 뻗어간 손은 그녀의 뒤에 있는 문고리를 잡았다.

"난 우리 두 사람 사이, 방해받고 싶지 않을 뿐입니다. 사람들 눈을 의식하는 게 아니라."

수연은 고개를 들어 태무진 사장의 얼굴을 올려다보았다. 음영이 깊은 남자의 얼굴은 꼭 조각 같았다.

"그러니 다른 사람이 알게 된다고 해서 스캔들이 될 일은 없어요."

그녀와 서이재의 기사는 스캔들이었다. 하지만 그와 그녀는 아니라는 말이 조금은 안심되었다. 사람들이 어떤 말을 하든 그의 마음은 변함없을 것이라는 뜻으로 들렸으니까.

수연은 가방에서 카드키를 꺼내어 문고리 패드에 가져다 대었다.

달칵―.

태무진 사장이 문을 열며 다른 팔로 그녀를 안듯이 허리에 둘렀다. 온몸으로 감싸오는 그의 스킨 향에 수연은 잠시 아찔했다.

정신을 차려보니 어느새 방 안이었다. 그의 팔은 여전히 그녀의 몸을 안고 있었다. 얇은 실크 위에 닿은 손의 촉감이 꼭 맨살을 만지는 듯 선명해서 그녀의 숨결이 흐트러졌다.

내려다보는 남자의 눈빛에서 욕망의 온도를 느낀 수연은 긴장했다. 그가 고개를 숙여 그녀의 이마에 자기 이마를 가져다 댔다. 닿자마자 체온이 뜨거워졌다.

"오늘은 와인만 마시고 갈 겁니다."

그 이상 하지 않는다는 그의 말에 그녀의 심장은 오히려 더 세차게 뛰어댔다.

"무, 무슨 와인 드실 거예요?"

"내가 주문할게요."

그제야 태무진 사장은 그녀의 허리에서 손을 떼고 호텔 방에 비치된 전화기로 걸어갔다. 그 틈에 수연은 손으로 가슴을 누르며 널뛰는 마음을 진정시켰다. 태무진 사장이 유창한 중국어로 주문하는 소리를 들으니 마음은 더 빠르게 평정심을 찾아갔다.

나도 어서 빨리 중국어 공부를 해야겠어.

태무진 사장이 잘하는 건 그녀도 다 잘하고 싶었다. 그녀도 엄연히 한 회사의 대표였으니까.

"사장님은 언어 공부 어떻게 하세요?"

주문을 끝내고 돌아오던 무진은 그녀의 물음에 멈칫했다.

"지금 그게 정말 궁금합니까?"

우린 데이트 중인데. 여긴 호텔 방이고, 둘만 있는데.

수연은 아주 확실하게 고개를 끄덕였다.

"저도 사장님처럼 유능한 대표가 되고 싶어요."

고작 와인을 주문했을 뿐인데, 천수연 대표에게 꿈과 목표를 심어주고 말았다.

“그건 서두른다고 되는 일이 아니니 천천히 해요.”

적어도 오늘 밤 해야 할 일이 아닌 건 분명했다.

와인이 오길 기다리는 동안 태무진 사장은 케이난과의 계약서를 읽었다. 여유롭게 다리를 꼬고 앉아서 차분하게 계약서를 읽는 남자의 일하는 모습은 보는 것만으로도 마음속 욕구가 충족되게 해주어 그녀는 넋을 놓고 쳐다보았다.

이런 남자를 감히 그녀가 차지해도 되는 건가 싶었다. 평생 쓸 행운을 다 써버린 건지도 몰랐다.

그럼 안 되는데.

아버지를 위한 행운도 남겨놓아야 했다.

“왜 그래요?”

그녀의 표정이 울상인 걸 보고 그가 물었다.

“와인이 너무 늦게 와서.”

그녀의 투정에 무진은 피식 웃어버렸다.

“사장님은 제가 왜 좋으세요?”

그 질문에는 그대로 입꼬리가 굳어버렸다. 세상에서 가장 어려운 질문을 받아버린 순간이었다. 그가 힐긋 눈동자만 움직여 쳐다보자 수연이 두 눈을 반짝이며 쳐다보고 있었다.

"그럼 수연은 내가 왜 좋은지 압니까?"

은근히 질문을 넘겨버렸다.

"첫눈에 반했으니까 외모겠죠."

너무 쉽게 나온 대답에 그는 살짝 충격받았다.

설마 그게 다라고?

"이제 사장님이 대답할 차례예요."

무진은 어쩐지 대답하기가 억울해졌다.

딩동—.

그때 와인이 도착했다는 초인종 소리가 울리자 그는 바로 자리에서 일어났다.

"천수연 대표가 오매불망 기다리던 와인이 왔네요."

그녀는 전혀 아니었기에 억울한 눈으로 걸어가는 태무진 사장의 뒷모습을 좇았다. 직원이 돌아가고 태무진 사장이 직접 그녀의 잔에 와인을 따라주었다.

"이거 한 잔 마시면 오늘 데이트는 끝입니다."

충동적으로 마시게 된 와인이지만 나쁘지 않았다. 오히려 안 마셨으면 서운할 뻔했다.

"그럼 우리 앞으로 데이트 끝날 때는 꼭 와인으로 마무리할까요?"

무진은 자기 잔에 와인을 따르며 동의했다.

"문라이트에 좋은 와인 많이 가져다 놓으라고 해야겠네."

와인을 꼭 술집에서만 마시라는 법은 없었지만, 수연은 말을 아끼며 와인을 한 모금 마셨다. 쌉싸래한 와인의 맛이 오늘은 오히려 달게 느껴졌다.

"참, 아까 대답 안 하셨어요."

그녀가 잊지 않고 다시 대답을 요구하자 무진은 와인 잔을 들어 와인을 마셨다. 수연은 그의 얼굴만 뚫어지게 쳐다보며 대답을 기다렸다.

무진은 느리게 와인 잔을 내려놓으며 대답도 느리게 했다.

"정확히 언제부터였는지 기억이 안 납니다."

"네?"

그의 대답에 수연이 살짝 실망하려던 순간, 무진이 부드러운 미소를 입가에 지으며 말했다.

"그냥 어느 순간 보니까 좋아하고 있었습니다."

수연은 골똘히 생각해보았다. 첫눈에 반했다는 그녀의 대답과 서서히 스며들었다는 그의 대답 중 어느 게 더 낭만적인 건지. 그때 태무진 사장이 심각한 표정을 지으며 혼잣말처럼 중얼거렸다.

"아무래도 그 커피 때문인 건지도."

수연은 단호하게 말했다.

"전 커피에 아무것도 안 탔어요."

아니, 그녀도 모르는 사이 탔는지도 모른다. 그녀의 진심과 관심을.

"하여튼 비서 천수연은 그걸로 날 길들이는 것에 성공했습니다. 축하해요."

챙—.

태무진 사장이 장난스럽게 말하며 그녀의 와인 잔에 자신의 잔을 부딪쳤다. 맑은 소리가 그녀의 뼈와 살을 뚫고 심장까지 파고들었다.

“그럼 제가 좋아져서 제 커피에 길들여진 걸까요? 제 커피에 길들여져서 제가 좋아진 걸까요?”

네버엔딩이 되어버린 그녀의 질문에 무진은 항복을 선언했다.

“내가 졌으니까 이제 그만. 정말 모르겠으니까.”

“이것까지만 말씀해주세요. 진짜 궁금해서 그래요.”

대답을 강요하며 그의 곁으로 다가갔는데, 오히려 태무진 사장에게 두 손이 잡혀버렸다. 순식간에 그의 얼굴이 코앞으로 다가오자 수연은 두 눈을 꽉 감았다.

그러나 한참을 기다려도 아무런 일이 일어나지 않아서 그녀는 한쪽 눈만 슬쩍 떴다. 바로 앞에 블랙홀처럼 모든 걸 빨아들일 것만 같은 그의 눈동자가 그녀를 바라보고 있었다. 그의 시선에 사로잡혀 숨이 막혀왔다. 온몸의 세포가 바짝 곤두서며 그라는 존재를 인식했다.

“그럼 수연은 대답할 수 있습니까? 가온과 나 중 누가 더 중요한지.”

그런 엄청난 질문을 받게 되니 수연은 절로 위축되었다.

“장르가 전혀 다른데 어떻게 둘 중 하나를 골라요.”

“가온이라서 대답 못 하는 게 아니라?”

“아니에요!”

당황해서 큰 목소리로 부정하는 그녀의 입술을 그가 단번에 삼켜버렸다. 쏟아져 들어오는 뜨거운 숨결이 순식간에 그녀의 안을 달구었다. 알싸한 와인 향과 키스의 뜨거움이 섞이자 취기는 단숨에 머리끝까지 치고 올라왔다.

소파 위로 쓰러지는 몸 위로 커다란 육체가 겹쳤다. 입술과 팔과 다리가 어지럽게 뒤엉키며 농밀함의 밀도가 방 안을 가득 채웠다.

"하아."

누구의 것인지 모를 달뜬 신음과 옷깃이 스치는 소리가 오감을 자극했다. 파고들어 오는 혀는 타오르는 불씨 같았다. 그가 어루만지는 대로 그녀는 달아올랐다.

이토록 뜨겁게 황홀한 세상이 있다는 걸 그를 만나기 전에는 알지 못했다. 이 사랑이 그녀의 전부는 아니라고 해도 그녀의 삶에서 가장 강렬하고 아름다운 색이었다. 분명 잃게 되면 견딜 수 없는 상실감에 빠질 것이었다. 지금도 뜨거움만 남기고 멀어지는 그의 입술이 약속했다.

무진은 어깨를 들어 올려 위에서 그녀를 내려다보았다. 헝클어진 탐스러운 머릿결과 붉게 달아오른 여인의 매끈한 피부가 남자의 난폭한 욕망을 자극했다. 어쩌면 신은 그를 시험하기 위해 그녀라는 존재를 만든 건지도 모르겠다는 생각마저 들었다. 기꺼이 져주기에는 오늘은 적당한 날이 아니었다. 오늘 그의 절제력은 그도 질릴 정도였다. 이런 순간에도 뇌를 굴리다니.

"오늘 데이트는 여기서 끝내죠."

끝이라는 말에 그녀의 눈동자가 가늘게 떨렸다.

"그만 가볼게요."

무진은 몸을 일으켜 소파에서 완전히 벗어났다. 그녀에게 등을 보인 그의 뒷모습이 너무 높고 멀게만 느껴졌다. 그녀는 천천히 소파에서 몸을 일으켜 앉았다. 치맛자락 아래로 드러난 다리를 보니 그제야 부끄러움이 밀려왔다. 그녀는 옷자락을 정돈하고 흘러내린 머리카락을 귀 뒤로 넘겼다.

그사이 그는 벌써 방문 앞까지 가 있었다. 문 앞에서 태무진 사장이 마지막으로 그녀를 돌아보았다. 조금 전에 그녀와 뜨거운 키스를 나눈 남자가 맞는지 의심될 정도로 그의 얼굴은 차갑고 도도해 보이기만 했다. 그건 그가 자신의 마음을 숨기는 데 능숙하기 때문일 것이다. 그렇게 훈련받았고, 그렇게 살아온 사람이었으니까. 하지만 지금 그녀는 그의 마음을 알고 싶었다. 그도 그녀와 함께 있고 싶은지.

"정말 이대로 가실 거예요?"

그녀가 그리 물을 줄 예상하지 못했는지 찰나에 그의 눈빛이 흔들렸다.

"내가 이대로 가야 천수연 대표가 내일을 대비해서 계약서를 충분히 살펴볼 수 있지 않겠습니까?"

어째 천수연 대표라는 호칭이 벌칙처럼 느껴졌다. 분명 눈빛이 흔들렸는데 말이다. 그녀가 다 보았다. 그런데 왜 이리 사무적으로 딱딱하게 말하는 건가 싶었다. 거리감 느껴지게.

"그럼 사장님이 저랑 같이 계약서를 살펴봐주시면 되잖아요."

그녀는 그냥 그가 안 가길 바랄 뿐이었기에 웃으며 그리 말했는데 태무진 사장의 표정은 오히려 더 무뚝뚝하게 변했다.

"읽은 척한 겁니다."

"네?"

그가 고개를 모로 틀자 날렵한 턱선에 그녀의 시선이 고정되었다.

"계약서에 뭐라고 적혀 있는지 하나도 기억 안 납니다."

그는 이 방에 들어와서 단 1초도 그녀 말고는 관심을 둔 게 없었다. 그런데 그녀는 전혀 눈치채지 못하고 계약서를 같이 보자고 하니 무진은 진짜 떠나야 한다는 걸 실감했다.

"오늘 내 머리는 장식용일 뿐이니까, 천수연 대표 혼자 꼼꼼하게 계약서 잘 살펴봐요."

달칵—.

그 말을 끝으로 태무진 사장은 진짜 방문을 열고 나가버렸다. 수연은 순식간에 떠나버리는 그의 뒷모습을 멍하니 바라만 보았다.

"하아."

무진은 혼자 호텔 복도를 걸어가면서 한숨을 내쉬었다. 연애를 시작하면 더 이상 마음을 숨기는 일은 없을 줄 알았더니 오산이었다. 그가 혼자 독차지하기에는 천수연 대표가 해야 할 일이 너무 많았다. 내조받으며 살 줄만 알았던 태성 그룹 사장님이 어쩌다 보니 내조해야 하는 처지가 되어버렸다.

오랜만에 혼자서 아침 식사를 하게 된 태준석 회장은 일부러 비서를 불러 물었다.

"무진이 오늘 돌아오는 거 맞나?"

"네, 출근 시간에 늦지 않게 도착하실 거 같습니다."

본인이 말한 대로 하루만 있다 돌아오는 것에 안심한 태준석 회장은 그제야 수저를 집어 들었다. 하지만 곧 이어진 비서의 보고에 수저가 허공에서 멈추었다.

"그런데 어제 사장님 사진이 SNS에 올라왔습니다."

태준석 회장은 '그게 무슨 소리냐?'는 눈으로 비서를 쳐다보았다.

"SNS라고? 그 녀석이 그런 것도 했었어?"

"아뇨, 다른 사람이 사장님 사진을 찍어서 SNS에 올린 게 퍼진 거 같습니다."

비서는 어제 하루 SNS에서 화제가 된 사진을 태준석 회장에게 보여주었다. 중국행 비행기 안에서 찍힌 사진이었다. 처음 출처가 태성 그룹 사장으로 올라온 게 아니라 이름조차 없었기에 빠르게 퍼지는 걸 미리 막지 못했다. 사람들 손을 타고 타다가 네티즌에 의해 태성 그룹 태무진 사장이라는 것까지 밝혀진 뒤에야 태성 비서실에서도 사태 파악을 하게 되었다.

하늘 위 썸남

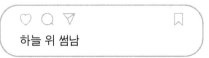

SNS의 내용에 태준석 회장의 눈빛이 찌푸려졌다.

"썸남?"

비서는 사무적으로 대답했다.

"SNS 주인이 중국 유학생입니다."

태준석 회장은 심각한 눈으로 인터넷에 퍼진 아들의 사진을 쳐다보았다. 평소였다면 당장 지우라고 지시했겠지만, 요즘 이런저런 일이 많아서인지 이런 사진 한 장에도 생각이 많아졌다.

"설마 이 녀석이 중국 간 게 이 중국 유학생과 관련이 있을까?"

너무 뜬금없이 떠난 중국행이었다. 그래서 이상하다고 생각하면서도 마음 정리하려고 잠깐 떠난 것이라고만 여겼다.

"그건 사장실에 바로 알아보겠습니다."

비서는 그것보다 이 사진에 대한 처리가 더 급했기에 조심스럽게 태준석 회장에게 물었다.

"사진은 내리도록 조처할까요?"

태준석 회장은 손을 주물럭거리다가 풀며 대답했다.

"우선은 그냥 둬."

딱히 사진을 찍은 중국 유학생과 태무진의 사이가 중요한 게 아니었다. 사진 속 아들의 얼굴을 보고 촉이 왔다. 그가 놓친 뭔가 있는 것 같다는. 그러니 태무진의 꼬리가 된 사진은 그대로 두기로 했다. 꼬리가 더욱 길어지게. 그럼 곧 밝히게 될 것이다.

SNS 사진에 난리가 난 건 정작 사장 비서실이었다.

비서실장의 긴급 호출로 출근 시간 전에 비서실 전 직원이 소집되었다.

"아무도 사장님이 일요일에 중국 간 걸 모른 거야?"

비서실장이 심각하게 묻는 말에 대답하는 이는 아무도 없었다. 사장 비서실에 가장 늦게 온 우수정 대리는 불똥이 자신한테 튈까 봐 이리저리 눈알을 굴리며 눈치를 보았다.

"그럼 도대체 티켓 결제는 누가 한 거야?"

"사장님이 직접 하신 게 아닐까요?"

그것 말고는 답이 없었다.

"사장님이? 말도 안 되는 소리 하지 마. 내가 사장님을 모신 지 벌써 10년이지만 그런 적은 단 한 번도 없어. 휴가 가는 비행기 결제도 항상 비서실이 맡았었어."

비서실장이 사장님의 해외 일정을 몰랐다는 것에 가장 충격을 받았다면 이정희 과장은 SNS 사진에 배신감이 들어서 한마디 했다.

"정말 이 SNS 주인이랑 사장님이 관계가 있을까요? 그럼 전 사장님한테 정말 실망이에요."

우수정이 이 순간을 놓치지 않고 한마디 했다.

"22살이래요. 역시 사장님도 어린 여자가 좋으신가 봐요."

"그 말 책임질 수 있습니까? 우 대리."

연정우 대리가 차갑게 면박을 주자 우수정 대리는 그를 흘겨보았다.

"우선 사진부터 내려야 하는 거 아닙니까?"

연정우 대리가 정확히 지금 해야 할 일을 지적했지만 비서실장은 한숨을 내쉬며 말했다.

"회장님 지시야. 사진은 그냥 두라네."

경제지 기사도 아니고, 찌라시처럼 번진 사진을 그냥 두는 건 태성 비서실의 방침이 아니었다. 회장님의 지시가 가장 이상하다고 생각하고 있을 때 사무실 문이 열리며 태풍의 눈이 되어버린 태무진 사장이 들어왔다.

"다들 일찍 출근했네요."

비서실 직원들이 모두 모여 있는 걸 보고 태무진 사장은 평이하게 인사했다. 직원들은 할 말은 많지만 아무 말도 할 수 없다는 표정으로 그를 쳐다보기만 했다. 태무진 사장이 그대로 집무실로 들어가버리자 이정희 과장은 자리에서 벌떡 일어났다.

"제가 물어볼게요."

누구든 총대를 메야 했기에 비서실장은 이정희 과장이 나서자 오히려 안도했다.

이정희 과장은 수연의 억울한 처지를 알아줄 사람은 자신뿐이라고 생각했기에 곧장 집무실로 걸어가 노크를 했다.

달칵—.

그녀가 문을 열었을 때 태무진 사장은 재킷을 벗어서 옷걸이에 걸고 있었다. 중국에서 비행기를 타고 곧장 회사로 오는 강행군을 했는데도 피곤한 기색 없이 단정했다.

“SNS에 사장님 사진이 올라왔습니다.”

이정희 과장의 보고에 무진은 눈꼬리를 올렸다.

“그게 무슨 소리입니까?”

“중국행 비행기 안에서 찍힌 사진입니다.”

그제야 무진은 비행기 안에서 그를 찍고 서둘러 핸드폰을 숨기던 여자를 기억해내고 손가락으로 이마를 문질렀다. 대수롭지 않게 여겨 그냥 넘겼는데 생각도 못 한 꼬리가 되어버렸다. 이러면 조용히 중국에 다녀온 노력이 헛수고가 되었다.

“그 사진은 내리는 게 맞는 거 같습니다.”

이정희 과장은 조금은 비난이 담긴 눈빛으로 태무진 사장을 쳐다보며 말했다.

“천수연 대표가 보면 마음에 상처가 될 겁니다.”

태무진 사장은 말없이 그녀의 얼굴을 쳐다보기만 했다.

“아무리 진짜 결혼식이 아니었다고 해도 천수연 대표는 웨딩드레스까지 입었으니까요.”

자신의 건방진 태도에 화를 내도 할 말이 없을 텐데 태무진 사장에게서 아무런 반응이 없자, 이정희 과장은 오히려 부담스러웠다.

무진은 속으로 꽤 많이 놀랐다. 이정희 과장이 수연을 대신해서 그를 나무랄 줄은 몰랐으니까. 수연을 대신해줘서 고맙기도 하고, 앞으로 비밀 연애하는 동안 그는 몰인정한 인간이 되는 건가 싶어서 마음이 복잡해졌다.

"누가 사진을 내리지 말라고 지시한 겁니까?"

"회장님이……."

태무진 사장이 미간을 찌푸리며 냉정하게 지시했다.

"회장님 지시는 따를 필요 없으니까 당장 사진 내려요. 그리고 SNS 주인한테도 확실히 말해둬요. 앞으로 남의 사진 허락도 없이 인터넷에 올리면 고소당할 거라고."

이정희 과장은 조금 얼떨떨한 기분이 되었다.

뭐지? 전혀 모르는 사이처럼 말하네.

"그럼 중국에는 갑자기 왜 가신 건지?"

"내가 그거까지 이 과장에게 보고할 이유는 없을 거 같군요. 나가봐요."

딱 잘라 쫓아내니 이정희 과장은 그만 집무실을 나갈 수밖에 없었다. 그녀가 문을 열고 나오자 문밖에 대기하고 있던 비서실 직원들이 뚫어지게 그녀의 얼굴만 쳐다보았다.

"사진은 내리래요. 그리고 중국 간 이유는 말씀하시지 않았어요."

"그게 제일 중요한데 그걸 못 알아내면 어떡해!"

"정 궁금하시면 실장님이 직접 물어보시던가요."

이정희 과장은 야단치는 비서실장에게 시니컬하게 말하고는 자신의 자리로 돌아갔다.

"사장님이 그 중국 유학생이랑 아무 사이 아니라고 하세요?"

자리까지 쫓아온 우수정 대리가 질문을 던지자 이정희 과장은 냉담한 시선을 보냈다.

"우 대리, 사장실에서 오래 근무하고 싶으면 호기심 많은 성격을 버려."

우수정 대리는 입을 꾹 다물었지만 많이 억울한 표정이었다. 이정희 과장은 대놓고 무시했다.

수연이 중국 출장을 끝내고 한국에 돌아온 시간은 자정이었다. 너무 늦은 시간이라 누군가에게 연락할 수가 없었다.

"실장님, 피곤하실 테니까 여기서 헤어져요. 제가 알아서 갈게요."

"아닙니다. 시간도 늦었으니까 집까지 모셔다드리겠습니다."

"괜찮아요. 운전기사도 있는데 굳이 실장님까지 고생하실 필요 없어요."

그녀가 계속 거절하자 장 실장은 할 수 없이 고개를 숙여 인사했다.

“그럼 내일 회사에서 뵙겠습니다.”

수연은 장 실장보다 더 깊이 고개를 숙여 인사했다. 장 실장은 그녀에게 아버지 대신이나 마찬가지였으니까.

“네, 수고하셨습니다.”

케이난과의 계약은 서로 간의 입장 차이로 결국 최종적으로 무산되었다. 돈을 좇다가 가온의 정신까지 팔아버릴 수는 없었으니까. 케이난은 좋은 파트너로 적합하지 않은 회사라는 게 대표인 천수연의 결정이었다.

하지만 회사 임원들은 그리 생각하지 않을 것이기에 이제 회사에 돌아가서 더 커다란 파도와 싸워야 했다. 어쩌면 적과 싸우는 것보다 같은 편을 설득하고 이해시키는 게 더 힘든 일인지도 몰랐다.

차 뒷좌석에 올라탄 수연은 시트에 깊게 몸을 묻었다. 일주일의 피로가 한꺼번에 몰려오는 것처럼 몸이 무거웠다.

Rrrrrrrrrrr— Rrrrrrrrrrr—.

전화벨 소리에 그녀는 흠칫 놀랐다. 설마 하며 핸드폰을 꺼내 확인했는데 전화한 사람은 태무진 사장이었다. 그녀는 피곤함도 잠시 미루어두고 웃으며 전화를 받았다.

“저 막 도착했어요.”

[네. 고생했어요.]

태무진 사장의 한마디에 그녀는 괜히 마음이 뭉클해졌다.

“그런데 계약 안 했어요. 가온에 엄청 큰돈을 벌어다 줄 계약이었는데, 그런 계약 차버린 대표한테 사람들이 대표 자격

없다고 하면 어쩌죠?"

[그런 기회를 차버릴 수 있는 건 용기입니다. 쉽게 타협하지 않는 게 역시 천태진 대표 딸답네요.]

수연의 눈가가 뜨거워졌다. 이런 말을 해줄 수 있는 사람이 그녀의 곁에 있다는 게 너무 감사했다.

"지금 집이세요?"

[아니.]

"설마 아직도 회사세요?"

[회사도 아닙니다.]

당연히 둘 중 하나라고 생각했던 수연은 의아하게 여기며 물었다.

"그럼 어디 계세요?"

[내가 어디 있었으면 좋겠어요?]

오히려 그가 물어오니 수연은 헛웃음이 나왔다.

"제가 말하는 곳에 나타나실 거예요?"

[그러길 원하면 눈을 감고 말해봐요.]

수연은 말 잘 듣는 아이처럼 두 눈을 감고 말했다. 마치 소원을 빌듯이.

"공항이요."

저벅저벅.

환청처럼 누군가 걸어오는 발소리가 진짜 들려오는 듯했다. 수연은 천천히 두 눈을 떴다. 차 앞에 아무도 없다는 걸 확인한 수연의 눈빛에 바로 실망감이 스몄다. 혹시나 해서 고개를 돌려 뒤도 확인해보았지만 공항은 텅 비어 있었다.
"없잖아요."
[그럼 진심이 모자랐나 보네요.]
"아니에요!"
태무진 사장이 그녀의 탓으로 돌리니 수연은 울컥했다.
[장담합니까?]
"네. 사장님이야말로 정성이 부족한 거 아니세요?"
사실 그가 중국까지 와주어서 마중을 나오는 건 바라지도 않았는데 태무진 사장이 그녀를 놀리니까 괜히 타박하게 되었다. 그녀는 이해심이 많은 애인이 되고 싶었는데 말이다.
[나도 아닙니다.]
"진짜 장담하세요?"
그의 말을 그대로 돌려주었더니 좀 마음이 풀렸다.
마지막은 웃으면서 인사를 하려고 했는데 갑자기 차도 쪽 문이 활짝 열렸다. 수연은 놀라서 고개를 돌렸다.
태무진 사장이 문 앞에 서 있었다.
"어디서 나타나신 거예요?"
그녀는 귀신이라도 본 표정으로 그를 쳐다보며 물었다. 태무진 사장은 그녀가 아니라 운전기사를 보며 말했다.
"천수연 대표는 내가 집까지 데려다줄 테니까 여기서 퇴근하세요."
운전기사가 당황해서 그녀를 쳐다보았다. 수연은 고개를 끄덕였다.

"그렇게 하세요."

태무진 사장이 그녀를 향해 손을 내밀었다. 저 손을 잡는 걸 기대조차 못 했던 시간을 떠올리니 이 순간이 정말 꿈같이 느껴졌다.

수연은 웃으며 그의 손을 잡았다.

"납치하는 거 아니죠?"

그녀의 장난스러운 물음에 태무진 사장이 눈을 좁혔다.

"흠, 그것도 나쁜 생각은 아니네요."

태무진 사장의 손이 힘껏 그녀의 몸을 끌어당겨 차 밖으로 꺼내었다. 수연은 그의 품에 안기며 소녀 시절에 그랬듯이 깔깔 웃어댔다. 그의 커다란 손이 그녀의 머리카락을 다정하게 넘겨주니 심장이 간질거렸다.

"그거 아세요? 사장님이 저 처음으로 마중 나와주셨어요."

항상 마중은 비서인 그녀의 임무였다. 그런데 처음으로 태무진 사장이 공항까지 그녀를 마중을 나와주었다는 게 수연은 너무 행복했다. 이제야 보스와 비서 관계를 청산하고 진짜 애인이 된 것 같았다.

"장담합니까?"

태무진 사장이 또 그렇게 묻자 수연은 눈을 동그랗게 떴다.

"제가 틀렸다고요? 사장님이 마중 나온 적이 있으면 제가 기억 못 할 리가 없죠."

따박따박 받아치는 그녀의 손을 잡아끌며 무진은 반대편 길에 세워둔 차로 걸어갔다.

"그냥 하신 말씀이죠? 진짜 저 마중 나온 적 있는 거 아니죠?"

계속되는 그녀의 질문에 태무진 사장은 혼자만의 미소를 지을 뿐이었다. 태무진 사장은 사업만 탁월한 게 아니라 연애에서도 사람 마음을 들었다 놨다 하는 재주가 있는 것 같았다. 그녀도 분발해야겠다.

아무리 피곤해도 집에 도착할 때까지는 절대 자지 않을 것이라고 마음먹었는데 차 안에서 그녀의 눈꺼풀은 자꾸 아래로 내려갔다.

"피곤하면 자요. 도착하면 깨울 테니까."

운전하던 태무진 사장이 그녀가 졸음과 싸우고 있는 걸 보고 말했다. 수연은 바로 눈을 크게 떴다.

"저 안 잤어요."

그녀의 고집에 무진은 짧게 고개를 저었다. 수연은 눈을 크게 뜨고 빠르게 지나가는 가로등을 열심히 쳐다보았다.

"내가 여전히 안 편합니까?"

"네?"

"편하면 잠도 편하게 잘 테니까."

잠들었다가 침이라도 흘릴까 봐 못 자는 거였다. 연애 초기에 추한 모습을 보여주고 싶은 여자가 어디 있겠나. 수연은 천근 같은 눈꺼풀과 사투를 벌였다.

끼이익—.

무진이 운전하는 차가 수연의 집 앞에 도착했을 때, 그녀는 잠이 들어 깨어나지 못했다. 무진은 바로 그녀를 깨우지 않고 몸을 옆으로 돌려 잠든 그녀의 모습을 감상하듯이 쳐다보았다.

새근새근, 숨을 내쉬며 자는 모습이 아이 같아서 보고 있으니 입가에 절로 미소가 걸렸다. 이렇게 평화롭고 아름다운 시간이 그에게 왔다는 것이 그저 신기했다. 마치 신기루 같아서 때때로 불안함도 몰려왔다. 살면서 그한테 이런 순간이 주어질 것이라고는 기대조차 못 했기에.

무진은 그녀가 깨지 않게 조심스럽게 손을 뻗어서 무릎 위에 놓인 하얗고 부드러운 손을 천천히 감싸 쥐었다. 작은 손은 세게 쥐면 부서질 것만 같았다.

"내가 한없이 약해지는 기분이네."

그런 모습을 남한테 들키면 안 된다는 걸 알고 있었다. 그한테 약점이 생겼다는 걸 알게 되면 승냥이처럼 덤빌 적은 다른 누구도 아니고 그와 핏줄을 나누고 있는 사람들이었다.

무진은 마음을 다잡고 그녀를 깨웠다.

"수연, 일어나요. 집입니다."

지금은 세상에서 가장 듬직한 남자 친구만 하고 싶었다.

chapter 19

애인이니까

그녀가 케이난과의 계약을 포기한 것에 대해 회사 임원들은 예상대로 격하게 그녀를 비난하고 나왔다. 지금 가온은 위급한 상황을 넘겨서 케이난과의 계약을 욕심내지 않아도 충분히 예전으로 회복할 수 있다는 그녀의 설명은 전혀 통하지 않았다.

"이래서 어린 여자 대표는 무리라는 건데."

황 전무가 대놓고 혀를 쯧쯧, 차는 소리를 듣고만 있던 수연은 갑자기 황 전무에게 물었다.

"요즘은 아르노와 연락 안 하시나요?"

황 전무는 언짢은 표정으로 그녀를 쳐다보았다.

"케이난 이야기 중인데 아르노는 왜 들먹이는 겁니까?"

"전 케이난과 아르노의 목적이 다르지 않다고 생각했습니다. 아르노에 대해서는 황 전무님이 저보다 전문가시니까 황 전무님 생각은 어떠신가요?"

"지금 나한테 책임 전가하는 건가! 그 계약 엎고 온 건 천 대표야!"

"반말하지 마시죠. 여기는 회사고, 저는 황 전무님의 상사입니다."

그녀가 강하게 나가자 회의장 분위기가 싸늘해졌다. 수연은 자리에서 일어났다.

"절 욕하는 거 말고는 하실 말씀들이 없는 거 같으니 이만 물러가겠습니다. 더 욕하실 게 남으셨으면 메일로 보내주세요. 하나도 빠지지 않고 다 읽어보며 마음에 새기겠습니다."

회의실을 나서는 그녀의 뒤를 따라 나오는 사람은 장 실장뿐이었다. 하지만 수연은 그녀의 결정을 번복할 마음이 없었다. 가온은 가온이 가야 할 길이 있었다. 그리고 케이난은 그걸 이해하고 함께할 수 있는 파트너가 아니었다. 케이난은 천태진 대표가 없으면 조종하기 편할 것 같아서 가온을 선택했을 뿐이었다.

그녀가 무시당한 게 기분 나빠서 계약을 엎은 게 아니었다. 그녀는 대표로서 가온의 정신을 지키면서 앞으로 나아갈 책임이 있었다. 그런 그녀의 결정을 존중해주지 않는다면 어쩔 수 없었다. 시간을 들여 보여줄 수밖에. 그녀의 결정이 틀리지 않았다는 걸.

Rrrrrrrrr— Rrrrrrrrr—.

엘리베이터 앞에서 전화가 울리자 수연은 바로 핸드폰을 꺼내 확인했다. 혹시 태무진 사장인가 싶었는데, 발신자에 적혀 있는 이름은 '서이재'였다. 수연은 핸드폰을 옆에 있는 장 실장에게 넘겼다.

"서이재 씨네요. 대신 받아주세요."

장 실장은 살짝 당황해서 핸드폰만 바라보았다.

"대표님한테 건 전화인데 제가 받아도 될까요?"

"제가 전화 받을 수 없는 상황이라, 대신 받았다고 하세요. 아예 무시하는 것보다는 그게 낫지 않을까요?"

업무상 전화라면 서이재는 소속사를 통해서 가온으로 연락했어야 했다. 그런데 대표 전화로 직접 연락했으니 그녀가 이런 꼼수를 부린다고 해서 너무하다고 타박할 입장은 아니었다. 할 수 없이 장 실장은 수연 대신 서이재의 전화를 받았다.

"여보세요?"

[어? 천수연 대표 전화 아닌가요?]

"맞습니다. 전 천 대표님 비서입니다. 대표님이 지금 전화를 받기 좀 곤란하신 상황이라, 하실 말씀이 있으면 제게 하십시오. 전해드리겠습니다."

수연은 엘리베이터 계기판만 바라보고 있었다. 케이난과의 계약이 이대로 끝날 것 같지 않다는 예감이 들었기에 어떻게 대비를 할지 생각했다.

[설마 제 전화 피하는 건가요?]

"아닙니다. 그럴 리가요."

장 실장이 도움을 요청하는 눈빛으로 쳐다보았지만 수연은 일부러 고개를 돌려 외면했다. 미안하지만 어쩔 수 없었다. 그녀는 애인이 있는 몸이라서 아무 남자랑 막 전화할 수 없었다.

[흠, 믿어보기로 하죠. 전 단지 천수민이 집에 잘 돌아갔나 궁금해서 전화한 겁니다.]

"네? 천수민 상무 말씀입니까?"

장 실장의 목소리가 높아졌다.

수연도 놀라서 고개를 돌렸다. 정말 생각도 못 한 이름이 튀어나왔기에. 그녀는 서둘러 장 실장의 손에서 핸드폰을 빼앗아 직접 전화를 받았다.

"우리 오빠를 만났어요?"

[천수연 대표?]

"어디서 봤는데요!"

수연은 마음이 급해서 서이재에게 다그쳐 물었다.

[역시 내 전화 피한 거네.]

"미안해요. 사과할게요. 그래서 우리 오빠는요?"

뻔뻔한 사과였지만 수연은 개의치 않고 수민에 관해 물었다.

[김정숙 피디를 얼마나 믿어요?]

"네?"

수민이 있는 곳을 말해달라고 했는데 왜 김정숙에 관해 묻는 건지 수연은 알 수가 없었다.

"김정숙이 부산 촬영 갔을 때 오빠 찾아준다고 했어요. 전 믿고 맡겼고요."

사실 그녀가 부산까지 갈 상황이 아니었다는 게 더 정확했지만 김정숙을 의심한 건 아니었다.

[지금 믿는 도끼에 발등 찍힌 거 같은데.]

"설마 김정숙이 절 속이기라도 했다는 거예요?"

[정확히는 김정숙 피디가 천 대표 오빠한테 매수된 쪽일지도.]

황당한 말에 수연의 입은 벌어진 채 다물어지지 않았다.

[부산에서 천수민 찾았어요. 그런데 아직도 집에 안 돌아갔다면 그거밖에 달리 말이 되는 게 없는 거 같은데.]

"오빠가 또 도망쳤을 수도 있죠."

수연은 김정숙을 의심하고 싶지 않았다.

[서울 돌아와서 내가 천 대표 오빠에 관해 물어봤을 때 집에 잘 돌아갔다고 했어요.]

수연의 머릿속이 어지러워졌다.

[고객님이 통화 중이니 다음에 걸어주시기를 바랍니다.]

무진은 핸드폰을 천천히 귀에서 떼어서 내려놓았다. 왜 이리 오래 통화가 안 되는 건가 싶었다. 개인 핸드폰으로 업무 전화를 이리 길게 할 리는 없었다. 급하게 할 이야기가 있는 게 아니었으니 나중에 다시 전화해도 되지만 무진은 핸드폰을 손에서 놓을 수 없었다.

무진은 톡톡 손가락으로 핸드폰 액정을 두드리다가 다시 어딘가로 전화를 걸었다.

Rrrrrrrrr— Rrrrrrrr—.

달칵—.

이번에 전화를 건 사람은 바로 전화가 연결되었다.

[여보세요.]

천수연 대표의 비서 장 실장이었다.

"태무진입니다. 혹시 천수연 대표 지금 바쁜가요?"

굳이 비서한테 묻기까지 하는 건 너무 집착인가 싶긴 했지만 신경이 쓰이는데 어쩌겠나.

그냥 묻기만 할 생각이었다.

[아! 지금 통화 중이십니다.]

"나보다 중요한 사람인가요?"

무진은 그가 가온 최대 주주라는 걸 암시하듯이 물었다. 안 그럼 장 실장이 천수연의 통화 상대를 말해주지 않을 테니까.

[그게, 서이재 씨입니다.]

무진의 눈빛이 딱딱하게 굳었다.

수연은 김정숙이 왜 그랬는지 도저히 이해할 수가 없었다.

설마 과거에 그녀가 김정숙에게 마음의 상처를 준 일이 있었나?

기억도 안 났지만 그녀의 기억에 김정숙은 그리 쉽게 상처를 입는 성격이 아니었다.

[직접 확인해봐요. 만약 김 피디가 데리고 있다면 김 피디 집에 있지 않겠어요?]

그럼 그건 김정숙이 오빠를 납치한 게 되는 건가?

수연은 말도 안 되는 생각으로 진행되자 머리에 쥐가 나는 것 같았다.

[내가 같이 가줘요?]

서이재의 말에 수연은 그제야 정신이 퍼뜩 들어서 서둘러 대답했다.

"아뇨. 저 혼자 가볼게요."

[흠, 혹시 저번 파파라치 사진 아직도 신경 쓰는 거예요?]

"그게 아니라……."

'저는 이제 애인이 있는 몸입니다.'라고 말하고 싶었지만 곁에 장 실장이 있었기에 수연은 선불리 말할 수 없었다. 그런데 장 실장이 굉장히 곤란한 표정으로 그녀를 쳐다보고 있었다.

이쪽은 또 왜 이래?

수연은 의아하게 생각하며 서이재에게 말했다.

"어쩐지 오빠 잘못이 더 클 거 같아서 그래요. 부끄러운 집안일, 다른 사람에게 들키기 싫은 법이잖아요."

그녀는 김정숙이 벌인 일이라기보다는 수민이 벌인 일에 김정숙이 휘말린 쪽이라고 생각했다.

[그래요. 그럼 내 도움 필요하면 전화해요.]

"네, 고맙습니다."

[감사 인사로 선 긋는 사람은 천 대표가 처음이네요.]

서이재 역시 거절당하지 않을 만큼의 관심만 보이니 그녀도 곤란했다. 톱스타이기 때문인지 사람에게 접근하는 방식이 굉장히 조심스러운 것 같았다. 그게 아니라면 이게 고단수의 기술인지도 몰랐다. 그녀가 거절할 기회조차 주지 않는. 수연은 서이재와의 전화를 끊고 장 실장에게 말했다.

"김정숙 피디 집으로 찾아가 봐야 할 거 같아요. 집이 어딘지 좀 알아봐주시겠어요?"

"네, 알겠습니다. 그런데……."

장 실장이 말을 마무리 짓지 못하고 끌자 수연은 그의 얼굴을 빤히 쳐다보았다. 장 실장은 짧은 한숨과 함께 보고했다.

"방금 태무진 사장에게서 전화가 걸려 왔습니다."

"네?"

그녀의 눈이 순식간에 커졌다.

"대표님이 서이재 씨와 통화 중이라고 했더니……."

"그, 그래서요?"

그녀는 죄지은 것도 없는데 말을 더듬게 되었다. 피부가 서늘해지는 느낌이었다.

"알았다고 하면서 그냥 끊으셨습니다."

수연은 멍하니 장 실장의 얼굴을 바라보다가 물었다.

"그게 무슨 뜻이죠?"

"아무 뜻이 없다는 게 저도 좀 의아하긴 했습니다."

수연은 핸드폰을 두 손으로 꼭 부여잡고 고민했다.

지금 당장 태무진 사장한테 전화해서 해명할 것인지, 아니면 그가 먼저 전화할 때까지 기다릴 것인지.

수연은 중간쯤 되는 선택지를 고르기로 했다.

메시지를 보내는 거였다.

서이재 씨가 오빠 있는 곳을 알려주어서 만나러 가요.

이 메시지를 보면 태무진 사장도 쓸데없는 오해를 하지는 않을 것이다. 그런데 메시지를 보내고, 3분이 지나고, 5분이 지나고…… 계속 시간이 흘렀지만, 태무진 사장한테서는 아무런 답변이 없었다.

……바쁜 거겠지?

그녀는 답변 없는 메시지에 대한 찝찝한 마음을 품고 김정숙의 집으로 향했다.

무진은 수연이 보낸 문자를 물끄러미 응시했다.

수연은 수민을 찾으러 부산에 가겠다고 한 적이 있었다. 그때 수연에게 수민의 행방을 알려준 사람이 수연의 대학 동기 김정숙 PD였다. 그리고 김정숙 PD는 서이재 주연의 드라마 촬영을 막 끝낸 것으로 알고 있었다. 그 마지막 촬영이 아마도 부산이었을 것이다. 그럼 서이재가 알고 있다는 천수민의 행방은 김정숙 PD와 관련 있을 가능성이 컸다.

무진은 그날 병원에서 수연에게 걸려왔던 김정숙 PD의 전화번호를 떠올리고는 바로 핸드폰으로 번호를 눌렀다.

Rrrrrrrrr— Rrrrrrrrr—.

[고객님이 전화를 받지 않아서 음성 사서함으로…….]

김정숙 PD는 전화를 받지 않았다. 무진은 포기하지 않고 키폰을 눌러 비서실에 말했다.

"KCS 김정숙 피디 전화 연결해서 나한테 돌려주십시오."

그가 지시를 내리고 5분 뒤 비서실에서 보고했다.

삑—.

[사장님, 김정숙 피디 연결됐습니다.]

무진은 바로 전화기를 집어 들었다.

"태성 그룹 태무진 사장입니다."

[네, 저한테 어쩐 일로 연락을 하신 건지?]

김정숙의 목소리는 낮고 조심스러웠다. 권력자 앞에서 주눅 든 목소리와는 결이 좀 달랐다. 뭔가 숨기고 있는 느낌이랄까.

"도착했습니다."

수연은 높이 솟아 있는 아파트 건물을 불편한 눈으로 올려다보았다.

"대표님?"

차가 멈추었는데도 그녀가 움직이지 않자 장 실장이 의아하게 여기며 그녀를 불렀다. 그제야 수연은 차 문을 열었다.

"가보죠."

수민이 아직 돌아올 마음이 없다고 해도 꼭 데리고 가야 했다. 아무리 힘들어도, 죽을 것 같아도, 그것조차 가족 곁에서 하게 할 것이다.

딩동―.

수연은 김정숙의 집 초인종을 눌렀다. 김정숙은 아직 방송국에 있을 시간이었다. 혹시나 하는 마음에 눌러보았는데 응답이 없었다.

수연은 그제야 핸드폰을 꺼내 김정숙에게 전화를 걸었다. 직접 김정숙과 대화할 시간이 오니 마음은 오히려 담담해졌다.

[여보세요, 수연아. 안 그래도 내가 먼저 전화하려고 했는데 회사에 전화했더니 너 중국 출장 갔다고 하더라고.]

김정숙은 전화를 받자마자 쿨한 성격답지 않게 말이 길어졌다. 수연은 가만히 듣고 있다가 김정숙이 조용해지자 그제야 입을 열었다.

"서이재 씨 말이 네가 우리 오빠 데리고 있다고 하더라고. 그래서 지금 너희 집 찾아왔어."

[하하하. 그게 무슨 소리야? 너희 오빠 찾았으면 내가 당연히 너한테 제일 먼저 연락했지.]

"나도 그렇게 생각해. 그래서 너희 집 비번 뭐야?"

평소와 다른 그녀의 냉정한 태도에 김정숙은 잠시 말이 없었다. 수연은 차분하게 말했다.

"경찰 부르는 것보다는 그냥 네가 알려주는 게 낫지 않겠어?"

[천수연, 너 그거 진심으로 하는 소리야?]

"너무하다고 생각해도 할 수 없어. 난 꼭 내 눈으로 확인해야 하거든. 우리 오빠 일이니까."

[그래, 알았어. 알려주면 되잖아.]

김정숙의 목소리는 화가 났다기보다는 포기한 듯한 느낌이었다.

수연은 김정숙이 알려준 비밀번호를 눌러서 아파트 안으로 들어갔다. 엘리베이터를 타고 곧장 17층까지 올라갔다.

김정숙의 집 앞에 도착해서도 바로 비밀번호를 눌러 문을 열었다.

덜컹-.

현관문이 열리며 단출한 살림의 실내가 드러났다. 워커홀릭 김정숙이 살림에 얼마나 소홀한지 바로 눈으로 확인할 수 있었다.

"천 상무는 여기도 없습니다."

집 안은 텅 비어 있었다. 하지만 수연은 바로 나가지 않고 냉장고로 걸어가서 문을 열었다. 세간살이가 별로 없는 집 안과 달리 냉장고 안은 먹을 것으로 가득 차 있었다. 수연은 오빠 수민이 잘 먹는 만두로 가득 찬 냉동실을 바라보며 허무하게 중얼거렸다.

"또 도망쳤나 보네요."

탁탁탁탁.

수민은 정신없이 계단을 뛰어 내려갔다. 아직 그는 동생을 만날 용기가 없었다. 이대로 도망치면 영영 그런 용기는 안 생길지도 모르지만, 한 번 시작된 도망은 그의 의지로 끊어낼 수가 없었다. 그는 겁이 났다. 엉망진창이 된 현실을 똑바로 마주하는 게.

계단으로 1층까지 내려와 서둘러 아파트를 빠져나가는 수민의 앞을, 갑자기 나타난 커다란 벤이 막았다. 차 창문이 열리며 선글라스를 쓴 화려한 얼굴의 연예인이 얼굴을 내밀었다.

"역시 천수민 씨 여기 있었네."

수민은 서이재의 얼굴을 보며 이를 으득 갈았다. 서이재 때문에 몰려든 사람들로 인해 팔이 부러져 아직도 깁스를 하고 있었으니까.

"당신은 왜 또 나타난 거야?"

화내는 천수민을 보며 서이재는 씨익 미소를 지었다.

"지금 천수민 씨 제보하면 천수민 씨 동생한테 점수 좀 딸 수 있을 거 같네요."

"그럼 난 너 고소할 거야! 너 때문에 내 팔이 이 꼴이 됐으니까."

"화내지 마요. 내가 도와줄 수 있을지 또 알아요?"

"댁 도움 따위는 안 받으니까 썩 꺼져!"

수민은 서이재를 외면하고 서둘러 앞으로 달려가다가 벽 같은 것에 부딪혔다.

"악!"

분명 도보 위였기에 갑자기 벽이 생길 리가 없었다. 수민은 아픈 코를 멀쩡한 손으로 부여잡고 고개를 위로 올렸다. 한참을 시선이 올라간 뒤에야 남자의 얼굴이 나왔다. 서늘하면서 강렬한 눈빛은 상대를 압도하는 힘이 있었다.

"이제야 보네요, 천수민 씨."

그가 먼저 수민을 아는 척하자 수민은 버럭 성부터 냈다.

"너는 또 뭐야!"

그는 턱을 올려 안 그래도 높은 곳에 있는 얼굴을 더 위압적으로 보이게 했다.

"그쪽한테는 최대 주주."

그는 고개를 틀어 벤에 타고 있는 서이재 쪽도 보았다.

"그리고 저쪽한테는 광고주."

권력의 무게에 압사할 것 같은 태무진의 자기소개에 수민과 서이재는 동시에 할 말을 잃었다. 무진은 이 물건들을 어찌 처리할지 고민하는 눈빛으로 두 사람을 천천히 둘러보았다. 한 놈은 직계 가족, 한 놈은 가온의 광고 모델. 결과적으로 지금 수연에게 필요한 사람들이라는 뜻이었다. 그게 그의 입장에서는 가장 골치가 아픈 일이었다.

"당신이 정말 새로운 가온의 최대 주주라고?"

수민은 수연이 대표가 될 수 있었던 게 새로운 최대 주주 때문이라는 소식만 들었고, 그 최대 주주가 누군지는 알지 못했다.

"우리 한 번 본 적 있지 않나요?"

서이재는 그의 얼굴을 기억하고 있었다. 정확히는 방송국 로비에서 수연을 데리고 떠나던 남자의 얼굴을. 그런데 그의 광고주라고 하니 경계심의 날이 바짝 곤두섰다.

두 물건이 연타로 질문을 날리자 무진은 눈썹을 들어 올렸다. 무진은 주머니에서 핸드폰을 꺼내며 묵직하게 말했다.

"난 지금 천수연 대표한테 전화할 겁니다. 천수민 씨는 가만히 있고, 서이재 씨는 그만 떠나요."

무진의 경고에 수민과 서이재의 표정이 동시에 일그러졌다.

"당신이 뭔데 내 동생한테 전화를 해!"

"내가 왜 떠나야 합니까?"

또 두 물건이 동시에 그에게 항의하자 무진은 전화벨을 누르며 무미건조한 어투로 설명했다.

"내가 천수연 대표 애인이니까."

두 사람은 동시에 벼락이라도 맞은 듯한 표정을 지었다.

"내가 허락 안 했는데 누구 맘대로!"

얼굴이 빨갛게 달아올라 달려드는 수민에게 무진은 핸드폰을 들이밀었다. 핸드폰 안에서는 수연의 목소리가 흘러나오고 있었다.

[사장님, 메시지에 답변이 없어서 바쁘신가 했어요.]

오랜만에 듣는 여동생의 목소리에 수민은 그대로 얼음이 되어버렸다. 무진은 수민한테서 시선을 떼지 않으며 스피커폰에 대고 말했다.

"지금 1층으로 내려와요."

[네? 제가 어디 있는지 아세요?]

"압니다. 그러니까 내려와요. 기다리고 있을 테니까."

무진의 시선이 다시 서이재에게로 향했다. 서이재는 떨떠름한 눈으로 그를 쳐다보다가 선팅이 짙게 된 창문을 닫아버렸다. 서이재가 가장 자신 있는 게 여자한테 환심 사는 것이었고, 가장 기피하는 게 치정 싸움이었다. 아무래도 오늘은 무조건 지는 패 같았다. 그러니 조용히 물러갈 수밖에.

"그만 출발해요."

서이재의 말에 운전석에 앉은 매니저가 돌아보았다.

"진짜 그냥 가?"

"못 들었어요? 광고주라잖아요."

"뻥카일 수도 있잖아."

매니저의 의심에 서이재는 피식 실소를 지었다.

"지금 저 남자가 몸에 걸치고 있는 것만 다 합해도 1억 원이 넘어요."

그제야 매니저는 기겁해서 서둘러 차를 출발시켰다.

부우웅―.

서이재의 차가 떠나고 천수민과 둘만 남게 되자 무진은 서늘한 시선으로 고개를 숙이고 있는 그를 내려다보았다.

"또 안 도망갑니까?"

주주 총회 전에도 도망쳤고, 오늘도 찾아온 동생을 피해 도망치는 중이었다. 수민은 자존심이 상한 눈으로 그를 노려보았다. 수연과 많이 닮은 얼굴로 그를 증오하는 시선으로 노려보니 무진도 기분이 굉장히 묘해졌다.

"나약하다고 모든 행동이 용서되는 게 아닙니다."

천태진 대표가 한 잘못이 딱 하나 있다면 그건 아들을 보호하기만 하고 강하게 키우지 못했다는 것이다. 그래서 그가 무너질 때 아들도 같이 무너지게 만들었다. 그 무너진 잔해에 깔린 건 결국 수연 혼자였다.

"그리고 당신 동생도 강해서 지금껏 가온과 함께 버틴 게 아니고."

무진은 그 누구보다 잘 알고 있었다. 수연이 지금껏 어떻게 버텨온 건지.

"천수연 대표한테는 도망칠 자유조차 없었습니다."

그의 말에 수민의 눈동자가 크게 요동쳤다.

태무진 사장의 전화를 받고 1층으로 내려온 수연은 그가 수민과 함께 있는 걸 발견하고 놀라서 뛰어왔다.

"오빠!"

그녀가 부르는 소리에 수민은 천천히 고개를 돌렸다. 금방이라도 눈물을 쏟을 것 같은 여리여리한 수민의 얼굴을 다시 보게 되니 수연은 울컥했다.

"팔은 왜 그런 거야!"

혼자 편하겠다고 도망쳤으면 몸이라도 멀쩡해야 하는데 오른팔에 깁스를 하고 있었다. 그래서 안 그래도 마른 몸이 더 허약해 보였다.

"화내지 마."

수민이 쥐어짜는 목소리로 하는 말에 수연은 입을 다물고 그제야 태무진 사장의 눈치를 보았다. 수민 때문에 잠시 그의 존재는 인식조차 못 했다.

"오빠 찾아주셔서 감사해요."

"이 사람이 찾은 거 아니거든!"

그녀가 태무진 사장에게 고맙다고 하자 수민은 바로 화를 냈다. 장 실장은 수민에게 다가가 손으로 어깨를 토닥이며 보듬었다.

"잘 돌아왔어요."

돌아온 게 아니라 도망치다 잡힌 것이었지만 그 자리에서 그걸 지적하는 사람은 아무도 없었다. 태무진 사장이 그녀에게 조용히 말했다.

"천수민 데리고 가요. 난 여기서 빠질 테니까."

그녀가 할 말이 많은 얼굴로 올려다보자 그는 다 이해한다는 듯한 눈빛으로 꼭 해야 하는 말만 했다.

"힘든 일 있으면 전화해요."

천수민이 돌아왔으니까 그녀가 신경 써야 할 일이 더 많아진 것이었다.

"난 보고 싶으면 전화할 테니까."

수연이 그 말에 설렐 틈도 없이 태무진 사장은 바로 몸을 돌려 그 자리를 떠났다. 수연은 멍하니 떠나는 그의 모습을 바라보다가 수민에게로 시선을 돌렸다.

오빠가 돌아왔다.

수연은 수민을 데리고 가장 먼저 아버지가 계신 한국 병원으로 향했다. 세상에서 수민이 돌아오길 가장 바라는 사람이 있다면 그건 누가 뭐래도 아버지였으니까.

드르륵—.

병실 문을 열자 수많은 기계에 의지해서 버티고 있는 아버지의 모습이 보였다. 수민은 선뜻 안으로 들어가지 못하고 병실 밖에서 아버지의 모습을 바라보기만 했다. 그런 수민에게 수연이 말했다.

"가서 아버지한테 돌아왔다고 말해."

그 말에 수민의 눈동자가 하염없이 흔들렸다. 무겁게 땅에 박혀 있던 발이 그제야 움직였다. 수민은 아주 천천히 아버지의 병상으로 다가갔다. 여전히 잠든 듯이 누워 계신 아버지의 모습을 가까이서 본 수민의 눈에서 내내 참았던 눈물이 뚝뚝 떨어졌다. 그는 울먹이며 아버지에게 말했다.

"죄송해요, 아버지."

수민도 알았다. 그가 나약하다는 걸. 아버지와 동생이 그를 가장 필요로 할 때 모두 버리고 도망쳐버렸다.

아버지 앞에서 눈물 흘리는 수민을 수연과 장 실장은 무거운 마음으로 지켜보았다. 천태진 대표가 저리되었을 때 가장 큰 충격을 받은 사람이 수민이라는 걸 두 사람 모두 알고 있었다. 천태진 대표는 수민에게 아버지 이상의 존재였으니까.

수민에게 천태진 대표는 보스면서, 아버지이면서, 신이었다. 신이 사라진 세상에서 그는 숨조차 쉴 수가 없었다. 아버지보다 그가 먼저 죽을 것 같아서 도저히 버틸 수조차 없었다.

수연은 그 나약함을 탓하고 싶지 않았다. 수민을 그렇게 만든 건 아버지의 탓도 있었으니까. 이제 수민은 홀로서기를 해야 했다. 어쩌면 그건 수민이 살면서 꼭 거쳐야 하는 과정이었을지도 모르겠다.

병원에서 나온 뒤 두 사람은 장 실장과 헤어져 집으로 향했다. 어릴 적부터 어머니 대신 그들을 돌봐주었던 박 씨가 남매를 기다리고 있었다. 박 씨는 오랜만에 돌아온 수민을 보고 눈물까지 흘리며 반겼다.

"아이고, 안 그래도 뼈밖에 없었는데 더 말랐네."

밥을 챙기려고 하는 박 씨에게 수연은 시간이 너무 늦었다며 말렸다. 이 시간에 오빠가 뭘 먹을 리가 없었다.

방에 올라갔던 수민은 다시 내려와서 두 사람에게 물었다.

"그런데 내 방 누가 쓴 적 있어?"

수연과 박 씨는 동시에 소름이 쫙 돋아났다. 태무진 사장이 딱 한 번 썼고, 그것도 이미 오래전 일이었다. 그동안 박 씨가 얼마나 자주 청소를 했는데 수민은 그걸 집에 오자마자 알아챈 것이다.

"그럴 리가 없잖아. 오빠 방을 누가 쓰겠어?"

수연은 발뺌했다. 오빠의 결벽증을 잘 아니까. 자기 방을 남이 썼다는 걸 알면 절대 자기 방에서 안 잔다고 할 것이었다.

"그런데 왜 샤워 용품 위치가 바뀌었지?"

제발 그딴 건 기억하지 마!

"내가 청소하다가 한 번 떨어뜨렸는데 그때 바뀌었나 보네."

박 씨의 임기응변으로 무사히 넘길 수 있었다.

수민은 못마땅한 눈으로 두 사람을 쳐다보다가 더 할 말이 없어서 몸을 돌려 자기 방으로 올라갔다.

그녀도 너무 지쳐서 방에 들어가자마자 침대 위에 뻗었는데 잠은 오지 않았다. 수연은 핸드폰을 집어 들어 시간을 확인했다. 새벽 1시가 가까워져 오고 있었다. 태무진 사장에게 전화하기에는 너무 늦은 시간이었다. 수연은 옆으로 누워 작게 몸을 웅크리며 핸드폰에 저장해두었던 영상을 틀었다.

민속촌에서 태무진 사장이 여자아이들에게 쫓기는 영상이었다. 볼 때마다 히죽히죽 웃게 되었다.

한참을 웃던 수연은 아련한 눈으로 영상 속 남자를 바라보았다. 사람이 사람에게 위로받는다는 게 이런 것이었나 보다. 그가 없었다면 수연은 분명 더 많이 힘들었을 것이다. 어쩌면 지금껏 버티지 못했을지도 몰랐다. 다음에 만나게 되면 아무 말 없이 그를 한 번 꽉 끌어안고 싶었다. 이 세상에 존재해줘서 고맙다는 뜻으로.

벌컥!

갑자기 노크도 없이 방문이 열리고 수민이 나타나자 수연은 소스라치게 놀랐다.

"아까는 깜빡하고 말 못 했는데."

그동안 그녀한테 모든 짐을 떠맡긴 것에 대해 미안하다는 사과라도 하려는 건가 싶었는데 전혀 아니었다.

"넌 내가 허락한 남자만 사귈 수 있어! 명심해."

수민은 말도 안 되는 소리를 진지하게 하고는 문을 쾅 닫고 떠나버렸다. 수연은 방심하고 있다가 한 대 제대로 얻어맞은 기분이었다. 가족이라고 방심하면 안 되는 것이었다.

수연은 서이재에게 전화를 걸었다. 어쨌든 서이재 덕에 오빠를 찾을 수 있었으니까 감사 인사는 해야 했다.

[설마 김 피디가 내 탓으로 돌리진 않았겠죠?]

"김정숙은 어리석은 선택은 해도 치사한 짓은 안 해요."

김정숙을 평가하는 말에 서이재는 흥미로워하며 물었다.

[그럼 천수연 대표 눈에 난 어떤 사람인가요?]

굳이 대답해야 하나 생각하다가 그냥 대답해주었다.

"밤하늘의 별처럼, 먼 곳에서 빛날 때 가장 돋보이는 사람이죠."

[와아.]

서이재는 감탄사의 끝을 길게 이어가다가 말을 이었다.

[이런 식의 거절은 새롭네요.]

결국 그녀는 거절의 말을 꺼냈다. 절대 무례하지 않고 상대방에게 실례가 되지 않는 방식으로. 다행히 상처 없이 이 정도로 정리가 될 정도로 아직은 먼 사이였다.

[진짜 내 광고주랑 애인 사이예요?]

"네?"

이번엔 그녀가 깜짝 놀랐다.

"그, 그게 무슨 소리예요?"

[어제 자기가 천수연 대표 애인이라고 주장하는 남자를 만나서요.]

이제야 수민이 한 말에 대한 미스터리가 풀린 수연은 의자에 풀썩 몸을 기댔다. 비밀 연애는 태무진 사장이 먼저 하자고 한 건데, 왜 본인의 입으로 그런 말을 한 건가 싶었다. 정말 태무진 사장이 범인일 거라고는 상상조차 못 했다.

도대체 무엇이 그가 본인이 한 말을 어기게 한 거란 말인가?

참 드문 일이기는 했다.

무진은 마음을 느긋하게 먹으려고 했다.

막 가출했던 오빠가 돌아왔고, 그 오빠라는 인간은 딱 봐도 그를 싫어하는 것 같고. 어쩌면 이건 두 사람의 연애에 있어 첫 난관인지도 몰랐다.

똑똑.

노크하고 문을 열던 우수정 대리는 멈칫하며 멈추어 섰다. 당연히 책상에 앉아서 로봇처럼 일하고 있을 줄 알았던 사장님이 창가 앞에서 그리스 로마 신화 조각상처럼 서 있었으니까. 깎아놓은 듯 수려한 옆얼굴, 완벽한 수트 핏, 어른 남자의 진중한 분위기까지. 인간의 외모가 어느 한계까지 도달할 수 있는지 실험하는 것 같은 광경이었다.

배우라면 아낌없는 박수를 보내며 사진을 왕창 찍어대겠지만, 앞에 있는 저 남자는 모시는 보스였기에 우수정 대리는 몸을 사리면서 집무실 안으로 들어왔다.

“말씀하신 계약서 가져왔습니다.”

그녀의 손에는 광고 계약서가 들려 있었다. 총 5개의 광고 계약서로 모두 서이재가 광고 모델이었다.

“수고했어요. 책상 위에 둬요.”

무진은 창밖을 보던 시선을 거두지 않고 말로만 지시했다. 우수정 대리는 고뇌하는 조각상 같은 사장님의 뒤태를 2초 정도 훔쳐보다가 집무실을 나갔다.

뚜벅뚜벅.

책상으로 걸어간 무진은 계약서 하나를 손가락 하나로 짚어서 끌어와 무심하게 넘겨보았다. 서이재의 목줄은 그가 쥐고 있었다. 결국 서이재는 선량한 연예인이고, 그가 악당 역할이라는 뜻이었다.

Rrrrrrrrrr— Rrrrrrrrrr—.

하필 이 순간 그의 핸드폰이 울리면서 수연의 이름이 액정에 떴다. 무진의 눈매가 살짝 가늘어졌다. 때론 타이밍이 그를 꾸짖을 수 있다는 걸 처음 알았다. 그는 계약서를 덮고 핸드폰을 집어 들었다.

"생각보다 일찍 전화했네요."

천수민과 엎치락뒤치락하다가 일주일 정도 지나서야 그를 기억해낼 줄 알았다.

[서이재 씨와 통화했는데.]

무진은 다시 서이재의 계약서를 노려보았다. 저 중 하나만 계약 해지해도 충분히 경고는 되지 않을까 생각했다.

[사장님이 저랑 사귀는 거 말했다고.]

무진은 몸을 돌려 다시 창가로 걸어갔다.

"그게 천수연 대표한테는 문제가 되는 겁니까?"

저도 모르게 다시 대표라고 부르고 있었다.

[그게 아니라, 사장님이 먼저 비밀 연애하자고 하셨잖아요. 그런데 왜 먼저 말씀하신 건가 해서.]

이유는 너무 간단했다. 그래서 유치할 정도였다.

"서이재가 잘생겨서."

[네?]

핸드폰 속 수연은 그게 무슨 뜻인지 전혀 모르겠다는 듯이 반문했다.

[사장님이 더 잘생기셨어요.]

그리고 바로 그를 추켜세워주었다. 하지만 그는 자신을 너무 잘 알았다. 무진은 죽었다 깨도 서이재처럼 사람에게 행복을 주는 미소는 짓지 못했다. 사랑받으며 살아온 사람의 건강한 아우라는 연예인 서이재가 가진 가장 값진 자산이었다.

"그럼 가온 광고, 서이재 대신 날 모델로 쓸 수 있습니까?"

그가 넌지시 던진 질문에 핸드폰 안의 수연은 바로 대답하지 못했다.

[아.]

회사 일이라 태무진의 연인 천수연이 아닌 천수연 대표가 되어서 생각하게 되었다.

뚝.

그녀의 대답이 1초를 넘기자 무진은 전화를 끊어버렸다.

진심으로 속상했다.

전화가 그대로 끊겨버리자 수연은 당황해서 다시 전화를 걸었는데 태무진 사장은 전화를 받지 않았다. 그녀는 믿을 수 없다는 눈으로 핸드폰을 바라보았다.

"설마 이런 일로 삐졌다고?"

다른 사람도 아니라 태무진 사장이 그런다는 건 있을 수 없는 일이라고 생각했건만. 연애라는 건 강철 같은 사람도 녹이는 것이었나 보다. 수연은 곤란하다는 표정을 지었다. 당분간은 오빠를 관리하는 차원에서 회사 업무 시간이 끝나면 곧장 귀가할 생각이었다. 그런데 연애에 노란불이 켜졌다.

기분이 상한 애인은 도대체 어떻게 풀어주는 거란 말인가?

수연은 생긴 것과 달리 애교가 전혀 없는 스타일이었다. 거기다 연애 경험까지 전무하니 노하우라는 게 있을 턱이 없었다. 그녀는 심각한 표정으로 고민했다. 다른 건 잘 몰라도 이것 하나만은 확실했다. 시간을 오래 끌면 안 좋다는 것.

삑—.

그때 키폰이 울리며 비서실에서 손님이 왔다고 알려주었다.

[대표님. KCS 김정숙 피디가 찾아왔습니다.]

그녀는 무시할 수도 있었지만 그러지 않고 김정숙을 만났다. 적어도 김정숙이 수민을 서울로 데리고 와서 만날 수 있었던 건 사실이니까.

"내가 잘못한 게 맞으니까 용서해달라고는 하지 않을게."

수연은 질책도, 용서의 말도 없이 팔짱을 낀 채 조용히 김정숙을 응시하고만 있었다. 김정숙은 한숨을 길게 내쉬며 자신이 그럴 수밖에 없었던 사정을 설명했다.

"네 오빠가 우니까 나도 도저히 강제로 데려올 수가 없었어.

그래서 내 부주의 탓으로 부러진 팔이 괜찮아질 때까지만 너한테 비밀로 하려고 했어."

결국 남자에 홀려 친구와의 약속을 저버렸다는 소리였다.

"너 취향 한번 지독하다."

어떻게 우는 남자한테 꼼짝을 못 하는지.

그녀의 악담에 김정숙의 얼굴이 일그러졌다.

"그래서 네 오빠는 어떻게 할 거야?"

"회사로 돌아올 수는 없어. 이미 사표 처리됐으니까."

그녀의 말에 김정숙이 놀란 표정을 지었다.

"네 친오빠잖아."

"그래서 내가 대표라고 장기 무단결근한 직원을 마음대로 복귀시키라고? 차라리 대표 자리 사임을 하겠어."

친동생인 그녀가 강경한 태도를 보이니 남인 김정숙은 할 수 있는 게 없었다. 돌아가기 전에 아쉬운 마음에 한마디 더 했다.

"네 오빠 먹이려고 산 음식, 아직 냉장고에 많이 있는데."

수연은 딱 잘라 충고했다.

"오빠한테 가져다주는 건 네 자유인데, 그 뒷감당도 네가 해야 해."

수연은 친동생이었지만, 오빠 수민의 성격이 좋다고는 절대 말할 수 없었다. 예민 보스에 결벽증에 지나치게 감성적인 성격까지. 그래서 순정 만화의 남자 주인공 같은 외모에 끌려서 다가왔던 여자들은 쌍욕을 하면서 떠나가기 일쑤였다.

천수민을 완벽하게 맞추어줄 사람은 세상에 아무도 없었다. 수민이 그런 성격을 누를 정도로 존경하는 사람도 세상에 아버지뿐이었다.

김정숙은 가라앉은 목소리로 그녀에게 물었다.

"나 용서 못 하는 거지?"

수연은 그제야 웃었다.

"주주 총회 앞두고 도망간 오빠가 한 일에 비하면 네가 한 건 애교지."

그렇게 힘들었던 일도 결국 버티고 지나갔다. 그러니 수민의 일에 대해서는 크게 걱정 안 하기로 했다. 결국 수민도 제자리를 찾게 되리라고 믿었다. 그저 시간이 필요할 뿐이었다.

그녀는 그날 퇴근 시간 전에 가온의 신상품 가방을 선물로 들고 직접 태성 그룹을 방문했다. 그녀가 가온의 대표 이름을 걸고 태성을 방문하는 건 처음이었다.

"이게 누구야! 천 대리."

그녀의 상사였던 비서실장이 반가운 얼굴로 그녀를 가장 먼저 맞아주었다.

"그동안 잘 지내셨어요?"

수연은 얼굴 가득 미소를 지으며 인사했다. 익숙한 얼굴들은 놀란 눈으로 쳐다보고, 처음 보는 낯선 얼굴은 호기심과 경계심을 담은 눈으로 쳐다보았다.

"가온에서 신상품이 나와서요. 선물로 드리려고 가져왔어요."

그녀의 방문 목적을 확실히 밝혔다. 진짜 이유를 들키지 않기 위해서.

"가온 광고 봤어. 요즘 엄청 인기 많던데."

"관심 가져주셔서 감사해요."

이정희 과장이 그녀에게 다가와서 조심스럽게 물었다.

"요즘 괜찮아?"

결혼식 취소 이후 처음 만나는 것이었다. 이정희 과장한테도 태무진 사장과의 사이를 숨겨야 한다는 게 좀 미안해졌다. 그래서 수연은 더 과하게 웃으며 자신의 안부를 알렸다.

"네, 저 정말 잘 지내고 있어요."

아마도 이정희 과장의 눈에는 그녀가 애써 괜찮은 척하는 것처럼 보일 것이다.

"잘 지냈죠? 연 대리님."

수연이 먼저 인사를 건네자 가까이 다가가지 못하고 있던 연정우 대리는 어색하게 웃었다.

"나야 똑같지. 좋아 보여서 다행이야."

그녀는 인사를 다 끝낸 뒤에야 진짜 목적을 넌지시 꺼냈다.

"사장님은 안에 계세요?"

"사장님 가방은 내가 대신 전해줄게."

이정희 과장이 태무진 사장에게 줄 가방을 가져가려고 하자 수연은 가방을 더 꽉 잡았다.

"아뇨. 여기까지 왔으니 제가 직접 전해 드려야 예의인 거 같아요."

이정희 과장이 눈살을 찌푸리며 그녀를 보았다. 진심이냐고 눈빛으로 묻기에 그녀는 그렇다는 의미로 고개를 크게 끄덕였다. 그녀는 이정희 과장이 또 막기 전에 서둘러 집무실 쪽으로 걸어갔다. 근무 시간에 사무실에 찾아온 그녀를 보고 그가 어떤 표정을 지을지 상상하니 심장이 요동치기 시작했다.

설마 마음이 안 풀려서 왜 왔냐고 하는 건 아니겠지?

똑똑.

그녀는 노크하고 안의 답변을 기다렸다.

"들어와요."

단정하고 사무적인 태무진 사장의 목소리를 오랜만에 들으니 새로운 느낌으로 설렜다. 그의 비서 시절에 느꼈던 감정이 생생하게 다시 살아나는 것만 같았다.

짝사랑도 짝사랑만의 낭만이 있었다.

달칵—.

수연은 조심스럽게 문을 열었다. 태무진 사장은 책상에 앉아서 일하는 중이었다. 노크하고 들어온 사람한테는 시선도 주지 않았다. 딱 태무진 사장님다운 태도에 반가운 마음과 섭섭한 마음이 동시에 들었다.

수연은 말없이 그가 일하고 있는 책상까지 걸어가서 가방만 조심스럽게 책상 위에 올려놓았다. 힐긋, 가방을 본 태무진 사장이 위로 고개를 들었다가 그제야 그녀를 발견하고 두 눈이 커졌다. 그가 이리 생생하게 놀라는 모습을 처음 보는 수연은 무작정 찾아온 보람을 느꼈다. 뿌듯하기까지 했다.

"어떻게 이 시간에 여기 있는 겁니까?"

"사장님이 제 전화를 안 받으셔서요."

무진의 입이 다물어졌다. 설마 그 전화 한 번 안 받았다고 그녀가 회사까지 찾아올 줄은 상상조차 못 했다.

그래서 이건 서프라이즈 이벤트인가?

그가 사과해야 하는 타이밍인가?

"제가 사장님을 가온 모델로 쓸 수 없는 이유는 사장님을 모델로 쓰면 가온이 너무 비싼 가방이라는 이미지가 생겨버릴 것 같아서예요. 가온은 고급 명품 가방과는 가는 길이 다르니까 그럼 안 되잖아요."

수연은 굳이 태성 그룹 사무실까지 직접 찾아와서 전화로 못 한 말을 마무리 지었다. 그녀가 타당한 이유를 댔으니, 이젠 태무진 사장도 충분히 이해했을 것이라고 생각하고 웃는데 그녀의 얼굴을 쳐다보던 그가 건조한 목소리로 말했다.

"그러니까 결국 내가 아니라 서이재라는 거네요."

그게 어떻게 그런 결론이 나나!

"서이재도 너무 비싸서 광고 계약 연장은 무리예요."

"내가 공짜로 해준다고 해도 돈만 있으면 서이재라는 거군요."

수연은 그제야 깨달았다, 이건 논리적인 설명이 필요 없는 문제였다고. 천수연 대표의 양심에 걸리더라도 답은 하나로 정해진 것이었다.

"공짜로 해주시면 사장님을 선택할게요."

그녀의 대답에 내내 웃음기 없이 메말라 있던 태무진 사장이 그제야 우아한 눈매에 미소를 담았다. 태성 그룹 사장을 공짜 광고 모델로 쓰겠다는 건 전혀 웃을 일이 아닌데 말이다.

수연은 무사히 넘긴 것 같아서 안도했지만 그는 왜 현실적으로 실현 가망성도 없는 일에 이리 집착하는 건가 싶었다.

설마 진짜 광고를 찍고 싶은 건가?

그녀가 헛다리를 짚고 있을 때 태무진 사장은 자리에서 일어나 그녀의 곁으로 걸어왔다. 그녀의 앞에 선 태무진 사장은 손을 뻗어 흘러내린 그녀의 머리카락을 귀 뒤로 넘겨주었다. 그의 손끝이 귓불에 닿자 그 부분만 열이 뜨겁게 올라서 구두 안의 발가락이 안으로 오그라들었다.

여긴 사무실이었다. 밖에서는 직원들이 일하고 있었다.

수연은 실수하기 전에 서둘러 대화를 이끌었다.

"나중에 오빠랑 같이 식사하실래요?"

"천수민이 싫어할 거 같은데."

"오빠한테는 제가 잘 설명할게요. 그러니까 걱정하지 마세요."

과연 그 설명이 통할지는 장담할 수 없었지만.

"걱정 안 합니다. 천수민이 나 싫어하는 거 별로 신경 안 쓰니까."

태무진 사장 정도의 위치가 되면, 인간관계에서 다가가는 쪽이 아니라 항상 사람들이 다가오는 쪽이 됐다. 그런 그였기에 수민과 친해지기 위해 노력하는 모습은 수연 또한 상상이 가지 않았다. 그런데 그가 그녀와 끝까지 헤어질 마음이 없다면 그녀의 가족까지 신경 써야 하지 않을까 생각하니 마음이 가라앉았다.

"여기 오래 있으면 비서실에서 이상하게 생각할 테니까 저는 그만 가봐야 할 거 같아요."

"보스의 사생활에 대해 그리 쉽게 의심하는 비서는 내가 필요 없을 거 같은데."

전직 비서였던 수연은 그 말에 달아올랐던 심장의 열이 내려갔다.

"그렇게 말할 때 사장님 굉장히 냉정해 보이세요."

무진은 부정하지 않았다. 수연한테 처음 듣는 말이 아니었다. 그는 항상 예의를 지키며 사람을 대했지만, 사람들은 그가 차갑고 냉정한 사람이라고 말했다. 그래야만 살아남을 수 있는 환경에서 자라났기에 그런 모습을 바꿀 생각을 해본 적은 없었다. 그런데 그녀를 만난 뒤 몇 번이나 거울 속 모습을 응시하며 자괴감에 빠졌었다. 이런 그의 모습을 좋아할 리 없을 것이라고.

"내가 수연한테도 차갑고 냉정하게 굴었습니까?"

그의 질문에 수연은 고개를 저었다.

"저한테는 너무 다정하세요."

무진이 그녀에게 다정한 이유가 사랑 때문이라면, 그 사랑이 식으면 다정함도 사라진다는 의미 같아 수연은 두려웠다.

"그럼 내가 다른 사람들한테도 다정하게 굴었으면 좋겠어요?"

그녀가 그렇게 하라고 말한다면 그는 기꺼이 그럴 것처럼 보였다. 그럼 태성 그룹 직원들은 그리스 로마 신화 속 사장님이 진짜 사람이 되었다고 놀랄 것이다.

"아뇨. 저한테만 다정했으면 좋겠어요."

그녀의 말에 무진은 입꼬리를 길게 올렸다.

"그런 말을 하는 수연은 굉장히 이기적으로 보이네요."

태무진 사장은 그녀의 말을 그대로 따라 하며 그녀의 이마에 자기 이마를 가볍게 부딪쳤다가 떼었다.

"어쩔 수 없어요. 사랑을 하면 소유욕이 강해지니까."

여인은 소유욕을 말할 때조차 사랑스러웠다. 그의 인생에 결코 허락될 리 없을 것 같던 사랑이 이리 눈앞에 생생하게 존재하니 무진의 마음이 타올랐다. 그런 그의 마음은 그대로 언어가 되어 밖으로 흘러나왔다.

"그럼 날 가져요."

태무진 사장의 말에 수연의 얼굴이 빨갛게 달아올랐다. 이토록 관능적인 말을 설마 그녀가 4년 동안 근무했던 이 사무실에서 듣게 될 줄은 꿈에도 몰랐다. 그가 마실 커피를 타면서도, 그의 목소리를 들으며 회의록을 작성할 때도, 늦은 밤 야근하는 그를 위해 야식을 준비할 때도 그는 손에 닿지 않는 곳에 존재하는 먼 사람이었으니까.

"지, 지금 여기서요?"

그녀가 말을 더듬으며 묻자 태무진 사장은 눈을 깊게 내리깔며 짓궂게 물었다.

"여기선 곤란합니까?"

수연은 고개를 크게 끄덕였다.

"다음에 더 좋은 장소에서 가질게요."

너무 당황해서 말이 제멋대로 튀어나왔다. 여기서 태무진 사장이 뭐라고 한다면 그녀의 심장이 가슴뼈를 뚫고 튀어나올 수도 있었다.

"그럼 아쉽지만 오늘은 여기까지 해야겠군요."

그게 좋겠다고 수연은 격하게 고개를 끄덕였다. 과연 다음에는 그를 벽에 밀치며 당신을 갖겠다고 말할 용기가 생길지는 미지수였지만, 적어도 오늘만큼 당황하며 바보스럽게 굴지는 않겠지. 멋지게 사랑하는 일도 참 어려운 일이었다.

"같이 나가죠."

태무진 사장이 그리 말하며 문으로 걸어가려고 하자 수연은 서둘러 두 팔을 뻗어 손사래를 쳤다.

"아뇨. 사장님이 저 배웅하면 사람들이 이상하게 볼 거예요. 그러니까 안 나오셔도 돼요."

정말 필사적으로 말렸는데 태무진 사장이 그녀의 옆을 스쳐 지나가며 말했다.

"외부 미팅 있어서 어차피 나가야 해요."

그녀는 창피함에 그대로 굳어버렸다. 당연히 그녀 때문에 일부러 배웅해주는 줄 알았더니 어차피 나가는 길이라는 소리였다. 정말 오랜만에 진심으로 쪽팔린다고 생각하며 그녀는 두 손으로 뺨을 감쌌다.

"수연?"

그가 부르는 소리에 그녀는 서둘러 손을 아래로 내리고 뒤돌아섰다. 그리고 아무렇지 않은 척 입가에 미소까지 지으며 말했다.

"그럼 정문까지만 같이 가요."

태무진 사장이 문을 열자 비서실 사람들이 보였다. 그 사람들의 눈에 그녀와 태무진 사장은 절대 연인처럼 보이지 않을 것이라고 생각하니 시끄러웠던 심장이 금세 잠잠해졌다.

엘리베이터에는 세 사람이 탔다. 비서실장이 습관처럼 태무진 사장보다 조금 더 앞에 섰기에 그와 그녀가 나란히 서 있게 되었다.

"천 대리가 이젠 제법 사업가다워진 거 같습니다. 안 그렇습니까, 사장님?"

비서실장은 어색한 분위기를 풀고 싶었는지 먼저 이야기를 꺼냈다.

"그럼 천수연 대표라고 부르세요. 이젠 대리가 아니니."

돌아온 태무진 사장의 대답은 마치 잘못만 정확하게 집어내는 핀셋 같았다. 비서실장은 죄송하다고 사과한 뒤 입을 다물어버렸다. 그녀는 자기 때문에 비서실장이 혼난 것 같아서 눈치가 보였다.

여기선 누구의 편도 들면 안 된다고 생각하며 입을 꾹 다물고 있는데 그녀의 손을 감싸 쥐는 체온에 흠칫했다. 수연은 서둘러 앞에 있는 비서실장을 보았다. 그는 두 손을 공손하게 앞으로 모으고 있으니, 지금 그녀의 손을 잡은 건 태무진 사장의 손일 게 분명했다.

회사 엘리베이터에서 손을 잡다니!

아무래도 태무진 사장이 말한 비밀 연애는 그녀가 상상한 것보다 훨씬 자극적인 것이었나 보다. 금빛으로 도금된 엘리베이터 문에도 두 사람의 모습이 훤하게 비치고 있었기에 수연은 바싹 긴장했다. 앞에 서 있는 비서실장이 조금만 움직여도 두 사람이 손잡고 있는 모습이 그대로 보일 것이었다.

놀라고 긴장해서 그의 손 온도가 지글지글 끓는 것만 같았다. 그녀는 위기감이 느껴져서 손가락을 꼼지락거리며 손을 빼내려고 했는데, 태무진 사장의 다섯 손가락이 그녀의 손가락 사이사이로 파고들어와 아예 깍지를 꼈다.

그런데 문에 비친 그의 얼굴은 무심하게 앞만 보고 있었다. 이제 보니 그는 백조과였다. 얼굴과 손이 전혀 따로 노는 재주가 있었다. 하지만 그녀는 그처럼 강심장이 아니었다. 붙잡힌 손에서 퍼진 자극이 순식간에 온몸을 점령했다.

"딸꾹."

그녀의 입에서 갑자기 딸꾹질이 튀어나오자 비서실장이 고개를 돌렸다.

악! 들킬 거야!

그녀의 심장이 비명을 지르는데 태무진 사장이 비서실장을 불렀다.

"한 실장님, 지금 몇 시인가요?"

비서실장은 고개를 원위치하고 핸드폰을 꺼내 확인했다.

"아직 시간 여유 있습니다."

"다행이군요."

수연은 손으로 입을 틀어막고 고개를 들어 태무진 사장을 올려다보았다. 그는 그녀를 쳐다보지 않았지만 꾹 손을 쥐는 힘이 느껴졌다. 그 은밀한 신호에 수연은 온몸이 녹아내리는 것만 같았다. 지금 그의 머릿속이 너무 궁금했다. 그녀와 같은 생각을 하고 있는지, 그녀와 같은 마음인지.

띵—.

1층에 도착한 엘리베이터 문이 열렸을 때야 태무진 사장은 자연스럽게 그녀의 손을 놓아주었다. 그의 손이 멀어진 뒤에도 한참이나 남은 온기로 손끝이 저릿했다.

정문 앞에는 태무진 사장이 탈 차와 그녀가 타고 온 차가 나란히 서 있었다.

가는 길까지 태워달라고 할 수 없는 분위기였다. 여기서 진짜 헤어져야 한다고 생각하니 섭섭해졌다. 아쉬움에 바로 마지막 인사가 안 나오는데 태무진 사장이 먼저 정중하게 그녀에게 손을 내밀었다.

“오늘 만나서 반가웠습니다.”

다른 사람이 봤으면 그녀가 계약이라도 하고 돌아가는 줄 알 것이다. 이 남자가 거짓말을 하면 난 절대 모르겠구나 생각하며 수연은 그의 손을 잡았다.

“네, 저도요.”

이번엔 태무진 사장이 먼저 그녀의 손을 깔끔하게 놓고 차에 올라탔다. 냉정해져야 할 때는 칼같이 선을 긋는 태도가 존경스러울 정도였다. 저러니까 그의 마음을 조금도 눈치채지 못했지.

설마 열쇠 같은 걸로 마음을 잠그는 능력 같은 게 있는 건가?

태무진 사장이 탄 차에서 쉽게 눈을 떼지 못하는 그녀에게 비서실장이 웃으며 인사했다.

“가방 잘 쓸게, 천 대리. 아니, 천 대표님.”

수연도 웃으며 받아쳤다.

“편한 대로 부르세요.”

비서실장이 고맙다는 뜻으로 손을 흔들고는 조수석에 올라탔다. 그녀도 그제야 차에 올라탔다. 수연은 운전기사에게 말했다.

“병원으로 가주세요.”

오빠는 분명 거기에 있을 테니까.

그녀가 병실 문을 열었을 때 수민은 병상 옆에서 왼손으로 그림을 그리고 있었다. 그림 실력이 좋은 수민은 회사에서 직접 가방 디자인을 한 적도 있었다.

"오빠, 나 왔어."

수연은 오는 길에 사 온 도시락을 테이블 위에 놓았다.

"같이 저녁 먹어."

하지만 수민은 그리는 걸 멈추지 않았다.

수연은 도시락 뚜껑을 열어서 테이블 위에 먹기 편하게 올려놓으며 넌지시 말했다.

"오빠, 다음에 태무진 사장님이랑 식사 같이하자. 사장님 덕분에 주주 총회 무사히 넘길 수 있었어."

멈칫, 그녀가 태무진 사장의 이름을 말하자마자 연필을 잡고 있던 수민의 손이 멈추었다. 잔뜩 찌푸려지는 미간이 수민이 태무진 사장에 대해 어찌 생각하는지 그린 듯이 보여주었다.

"돈으로 여자 환심을 사는 남자치고 좋은 놈 없어."

수민은 태무진 사장의 모든 걸 고깝게 보기로 작정했나 보다.

"그런 사람 아니라는 거 만나보면 알 거야."

"난 싫은 사람이랑 밥 못 먹어."

"잘 알지도 못하면서 왜 싫다고 해. 우선은 만나서……."

수민은 바로 그리던 그림을 던져버리고 자리에서 일어나 병실을 나가버렸다. 수연은 수민이 열고 간 병실 문을 보며 긴 한숨을 내쉬었다. 쉽게 넘어가는 게 하나도 없는 것 같았다.

일요일.

수연은 아침 일찍 일어나 외출 준비를 하면서 밖의 동태를 살폈다. 아직 태무진 사장을 못마땅하게 보는 수민이 그녀가 데이트하러 간다는 걸 알면 곱게 보내줄 리가 없었다. 그러니까 수민이 병원에 가기 전에 그녀가 먼저 나가야 했다.

끼익—.

나갈 준비를 끝낸 수연은 조심스럽게 방문을 살짝 열고 복도에 수민이 없는지 살폈다. 아무도 없는 걸 확인한 수연은 소리 내지 않고 움직이려 애쓰며 방 밖으로 나왔다. 수연은 까치발을 들고 계단 쪽으로 움직였다.

달칵—.

뒤에서 문이 열리는 소리가 들리자 수연은 기겁해서 계단으로 달려갔다.

"천수연."

하지만 계단을 밟자마자 수민의 목소리가 그녀의 뒷덜미를 잡아챘다. 못 들은 척하기에는 소리가 너무 컸다. 수연은 어색하게 웃으며 뒤돌아보았다.

“친구가 만나자고 연락이 와서.”

친구를 만나러 가는 것이라고 하기에 하늘거리는 쉬폰 플레어스커트가 너무 데이트 룩이었다.

수민은 그녀한테 걸어와서 손을 내밀었다.

“핸드폰 줘봐.”

수연은 안 된다고 고개를 저으며 핸드백을 두 팔로 끌어안았다.

“네가 대표라고 이제 난 오빠도 아냐?”

그런 말을 들으니 안 줄 수가 없었다. 수연은 할 수 없이 핸드백에서 핸드폰을 꺼내 수민의 손에 올려주었다. 수민은 바로 핸드폰을 켜서 통화 목록으로 들어가 제일 위에 있는 전화번호를 눌렀다. 태무진 사장의 번호였다.

Rrrrrrrrr— Rrrrrrrrr—.

신호가 가는 동안 수연의 심장이 비정상적으로 빠르게 뛰기 시작했다. 차라리 태무진 사장이 전화를 안 받기를 바랐다. 하지만 그녀의 번호로 간 전화니까 안 받을 리가 없었다.

딩동.

마치 수민의 전화에 응수하듯이 초인종 소리가 집 안 전체에 울려 퍼졌다.

“아! 누가 왔나 봐.”

수연은 이 기회를 틈타서 서둘러 현관으로 달려가려고 했지만 수민이 그러지 못하게 막았다.

“넌 가만히 있어. 내가 갈 테니까.”

수연은 수민의 말을 거역할 수가 없었다. 수민이 혼자 계단을 내려가자 수연은 고개를 길게 빼 현관 쪽을 살폈다.

달칵—.

수민이 현관문을 열었을 때 제일 처음 보인 건 사람이 아니라 꽃이었다. 태양보다 더 환하게 빛나는 듯한 새빨간 장미꽃다발이 현관 앞을 가로막고 있었다. 꽃을 본 그녀의 눈이 커졌고, 수민의 눈꼬리도 동시에 위로 솟았다. 당연히 예쁜 꽃을 보고 기분이 좋아서는 아니었다. 꽃을 들고 온 운전기사가 천수민에게 커다란 장미 꽃다발을 내밀었다.

"태무진 사장님이 보낸 겁니다. 받으십시오."

수민은 더욱더 기분 나빠 했다. 여자같이 곱상한 외모 때문에 학교 다닐 때 남학생들과 많이 싸웠었다. 그러니 꽃을 받고 당연히 좋아할 리가 없었다.

수연이 계단을 뛰어 내려오며 외쳤다.

"저 여기 있어요! 저한테 온 거 맞죠?"

배달 사고였다. 저 꽃은 분명 그녀에게 보내는 게 확실하다고 믿으며 수연은 부리나케 현관으로 뛰어갔다. 하지만 태무진 사장의 충직한 운전기사는 표정 변화 하나 없이 사무적으로 말했다.

"아뇨, 사장님이 천수민 씨한테 전해주라고 하셨습니다."

그 말에 그녀는 얼이 빠졌고, 수민의 미간은 아무렇게나 구겨졌다.

"이 자식이 지금 날 놀리는 거야!"

결국 수민의 입에서 거친 말이 튀어나왔다. 그래도 운전기사는 굴하지 않고 천 송이의 장미꽃을 수민에게 꿋꿋하게 내밀었다.

"꼭 천수민 씨가 받을 때까지 선물을 전하라고 하셨습니다."

"안 받아! 내가 이딴 걸 왜 받아!"

수민이 장미꽃과 운전기사에게 성을 내는 동안 수연은 현관문 밖으로 뛰어나갔다. 뭔지 모르겠지만 집을 나갈 기회는 지금뿐이었다.

"천수연! 너 당장 돌아와!"

대문으로 뛰어가는 그녀의 뒤를 수민이 쫓아가려고 하자 운전기사는 장미꽃으로 수민의 앞을 막아섰다.

"우선 이 꽃부터 받아주십시오."

꽃으로도 사람을 때리지 말라고 했던가.

그럼 꽃으로 사람을 막는 건 괜찮은 건가 싶었다.

"천수연! 내가 그 사장 놈 가만 안 둘 거야!"

쩌렁쩌렁 울리는 수민의 목소리를 뒤로하고 수연은 서둘러 대문을 나갔다. 차 한 대가 대문 바로 앞에 세워져 있었다. 수연은 확인도 안 하고 바로 조수석 문을 열고 올라탔다. 역시나 운전석에 태무진 사장이 타고 있었다.

수연은 웃으며 말했다.

"출발하세요."

태무진 사장은 바로 차의 시동을 켜 차를 출발했다.

부우우웅.

두 사람을 태운 차는 막힘 없이 도로를 달렸다. 집에 있는 수민이 걱정되었지만 굳이 태무진 사장 앞에서는 수민에 대한 이야기를 꺼내지 않았다. 괜히 데이트 분위기를 망치기 싫었으니까.

그런데 그녀도 한 번도 받아본 적 없는 꽃을 수민에게 먼저 준 건 좀 속상하기는 했다. 태무진 사장이 그녀에게 꽃을 주었다면 그녀는 감동해서 눈물까지 흘릴 수도 있었다. 그러나 그런 걸로 그를 타박하기에 오늘 그가 그녀를 탈출시킨 작전은 너무 깔끔했다. 그래서 수연은 꽃의 'ㄲ' 자도 꺼내지 않았다.

"우리 지금 어디 가는 거예요?"

태무진 사장이 운전을 시작하고 10분 뒤에야 수연은 그들의 목적지를 물었다.

"밥 먹으러 문라이트 갑니다."

어떤 근사한 장소를 골랐을까 싶었는데 의외로 그녀에게 아주 익숙한 곳이었다. 아니, 두 사람 모두에게 익숙한 곳이었다. 딱히 실망한 건 아니었지만 의외이기는 했다. 왜냐하면 지금은 환한 낮이었으니까.

"그런데 문라이트 술집 아니에요? 밥도 팔아요?"

"내가 만들어달라고 하면 해줄 겁니다."

태무진 사장의 말에 수연은 웃으며 물었다.

"설마 거기도 지분 있는 건 아니죠?"

태무진 사장이 아니라고 말하지 않자 놀란 수연의 눈이 커졌다.

"진짜 있어요?"

"옥상만 샀습니다."

"네? 거길 왜요?"

무진은 오히려 정말 기억이 안 나냐는 눈으로 그녀를 쳐다보았다.

"데이트 끝날 때마다 거기서 와인 먹기로 했잖습니까."

고작 그 말 한마디에 문라이트 루프탑을 통째로 샀다는 말에 수연은 손으로 입을 가렸다.

"사장님 은근히 사치하는 타입이셨네요."

'사치'라는 말에 무진의 눈이 가늘어졌다. 설마 그런 말을 듣게 될 줄은 몰랐다. 단지 데이트할 때 누군지도 모를 타인과 같은 장소를 공유하고 싶지 않았을 뿐이었다.

chapter 20

남자의 본능

수연과 무진이 함께 '문라이트' 안으로 들어서자 문수호가 반갑게 두 사람을 맞아주었다.

"이제 이 가게 이름을 오작교로 바꾸어야겠네."

"그럼 가게 매출은 곤두박질치겠군."

태무진 사장의 현실적인 경고에 문수호는 고개를 절레절레 저었다.

"이렇게 낭만이 없어서야. 천수연 대표, 지금이라도 다시 생각해봐요."

태무진 사장은 더 이상의 간섭은 용납하지 않는다는 듯이 수연의 손을 잡고 가게 안으로 들어갔다.

그가 그녀를 데리고 향한 곳은 두 사람의 시간을 위해 샀다는 루프탑이었다.

"사장님, 진짜 여기 산 거면 평소에는 문 사장한테 대여해요. 그냥 두기 아깝잖아요."

청담의 부동산 가격을 생각하면 정말 엄청난 손해였다.

"안 됩니다."

단호한 태무진 사장의 대답에 수연은 아까 문수호가 그랬듯이 고개를 절레절레 저었다. 하지만 루프탑으로 연결된 문이 열렸을 때 그녀의 눈이 천천히 커졌다.

"아!"

그저 놀라움의 감탄사를 뱉어낸 게 전부였다. 분명 전에 왔을 때는 없었던 꽃들이 루프탑 안에 가득 차 있었다. 장미, 작약, 거베라, 수국, 투베로사, 해바라기, 카네이션, 리시안셔스, 국화, 튤립……. 마치 꽃집을 통째로 이곳으로 옮겨놓은 듯한 광경이었다.

꽃의 향기에 취한 건지, 이 순간의 감동에 취한 건지 알 수 없을 정도로 몽롱했다.

"설마 이 꽃들도 사신 거예요?"

그녀가 어안이 벙벙한 표정으로 태무진 사장에게 묻자 그가 입꼬리를 올리며 말했다.

"그러니까 내가 말했잖아요. 그 꽃은 천수민 거라고."

수연은 옥상을 가득 채운 꽃과 태무진 사장의 얼굴을 번갈아 보았다. 그가 오빠에게 주었던 꽃다발에 그녀 혼자 몰래 섭섭해한 게 얼마나 쓸데없는 짓이었는지 깨닫는 순간 웃음이 나왔다.

"혹시 평생 줄 꽃을 오늘 다 주신 건 아니죠?"

"그동안 못 준 꽃 오늘 다 준 거로 하죠."

태무진 사장은 바로 근처에 있는 장미꽃 한 송이를 집어서 그녀에게 내밀었다. 수연은 꽃과 그의 얼굴을 번갈아 바라보았다. 마음이 벅차올랐다.

이 순간이 현실이라는 게 너무 기적 같았다. 어떻게 그와 이곳에서 연인 사이가 되어 이런 대화를 나눌 수 있을까. 이곳에서 그를 처음 보았을 때는 상상조차 할 수 없던 일이었다. 그래서 그를 또다시 놓치고 싶지 않았다. 그녀는 할 수 있는 한 있는 힘껏 그를 붙잡기 위해서 발끝을 높이 들어 올렸다. 그리고 태무진 사장의 입술에 키스했다. 따스한 입술과 입술이 닿으니 사랑이 좀 더 깊어지는 것만 같았다.

하지만 그녀의 입맞춤은 짧았다. 그녀는 발레리나가 아니었기에 발끝으로 선 몸은 바로 균형을 잃고 태무진 사장의 몸 위로 쓰러졌다. 그의 손이 그녀의 허리를 감싸 안으며 무너지는 몸을 붙잡아주었다. 태무진 사장의 입술이 그녀의 이마에 조심스럽게 닿았다. 부드럽고 감미롭고, 그리고 또 아쉬웠다.

"이런 건 어린 소녀한테나 하는 거 아니에요?"

"내 눈에는 아직 소녀로 보이기도 하는데."

그녀의 입맞춤이 소녀처럼 어설펐다는 소리인가 싶어서 수연은 곱게 그를 흘겨보다가 웃어버렸다. 화사하게 피어 있는 꽃들 속에서 사랑이 만발한데 어떻게 그에게 화를 내겠나.

"제가 너무 받기만 하는 거 같아요."

그한테 받은 게 너무 많았다. 이젠 세는 것조차 무의미할 정도로.

"내 비서 하는 4년 동안 몸과 마음을 바쳐 날 모신 걸 내가 어떻게 따라잡겠습니까?"

그가 농담처럼 그녀가 했던 말을 따라 하니 수연은 곱게 그를 흘겨보았다. 그러다 그녀의 눈이 커졌다.

"아! 저도 사장님한테 줄 거 있어요!"

그녀의 목소리가 갑자기 커져서 태무진 사장도 놀란 표정을 지었다. 수연은 그를 보며 활짝 웃었다.

그걸 이제야 기억해내다니!

수연은 정말 태무진 사장에게 줄 선물이 있었다. 아주 오래전에 그의 생일 선물로 직접 만든 것이었지만, 보스와 비서 사이에 주기에는 부적합한 선물이었기에 차마 주지 못했었다. 영원히 주지 못 할 줄 알았던 물건이 4년 만에 주인을 찾아가니 그녀한테도 뜻깊은 일이었다.

"이건 제 선물이에요."

수연은 박 씨에게 부탁해서 퀵으로 받은 선물 상자를 태무진 사장에게 내밀었다.

무진은 선물 상자와 그녀의 얼굴을 번갈아 보았다. 급하게 산 선물 같기도 하고, 아닌 것 같기도 하고. 그는 아직 그녀의 선물이 무엇인지 짐작조차 안 되었다. 그래서 궁금증을 안고 상자 뚜껑을 열었다. 안에는 가죽 지갑이 들어 있었다. 평범한 듯 보이는 지갑에 'Kan'이란 글자가 수놓아져 있었다.

"사실은 4년 전에 만든 건데, 이제야 주네요."

"이걸 직접 만들었다고요?"

놀란 표정을 짓는 그를 보며 수연은 고개를 끄덕였다.

"저 가방 집 딸이잖아요. 그러니까 이 정도는 만들 줄 알아야죠."

무진은 좀 더 깊어진 눈빛으로 지갑을 바라보았다.

"내가 가방을 안 써서 지갑을 만든 거군요."

수연은 그렇다는 의미로 고개를 끄덕였다.

"그런데 이건 무슨 뜻입니까?"

태무진 사장이 지갑에 새겨진 글자를 손가락으로 가리키며 물었다. 수연은 아이처럼 웃으며 오히려 그에게 문제를 냈다.

"맞혀보세요. 정답 말하면 상 드릴게요."

확실히 그의 이름 이니셜은 아니니까 한 번에 모를 수도 있었다. 그가 이니셜의 뜻이 무슨 의미인지 이리저리 생각할 걸 상상하니 괜히 기분이 좋아졌다. 그런데 태무진 사장은 그녀의 얼굴과 지갑의 이니셜을 번갈아 보다가 지갑을 그대로 재킷 안쪽에 넣었다. 수연은 눈을 키우며 물었다.

"왜 그냥 넣으세요?"

"굳이 지금 다 알 필요는 없으니까."

"네? 그럼 언제 그 이니셜의 정답 맞히실 건데요?"

"언젠가."

수연은 입을 벌렸다. 이런 반응은 전혀 예상 못 했다.

"사실은 이미 무슨 뜻인지 아시는 거죠?"

그녀가 집요하게 물어도 그는 점잖은 표정만 짓고 있을 뿐이었다.

"그냥 제가 말해드릴게요. 그건요……."

기다리는 걸 못 참을 것 같아서 그녀가 바로 말을 해주려는데, 그의 입술이 다가와 그녀의 입술을 막아서 더 이상 말을 할 수가 없었다.

꼭 소나기 같은 키스였다. 느닷없이 다가와서 거침없이 그녀를 적셨다. 이것과 비교하면 그녀가 했던 입맞춤은 소녀의 애교 정도에 불과했다. 수연은 그의 고급 슈트를 아무렇게나 움켜잡았다. 그에게 하고 싶은 말은 모두 그의 입 안으로 빨려 들어가버렸다.

무진은 입술을 깊게 겹치고 그녀의 숨결을 빨아들였지만 사실 욕망보다 마음이 더 뜨거워져 있었다. 세상에 그를 '칸'이라고 부를 사람은 그녀뿐이었으니까. 단순한 우연이라고 해도 그녀가 그를 '칸'이라 부른다면 그는 그 순간 태성 그룹의 태무진이 아니라 그녀의 '칸'이 되었다. 이름은 그렇게 새 생명을 얻고 몸에 각인되었다.

입술을 가르며 들어오는 뜨거운 혀의 움직임에 억눌린 신음이 그녀의 입에서 미약하게 흘러나왔다. 헐벗은 듯한 그녀의 목소리는 그의 심장을 가르고 뜨겁게 난도질했다. 그녀의 가는 허리를 바싹 끌어안자 서로의 심장 소리가 들리는 듯 귀가 멍멍했다. 그는 다른 손으로 그녀의 탐스러운 머릿결 사이로 헤집고 들어갔다.

그 순간 탕아 같은 그의 혀가 어찌할 바를 모르고 있는 그녀의 혀를 휘감자 그녀의 몸이 크게 움찔했다. 그녀의 안에는 그가 처음 보았던 그 소녀가 아직 살아 있었다. 그게 반갑기도 하고, 거슬리기도 하고.

무진은 잠시 입술을 떼고 그녀의 얼굴을 바라보았다.

"내가 여기서 멈췄으면 좋겠어요?"

그의 물음이 너무 짓궂었다. 수연은 흐트러진 호흡을 컨트롤하며 간신히 말했다.

"……사장님은 신사시잖아요."

모호한 대답은 그녀의 마음을 그대로 대변했다. 더 나아가기가 무섭기도 하면서, 이대로 멈추는 건 너무 아쉬운 마음이 그녀의 안에서 어지럽게 소용돌이쳤다.

무진은 그녀의 말랑거리는 귓불을 입술로 물며 부정했다.

"지금은 아닙니다."

음란 마귀가 들었는지, 그 말이 너무 야하게 들려서 머릿속이 핑핑 돌았다. 남자의 뜨거운 손이 치마 아래에 감추어져 있던 그녀의 허벅지에 닿았다. 낙인이라도 찍힌 듯한 아찔함에 그녀는 태무진 사장의 목을 두 팔로 꽉 끌어안았다.

그의 입술이 다시 그녀의 입술을 집어삼켰다. 달구어진 혀는 그녀의 안을 더듬고, 열기를 품은 손은 그녀의 다리를 문지르듯이 쓰다듬었다. 그가 만지는 대로 그녀는 젖어들어갔다.

Rrrrrrrr— Rrrrrrr—.

하필 이 순간 그녀의 핸드폰이 눈치 없이 울어댔다. 평소였다면 정중하게 전화를 먼저 받으라고 했을 태무진 사장은 더 거침없이 그녀의 입술을 먹어 치웠다.

허벅지 안쪽까지 파고들어 온 손 때문에 온몸이 떨려왔다. 그녀의 몸 중 이리 내밀한 곳에 그녀가 아닌 타인의 손이 닿은 적은 처음이었다. 무서움과 흥분이 뒤섞여 그저 혼곤했다.

끈질기게 울리는 전화벨 소리가 아주 먼 곳에서 들려오는 것 같았다. 이대로 정말 끝까지 가도 상관없다고 생각하는데, 돌연 태무진 사장이 그녀한테서 떨어졌다. 그녀를 적시던 입술이 멀어지고, 타는 듯한 손이 치마의 아래에서 빠져나왔다.

수연은 멍한 눈으로 그를 쳐다보았다. 태무진 사장은 말없이 그녀를 몇 초 정도 바라보다가 그녀 대신 계속 울리고 있는 핸드폰을 꺼내 확인했다.

"역시 천수민이네요."

수연은 입술을 깨물었다. 그녀가 애써 찾은 오빠가 그들의 연애를 죽어라 방해하고 있었다.

"아, 안 받아도 돼요."

"저도 받을 생각 없습니다."

무진은 전원을 끄는 대신 무음으로 바꾸었다. 그래야 천수민이 동생 걱정을 조금은 덜할 테니까. 물론 천수민은 그런 그의 배려에 욕만 퍼부을 테지만.

전화벨 소리는 사라졌지만 다시 분위기를 이어가기에는 어색해져버렸다.

무진은 그의 손에 의해 흐트러진 그녀의 치맛자락을 보고 미간을 좁혔다. 투명하게 하얀 그녀의 피부는 매끄럽고 달았다. 그래서 만지는 순간 정신을 차릴 수가 없었다. 몸 안의 피가 미쳐 날뛰는 기분이었다. 천수민의 전화가 아니었다면 진짜 멈추지 못했을 것이다.

"다음부터 문라이트에서는 와인만 마시는 걸로 하죠."

그의 말에 수연의 낯빛이 어두워졌다.

"제가 아까 뭘 잘못했어요?"

너무 서툴러서 싫었다고 하면 그녀는 진짜 가망이 없었다. 태무진 사장은 한숨을 내쉬며 루프탑 입구 쪽을 보았다.

"수연이 아니라 저게 문제입니다."

수연도 그를 따라 시선을 돌렸다. 문수호가 두 사람을 향해 손을 흔들며 서 있었다. 수연은 기겁하며 태무진 사장의 등 뒤로 몸을 숨겼다.

"어, 언제부터 저기 있었던 거죠?"

"걱정 마요."

문수호가 경박하긴 해도 몰래 훔쳐보는 음습한 짓은 하지 않았다. 그래도 문수호 때문에 문라이트는 완벽하지 않았다. 무진은 두 사람만을 위한 완벽한 공간을 찾기 위해 또다시 고민에 빠졌다.

집에서 밥도 안 먹고 화내고 있을 수민에게 신경을 써준 태무진 사장은 해가 지기 전에 그녀를 집으로 보내주었다. 수연도 그녀만 행복한 건 좀 죄책감이 느껴졌기에 돌아갈 때 일부러 수민이 좋아하는 만두를 사서 들어갔다. 그런데 그녀와 태무진 사장이 괜한 걱정을 했나 보다. 수민은 알아서 잘 먹고 있었다.

"김정숙."

그것도 김정숙이 가져온 만두를. 수민과 한 식탁에 앉아 있던 김정숙은 그녀의 부름에 서둘러 의자에서 일어났다.

"내가 만두 좀 사 왔어. 너도 와서 같이 먹어."

수연은 그녀답지 않게 허둥대는 김정숙을 짧게 흘겨보고는 사 온 만두를 앞으로 내밀었다.

"만두는 나도 사 왔어."

김정숙은 어색한 웃음만 흘리고, 수민은 자신과는 상관없는 일이라는 듯이 만두만 먹고 있었다. 수연은 식탁으로 걸어가서 사 온 만두를 그 위에 올려놓았다.

"다 먹은 뒤에 나 좀 봐."

그녀의 말에 김정숙이 긴장한 눈으로 쳐다보았다.

"왜?"

"친구 집에 와서 친구가 보자는데 이유가 필요해?"

김정숙은 알았다고 고개를 끄덕였다. 이렇게 바보 같은 김정숙의 모습은 처음이라 수연은 힐긋 수민 쪽을 보았다. 역시나 언제나처럼 별생각이 없어 보였다. 수민은 가족 빼고 타인에게는 냉정하다고 생각될 정도로 무심한 편이었다.

수연은 괜히 두 사람 사이에 끼어들었다가 골치 아픈 일에 휘말리고 싶지 않았기에 그냥 자신의 방으로 올라갔다. 10분 정도 흐른 뒤 김정숙은 그녀의 방문을 노크했다.

"들어와."

그녀의 허락이 떨어지자 김정숙은 문을 열고 들어왔다.

"너 데이트 갔다고 들었는데 일찍 들어왔네."

오히려 그녀의 일에 대해 말하는 김정숙을 수연은 말없이 쳐다만 보았다. 김정숙은 제 발이 저렸는지 그녀가 묻지 않아도 알아서 대답했다.

"그냥 우리 집 냉장고에 넘쳐나는 만두만 주려고 온 거야. 진짜야."

"오빠가 먹는 거 냉동 만두 아니던데."

"오는 길에 겸사겸사 사 온 거지."

수연은 고개를 짧게 저으며 귀걸이를 뺐다.

"그런데 태무진 사장이랑 계속 만날 거야?"

김정숙도 수연의 연애가 불안해 보이는 건 마찬가지였다. 하필이면 태성의 태무진 사장이었다. 그 자체만으로 보통의 연애는 불가능한 것이었다.

"오빠가 사장님에 대해 뭐라고 했어?"

김정숙은 아니라고 완곡히 고개를 저었지만 수연은 대충 짐작이 되었다.

"내 걱정은 할 필요 없어. 아주 행복하니까."

"설마, 벌써 잤어?"

생각도 못 한 질문이 나오자 수연은 놀라서 들고 있던 귀걸이를 떨어뜨렸다.

"사장님 그런 분 아냐!"

그녀가 강하게 부정하자 김정숙은 오히려 찜찜한 표정을 지었다.

"그럼 더 문제 아냐? 남자는 여자보다 감정적으로 단순해서 좋아하는 여자랑 자는 걸 최종 목적으로 한다고. 그런데 태무진 사장이 너랑 안 자려고 한다면 널 별로 좋아하는 게 아니라는 뜻 아냐?"

수연은 굳이 이 자리에서 해명하기 위해서 문라이트에서 있었던 일을 김정숙에게 말하고 싶지는 않았다. 그런데 태무진 사장은 중간에 멈추었다. 전화벨 때문이라고 해도 보통 남자들이 그런 상황에서 그리 쉽게 제어가 되는 건가 싶긴 했다. 태무진 사장의 절제력이 그 누구보다 강한 건 잘 알고 있었지만, 그게 그녀와의 연애에도 해당한다고 생각하면 마음이 무거워졌다.

그녀는 태무진 사장의 행동에 대해 신경 쓴다는 것을 티 내지 않고 김정숙한테는 단호하게 말했다.

"그런 남자들이랑 사장님 비교하지 마. 불쾌하니까."

"하긴. 태무진 사장은 좀 득도한 스타일인 거 같더라."

"무슨 뜻이야?"

수연은 그 말이 전혀 칭찬처럼 들리지 않았다.

"성욕도 이길 거 같은 남자라는 뜻이야."

수연의 표정이 굳었다. 그 말은 진짜일 수도 있기에 듣기 더 거북했다.

“하지만 네가 이렇게 좋다면야 무슨 상관이겠어. 플라토닉 러브도 나름대로 낭만 있잖아.”

그녀는 어느새 김정숙을 말없이 노려보았다. 플라토닉 러브는 전혀 하고 싶은 마음이 없었기에.

태성 생명의 경영권을 결정하는 주주 총회가 열렸다. 태강석 사장이 사회적 물의를 일으켜 경영권 방어가 힘들 것이라는 여론이 컸으나 태준석 회장이 의외로 태강석 사장의 편에 서면서 주주 총회의 결과가 오리무중으로 빠졌다. 오늘 태강석 사장의 해임이 통과될지 부결될지는 주주 총회가 끝나 봐야 결과를 알 수 있었다.

회의장 밖에는 기자들도 일찌감치 모여들어서 오늘 회의의 결과가 어찌 나올지 서로 열띤 토론을 벌이고 있었다. 썩어도 준치라고 태성가의 일원인 태강석 사장이 이번에는 무사히 넘어갈 것이라는 여론 쪽으로 몰렸다.

“어? 저 사람 태성 그룹 태무진 사장 아냐?”

“태무진 사장도 태성 생명 주주였나? 처음 보는 거 같은데.”

태준석 회장이 외아들인 태무진 사장을 보내서 자신의 의지를 명확히 표현한 것이라 여긴 기자들은 태무진 사장에게 달려가서 너 나 할 것 없이 마이크를 들이밀었다.

"오늘 주주 총회에서 태강석 사장 해임안에 부결표를 던지실 겁니까?"

"태성 생명 고객 보험금 횡령 사건에 대해 국민에게 할 말은 없으십니까?"

태무진 사장은 쏟아지는 기자들의 물음에 아무런 답변 없이 주주 총회가 열리는 회의장 안으로 들어가 버렸다. 뒤에 남은 기자들은 아쉬운 입맛을 다셨다.

"그런데 반칙 아냐? 돈도 많고 잘생기기까지 하면 우리 같은 사람은 어떻게 살라는 거야."

"분명 성격이 별로일 거야."

"태무진 사장 엄청 신사라고 하던데요. 어린 인턴사원한테도 존댓말한대요."

남자 기자들은 썩은 표정을 지었고, 여자 기자들은 눈 호강을 제대로 했다는 듯 즐거운 표정을 지었다.

벌컥.

그때 문이 열리고 태무진 사장이 등장하자 모여 있던 이사들은 깜짝 놀랐다. 잠시 넓은 회의장 안에는 침묵이 흘렀다.

저벅저벅.

천천히 걸어 들어오는 태무진 사장에게 사람들의 시선이 몰렸다. 마치 그가 오늘의 주인공 같았지만 사실 오늘 주주 총회에서 태무진 사장은 표결 권한이 없는 외부인이었다. 중앙 자리에 앉아 있던 태무열이 벌떡 일어나며 그에게 화를 냈다.

“자격도 없는 네가 왜 여기 나타나! 당장 쫓아내!”

태무열의 명령에 비서진은 당황할 뿐이었다. 아무리 태성 생명의 주주 총회에서는 자격이 없어도 태성 그룹의 차기 오너였다. 그런 그에게 어떻게 감히 손을 댄단 말인가.

무진은 태무열의 앞에서 멈추어 섰다.

“할 말이 있어서 온 거뿐이니까 긴장할 거 없어.”

태무진 사장은 고개를 돌려, 앉아 있는 주주들 쪽을 보았다. 모두 태성 그룹과 깊은 관련이 있는 사람들뿐이었다. 그들의 결정이 태준석 회장과 반대될 확률은 제로에 가까웠다.

“기업이 정의로운 일만 하며 운영될 수는 없다고 해도, 적어도 도둑놈이 사장이 되는 일은 없어야 하지 않겠습니까?”

“태무진!”

태무열의 주먹이 다시 그를 향해 달려들자 태무진 사장은 상체를 뒤로 빼 가볍게 피했다. 휘청하며 넘어질 것 같은 태무열의 몸을 비서들이 허둥대며 부축했다. 무진은 무심한 눈으로 그런 태무열을 바라보다가 몸을 돌려 회의장을 떠났다.

주주들은 웅성거리기 시작했다. 현 회장과 차기 회장의 뜻이 정확히 반대라는 걸 알아버렸기에. 태무진 사장의 등장으로 주주 총회의 결과가 더더욱 오리무중이 되었다.

Rrrrrrrr— Rrrrrrrr—.

무진이 회의장을 나와 차로 돌아왔을 때 수연에게서 전화가 걸려왔다. 안 그래도 기분이 가라앉아 있던 무진은 핸드폰에 뜬 그녀의 이름을 보고 미소를 지었다. 인간 비타민이란 말이 무슨 뜻인지 정확히 알 수 있었다.

"여보세요."

[사장님, 오늘 밤에 저랑 같이 심야 영화 보실래요?]

수연의 목소리 톤이 평소와 미묘하게 달랐다. 무진은 눈을 가늘게 뜨며 물었다.

"무슨 영화요?"

[엄청 재미있는 영화예요.]

엄청 재미있다는 말에 엄청난 음모가 느껴졌다. 설마 다른 사람도 아니고 수연한테 이런 낌새를 느끼게 될 줄은 몰랐다.

도대체 그녀는 무슨 꿍꿍이인가?

수연은 평소에 바르던 립스틱보다 훨씬 더 색이 진한 걸 일부러 사서 거울 앞에서 발랐다.

김정숙이 쓸데없는 소리를 하고 간 뒤 아무래도 마음에 걸리는 게 하나 있었다. 태무진 사장이 본인 입으로도 말했다. '그녀가 아직 소녀로 보인다.'고. 그렇다는 건 성적 매력이 느껴지지 않는다는 뜻이었다.

"내가 티를 안 내서 그렇지. 얼마나 섹시한데."

수연은 근무 중에 묶었던 머리도 풀어서 힘껏 흔들었다. 그러자 막 자다 일어난 것 같은 여자가 완성되었다. 이건 아니다 싶어서 다시 머리를 열심히 빗었다.

사실 섹시한 여자가 어떤 건지 감도 안 왔다. 그래서 가장 눈에 띄는 걸로 선택했다. 미니스커트, 새빨간 립스틱, 19세 미만 관람 불가 영화.

"사장님도 남자니까 그런 영화 많이 봤겠지?"

하지만 태무진 사장이 그런 영화를 보는 모습은 전혀 상상되지 않았다.

"설마 나 발랑 까졌다고 혼나는 거 아냐?"

그건 상상이 되었다. 태무진 사장에게 혼나는 그녀의 모습이. 수연은 고개를 흔들어 쓸데없는 생각을 지우며 백화점에서 립스틱과 함께 사 온 미니스커트를 집어 들었다. 그녀가 지금껏 입어본 옷 중 가장 천이 적게 들어가는 옷이었다. 수연은 비장한 눈으로 미니스커트를 쳐다보았다.

"할 수 있어, 천수연."

태무진 사장의 마음도 얻었는데 설마 이걸 못 하겠나.

어쩌면 그녀의 생각보다 훨씬 쉬운 일인지도 몰랐다.

영화 시간에 늦지 않기 위해 서둘렀더니 영화관에는 무진이 먼저 도착했다.

늦은 밤이라 영화관에는 심야 데이트를 온 연인들과 친구끼리 온 젊은 사람들뿐이었다.

수연이 무슨 영화를 보는지 정확히 말해주지 않았지만 이 시간에 상영하는 영화는 2개뿐이었다. 하나는 스릴러 영화였고, 하나는 19세 미만 관람 불가 영화였다. 무진은 당연히 스릴러 영화가 수연이 보고 싶은 영화일 것이라고 생각하고 그쪽으로 걸어갔다.

이런 영화도 좋아했군.

의외였다. 평소 성격으로 보아 서정적인 영화를 더 좋아할 것이라 생각했으니까. 무진은 전에 영화 볼 때 그녀가 팝콘을 잘 먹었던 걸 기억하고 팝콘을 파는 곳으로 걸어갔다. 달달한 냄새가 지독할 정도였지만 무진은 꾹 참고 말했다.

“제일 잘 나가는 걸로 하나 주세요.”

팝콘과 콜라는 금방 나왔다. 무진은 수연이 팝콘을 주먹으로 움켜쥐며 먹던 걸 떠올리고 팝콘을 하나 집어서 입에 넣었다. 단맛에 절로 미간에 주름이 졌다. 사랑의 달달함은 좋지만 팝콘의 단맛은 여전히 버거웠다.

그때 영화 시간을 기다리며 서성이고 있던 남학생 무리가 수군대는 소리가 들려왔다.

“이야! 저 여자 다리 봐! 완전 죽여.”

“데이트 왔나? 누군지 겁나 부럽네.”

뭔가 싸한 기분이 든 무진은 천천히 고개를 들어 앞을 보았다. 무진도 남자였기에 오늘 처음으로 수연의 얼굴보다 그녀의 길게 뻗은 새하얀 다리가 먼저 눈에 들어왔다. 그의 손에 힘이 들어가면서 팝콘 통이 우그러졌다. 수연이 그를 발견하고 손을 높이 들어 흔들었다.

탁—.

무진은 팝콘과 콜라를 옆의 테이블에 올려놓고 그녀를 향해 성큼성큼 걸어갔다. 걸어가면서 그가 입고 있던 재킷을 단번에 벗어젖혔다. 휘날린 재킷 자락이 아까 수연에 대해 함부로 말하던 남자 대학생의 얼굴을 강타했다.

"앗!"

"뭐야!"

옷이라 아프진 않지만 길거리에서 뺨 맞은 것과 똑같은 황당함에 화를 내려던 남학생 무리는 무진과 눈이 마주치자 아무도 나서지 않았다. 눈빛으로 상대를 제압하는 게 무엇인지 처음으로 살벌하게 느꼈기에.

반갑게 인사하려던 수연은 그 광경을 보고 멈칫했다. 태무진 사장이 왜 갑자기 옷을 벗은 건지도 모르겠고, 그 옷이 왜 하필이면 가만히 서 있던 남자의 얼굴을 때린 건지도 수연의 입장에서는 알 도리가 없었다.

휙—.

무진은 벗은 재킷을 그녀의 허리에 둘러서 소매로 꽉 묶었다. 그리고 당황한 그녀의 손을 잡고 영화관 입구로 걸어갔다.

"사장님, 아직 영화 안 봤는데."

그녀의 말을 무시하고 무진은 바로 영화관을 나와버렸다.

도대체 뭐가 잘못된 거지?

설마 그녀가 19세 미만 관람 불가 영화를 보자고 해서 화난 건가?

수연은 태무진 사장이 영화도 안 보고 나올 정도로 기분이 언짢아진 이유를 전혀 엉뚱한 방향으로 짐작했다.

"제가 고른 영화가 마음에 안 드신 거예요?"

차에 올라탄 수연은 조심스럽게 태무진 사장에게 물었다.

"오늘 그 옷 입고 출근한 겁니까?"

그의 목소리는 차갑다 못해 주위의 공기까지 얼어붙게 만드는 것 같았다. 수연은 고개를 저으며 해명했다.

"퇴근하고 갈아입은 거예요."

립스틱도 바꿔 바른 거라고 솔직하게 자백할까 하다가 입을 다물었다. 이런 상황에서는 말을 많이 할수록 손해였다.

태무진 사장의 미간에 잡힌 주름은 좀처럼 펴질 줄 몰랐다. 설마 태무진 사장이 미니스커트를 이리 보기 싫어할 줄이야. 회사에 미니스커트 입고 출근한 여직원에게 뭐라고 한 적이 한 번도 없었기에 전혀 눈치채지 못했었다.

옷을 입는 것까지 간섭하는 건 너무 가부장적인 것 아니냐고 한마디 할 수도 있는 상황이었지만, 그에게 섹시하게 보이기 위해서 입은 옷이었다. 그런 옷 때문에 그에게 따진다는 건 아무 이득이 없었다.

"마음에 안 들면 다음부터는 안 입을게요."

아무래도 오늘의 섹시 콘셉트는 대실패인가 보다. 그녀한테 그런 유전자는 존재하지 않는단 말인가. 심란해지려는데 옆에서 태무진 사장의 목소리가 들려왔다.

"나랑 둘만 있을 때는 입어도 됩니다."

수연은 고개를 들어서 이해하기 힘들다는 표정으로 그를 쳐다보았다.

"지금 둘만 있는데요."

그럼 지금은 괜찮다는 건가?

태무진 사장이 대답 대신 턱을 살짝 들며 손가락으로 넥타이 매듭을 끌어 내렸다. 그 모습이 지나치게 섹시해서 수연은 침을 꼴깍 삼켰다. 어째서 그녀는 만반의 준비를 해도 나오지 않는 섹시가 그는 조금 움직인 것만으로 저리 쉽게 나오는 건지 모르겠다.

불공평한 것인가, 그녀가 땡 잡은 건가.

"아직도 영화 보고 싶습니까?"

아차! 그들은 영화를 보기 위해 이 시간에 만난 것이었다.

"하지만 벌써 시작했을 거 같은데."

오늘의 마지막 상영이었기에 다음 영화를 볼 수는 없었다.

"그럼 그냥 여기서 보죠."

"여기서요?"

태무진 사장이 뒷자리에 있던 태블릿 PC를 가져와 스트리밍 사이트로 연결하였다. 그제야 그가 말한 뜻을 이해한 수연은 태무진 사장이 두 사람이 볼 영화를 찾는 걸 가만히 지켜보았다.

“흠, 여긴 선택의 폭이 너무 많네요. 수연이 골라봐요.”

태무진 사장이 그녀에게 태블릿 PC를 넘겼다. 수연은 그의 눈치를 보며 사이트에 업로드된 영화 목록을 쭉 훑었다. 그의 말대로 수많은 영화가 있었지만 그녀는 너무 쉽게 영화를 찾을 수 있었다. 왜냐하면 19금 딱지가 붙어 있는 걸 고르면 되었으니까.

“그냥 제가 보고 싶은 거 봐도 돼요?”

그녀가 조심스럽게 묻는 말에 태무진 사장이 고개를 끄덕였다. 어차피 그녀가 영화를 보자고 해서 온 영화관이었다. 수연은 영화를 선택한 뒤 태블릿 PC를 보드 위에 올려놓고 서둘러 좌석에 몸을 딱 붙였다. 바로 영화가 시작할 줄 알았는데, 태블릿 PC에서는 아무런 소리도 나오지 않았다. 대신 안내 문구가 떠 있었다.

> 19
>
> 이 컨텐츠를 보시려면 성인 인증을 받으셔야 합니다.

같이 그 문구를 읽은 두 사람은 3초 정도 아무 말이 없었다.

“……성인 인증 안 하셨어요?”

“방금 가입한 겁니다.”

수연은 서둘러 손을 뻗어 태블릿 PC 화면을 껐다.

"그냥 영화 안 볼래요."

쪽팔려서 죽을 것 같았다. 마치 몰래 숨겨놓았던 성인 잡지라도 들킨 기분이었다.

나는 성인인데! 내년에 서른이라고!

그래도 쪽팔린 건 쪽팔린 것이었다. 태무진 사장은 조용히 태블릿 PC를 가져가 무언가를 눌러댔다. 수연은 불안해져서 물었다.

"뭐 하시는 거예요?"

"성인 인증."

수연은 부리나케 두 팔을 뻗어서 태무진 사장의 손에서 태블릿 PC를 빼앗으려고 시도했다.

"하지 마세요!"

하지만 태무진 사장은 가볍게 그녀의 손을 피하며 계속 성인 인증 항목을 채워갔다. 수연은 그의 어깨를 붙잡고 태블릿 PC로 왼팔을 길게 뻗었다. 하지만 그녀의 팔은 그의 팔보다 너무 짧았다.

"사장님! 저 진짜 영화 안 봐도 돼요!"

"이젠 내가 보고 싶어졌어요."

"그럴 리가 없어요!"

진심으로 울고 싶어졌다. 분명 태무진 사장은 그녀가 엄청 밝히는 여자라고 생각할 것이다. 완벽히 틀린 말은 아니었지만 그렇다고 그걸 성인 인증으로 들키고 싶은 마음은 조금도 없었다. 스트리밍 사이트에 항의라도 하고 싶었다. 왜 성인 인증을 그리 크고 잘 보이게 만들어놓은 거냐고.

"저 진짜 평소에는 그런 거 안 본다고요."

수연은 두 손으로 얼굴을 가리고 최후 변론처럼 말했다.

"김정숙이 플라토닉 러브라고 해서."

남 핑계까지 대는 걸로 오늘의 못난 짓에 최고점을 찍었다. 이젠 다 틀렸다고 생각하고 있는데 얼굴을 가리고 있는 그녀의 손을 감싸는 따뜻한 손길이 있었다. 태무진 사장의 손이 그녀의 손을 붙잡고 아래로 내렸다.

수연은 잘게 눈썹을 떨다가 용기를 내어서 태무진 사장을 다시 보았다. 그는 헤드레스트에 얼굴을 기대고 그윽한 시선으로 그녀를 쳐다보고 있었다.

"제가 너무 밝혀서 싫어지셨어요?"

그의 길고 우아한 눈매가 부드럽게 휘며 관능적인 눈웃음을 지었다. 무진은 그녀의 손을 끌어다가 그녀의 손등에 다정하게 입을 맞추었다.

"밝히는 것도 귀엽다고 생각했습니다."

그가 눈동자를 들어서 그녀를 보는데 단숨에 그의 눈빛이 변했다. 모든 걸 집어삼킬 것처럼 강렬하고 압도적이었다.

"내가 했으면 무섭다고 도망쳤을 텐데."

수연은 긴장해서 잠시 숨을 멈추었다. 마치 그가 이 선을 넘으면 위험하다고 경고하는 것 같은데, 그녀는 궁금증을 참지 못하고 그에게 물었다.

“사장님이었다면 어떻게 밝히시는데요?”

태무진 사장은 잡고 있던 그녀의 손을 풀어주었다. 그리고 차의 시동을 켰다. 그가 대답하지 않고 운전하려고 하자 수연은 태무진 사장 쪽으로 가까이 몸을 기울였다.

“김정숙이 사장님은 성욕도 이길 거 같대요.”

결국 또 김정숙을 끌어와서 그를 도발했다. 운전하던 태무진 사장이 힐긋 곁눈으로 그녀를 쳐다보았다. 그녀는 순진한 토끼 같은 표정으로 그에게 폭탄을 툭 던졌다.

“정말 그러세요?”

성인 인증까지는 귀여웠으나 이젠 슬슬 위험 수위에 다다른 듯했다. 그는 그녀를 동화 같은 사람이라고 생각했었다. 아름답다는 말이 세상에서 가장 잘 어울리는 사람. 그런 그녀가 오히려 그를 그 동화 속에서 억지로 끄집어내려 하고 있었다. 이 세상에 성장하지 않는 사람은 없다는 걸 알려주려는 듯이.

그가 처음 만났던 소녀는 이제 호기심 많은 여자의 얼굴을 하고 그를 빤히 쳐다보고 있었다. 그녀가 호기심이라면 그는 욕심이었다. 그래서 더 일부러 신사인 척을 하게 되었다.

“내 대답 꼭 듣고 싶습니까?”

그가 묻자 수연은 고개를 끄덕였다. 그건 자신에게 아주 중요한 문제라는 듯이. 무진은 새어 나오려는 웃음을 꾹 참았다. 스스로 무덤을 판다는 말이 아마도 이럴 때 딱 맞는 것 같았다. 무진은 그녀에게 가까이 다가가서 귓가에 속삭였다.

“그럼 다음에 몸으로 제대로 대답해줄게요.”

수연의 길고 촘촘한 눈꺼풀이 빠르게 깜빡였다. 얼굴의 홍조는 술 취한 사람처럼 보일 정도였다.

"어, 언제요?"

무진은 순간 지금 당장이라고 말하고 싶은 충동이 일었지만 꾹 눌러 참았다. 그의 대답을 알게 되면 그땐 그녀가 몸을 빼고 싶어질 테니까. 지금은 너무 쉽게 도망칠 수 있었다. 적어도 그의 품 말고 도망칠 곳이 아무 곳도 없는 상황 정도는 만들어놓아야 했다.

그가 무슨 생각을 하는지도 모르고 웃는 낯으로 쳐다보자 수연도 같이 웃었다.

"그럼 다음에 꼭 알려주세요."

무진은 고개를 끄덕였다. 이젠 그녀보다 그가 더 다음이 기대되었다.

chapter 21

커피는 알고 있다

태무진 사장이 태성 생명 주주 총회에 나타나는 바람에 태강석은 아슬아슬하게 사장 자리를 지킬 수 있었다. 그 일을 보고받은 태준석 회장은 바로 무진을 불러 혼내지 않고 참을성 있게 집에서 기다렸다. 하지만 무진의 퇴근이 늦어지자 결국 참지 못하고 비서를 시켜 태무진 사장이 지금 무얼 하고 있는지 알아보게 시켰는데 뜻밖의 사실을 보고받았다.

"직접 운전해서 나갔다고?"

사람이 평소에 하지 않는 행동을 하면 무언가 일이 생겼다는 뜻이었다. 태준석 회장은 가족한테 그런 상황이 생기는 걸 더 이상 좋아하지 않았다.

"당장 어디 있는지 알아봐."

태준석 회장은 지시를 내리고 곧장 무진의 방으로 올라갔다. 계단을 오르면서 요즘 그의 아들한테 변화가 있었나 곰곰이 생각해보았다. 파혼하는 큰일이 있긴 했지만 그건 그가 벌인 일이니 예외였다. 그것 말고는 마음을 다스리기 위해 잠깐 중국에 다녀왔었다. 그 뒤에는 별일 없이 일에 집중하며 지내는 것 같아 보였었다.

달칵―.

방문을 열고 안으로 들어간 태준석 회장은 천천히 방 안을 둘러보았다. 무진이 잠만 자고 나가는 방이었기에 생활의 흔적은 거의 없었다. 그런데 이상한 게 하나 눈에 들어왔다. 태준석 회장은 천천히 그쪽으로 걸어갔다. 창가 앞 테이블에 놓인 텀블러는 이 방의 인테리어와 전혀 어울리지 않았다.

"이런 걸 왜 안 치운 거야?"

매일 청소하니 꼼꼼하게 했다면 이런 걸 남겨놓을 리가 없었다. 태준석 회장은 텀블러를 들어 올려 뚜껑을 열어보았다. 안에 든 건 커피였다. 킁킁 냄새를 맡아본 태준석 회장은 미간을 찌푸렸다. 태준석 회장은 방 입구에 서 있는 집사에게 텀블러를 내밀었다.

"버려."

집사는 곤란한 표정을 지었다.

"그건 사장님이 건들지 말라고 해서 치우지 않은 겁니다."

그 말에 태준석 회장은 이해할 수 없다는 표정을 지었다.

"무진이가 치우지 말라고 했다고? 그게 언제인데?"

"정확한 날짜는 모르겠고, 사장님이 태무열 상무한테 얻어맞았던 날로 기억합니다."

그건 한참 전의 일이었다. 태준석 회장은 들고 있는 텀블러가 마치 폭탄이라도 되는 것처럼 가능한 한 멀리 떨어뜨리며 질색했다.

"그럼 이 커피 썩은 거 아냐?"

"그, 글쎄요. 커피라서 잘……."

중요한 건 커피가 썩었냐 아니냐가 아니라, 태무진이 이런 걸 일부러 옆에 두고 있었다는 것이었다.

태준석 회장의 표정이 심각해졌다.

"내가 뭔가 아주 중요한 걸 놓친 거 같아."

그가 결혼식 때문에 아들한테 크게 잘못한 줄 알고 숨죽이고 있었던 건데, 오히려 아들한테 뒤통수 맞은 것 같은 이 찝찝한 기분은 뭐란 말인가.

정말 그런 거라면 그는 발을 뻗고 편하게 잘 수 없었다.

아무리 하나뿐인 아들이라고 해도 절대 이대로 그냥 넘어갈 수 없었다.

그녀의 집에 도착했을 때, 늦은 시간인데도 온 집 안의 불이 환하게 켜져 있었다. 꼭 두 눈에 불을 켜고 여동생을 기다리고 있을 천수민의 모습처럼 느껴졌다.

"도착했어요."

그의 말에 수연이 눈을 비비며 일어났다.

"천수민이 기다리고 있는 거 같은데."

그녀는 평소보다 더 불이 환하게 켜진 집을 보고 어색하게 웃었다.

"괜찮아요. 오빠가 아빠도 아니고."

"차라리 천태진 대표가 더 낫지 않나요?"

무진의 기억 속 천태진 대표는 절대 자식에게 화를 낼 사람이 아니었다.

"모르는 소리 마세요! 우리 아빠는 아무도 못 이겨요."

그녀의 아버지에 대한 신앙이 얼마나 대단한지는 이미 그녀의 자기소개서에서 알아봤었다.

"나도 천태진 대표 못 이길 거 같습니까?"

무진이 넌지시 떠보자 초식 동물 같은 수연의 까만 눈동자가 커졌다.

"우리 아빠랑 싸우시게요?"

무진은 그 말에 살짝 소름이 돋아나서 바로 부정했다.

"그럴 리가요."

세상에서 절대 싸우고 싶지 않은 상내가 있다면 그건 천태진 대표였다. 어쩐지 그가 천태진 대표와 싸우면 수연이 그의 편을 들어줄 것 같지 않다는 불안감이 있었으니까.

"하지만 더 늦으면 천수민과 진짜 싸우게 될 거 같으니까 그만 들어가요."

수연도 동의하며 바로 차에서 내렸다. 그녀는 차 밖에 서서 그에게 손을 흔들었다. 무진은 애써 그녀한테서 시선을 떼고 차를 출발했다. 그가 떠나야 그녀가 집에 들어갈 테니까. 하지만 그의 생각과 달리 그의 차가 골목에서 사라질 때까지 수연은 그 자리를 지켰다.

무진이 집에 도착한 건 자정을 한참 넘긴 시간이었다. 당연히 아버지가 잠들어 있을 것이라고 생각한 무진은 곧장 그의 방으로 올라가려고 했는데 어쩐 일인지 나이 많은 집사까지 자지 않고 현관 앞에 대기하고 서서 그를 맞았다.

"회장님께 인사하고 들어가십시오."

집사의 말에 무진은 눈을 가늘게 떴다.

"아직도 안 주무세요?"

"네, 저녁부터 계속 사장님을 기다리셨습니다."

그거야 오늘 열린 태성 생명 주주 총회에 그가 난입한 일 때문일 것이다. 그게 뭐 그리 큰일이라고 이리 늦게까지 눈에 불을 켜고 기다리고 있는 건가 싶었다. 어차피 태성 생명 사장은 태준석 회장의 뜻대로 되었다. 무진은 굳이 아버지의 잔소리를 듣기 위해서 태준석 회장의 침실로 향했다.

달칵-.

그가 문을 열자마자 큰소리가 날아올 줄 알았지만 의외로 조용했다. 침대에 기대앉아서 책을 읽고 있던 태준석 회장은 그를 보자 이렇게 말했다.

"늦었구나."

뭔가 있다. 그 한마디로 무진은 기민하게 눈치챘다. 하지만 티 내지 않고 차분하게 말했다.

"네, 약속이 있었습니다."

"그래, 너무 일만 하는 것도 안 좋지. 사람이 가끔은 바깥바람도 쐬고, 친구들이랑 어울리기도 하는 게 건강에 좋아."

진짜 뭔가 있다. 무진은 이제 거의 확신했지만 표정이 없는 얼굴로 밤 인사를 했다.

"그럼 주무세요. 저도 올라가보겠습니다."

그가 막 돌아서려는데 태준석 회장이 그를 불렀다.

"무진아."

어찌나 다정한 부름인지 자신을 부른 게 아니라고 부정하고 싶어질 정도였다. 무진은 천천히 고개를 돌려 다시 아버지를 보았다. 태준석 회장이 얼굴 가득 미소를 짓고 있었다.

"나한테 가족은 너 하나뿐이다. 너도 알지?"

다정한 말이었지만 그 말은 뾰족한 가시가 되어서 그의 가슴을 찔렀다.

"……알고 있습니다."

그가 다시 돌아섰을 때 다행히도 아버지는 더 이상 그를 붙잡지 않았다.

탁―.

방문을 닫고 밖으로 나온 무진은 잠시 가만히 그 자리에 서 있었다. 집사가 다가와 그가 묻기도 전에 자백하듯이 말했다.

"오늘 회장님이 사장님 방에 들어갔다 나오셨습니다."

무진은 알았다는 뜻으로 짧게 고개를 끄덕이고는 긴 복도를 걸어갔다. 집사는 멀어지는 태무진의 곧은 뒷모습을 보며 짧게 한숨을 내쉬었다.

보통은 자식을 이기는 부모가 없는데, 이 집은 반대였다. 왜냐하면 태준석 회장의 마음이 태무진 사장보다 여리기 때문이었다.

아침 식탁에서 그녀를 쳐다보는 수민의 눈빛이 심상치 않았지만 수연은 못 본 척하고 밥만 열심히 먹었다.

"난 서이재가 더 나은 거 같아."

"쿨럭!"

너무 뜻밖의 이름이 수민의 입에서 튀어나와서 수연은 국을 먹다가 사레가 들렸다.

"무슨 헛소리야?"

"나와 아버지의 의견은 그렇다고."

여기서 의식 없는 아버지까지 끌어들이니까 수연은 기가 막히기만 했다.

"오빠랑 노닥거릴 시간 없어. 나 바빠."

회사 일을 방패 삼으면 수민은 할 말이 없어졌기에 말없이 여동생을 노려보았다.

수연도 살짝 비겁하다는 생각이 들었지만 바쁘다는 말은 정말이었다. 서둘러 출발해야 했다. 그냥 이대로 떠나기엔 마음에 걸려 수연은 마지막으로 진지하게 한마디 했다.

"오빠, 나도 아버지 깨어나시기 전까지는 태무진 사장님이랑 선 넘을 생각 없어. 그러니까 지금은 그냥 지켜봐주면 안 될까?"

그녀가 말한 선은 결혼이었다.

"진짜 손만 잡겠다고?"

그리고 수민이 짐작한 선은 좀 다른 쪽이었다. 그것도 그녀와 태무진 사장의 연애를 초딩 연애로 만들어버리고 있었다. 수연은 입을 달싹이며 제대로 설명하려다가 수민이 그냥 오해한 채 두고 집을 나와버렸다. 이렇게라도 수민의 예민한 감시에서 잠시 벗어날 수 있다면 그걸로 다행이었으니까.

요즘 그녀의 회사 업무는 출근하기 위해 차에 탄 순간부터 시작되었다. 수연은 차 뒷좌석에 타자마자 태블릿 PC를 열어 밤사이 올라온 가온 관련 소식을 꼼꼼하게 서치했다. 이번에 서이재 광고를 기점으로 고객을 젊은 층으로 확대했기에 가능한 한 빨리 시장 반응을 캐치해야만 했다.

열심히 기사 화면을 넘기던 수연은 뭔가 이상한 걸 느끼고 고개를 들었다. 그녀가 차에 타고 한참이 지난 것 같은데 차는 여전히 집 앞에 멈추어 있었다.

"왜 출발 안……."

운전석 쪽을 보며 묻던 수연은 놀라서 말문이 막혔다. 항상 그녀를 회사까지 태워주는 운전기사라고 하기에는 너무 럭셔리하게 잘생긴 남자가 운전석에 앉아서 그녀를 쳐다보고 있었다. 수연은 자신이 미쳤나 싶어서 눈을 비볐다.

어떻게 운전기사가 태무진 사장으로 보이지?

그런데 그녀가 잘못 본 게 아니라는 듯이 태무진 사장의 목소리가 들려왔다.

"차도 확인 안 하고 탄 겁니까?"

그녀가 당연하다는 듯이 뒷자리에 올라타서 그도 살짝 놀랐다. 당연히 그의 차를 알아봤을 거라고 생각했으니까.

"아니면, 귀찮으니까 지금은 나보고 운전기사 노릇만 하라는 뜻?"

수연은 당황해서 서둘러 차 문을 열었다.

"아니에요! 진짜 몰랐어요. 전 당연히 기사님이 차 세워둔 줄 알고……."

그녀가 딴생각에 빠져 차에 올라탄 게 문제였다. 수연은 허둥지둥 뒷자리에서 내려 조수석에 올라탔다.

태무진 사장을 뒷자리에 태우고 그녀가 운전한 적은 있었지만, 태무진 사장이 운전하는 차 뒷자리에 타버리다니!

그녀가 태성에 다니던 시절이었다면 바로 해고감이었다. 수연은 조수석에 파묻힌 채 가방을 두 팔로 꽉 끌어안고 긴장한 눈으로 태무진 사장을 쳐다보았다.

"어떻게 이 시간에 여기 계세요?"

전에도 그가 그녀를 출근길에 태워다준 적이 있었지만, 그때 확실히 깨달았을 것이다. 출근길 운전은 전쟁이라는 걸. 두 사람의 오붓한 데이트와는 어울리지 않는 시간이었다.

태무진 사장은 시동을 켜며 말했다.

"앞으로 내가 출근시켜줄게요."

"네? 그럼 사장님이 지각하실 수도 있어요."

지각하는 걸 죽기보다 싫어하는 사람이라는 걸 잘 알았다. 오죽하면 차를 버리고 지하철을 탔겠나. 그런데 오늘 태무진 사장은 좀 달랐다.

"지각쯤이야."

당신 누구야!

수연은 낯선 사람을 보듯이 태무진 사장을 쳐다보았다.

"진심이세요?"

"점심 같이 먹자고요?"

신박하게 못 들은 척까지 한다. 수연은 어떤 표정을 지어야 할지 몰라서 그냥 웃어버렸다. 그녀가 웃는 걸 보고 태무진 사장이 오히려 그녀에게 물었다.

"왜 웃습니까?"

수연은 아무것도 아니라고 고개를 저으며 손으로 입을 가렸다. 그가 민망할 수도 있으니까 아무렇지 않은 척할 생각이었다. 그런데 그건 괜한 배려였다.

"점심은 뭐 먹을래요?"

"네? 진심이셨어요?"

"그러니까 점심."

이 남자 오늘따라 왜 이러나 모르겠다. 이젠 하다 하다 귀엽기까지 했다. 수연은 참지 못하고 소리 내어 웃어버렸다.

그녀가 웃는 걸 보고 무진도 입꼬리를 올렸다. 수연과의 사이를 아버지한테 끝까지 비밀로 할 생각은 무진에게도 처음부터 없었다. 그런데 생각보다 너무 일찍 아버지가 눈치채버리게 되었다. 지금이라도 숨기려고 작정하면 방법이 없는 건 아니었다. 처음부터 아버지한테 비밀로 하는 것에 일말의 가책도 없었다. 그런데 어제 처음으로 아버지 앞에서 양심에 찔렸다.

아무래도 더 이상 속이는 건 무리인 듯했다. 지금 당장 그들의 관계가 밝혀지면 수연은 크게 부담을 느낄 수도 있었다. 분명 아버지는 다시 결혼식에 미련을 갖기 시작할 테니까. 그럼 어디까지 폭주할지 모를 일이었다. 분명한 건 또다시 그를 위해 아버지가 양보하는 일은 결코 없을 것이라는 거다. 한 번도 많은 일이었다. 태준석 회장에게 대가 없는 양보는.

무진은 아버지한테도, 수연한테도 좋은 방향으로 일을 처리할 생각이었다.

이번엔 절대 둘 중 누구에게도 상처를 주지 않으리라.

회장 비서실 소속 비서들은 긴장한 눈으로 서로를 쳐다보았다. 이른 아침부터 태무진 사장의 부름을 받고 모인 자리였다. 직속 상사가 아니고 직속 상사의 아들이었지만 어떤 의미로는 태준석 회장보다 더 어려운 존재였다.

"흠! 혹시 뭐 때문에 사장 비서실이 아니라 우리를 호출한 건지 알아?"

남형천 과장이 윤서영 과장에게 넌지시 물었다.

"글쎄요. 사장님 오시면 알겠죠."

깍쟁이 스타일의 윤서영 과장이 알면서도 일부러 숨기는 것처럼 느껴졌기에 남 과장은 대놓고 그녀를 흘겨보았다. 분명 후배인데도 자꾸 무시당하는 기분이 들어서 이런 일에도 쉽게 도끼눈을 뜨게 되었다.

"그런데 비서실장님은 안 부르셨나 봐요."

어쩌다 보니 회장 비서실 소속 비서 중 가장 직급이 높은 비서실장만 이 자리에 없었다.

"실장님은 무조건 회장님한테 보고하니까 안 부르신 거 아닐까요?"

"설마 쿠데타라도 저지르려나."

"네?"

남 과장이 생각 없이 지른 말에 가장 나이 어린 박경은 대리가 화들짝 놀랐다. 윤서영 과장이 싫은 표정을 지으며 남 과장을 나무랐다.

"그런 말 함부로 하지 마세요."

"농담인데 뭘 그리 정색해. 하여튼……."

"하여튼 뭐요? 정확하게 말씀하세요."

이 자리에서 가장 연장자인 두 사람이 살벌하게 대치하자 다른 직원들은 숨도 마음껏 못 쉬었다. 그때 구원자처럼 회의실 문이 열리며 그들을 소집한 장본인이 들어섰다. 비서들은 서둘러 자리에서 일어나 태무진 사장을 맞았다.

"늦어서 죄송합니다."

태무진 사장은 손목시계를 보며 시간부터 확인했다. 9시까지 5분 정도 남아 있었다.

"1분 내로 이야기 끝내겠습니다."

회장 비서실 직원들이 일제히 그의 얼굴을 보며 태무진 사장이 할 말에 집중했다. 태무진 사장이 어떤 말을 하든 그의 입에서 나온 말은 태성 그룹 안에서 막강한 권력을 행사하니까 허투루 들을 수 없었다.

"오늘 출근하면 회장님의 지시가 있을 겁니다. 내 사생활을 감시하라고."

그런데 정말 상상도 못 한 말이 튀어나와서 모두 깜짝 놀란 표정을 지었다. 태무진 사장은 자신이 해야 할 말만 했다.

"앞으로 저에 대해 무얼 보게 되든, 무얼 찾아내든, 일주일 동안만 회장실에 보고하지 말아주십시오."

태무진 사장의 지시는 회장 비서진을 일제히 곤란하게 만들었다. 태무진 사장의 사생활을 캐는 건 정말 하고 싶지 않은 일이었지만 그게 만약 태준석 회장의 지시라면 회장 비서진의 입장에서는 반드시 해야만 했다. 그들이 맡은 일을 제대로 안 하면 태준석 회장의 불호령이 떨어질 건 자명한 일이었다. 까딱 잘못하다가는 목이 달아날 수도 있었다.

"부탁드립니다."

그런데 그들의 목이 달아나는 것보다 더 말도 안 되는 일이 벌어졌다. 이 태성 그룹에 입성한 그날부터 태성의 모든 직원을 가장 높은 곳에서 내려다보며 살아온 태무진 사장이 그들 앞에서 고개 숙여 몸을 낮추며 부탁한다는 말을 했다. 그리스 로마 신화 같은 존재인 줄 알았던 태준석 회장의 유일한 핏줄이 그들도 모르는 사이에 인간이 되어 있었다.

회의실을 나오는 회장 비서진의 표정은 모두 심각했다.

"과장님, 어떻게 하실 거예요?"

대리급 직원들은 조심스럽게 선배들의 의견을 물었다.

"어떻게 하긴 어떻게 해. 각자도생이지. 알아서들 해."

남 과장이 싸가지 없이 말하고는 먼저 자리를 떠버렸다.

남아 있는 사람들의 기분은 더 심란할 수밖에 없었다. 이건 누군가 한 명이 배신하는 순간 나머지 사람들이 독박 쓰게 되는 일이었다. 그랬기에 서로 눈치를 볼 수밖에 없었다.

그나마 똑 부러지는 성격의 윤서영 과장은 평소와 똑같아 보였다.

"태무진 사장님이 업무 지시를 한 게 아니라 부탁을 하신 거니, 각자 하고 싶은 대로 하면 돼."

그런데 오늘은 처음으로 싸가지 남 과장과 깍쟁이 윤 과장의 대답이 똑같아서 후배들의 마음을 복잡하게 만들었다.

그래서 어쩌라는 겁니까!

회장 비서진한테는 조용하면서도 치열한 태풍의 눈과 같은 일주일이 예상되었다. 과연 태풍의 눈이 지나고 얼마나 강력한 태풍이 불지 지금으로서는 짐작조차 되지 않았다.

수연은 갑자기 들어온 대량 추가 주문 때문에 물량이 부족해져서 정신없이 바빠졌다. 그래서 태무진 사장과의 점심 약속을 지킬 수 없었다.

점심 같이 못 먹을 거 같아요.
정말 죄송해요.
대신 제가 저녁은 꼭 같이 먹

사과 메시지를 적다가 수연은 잠시 멈추고 서둘러 비서실장에게 물었다.

"저 저녁 스케줄 없죠?"

"있습니다. K백화점 오진환 상무와 미팅."

바로 돌아온 대답에 수연은 서둘러 메시지를 고쳤다.

점심 같이 못 먹을 거 같아요.
정말 죄송해요.
대신 밤에 같이 술 마셔요.

어쩌다 보니 점심 약속이 일에 밀리고 밀려 밤 약속으로 바뀌었다.

삑삑.

부족한 물량이 얼마인지 확인하다가 빨리 온 태무진 사장의 메시지로 힐긋 시선을 준 수연의 눈이 커졌다.

그럼 기대하겠습니다.

기대한다고? 뭘?

수연은 자신이 태무진 사장에게 보낸 메시지를 다시 확인했다.

술 마시자고 한 게 전부였다.

설마 무슨 술을 마실지 기대한다는 건가?

하지만 태무진 사장은 술을 즐기는 사람이 아니었다. 평소에 필요할 때만 마시는 편이었다.

술이 아니면 뭘 기대한다는 거지?

수연은 태무진 사장과 했었던 대화를 떠올렸다.

— 그럼 다음에 몸으로 제대로 대답해줄게요.

헉! 설마 그 대답을 해주는 날이 오늘인 건가?

이렇게 빨리!

아무래도 그런 것 같았다. 그것 말고는 기대할 게 없었다.

수연은 당황해서 그녀의 옷차림을 살펴보았다. 오늘 이렇게 될 줄도 모르고 너무 딱딱하게 입고 왔다. 작정하고 입었을 때는 아무 일도 안 생기고, 아무 생각 없이 입고 온 날 역사가 이루어지려 하다니.

수연은 빠르게 주위를 둘러보며 백화점을 찾았다. 당장 옷을 사 입으러 가고 싶었지만 그러기에는 오늘 회사 일이 너무 급했다. 가능한 한 빨리 회사 일을 끝내야겠다는 생각이 들었다, 옷 사 입을 시간이 생기도록.

하지만 그녀의 바람과 달리 그날 그녀는 밥 먹을 시간도 없이 바빴다.

남들이 1년 걸려서 할 연애를 일주일 안에 모두 해버리기로 마음먹은 무진은 회사에서 일 처리도 속전속결로 했다. 일주일 동안 야근은 절대 안 되었으니까.

삑삑.

핸드폰 알람 소리를 들은 무진은 잠시 일을 멈추고 메시지를 확인했다.

사장님, 기대는 다음에 해주시면 안 돼요?
오늘은 그냥 술만 마셔요.

결국 옷 사는 걸 실패한 수연이 보낸 메시지였다. 무진은 그걸 읽자마자 피식 웃었다. 도대체 그 작은 머리로 무슨 생각을 복잡하게 한 것인가 싶었다.

그가 그녀에게 메시지를 보내려는데 또 다른 문자가 들어왔다.

주방 화재 사고로 이번 주 문라이트 문 닫음.

다른 사람 신경 쓰지 않고 둘이서만 데이트할 수 있는 장소가 필요해서 일부러 문라이트 루프탑을 산 건데 제일 필요할 때 문을 닫는다는 말에 무진의 속에서 뜨거운 게 울컥 올라왔다. 만약 문수호가 앞에 있었다면 육성으로 욕을 해줄 수도 있었을 거다. 그냥 평생 문 닫게 만들어주고 싶었는데 문수호의 메시지가 한 통 더 도착했다.

> 그래서 VVVIP 고객 위로 차원으로
> 퀸 호텔 스위트룸 티켓을 보내니,
> 좋은 시간 보내시길.

무진은 손으로 턱을 쓸었다. 이번엔 정성을 봐서 용서해주기로 했다.

마지막 스케줄인 K백화점 상무를 만나러 간 자리에서 수연은 겨우 숨을 돌릴 수 있었다.

"오늘 정말 정신없었네요. 수고하셨어요, 실장님."

가까스로 모자란 물량을 채워 넣어서 추가 주문 납기일을 맞출 수 있게 되었다.

"대표님이야말로 고생하셨습니다."

그녀는 아직 해야 할 일이 하나 남아 있었기에 편한 마음으로 장 실장의 말을 받을 수가 없었다.

"K백화점 오 상무는 어떤 사람이에요?"

그쪽에서 먼저 만나자고 연락해서 성사된 자리였다. K백화점은 아직 재계약 시기가 멀었기에 무슨 일인가 싶었다. 지금 가온은 한창 상승세를 타고 있으니 계약을 파기하고 싶다고 말하러 일부러 시간을 낸 건 아닐 것이다.

"지금 K백화점 내에서 새로운 실세로 떠오르고 있는 젊은 임원입니다. 오 상무가 영업 쪽을 맡은 뒤로 백화점 매출이 10% 늘었다고 합니다."

계약 관계에서 백화점 쪽이 '갑'이었고, 가방을 납품하는 가온은 어쩔 수 없이 '을'이었다. 거기다 능력 있는 갑의 등장은 확실히 긴장감을 불러왔다.

"흠, 아무래도 돈 뽑아내려고 나오는 거겠죠. 내가 호락호락하게 보이면 안 되겠네요."

오늘 이 자리에서 단 1원도 손해 볼 수 없다고 굳은 각오를 하는데 그녀의 핸드폰이 울렸다. 뜻밖에도 문라이트 사장 문수호가 보낸 메시지였다.

> 주방 화재 사고로 이번 주 문라이트 문 닫음.

오늘 태무진 사장과 술 마시기로 했기에 수연은 당황했다.

> 그래서 VVVIP 고객 위로 차원으로
> 퀸 호텔 스위트룸 티켓을 보내니,
> 좋은 시간 보내시길.

뒤이어 온 메시지에는 얼이 빠졌다.

술집 문 닫았다고 호텔 방을 잡아주다니. 이게 뭐지?

엄청난 메시지에 어찌해야 할지 갈피를 못 잡고 있는데 종업원의 안내를 받으며 훤칠하게 생긴 남자가 걸어왔다. 운동선수처럼 듬직한 몸을 가졌지만 단정한 슈트 차림은 그냥 회사원처럼 보이게 했다. 태무진 사장처럼 완벽하게 조각해놓은 듯한 얼굴은 아니었지만 호감형 얼굴이었다.

"제가 늦었군요. 죄송합니다."

눈길을 끌었던 남자는 정확하게 그녀가 앉아 있는 자리에 멈추어 서며 사과부터 했다.

수연은 힐긋 장 실장 쪽을 보았다. 장 실장이 짧게 고개를 끄덕였다.

이 남자가 바로 그 돈 뽑아먹으러 온 오 상무라고.

수연은 자리에서 일어나며 정중하게 인사했다.

"아닙니다. 당연히 저희가 기다려야죠."

수연은 선한 인상에 속지 말자고 생각했다. 세상에서 착한 갑을 만나기란 복권 당첨 확률보다 더 낮을지도 몰랐다.

"가온에 새 대표가 취임한 뒤에 한 번도 만난 적이 없어서 인사차 만나자고 한 겁니다."

뭐? 고작 그런 이유라고?

"마침 이번에 저희 백화점에서 서이재 관련 이벤트를 하게 되었는데 가온의 광고 모델이 서이재라서 같이 진행하면 좋을 거 같아서 겸사겸사 오늘 보자고 했습니다."

어라, 들어보니 오히려 가온에게 돈 벌 기회를 주겠단다.

수연은 여전히 의심스러운 눈으로 오 상무를 쳐다보았다.

뭔가 있겠지. 설마 이리 좋게 끝날 리가 없었다.

"좋은 일로 만난 건데 기념으로 와인 한잔하시겠습니까?"

뜻밖의 부분에서 오 상무는 복병이었다. 그녀는 이 자리가 끝난 뒤, 태무진 사장과 술 약속이 있었다. 술이 그리 세지 않아서 한 잔만 마시고 가도 티가 날 수 있었다. 그래서 거절하고 싶었으나 이렇게 친절한 갑을 언제 또 만날 수 있을까 싶어서 안 된다는 말이 선뜻 나오지 않았다.

“아! 딱 한 잔만 마실 겁니다. 제가 약속드리죠.”

그녀의 대답이 늦어지자 오 상무가 더욱더 정중하게 나왔다. 그래서 결국 그녀는 거절할 수 없었다.

그래, 딱 한 잔이니까 괜찮을 거야.

무진은 정시에 퇴근했지만 일부러 수연에게 연락하지 않았다. 마지막 스케줄이 외부 미팅이라고 했으니 전화를 받기엔 불편한 자리일 테니까. 그러나 시간이 아까운 건 어쩔 수 없었다. 그녀는 아직 모르고 있었지만 그들의 자유로운 연애에 허락된 시간이 지금 이 순간에도 1초씩 빠르게 줄어들고 있었다. 그래서 무진은 장 실장에게 대신 연락했다.

“천수연 대표 지금 어디서 미팅 중입니까?”

[아! 제가 끝나고 대표님께 바로 연락드리라고 하겠습니다.]

“아뇨. 그냥 장소만 알려주십시오.”

[설마 여기로 오시려고요?]

질문이었지만 그러지 않는 게 좋을 것이라는 충고가 분명했다. 사적인 관계와 공적인 영역은 확실히 구분되는 게 좋았으니까.

“걱정 마십시오. 일하는 거 방해하지 않을 테니까.”

살면서 그가 이런 말을 하게 될 줄은 몰랐다. 문득 그런 생각이 들었다. 만약 수연이 아이를 낳으면 그가 육아 휴직을 하고 집에서 아이를 돌보는 거다. 수연은 계속 가온 일을 열심히 하고. 그것도 괜찮을 것 같다고 생각하며 무진은 입꼬리를 부드럽게 올렸다. 상상만으로도 좋았다. 행복이 바로 그것인 것 같았다.

삑삑.

막 수연이 있는 곳으로 출발하려는데 문수호한테서 메시지가 왔다.

> 네 말대로 천수연 대표한테도 똑같이 보냈다.
> 영악한 놈.

무진은 짧게 입꼬리를 올렸다. 그녀는 제발 기대하지 말라고 했지만, 그는 오늘 밤이 기대되기 시작했다.

chapter 22

같이 자요

오 상무는 약속대로 와인 한 잔으로 끝냈다. 황 전무처럼 양아치같이 술을 따르라는 강요는 일절 하지 않았다. 그리고 K백화점과 가온의 이벤트 기획으로 미팅 자리가 마무리되었기에 그녀는 더없이 기분이 좋은 상태로 스케줄을 끝마쳤다.

"오늘 정말 만나서 반가웠습니다."

레스토랑을 나와서 오 상무에게 건넨 인사는 진심이었다.

"저도 만나서 영광이었습니다."

영광이라니. 그건 너무 과했다.

설마 이 인간 일 말고 다른 흑심이 있어서 이러나?

슬슬 또 다른 의심이 고개를 들기 시작하는데 오 상무가 담담하게 말했다.

"사실 천태진 대표의 장학금 덕분에 대학 졸업을 할 수 있었습니다."

생각도 못 한 순간 튀어나온 아버지의 이름에 그녀는 진심으로 놀랐다.

"네? 정말이세요?"

"네, 아마 천태진 대표는 너무 많은 학생한테 장학금을 주어서 절 기억하지 못하겠지만, 전 잊을 수가 없죠."

오 상무의 얼굴에 처음으로 씁쓸한 표정이 드러났다.

"가온이 어려울 때 도와주는 게 진정한 보은이었겠지만, 이렇게라도 가온에 힘을 보태고 싶습니다. 제가 너무 늦은 게 아니길 바랄 뿐입니다."

저녁 식사 내내 이 인간의 꿍꿍이가 뭘까 의심한 그녀가 부끄러워지는 순간이었다. 뭐라고 말을 해야 만회가 될까 고민하고 있는데 멀리 호텔 로비로 들어오는 익숙한 모습이 보였다.

태무진 사장이었다!

수연은 당황해서 오 상무를 보며 빠르게 말했다.

"그럼 아버지 병문안 한번 오세요. 아버지도 반가워하실 거예요."

"아! 그래도 되겠습니까?"

"당연하죠! 그럼 꼭 연락하세요. 저는 이만 가보겠습니다."

그녀가 한꺼번에 말하고 걸어가버리자 오 상무는 살짝 얼이 빠진 눈으로 그녀의 뒷모습을 보았다. 꼭 마지막에 누군가 빨리 감기라도 한 것 같은 느낌이었다. 장 실장이 대신 수습할 수밖에 없었다.

"그럼 이벤트 건은 다시 K백화점 쪽으로 연락드리겠습니다."

오 상무는 알겠다고 고개를 끄덕이며 서둘러 멀어지는 수연의 뒷모습을 눈으로 좇았다. 그녀가 걸어가는 방향 쪽에는 한 눈에 보아도 귀티가 뺏속 깊이 스며 있는 남자가 있었다.

"태성 태무진 사장?"

오 상무는 속으로 쓴웃음을 삼켰다. 그가 아무리 노력해도 절대 따라잡을 수 없는 금수저를 보는 건 썩 유쾌한 경험은 아니었다.

"사장님!"

두 팔을 쫙 벌리고 다가오는 그녀를 보고 태무진 사장은 반가워하기보다는 오히려 냉정하게 물었다.

"술 마셨습니까?"

그의 한마디에 수연은 바로 걸음을 멈추었다. 그리고 오히려 뒷걸음질을 쳤다.

"아뇨."

입에서는 자연스럽게 거짓말이 튀어나왔다.

"그럼 가까이 와요."

그리 말하며 태무진 사장이 구두로 바닥을 툭, 툭, 두드렸다. 수연은 뭔가 가까이 가면 안 될 것 같은 위기감이 들어서 일부러 주위를 두리번거렸다. 그사이 태무진 사장이 먼저 그녀에게로 다가왔다. 순식간에 그녀의 얼굴로 바싹 다가온 그의 얼굴에 긴장해서 수연은 숨을 훅 들이켰다. 더 이상 숨을 쉴 수 없었다.

안 그래도 눈에 띄는 남자가 여자 얼굴에 코를 박고 있으니 호텔에 있던 다른 손님들이 놀라서 쳐다보았다. 그러거나 말거나 태무진 사장은 그녀의 입술에 코를 가까이 대고 몇 초 동안 냄새를 맡았다. 그리고 눈동자를 들어 올려 그녀를 강렬하게 쳐다보았다.

"마셨는데."

수연은 어색하게 웃으며 인정할 수밖에 없었다.

"와인 한 잔밖에 안 했어요."

"오늘 술은 나랑 마시기로 한 거 아닙니까?"

수연은 세상 다정하게 웃으며 그녀의 주량을 어필했다.

"저 아직 많이 마실 수 있어요."

태무진 사장의 타깃은 갑자기 다른 쪽을 향했다.

"저 남자랑 마신 겁니까?"

태무진 사장의 눈빛에서 누구든 절대 용서하지 않겠다는 강렬한 살기가 느껴져서 수연은 당황했다. 앞으로 가온에 돈 벌 기회를 줄 중요한 돈줄에 태무진 사장이 화풀이하게 둘 수는 없었다. 수연은 서둘러 그의 팔에 팔짱을 끼고 정문 쪽으로 끌고 갔다.

"사장님! 우리 오늘 밤새도록 마셔요. 사장님 취할 때까지 저도 계속 마실 거예요. 문라이트에서 제일 비싼 술로."

태무진 사장이 오 상무에게 갈 틈을 주지 않기 위해서 쉬지 않고 말하던 수연은 문라이트가 오늘 문을 안 연다는 걸 떠올리고 당황했다.

"아! 사장님. 오늘 문라이트 문 닫는데요."

무진은 그 말을 태연하게 받았다.

"그래요?"

그가 처음 듣는 소식인 것처럼 묻자 수연은 난감했다. 그렇다는 건 문수호가 보낸 호텔 스위트룸 티켓도 못 받았을 테니까. 문수호는 이걸 왜 그녀한테 보낸 건가 싶었다. 차라리 태무진 사장에게 보내지.

"그럼 오늘은 술 못 마시겠네요."

그의 말에 그녀는 흠칫 어깨를 떨었다.

"네? 술을 꼭 문라이트에서만 마셔야 하는 거예요?"

태무진 사장은 정색하며 말했다.

"모르는 곳에서 모르는 사람들에 섞여 술 마시고 싶지는 않네요."

태무진 사장의 평소 성격을 보았을 때 그가 거짓말을 한다는 생각은 전혀 안 들었다. 그렇다고 그녀의 집에 가자고 할 수도 없었다. 이제 그곳에는 수민이 두 눈을 시퍼렇게 뜨고 버티고 있었으니까. 태무진 사장은 태준석 회장과 같이 사니 그의 집은 더더욱 안 될 말이었다.

"그만 가죠."

그녀가 망설이는 사이 이젠 태무진 사장이 호텔 정문으로 걸어갔다. 수연은 당황해서 물었다.

"어디로요?"

"각자 집으로 가야죠."

진짜 이대로 그냥 집으로 가려는 듯이 태무진 사장이 성큼성큼 걸어가 버리자 수연은 마음이 급해졌다. 그녀는 이대로 헤어지기 싫었다.

"사장님! 저한테 공짜 티켓이 있어요!"

우뚝.

그제야 멈추어 선 태무진 사장의 입꼬리가 웃고 있는 걸 수연은 까맣게 몰랐다. 뒤돌아본 태무진 사장은 언제 웃었느냐는 듯이 정숙한 얼굴이었다. 그리고 그녀가 한 말이 무슨 뜻인지 모르겠다는 의미로 물었다.

"공짜 티켓?"

그의 목소리에는 엄숙한 분위기마저 서려 있어서 수연은 그가 거짓말을 한다고는 결코 의심할 수 없었다.

이제 수연은 자신이 가지고 있는 게 무엇인지 그에게 설명해야만 했다. 단지 술을 마시기 위해 가자는 거지만 여자가 먼저 호텔 방을 잡자고 말하는 건 정말 민망한 일이었다. 그리고 그녀의 말을 그가 오해하면 더 큰 일이었다. 이제라도 그만둘까 싶었지만 그럼 각자 헤어져서 집으로 가야 했다. 그건 더 실망스러운 일이었다. 수연은 시도해보기로 했다. 정 안 되면 이걸 준 문수호한테 덮어씌울 거다.

"그러니까 오늘 안 쓰면 그냥 날리는 게 아까워서요. 엄청 비싼 거거든요."

변명을 하는데 돈으로 태무진 사장을 이해시키는 건 무리였다. 그한테 비싸다는 의미는 존재하지 않았으니까.

“마침 이 호텔이기도 하고.”

시간을 아낄 수 있다는 건 태무진 사장에게 잘 먹히는 핑계였다. 그한테 제일 비싼 건 시간이나 마찬가지였으니까.

“그러니까 저는 그냥 술을 마시자는 거지 다른 뜻이 있는 게 아니라요…….”

그녀는 이제 헤매고 있었다. 아무래도 똑 부러지는 설명으로 태무진 사장을 설득하는 건 무리인 듯했다. 뭐라고 말하든 호텔 방은 호텔 방이었다.

“그런데 생각해보니까, 제가 지금까지 한 말은 그냥 무시하셔도 될 거 같아요.”

아무래도 티켓은 그냥 날리는 게 낫겠다고 생각하며 속으로 한숨을 삼키는데 어느새 가까이 다가온 태무진 사장이 핸드폰으로 낯익은 무언가를 보여주었다.

“혹시 수연이 가지고 있는 공짜 티켓이 이거랑 같은 겁니까?”

그가 보여준 건 문수호가 그녀에게 보낸 바로 그 스위트룸 티켓이었다. 수연은 놀라서 손가락으로 그의 핸드폰과 그의 얼굴을 번갈아 가리켰다.

“어, 어떻게 사장님이 이걸 가지고 계세요?”

분명 아까 문라이트가 문 닫는 것도 모르는 것 같았는데!

태무진 사장이 티켓을 들고 그녀의 얼굴 가까이 다가왔다.

“분명 천수연 대표가 먼저 가자고 한 겁니다.”

수연은 그제야 자신이 감쪽같이 그한테 당한 걸 알고 주먹으로 그의 가슴을 때렸다.

"날 놀린 거예요!"

사실 기대한 것이었지만 지금 그녀의 귀에는 들어갈 것 같지 않아서 무진은 그녀의 손을 잡고 바로 프런트로 향했다. 꽉 잡힌 손 때문에 수연의 심장이 쿵쿵 뛰기 시작했다. 아무래도 이제 와서 도망치기에는 너무 늦은 것 같았다.

달칵.

문이 열리자 유럽풍으로 고급스럽게 꾸며진 실내가 보였다. 수연은 의연한 표정을 지으려고 애쓰며 먼저 당당하게 방 안으로 들어갔다.

긴장할 필요 없었다. 어차피 술만 마실…….

갑자기 허리 아래로 들어온 단단한 손의 감촉에 그녀는 덜컹거리며 멈추어 섰다. 그녀가 고개를 들자 시원한 향과 함께 그의 얼굴이 그녀한테로 쏟아질 것만 같았다.

"왜, 왜요?"

그녀가 바보처럼 더듬거린 건 불가항력이었다. 이런 상황에서 어떻게 당당할 수 있겠는가.

"난 아직 준비가 안 되었는데, 먼저 들어가기에."

이 남자가 순진한 척하며 뒤통수를 친다.

"무슨 준비요?"

그의 눈꺼풀이 아래로 내려와 눈빛이 좀 더 농염해졌다. 마치 지금 당장 무슨 일이 벌어져도 이상하지 않을 것처럼.

꿀꺽.

그녀는 노골적으로 침을 삼키고 말았다.

이 상황에 참 없어 보이게.

"술 마실 준비."

웃는 그의 얼굴을 보고 자신을 또 놀린 거라는 걸 깨닫고 수연은 그의 몸을 밀어냈다.

"제가 주문할게요! 그냥 앉아만 계세요."

그녀는 전화가 있는 곳으로 달려가서 수화기를 집어 들었다. 평소였다면 와인 한 병만 주문했을 테지만 오늘은 그의 앞에서 센 척을 해야 더 이상 당하지 않을 것 같아서 일부러 평소 마신 적 없는 술을 주문했다.

"제일 센 술로 가져다주세요."

그녀의 겁 없는 룸서비스 통화를 지켜보며 무진은 웃었다. 어차피 한 병은커녕 한 잔도 다 못 마시고 뻗을 게 뻔했다.

"난 그거 다 못 마실 거 같은데."

"걱정 마세요. 제가 마실 테니까."

끝까지 센 척하는 그녀를 보며 무진은 눈을 접으며 웃었다.

"아주 든든하네요."

칭찬을 들은 그녀는 하얀 이를 드러내며 환하게 웃다가 바로 정색했다.

"또 저 놀리시는 거죠?"

그녀는 태무진 사장이 이리 사람을 잘 놀리는 사람인 줄은 미처 몰랐다. 그가 이런 사람인 줄 미리 알았더라면 태성에서 그의 비서를 할 때 그리 어려워하며 끙끙대지 않았을 거다.

"사장님은 원래 이러셨어요?"

태무진 사장은 그녀의 질문을 이해 못 하겠다는 듯 그녀를 쳐다보았다.

"내가 어떤데요?"

"그냥, 예전이랑 좀 다른 거 같아서요. 내가 바보라서 모른 건지, 사장님이 일부러 숨긴 건지."

그녀가 복잡하게 생각하는 걸 태무진 사장은 간단하게 대답했다.

"그건 우리 관계가 변해서 이제야 보이게 된 게 아닐까요?"

그의 대답이 마음에 들어서 수연은 활짝 웃었다.

"그럼 사장님은 저만 놀리셔야 해요. 다른 사람한테 그럼 안 돼요."

놀린다고 화내기는커녕 자신만 놀리라는 그녀의 부탁에 무진은 헛웃음이 나왔다. 그때 초인종이 울렸다. 수연이 주문한 어마어마한 술이 도착했다는 소리였다.

룸서비스로 주문한 술이 테이블 위에 놓이자 그제야 수연은 자신이 무리수를 던진 건지도 모르겠다는 생각이 들었다. 와인 한 병만 마셔도 취해서 제대로 걷지도 못하는 주제에 무슨 배짱으로 이 술을 시킨 건가 싶었다. 술 앞에서 겁먹은 그녀와 달리 태무진 사장은 아무렇지 않게 술병을 집어 들어서 오픈했다. 술 향기가 뜨거웠다. 몇 도인지 확인하기조차 무서워지는 술이었다.

"설마 마시고 화상 입는 건 아니겠죠?"

그녀의 걱정에 무진은 피식 웃으며 그녀의 잔에 술을 반만 따라주었다.

"음료수랑 섞어 마시면 괜찮아요."

생각도 못 한 굿 아이디어에 수연은 다시 웃음을 되찾았다.

"냉장고에 있을 거예요. 제가 가져올게요."

수연은 서둘러 냉장고가 있는 곳으로 뛰어가 문을 열고 음료수로 보이는 건 다 꺼냈다.

그녀가 가지고 온 음료수를 따서 태무진 사장이 직접 그녀의 술잔에 술보다 더 많은 양을 넣어주었다.

"사장님도 따라드릴까요?"

"난 단 술은 못 먹어요."

태무진 사장이 그냥 마시겠다고 하자 수연은 걱정스러운 눈으로 쳐다보았다.

"진짜 괜찮으시겠어요?"

그녀가 주문해놓고 그를 걱정해주니 무진은 피식 마른 웃음이 새어 나왔다.

"내가 이거 마시고 기절하면 절대 119는 부르지 마요."
"왜요?"
그녀는 무언가 큰 음모라도 있는 건가 싶어서 표정이 심각해졌다.
"창피하니까."
그의 농담에 수연은 짧게 흘겨보고는 음료수 중에 달지 않은 걸 골라서 내밀었다.
"그럼 탄산수 섞어 드세요. 이건 안 달 거예요."
태무진 사장은 그의 술잔에 탄산수를 조금만 따랐다.
"아! 저녁은 드셨어요?"
"아니, 아직."
그녀는 오 상무와 함께 먹었기에 조금 그의 눈치가 보였다.
"저도 사장님이랑 같이 먹으려고 아까 조금만 먹었어요."
거짓말이었다. 온종일 굶어서 배가 고팠던지라 스테이크를 한 그릇 다 비웠다. 수연은 안주로 주문한 핑거 푸드 하나를 집어서 그의 입에 넣어주었다.
"많이 드세요."
그러기에는 요리가 너무 부족했다.
"스테이크라도 시킬까요?"
하루에 스테이크를 두 접시 먹으면 다음 날 아침에 못 일어날 것 같았지만 그와 함께 먹으면 다 먹을 수 있을 것 같았다.
"난 괜찮으니까 수연이 먹고 싶으면 시켜요."
수연은 바로 괜찮다고 고개를 저었다. 다행히 고기로 사랑을 보여줄 필요는 없나 보다.

설마 오 상무랑 저녁을 많이 먹은 걸 눈치챈 건 아니겠지?

그의 표정을 살펴보았지만 아직도 그녀는 태무진 사장의 얼굴만 보고 그의 마음을 읽는 게 쉽지 않았다. 어쩌면 그건 평생 불가능할지도 몰랐다.

"사장님, 우리 술 마시는 김에 진실 게임 할까요?"

"진실 게임?"

게임은 태무진 사장보다 그녀가 더 일가견이 있었다.

"서로 질문해서 진실을 말하지 못하면 술 마시는 게임이에요."

"음."

누가 감히 이런 게임으로 태무진 사장에게 술을 먹여보았겠나. 이것도 애인의 특권이었다. 어쩌면 겁 없이 북극 호랑이의 코털을 건드리는 것일 수도 있지만 말이다.

"제가 먼저 할게요. 사장님 첫사랑은요?"

처음부터 아주 위험한 질문이었다. 태무진 사장은 그녀를 흘겨보며 술잔을 들어 올려 단번에 마셨다. 요동치는 그의 목울대를 수연은 홀린 듯 보았다. 사장님은 울대까지 잘생겼다.

탁―.

빈 술잔을 내려놓은 태무진 사장은 바로 그녀에게 질문을 던졌다.

"오늘 그 백화점 상무랑 술 마셨죠?"

수연은 울상을 지으며 술잔을 들어 올렸다. 도수 높은 술이라 살짝 긴장하며 마셨는데, 음료수를 섞은 술은 달달해서 쉽게 넘어갔다. 술이 맛있게 느껴지자 수연은 자신감이 붙었다. 그래서 태무진 사장에게 호기롭게 물었다.

"지금 질투하시는 거죠?"

"네."

5G 속도로 나온 대답에 놀라 수연은 안 마셔도 될 술을 마시고 말았다. 태무진 사장은 급하게 마시는 그녀를 말렸다.

"그렇게 마시면 금방 취합니다."

그녀가 빨리 취하면 그한테도 좋을 게 없었다.

"괜찮으니까 질문하세요. 사장님 차례예요."

확실히 술이 세긴 한가 보다. 두 잔 만에 알딸딸한 취기가 스멀스멀 올라오기 시작했다. 두 뺨이 홧홧해서 수연은 손등으로 뜨거운 뺨을 꾹 눌렀다.

태무진 사장은 질문을 고르는 건지, 술 깨는 시간을 벌려는 것인지 뜸을 들였다. 수연은 보면 볼수록 잘생긴 그의 얼굴을 보며 실실 올라가려는 입꼬리를 힘을 주어 꾹 눌렀다. 그녀가 취하는 중이라는 걸 태무진 사장에게 들켜서는 안 되었다.

그때 태무진 사장이 내리깔고 있던 눈꺼풀을 살짝 위로 올려 그녀를 보는데 그윽한 눈빛이 굉장히 요염했다. 사람을 홀리는 눈빛이었다. 아니면, 그녀가 그냥 취한 것이거나. 그의 목소리가 그녀의 후각을 휘감아왔다.

"정말 나 오늘 기대하지 마요?"

수연은 숨을 훅 들이켰다. 가슴이 부풀어 오르며 심장이 시끄럽게 요동쳤다.

이 장소, 이 분위기, 이 남자.

못마땅한 건 그녀의 옷뿐이었다.

"그게……."

수연은 뭐라고 대답하면 좋을지 고민하다가 결국 술잔으로 손을 뻗었다. 하지만 그녀는 술을 마실 수 없었다. 술잔을 잡은 그녀의 손 위로 태무진 사장의 손이 겹치며 그녀가 술을 마시는 걸 막았다.

수연은 놀란 눈으로 그를 올려다보았다. 태무진 사장은 그녀한테서 1초도 눈을 떼지 않으며 그녀의 손 아래에 있는 술잔을 빼앗아 자신이 마셨다.

"아! 내가 마실 술인데."

빈 술잔을 내려놓은 태무진 사장은 오만상을 쓰고 있었다. 그녀의 술은 음료수를 엄청 넣어서 굉장히 달았으니까.

"이제 수연이 질문해요."

아까 그의 질문은 이렇게 그냥 넘어가는 건가 싶었다. 마음 한편에서 아쉬운 마음이 들어 그녀는 움찔했다. 수연은 느릿한 동작으로 다시 술잔을 채우는 그의 행동을 바라보다가 조용히 물었다.

"나랑 하기로 한 결혼식 취소한 거 후회해요?"

술을 따르던 그의 움직임이 멈추었다. 태무진 사장은 그녀가 '얼음'이라고 외치기라도 한 듯 꼼짝도 하지 않았다. 수연도 자신이 왜 하필 지금 이런 질문을 한 것인가 싶었다. 1분 전까지만 해도 전혀 생각도 안 하고 있던 질문이었다. 그런데 술기운은 몸 구석구석 퍼져서 일부러 잊고 지내던 해묵은 감정까지 모두 끄집어냈다. 이래서 사람이 술을 마시면 실수를 하게 되나 보다.

술병을 테이블 위에 내려놓은 태무진 사장이 입을 뗐다.

"그땐……."

이번엔 그녀가 태무진 사장의 앞에 있던 술잔을 빼앗아서 입 안에 털어 넣었다. 태무진 사장이 마시던 술은 그녀의 것보다 술의 양이 많았기에 화한 느낌이 단숨에 식도를 달구었다.

"콜록콜록!"

그녀는 술을 마시자마자 거칠게 기침을 토해냈다. 태무진 사장은 놀라서 그녀의 손에서 술잔을 빼앗았다.

"뭐 하는 짓입니까?"

괜찮은지 물어볼 줄 알았는데 그녀를 혼내는 말에 수연은 억울한 눈으로 그를 올려다보았다. 머리가 빙글빙글 돌았다.

"사장님, 제가 좀 취한 거 같아요."

좀이 아니라 아주 많이 취한 상태였기에 무진은 그녀를 부축해서 소파로 데려갔다. 수연을 소파에 앉힌 무진은 그녀의 앞에 한쪽 무릎을 세우고 앉아 구두를 벗겨주었다. 생각보다 더 작은 발이 그의 손에 잡혔다.

"누워서 좀 쉬어요. 그럼 술이 깰 테니까."

수연은 눈높이가 똑같아진 그의 얼굴을 보며 실실 웃음을 흘렸다. 그런 그녀를 보고 그의 긴 눈매가 가늘어졌다.

"왜 그렇게 웃습니까?"

뭘 잘했다고.

"지금은 제가 사장님보다 키가 커서요."

그녀의 손이 그의 정수리를 툭툭 두드렸다. 연인끼리의 스킨십이라고 하기에는 꽤 미묘한 범위에 있는 손이라 무진은 황당한 눈으로 그녀를 쳐다보았다.

"뭐 한 겁니까?"

"귀여워해준 거예요."

무진은 길게 한숨을 내쉬며 그녀에게 명령했다.

"자요."

수연은 몸이 가라앉는 것 같았지만 자기는 싫었다.

"내가 자면 사장님은 혼자 어떡해요?"

"난 집에 갈 겁니다."

귀여움을 받은 무진은 살짝 심술이 올라왔다. 진심이 아니었는데 놀란 수연이 그의 목을 두 팔로 꽉 끌어안았다.

"나만 두고 가면 안 돼요!"

무진은 그녀의 어깨를 손으로 가볍게 두드렸다.

"농담입니다. 혼자 두고 가지 않을 테니까 자요."

"그럼 같이 자요."

이 말을 맨정신에 들었다면 정말 황홀했을 거다.

무진은 평정심을 잃지 않고 말했다.

"두 사람이 자기에는 소파가 너무 좁아요."

"그럼 침대로 가요."

무진은 이 대화가 그한테는 너무 해롭다는 생각이 들어서 억지로 그녀를 소파에 눕혔다. 그리고 손으로 그녀의 두 눈을 덮었다.

"오늘 술은 괜히 마셨네요."

"저랑 술 마시는 거 재미없어요?"

"아니."

너무 위험하네.

무진은 두 눈을 감고 잠이 든 그녀를 바라보며 낮게 말했다.

"다음에는 내가 기대해도 되겠습니까?"

그녀의 평온한 숨소리가 대답을 대신했다. 무진은 잠든 그녀의 손가락으로 핸드폰 잠금을 풀고 천수민의 전화번호를 찾았다. 지금은 천수민의 골난 목소리도 꽤 반가울 듯했다.

태준석 회장은 몹시 화가 났다. 하루면 알 수 있을 것이라고 생각했던 아들의 비밀을 3일이 지날 때까지 알아내지 못했기 때문이었다. 그의 유능한 비서진들은 무슨 약이라도 먹은 건지 단체로 무능해졌다.

"도대체 아무도 알아낸 게 없다는 게 말이 돼!"

고작 그의 아들이 퇴근 후에 뭐 하는지 알아보라고 한 것뿐이었다. 더군다나 태무진은 숨어서 다니는 것도 아니었다. 어제도 정시 퇴근했고, 그제도 정시 퇴근했다.

대놓고 나 잡아봐라 하고 있는데 알아낸 게 전혀 없다니!

"차라리 내가 내 아들 뒤를 쫓아도 너희들보다 알아낸 게 많겠다!"

태준석 회장이 길길이 화를 내도 비서진은 말을 할 수 없었다. 차마 태무진 사장이 미리 그들을 모아놓고 언질을 주었다는 말을 태준석 회장에게 할 수는 없었다. 그것이야말로 가장 확실한 배신자가 되는 길이었으니까.

차라리 이 중에 누군가 먼저 입을 열어서 태무진 사장의 동태에 대해서 보고하면 그땐 쉽게 그 뒤를 따르면 될 텐데 모두 서로의 눈치만 볼 뿐 입을 여는 사람이 없었다. 비서진들도 딱 죽을 맛이었다.

태준석 회장은 단체로 사표를 쓰라고 하고 싶은 걸 꾹 눌러 참고 비서실장을 돌아보며 거칠게 명령했다.

"비서실장이 직접 해!"

비서실장도 깜짝 놀랐다. 그는 이런 일을 할 짬밥이 아니었으니까. 그러나 부하 직원들이 무능하게 구니 안 할 수도 없는 노릇이었다.

"네. 알겠습니다, 회장님."

회장실을 나온 비서실장은 근엄한 목소리로 직원들에게 경고했다.

"본인들이 어디 소속 비서인지 잊지 말길 바랍니다."

태무진 사장이 뒤에서 손쓴 것을 비서실장은 눈치챈 거다. 그렇지 않으면 이렇게까지 말할 리가 없었으니까.

비서실장이 맡은 일을 하기 위해 나가자 그제야 모두 깊은 한숨을 토해냈다. 그러나 모두 상심만 하고 있지는 않았다. 남 과장은 핸드폰을 들고 서둘러 밖으로 나갔다. 그걸 보고 박 대리가 윤서영 과장에게 말했다.

"남 과장님, 사장실에 고자질하시려나 봐요."

이렇게 된 거 확실하게 사장실에 붙어서 점수 따려는 거다.

"내버려둬요."

윤서영 과장은 관심 없다는 듯이 자기 일을 했다. 박 대리가 그런 윤서영 과장을 신기한 눈으로 쳐다보며 물었다.

"그런데 윤 과장님은 왜 보고 안 하신 거예요? 진짜 남 과장님처럼 태무진 사장한테 점수 따시려고요?"

당연히 윤서영 과장은 태무진 사장의 말에도 흔들리지 않고 회장님께 보고할 거라고 생각했었다. 그런데 그런 윤서영 과장이 입을 다물고 있으니 모두 입을 다물 수밖에 없었다.

"난 정말 알아낸 게 없어요."

윤서영 과장의 말을 박 대리는 믿을 수가 없었다.

"에이, 거짓말이시죠. 사장님 상대가……."

"박 대리."

윤서영 과장이 서늘한 목소리로 부르자 박 대리는 서둘러 입을 다물고 열심히 일하는 척했다.

윤서영은 힐긋 핸드폰 쪽을 보다가 살짝 고개를 저었다. 굳이 그녀한테 귀띔해줄 필요는 없을 듯했다. 그녀의 곁에 태무진 사장이 있으니까.

삐—.

[윤 과장, 들어와.]

그때 키폰에서 태준석 회장의 호출이 왔다. 윤서영 과장은 바로 집무실로 들어갔다. 태준석 회장도 이대로 포기하지 않을 것이었다. 제발 결혼식 폭탄 같은 건 아니길 빌었다.

그녀는 태무진 사장과 연애하게 되면 당연히 일요일에만 만날 수 있을 줄 알았다. 둘 다 회사 일 때문에 너무 바빴으니까. 그런데 요즘 그녀는 태무진 사장을 매일 볼 수 있었다. 아침 출근길에도, 퇴근해서도.

당연히 좋지만 정말 난감한 날도 있었다.

"죄송해요. 오늘은 도저히 시간을 뺄 수 없을 거 같아요."

회사에서 늦게까지 일을 해야 했기에 태무진 사장을 만나는 건 불가능했다.

[그럼 내가 일을 좀 도와줄까요?]

이번엔 알았다고 대답하며 포기할 줄 알았던 태무진 사장이 굳이 가온까지 찾아와서 업무 보조를 하겠다는 말에 수연은 눈을 크게 떴다.

"사장님이 가온 일을 하시겠다고요?"

[나는 최대 주주니까.]

세상에 어느 최대 주주가 이리 머슴처럼 굴겠는가.

헐값이라서 가온 주식을 샀다던 그는 말과 행동이 달랐다.

"하지만 그건 제가 너무 죄송한데."

태무진 사장 같은 인재가 가온의 일을 해주면 당연히 땡잡은 일이었다. 하지만 태성의 황태자에게 어찌 이런 일을 함부로 시키겠나. 태준석 회장의 귀에라도 들어가는 날에는 뒷감당이 안 될 것이었다.

[내가 도와주면 금방 끝날 수 있을 겁니다.]

어째 그 말이 오늘도 꼭 그녀를 만나야겠다는 소리처럼 들려서 수연은 배시시 웃었다.

"그럼 야식 뭐 드시고 싶으세요?"

하지만 야식도 태무진 사장이 직접 사 왔다. 그녀가 태성에 다닐 때 좋아해서 자주 사 먹었던 치즈 케이크였다.

"이거 사장님은 안 드시잖아요."

"이젠 먹을 수 있습니다."

그땐 안 먹었는데 지금은 먹을 수 있다는 건 무슨 뜻인가 싶었다.

"억지로 드실 필요 없어요. 맛있는 거니까 제가 먹을게요."

그녀가 돼지처럼 케이크를 먹는 동안 태무진 사장은 그녀가 해야 할 일을 정말 자신이 했다. 하얀 와이셔츠 소매를 걷어 올리고 일하는 그의 모습을 오랜만에 보는 거라서 수연은 먹으면서 감상하게 되었다. 지금 모습은 그녀의 연인이기보다는 그녀가 모셨던 보스의 모습 같아서 또 다른 의미로 설렜다.

"사장님은 일할 때가 제일 멋있는 거 같아요."

"난감하네요."

그의 대답에 수연은 쿡쿡 웃었다.

"제가 커피 만들면 드실래요?"

그가 커피를 끊었다는 걸 알기에 수연은 조심스럽게 물었다. 늦은 밤 일할 때 가장 필요한 건 카페인이었으니까. 태무진 사장은 잠시 생각하더니 짧게 고개를 끄덕였다. 그가 커피를 마시겠다고 하자 수연은 바로 탕비실로 향했다.

"대표님, 제가 할게요."

이 대리가 따라오자 수연은 손을 내저으며 거부했다.

"아뇨. 이 커피는 무조건 내가 해야 해요."

그녀의 아바타 연정우 대리가 만든 커피도 귀신같이 잡아냈던 태무진 사장이었다. 그러니 다른 사람이 탄 커피는 절대 안 마실 거다.

오랜만에 정말 심혈을 기울여 커피 한 잔을 만들었다. 커피를 만드는 동안 그리운 느낌인 것 같기도 했고, 행복한 느낌인 것 같기도 했다.

그녀가 커피를 들고 다시 집무실로 돌아갔을 때, 태무진 사장은 똑같은 자세로 소파에 앉아서 서류를 보고 있었다.

"사장님, 여기 커피."

그녀가 테이블에 커피를 내려놓자 태무진 사장이 고개를 들어 그녀의 얼굴을 빤히 보았다. 여긴 가온 대표실이었지만, 꼭 태성 집무실에 있는 듯한 착각을 아마 그도 느낀 것 같았다.

"제가 오늘 하루만 사장님 비서 노릇 할까요?"

진담 반 농담 반인 그녀의 말에 태무진 사장은 짧게 웃으며 고개를 저었다.

"됐으니까 핸드폰이나 확인해요. 아까 울리던데."

수연은 핸드폰이 놓인 책상으로 걸어가 바로 메시지를 확인했다. 뜻밖에도 태성 그룹 회장 비서실 윤서영 과장이 보낸 것이었다.

> 회장님이 다시 사장님 맞선 자리 마련하라고 지시하셨어.

메시지를 읽은 그녀의 눈동자가 크게 흔들렸다. 그녀가 핸드폰에서 시선을 못 떼자 태무진 사장이 물었다.

"누가 보낸 겁니까?"

그제야 정신을 차린 수연은 웃으며 핸드폰을 내려놓았다.

"오빠예요."

천수민이라는 말에 태무진 사장도 다행히 의심하지 않는 것 같았다.

"천수민은 요즘 어떻게 지냅니까?"

"거의 아버지 병원에 있어요. 덕분에 제가 회사 일에 전념할 수 있어서 다행이에요."

천태진 대표가 일어나야 모든 게 제자리를 찾을 것이었다. 그게 언제인지 기약할 수 없기에 무진은 말을 아끼게 되었다.

수연의 마음도 무거워졌다. 태준석 회장이 다시 태무진 사장의 결혼을 서두르려 한다는 걸 알아도 그녀가 할 수 있는 건 없었다. 이번엔 가짜가 아니라 진짜였으니까.

"사장님 만약에요."

그녀는 무겁게 입을 뗐다. 하지만 그녀를 쳐다보고 있는 태무진 사장과 시선이 마주치자 뒷말이 쉬이 나오지 않았다. 그녀의 아버지가 몇 년 동안 깨어나지 못하면 어떻게 할 거냐고 물어볼 생각이었다.

태무진 사장은 딸을 가진 집안이라면 누구나 탐낼 만한 남자였다. 태준석 회장이 그의 결혼에 안달 내는 것도 이해 못 할 일은 아니었다. 하나뿐인 외동아들이 최고의 조건으로 결혼하는 걸 바라지 않을 부모가 어디 있겠는가.

"만약에 뭐요?"

그녀가 말하지 못하자 그가 대신 물었다. 수연은 웃으며 다른 걸 물었다.

"제가 바빠서 일요일에만 만나자고 하면 어쩌실 거예요?"

태무진 사장은 고민도 하지 않고 바로 대답했다.

"그럼 사표 쓰고 가온에 입사할 겁니다."

연애를 시작한 뒤로 태무진 사장은 점점 뻔뻔해지고 있었다. 수연은 깔깔 웃으면서 서류 한 장을 그의 얼굴에 던졌다.

"거짓말인 거 다 알거든요!"

그런데도 그녀의 부하 직원이 된 태무진 사장을 상상하니 정말 기분이 좋아졌다. 그렇게 딱 일주일만 살아봤으면 소원이 없겠다고 수연은 생각했다.

chapter 23

맞선 대란

늦은 시간 귀가한 무진은 아버지의 부재 소식을 듣게 되었다.

"회장님은 양평 별장으로 가셨습니다."

"알겠어요."

집사가 사진첩 여러 개를 내밀었다.

"사장님께서 이 영애들과 맞선을 다 보기 전까지는 집에 돌아오지 않으시겠답니다."

"알겠다고 전해주세요."

태무진 사장이 아무렇지 않게 대답하자, 집사는 불안한 눈으로 그를 쳐다보았다.

"사장님, 회장님이 이번엔 진심이신 거 같았습니다."

오죽했으면 본인이 가출을 했겠나.

이곳에 태가가 살기 시작한 이래 전대미문의 일이었다.

"아버지는 언제나 제 일에 진심이셨죠."

그 신부 없는 결혼식에조차 너무 진심이라서 무진은 아버지에게 화를 내지 못한 것이었다.

"그럼 맞선은 어찌하시려고?"

"제가 알아서 하겠습니다."

태무진 사장이 사진첩들을 가져가자 집사는 그나마 안심했다. 예전에는 맞선녀의 얼굴도 모르고 나가는 일이 태반이었기에.

"부디 회장님이 하루빨리 집으로 돌아올 수 있게 부탁드립니다."

충직한 집사는 집 나간 회장님이 몸이라도 상할까 노심초사였다. 무진은 정중하게 인사하고 그의 방으로 올라갔다.

툭.

테이블 위에 사진첩을 아무렇게나 던져둔 무진은 넥타이를 풀어내며 창가로 걸어갔다. 달이 은빛으로 빛나는 밤이었다.

— 오빠예요.

사실 무진은 그녀가 본 메시지 내용을 알고 있었다. 같은 시간에 그한테도 똑같은 메시지가 도착했으니까. 그녀가 거짓말을 한다는 건 전혀 좋은 의미가 아니었다.

이제 3일이 남아 있었다. 그는 회장 비서진들에게 약속한 걸 지켜야만 했다. 그러나 그건 수연과 한 약속은 아니었다. 그녀는 결혼을 원하지 않을 수도 있었다. 이미 한 번 취소되었고, 지금 그녀의 상황이 결혼하기에 적당한 상황은 아니었으니까. 그러니 그녀는 지금 이 정도 관계를 유지하길 원할지도 몰랐다. 사랑한다는 이유로 그녀에게 결혼을 강요할 수는 없었다. 가족이라는 이유로 아버지에게 무작정 기다려달라고 할 수도 없었다.

무진은 고개를 떨어뜨리며 힘없이 중얼거렸다.

"잠이나 자야겠군."

처음으로 아무 생각도 하기 싫어졌다.

다음 날엔 이정희 과장한테서 전화가 걸려 왔다.

[사장님 다시 맞선 잡힌 거 알고 있어?]

수연은 웃으며 그 말을 받았다.

"저 걱정해서 전화 주신 거예요? 고마워요."

[정말 이대로 태무진 사장님 놓칠 거야?]

그렇다고 태무진 사장에게 맞선 보지 말라는 말은 할 수 없었다. 그녀가 당장 결혼해줄 수 있는 것도 아니었고, 태준석 회장이 태무진 사장의 결혼을 얼마나 원하고 있는지도 잘 알고 있었으니까.

"사장님이 맞선 봐서 결혼할 거였으면 진작에 하셨을 거예요."

맞선이란 말을 다시 듣게 되었을 때 마음이 심란했지만, 그녀는 의연한 척할 수밖에 없었다.

[회장님이 집을 나가셨어.]

"네?"

수연은 깜짝 놀랐다. 그 정도 상황일 줄은 그녀도 몰랐다.

[사장님이 맞선 다 볼 때까지 집에 안 들어가신다고 하셨대.]

그런 신박한 협박을 하시다니.

[무조건 사장님 맞선 못 나가게 막아.]

"나, 나가신대요?"

이 문제에 대해서 끝까지 의연하고 싶었으나 그녀는 실패했다. 심지어 태무진 사장에게 솔직하게 물어볼 용기조차 없다는 걸 들키고 말았다.

[회장님이 저렇게 나오시는데 사장님이 언제까지 버틸 수 있겠어. 결국 결혼식 때처럼 흘러가지 않겠어?]

이정희 과장의 말대로 아버지가 유일한 가족이나 마찬가지인 태무진 사장이 언제까지 회장님의 가출을 무시할 수 있을까 싶었다. 따지고 보면 태준석 회장이 가출을 한 건 그녀 탓이었다.

태준석 회장한테 일이 생겼으니 오늘은 그에게서 연락이 안 올 거라고 생각했는데, 어제와 똑같은 시간에 전화가 왔다.

[오늘은 저녁 먹을 시간 됩니까?]

처음엔 눈치채지 못했는데 이제는 확실히 느낄 수 있었다. 그는 무리하고 있었다. 어떻게 태성 그룹이라는 대기업 사장 자리에 앉아 있는 사람이 연인과 매일 만나서 밥 먹을 시간을 낼 수 있겠는가. 불가능한 일이었다. 그의 비서였던 그녀가 그걸 모를 리가 없었다.

그녀도 바쁘다는 핑계로 그런 문제는 애써 생각하지 않았었다. 그가 그녀를 만날 시간을 만들어낼 수 있으면 그걸로 된 것이라고 자기 합리화했다. 어쩌면 태준석 회장의 가출이 그의 이런 행동과 관련된 게 아닌가란 의혹이 생겼다.

그는 이런 것에 대해서 그녀한테 한마디도 한 적이 없었다. 태무진 사장은 한 번도 그녀의 앞에서 힘들고 싫은 일에 대해 말하지 않았다. 그에게는 그녀가 의지할 수 없는 사람이라서 그랬을 수도 있겠다고 생각하니, 수연의 마음이 무거워졌다.

[수연? 듣고 있습니까?]

혼자만의 생각에 빠져 대답하지 않고 있던 수연은 그의 목소리를 듣고 퍼뜩 정신을 차렸다.

"아! 오늘 저녁에 만나요. 저도 일찍 퇴근할게요."

태무진 사장이 그녀를 믿든 못 믿든 절대 이 문제를 태무진 사장 혼자 해결하게 두지 않을 것이라고 다짐했다. 그가 그러고 싶어 해도 그녀가 허락할 수 없었다.

사실 무진은 오늘 그녀가 못 만난다는 말을 할 줄 알았다. 가온의 은행 대출 건이 담보 문제로 보류당했다고 전해 들었기 때문이었다. 다시 서류를 만들어야 하니 정신없이 바쁠 것이었다. 그런데 그보다 더 적극적으로 만나자고 나오니 기분이 좋기보다는 마음에 좀 걸렸다.

톡, 톡.

그는 손가락으로 책상을 두드리며 생각에 빠졌다.

혹시 아버지 일을 알았나?

설마 오늘이 마지막인가.

그들의 자유 연애가 그의 예상보다도 더 빨리 끝날 수도 있겠다고 생각되자 깊은 쓸쓸함이 밀려왔다. 그녀를 위한 일이라고 생각했는데, 사실 그가 더 원했던 일이었나 보다.

이번 주 내내 그녀를 위해 일부러 낸 그 시간 동안 무진은 즐겁고 행복했었다. 그녀와 연애를 시작하고 태성 그룹 태무진이 아닌 삶을 처음으로 느껴보았다. 그건 기분 좋으면서도 양심에 거리낄 게 없는 방종이었다.

그러나 아버지가 알게 되면 그 순간부터 그는 태성 그룹 태무진으로서 그녀를 만나야만 했다.

무진은 시간이 얼마 남지 않은 두 사람의 자유 연애에서 미처 못 해본 게 무엇인지 생각해보았다.

마지막으로 후회 없이 하고 싶은 건…….

수연은 태무진 사장과의 전화를 끊고 무서운 속도로 일을 처리해 나갔다. 화장실 가는 시간도 아까워 참으면서, 연애가 쉽지 않은 일이라고 생각했다. 그렇게 미친 듯이 했는데도 저녁 6시를 넘기게 되었다. 수연은 태무진 사장에게 서둘러 메시지를 보냈다.

정말 죄송해요. 30분 정도 늦을 거 같아요.
그 시간은 꼭 지킬게요!

끝에 느낌표를 박으면서 그녀의 강한 의지를 보여주었다.

난 기다릴 수 있으니까 천천히 해도 됩니다.

태무진 사장이 보살처럼 굴수록 그녀는 마음이 더 급해질 뿐이었다.

아무래도 언제 한번 기회를 잡고 그를 화나게 만들어봐야겠다. 그래야 사람이 화내고 짜증 내는 법도 알지.

그 후로 30분이 흘렀지만 그녀는 여전히 시간이 부족했다. 이번엔 태무진 사장에게 전화를 걸었다. 사람은 미안한 마음이 클수록 더 적극적으로 행동하게 되었다.

"사장님, 딱 10분만 더 주세요. 그땐 진짜 끝나요."

[30분 더 기다려도 상관없으니 꼼꼼하게 해요. 또 문제 생기면 은행 블랙리스트에 오를 테니까.]

그녀가 무슨 일을 하고 있는지 아는 듯한 말에 수연은 순간 소름이 쫙 돋아났다. 역시 보스 태무진은 쉽게 사라지지 않았다. 그는 뭐든 다 알고 있었다. 그가 살면서 멍청하게 굴었던 유일한 일은 그녀가 자길 좋아하는 줄도 모르고 그 긴 시간 동안 짝사랑을 한 일일 것이다.

설마 너무 잘나서 천벌이라도 받은 건가?

그녀가 막 전화를 끊었을 때 이 대리가 집무실로 들어오며 한껏 들뜬 목소리로 말했다.

"지금 회사 정문에 엄청 잘생기고 돈도 많아 보이는 남자가 여친을 기다리고 있대요. 나중에 퇴근할 때 구경해야겠다."

그 말을 들은 수연의 심장이 부정맥이라도 걸린 것처럼 심하게 두근거렸다.

"저 잠깐 나갔다 올게요."

그녀가 갑자기 일어나자 다들 놀란 표정을 지었다. 은행에 제출할 서류의 준비가 끝날 때까지 그 자리에서 꼼짝도 안 할 것처럼 보였었기에. 수연이 집무실을 나가버리자 장 실장이 이 대리에게 지시했다.

"빨리 따라가봐."

이 대리는 허둥지둥 수연의 뒤를 쫓았다. 수연과 이 대리가 함께 엘리베이터를 타고 1층에 도착했을 때 회사 정문에는 평소보다 더 많은 직원이 남아 있었다.

"헉!"

수연을 따라 정문 밖으로 나갔던 이 대리는 화들짝 놀랐다. 회사 단톡방을 시끄럽게 달구었던 그 남자는 다름 아닌 태무진 사장이었다. 그렇다는 건 그가 기다리는 여친이 천수연 대표라는 것. 직원들 앞에서 두 사람 사이가 발각되기 일보 직전이라 이 대리는 마음이 급해졌다.

"제, 제가 대신 갈게요. 대표님."

자기 몸을 날려 대표의 사생활을 지키려고 했는데 수연이 그런 그녀보다 먼저 앞으로 걸어갔다. 벤츠와 함께 나타난 절

세 귀공자의 여친이 누구인지 궁금해하고 있던 직원들은 천수연 대표가 나타나자 술렁였다. 천수연 대표는 망설이지 않고 곧장 벤츠남에게로 다가갔다.

우뚝, 그녀의 걸음은 태무진 사장과 한 걸음을 남겨두고 멈추었다. 주위에는 여전히 가온 직원들이 넘쳐났고, 태무진 사장은 마치 적진에 혼자 쳐들어온 장수처럼 보였다. 둘만의 대화를 나누기에는 아주 힘든 상황이었다.

"여기서 뭐 하세요?"

그녀를 곤란하게 했다고 화내는 게 아니었다. 그저 궁금해서 묻는 것이었다. 왜 굳이 이 많은 사람의 시선을 받아가며 이곳에서 그녀를 기다린 것인지.

그는 사람들의 시선을 받는 걸 별로 좋아하지 않았다. 평생 그 시선 속에 갇혀 살았으니까. 그래서 얼굴에 가면을 쓰는 게 일상이 되어버린 사람이었다.

"여자 친구 기다리는데."

담담한 그의 말에 수연의 입꼬리가 저절로 올라갔다.

"가온 단톡방이 사장님 때문에 난리가 났어요. 모르셨죠?"

"나도 오늘만 기다리고 다신 안 하려고."

"여자 친구가 싫어할까 봐요?"

"아니, 오늘이 지나면 우리 비밀 연애가 끝날 테니까."

수연의 눈동자가 가늘게 떨렸다. 그는 이미 그녀가 오늘 만나서 하려는 말이 무엇인지도 알고 있는 듯했다. 정말이지 속일 수가 없었다.

"조금만 더 기다려주세요. 금방 끝내고 내려올게요."

태무진 사장이 작게 고개를 끄덕이자 수연은 몸을 돌려 다시 정문으로 걸어갔다.

술렁이던 직원들도 어느새 고요해져 있었다. 사람들은 침묵 속에 걸어가는 천수연 대표의 뒷모습을 눈으로 좇았다.

그녀는 숨기려고 하지도 않았고, 움츠러들지도 않았으며, 지극히 자연스러웠다.

그게 백 마디 해명보다 더 크게 와닿았다.

이건 가십이 아니었다.

수연이 일을 다 끝내고 다시 가온 건물의 정문을 나왔을 땐 이미 깜깜한 밤이었고, 군중을 이루고 있던 가온의 직원들은 모두 집으로 돌아가고 난 뒤였다. 태무진 사장만이 여전히 그 자리에 서서 그녀를 기다리고 있었다. 수연은 그한테 다가가서 웃으며 물었다.

"여자 친구 회사 앞에서 처음 기다려본 소감이 어떠세요?"

태무진 사장은 45도로 고개를 틀며 나직이 한숨을 쉬었다.

"배고프네요."

수연은 가방에서 오늘 간식으로 나왔던 쿠키를 꺼냈다.

"제가 그럴 줄 알고 간식 챙겨 왔죠!"

"그냥 밥 먹으러 가면 안 됩니까?"

"안 돼요. 바로 회장님 만나러 가야 해요."

수연은 그의 팔에 팔짱을 끼고 차로 이끌었다. 태무진 사장이 내려다보는 시선이 느껴지자 수연은 고개를 들어 그를 올려다보며 밝게 웃었다.

"같이 가서 집으로 모셔 와요."

"……아버지가 우리 사이를 알게 되면 결혼식 이야기부터 꺼낼 겁니다."

"원래 부모와 자식은 결혼 때문에 싸우게 되어 있어요."

그녀가 아무렇지 않게 이야기할수록 무진의 마음은 더 안 좋아졌다. 결국 그녀는 아직 결혼할 생각이 없는 것이다.

"너무 걱정 마세요. 제가 얼마나 사장님을 사랑하는지 구구절절 설명해서 회장님을 안심시킬게요."

무진은 아버지를 잘 아니까 그녀의 뜻대로 되지 않을 것을 짐작했다. 태준석 회장이 원하는 건 그를 사랑해주는 여자가 아니라, 그의 뒤를 이을 아들을 낳아줄 여자였다.

아버지한테서 최선을 다해 그녀를 지킬 테지만, 그래서 슬퍼질 거라는 예감이 들었다.

사랑이 언제나 만능키는 아니었다.

태준석 회장이 있는 양평 별장은 마치 아무도 없는 것처럼 고요했다. 그들이 너무 늦게 도착하기도 했지만, 평소에도 사람이 없는 한적한 곳이었다. 미리 연락받은 이재경 비서실장이 두 사람을 마중해주었다.

"회장님은 주무시고 계십니다. 할 이야기가 있으면 아침에 하시죠."

두 사람은 서로의 얼굴을 쳐다보았다. 지금은 달리 방법이 없었다.

"내일 아침엔 나만 있어도 되니, 집에 데려다줄게요."

수연은 고개를 저었다.

"그냥 저도 여기서 잘게요."

"하지만 천수민이……."

이미 저번 호텔 일 때문에 단단히 마음이 틀어진 상태였다. 그가 일부러 전화까지 해서 불렀는데도, 호텔 방에 온 천수민은 그가 억지로 그녀에게 술을 먹여서 취하게 했다고 주장했다. 깁스를 찬 손으로 주먹질까지 해서 한바탕 난리가 났었다. 평생 들은 욕보다 더 많은 욕을 그날 천수민한테 들었다.

"제가 전화해서 허락받을게요."

수연은 핸드폰을 들고 걸어가 구석에서 통화했다. 그런 수연의 모습을 지켜보던 비서실장이 그에게 넌지시 말했다.

"천수연 대표에 대해서는 아직 회장님께 보고하지 않았습니다."

태무진 사장의 상대가 결혼식을 올릴 뻔한 천수연 대표라는 걸 알게 된 비서실장은 바로 태준석 회장에게 보고할 수가 없었다. 그는 보았으니까. 태준석 회장과 천수연 대표의 대화를 듣고 힘없이 돌아서던 태무진 사장의 뒷모습을. 태준석 회장에게 일이 어쩌다 이렇게까지 된 건지 제대로 설명할 수 있는 사람은 태무진 사장 본인밖에 없었다.

"네, 고맙습니다."

비서실장은 태무진 사장의 옆얼굴을 올려다보았다.

태준석 회장의 젊은 시절을 많이 닮은 듯했지만, 두 사람은 많은 게 달랐다. 태준석 회장이 뭐든 열정적으로 달려드는 쪽이라면 태무진 사장은 할 수 있는 한계까지 인내하는 쪽이었다. 그래서 두 사람이 한집에서 살 수 있기도 했다. 두 사람이 똑같았다면 태무진 사장은 진작 그 집에서 뛰쳐나왔을 거다.

이번엔 부디 두 사람 모두 마음이 상하지 않고 잘 마무리되길 비서실장은 진심으로 바랐다.

모든 건 천수연 대표에게 달려 있었다.

전화를 끊고 돌아온 수연이 웃으며 말했다.

"오빠한테 잘 설명했어요."

태무진 사장은 눈을 좁혔다.

"누구 집에서 잔다고 한 겁니까?"

그녀는 뜨끔한 표정을 지었다. 태무진 사장과 함께 별장에서 잔다고 하면 당연히 그녀의 오빠는 안 된다고 하며 양평까지 바로 달려올 게 뻔했다.

"그게…… 김정숙이요."

태무진 사장은 더 따지지 않고 별장으로 걸어갔다. 수연도 그 뒤를 따라갔다. 자연과 어우러진 양평 별장은 한 폭의 그림 같았다. 만약 이게 두 사람이 함께 여행하러 온 것이었다면 얼마나 좋았을까, 라는 생각을 떨칠 수가 없었다.

둘만의 여행이 아니었기에 그녀는 손님방으로 안내받았다. 수연은 그녀를 안내해준 별장 관리인에게 물었다.

"태무진 사장님은 어디서 주무세요?"

"1층 끝 방입니다."

수연은 관리인에게 고맙다고 인사하고 방문을 닫았다. 그녀는 사람이 머물렀던 흔적이 없는 방을 천천히 둘러보며 짧게 한숨을 내쉬었다.

오늘 하루 무리하게 일을 한 뒤 양평까지 쉬지 않고 달려오느라 엄청 피곤했지만, 잠이 들 것 같지 않은 밤이었다.

내일 아침, 해가 뜨고 태준석 회장을 만나게 되면 분명 많은 것이 바뀔 것이었다.

태무진 사장이 이번 주 내내 왜 그리 열심히 그녀를 만나려고 애썼는지 수연은 이제야 이해할 수 있었다. 시간이 얼마 없다고 생각하니 그녀도 마찬가지였다. 내일이 온다고 영원히 못 만나는 것도 아닌데 꼭 오늘이 마지막인 것만 같았다.

수연은 고개를 돌려 방문 쪽을 보았다.

벌써 자고 있으려나.

쏴아아아아아아.

물소리가 모든 것을 씻겨버릴 듯이 쏟아져 내렸다. 무진은 물줄기 아래에서 한참이나 서 있었다. 이곳으로 올 때만 해도 마음을 내려놓아서 별생각이 없었는데, 내일 아침까지 시간이 유예되니 오히려 잡생각이 많아졌다.

근육으로 완벽하게 조각된 몸 위로 끊임없이 물이 흘러내렸다. 그는 젖어서 흘러내리는 머리카락을 무심한 손길로 쓸어 넘겼다. 무진은 애써 수많은 생각들을 잘라내고 샤워 부스에서 나왔다. 젖은 몸에 샤워 가운만 걸치고 욕실에서 나오자 창밖으로 기울어진 달이 보였다.

무진은 테이블로 걸어가 핸드폰을 집어 들었다. 시간을 확인하기 위해서 켰는데 부재중 전화가 와 있는 걸 보고 눈이 살짝 커졌다. 그는 바로 샤워 가운을 벗고 가볍게 옷을 챙겨 입었다. 미처 머리를 말릴 새도 없이 수연한테 전화하며 방문을 열었던 그는 그 자리에 멈추어 섰다. 복도에 쭈그려 앉아 있던 그녀가 갑자기 열린 문에 놀라서 벌떡 일어나고 있었다.

"언제부터 여기 있었습니까?"

수연은 대답하기가 애매했다. 사실대로 말하면 궁상맞게 뭐 하는 짓이냐고 할 것만 같았다.

아직 물이 뚝뚝 떨어지며 그의 옷을 적시고 있는 머리에 시선이 닿자 수연은 서둘러 말했다.

"머리 말리세요. 감기 걸려요."

"괜찮아요."

"안 괜찮아요! 진짜 감기 걸린다니까요."

수연은 그의 손을 끌어당겨 함께 방으로 들어갔다. 그리고 방 주인이 허락하기도 전에 부산스럽게 드라이어를 찾았다. 욕실에 있는 드라이어를 찾은 건 결국 방 주인인 태무진 사장이었다.

"제가 말려드릴게요. 여기 앉으세요."

뭐라도 해야 안 민망할 것 같아서 수연은 시녀 노릇을 자청했다. 그의 비서를 할 때도 그의 머리를 말려준 일은 없었다. 그건 너무 사적인 영역이었으니까.

위이잉—.

시끄러운 드라이 소리가 두 사람의 소리를 모두 잡아먹었다. 그녀는 한 손에 드라이어를 들고 다른 손으로 그의 머리카락을 조심스럽게 털었다. 가늘고 부드러운 머리카락은 그의 몸 중 유일하게 연약하게 느껴졌다. 태무진 사장은 그녀가 머리를 말릴 동안 얌전히 앉아 있었다. 말조차 안 하니 말 잘 듣는 아이처럼 느껴질 정도였다.

"원래 이렇게 오래 씻으세요?"

그녀의 입에서 무심결에 질문이 튀어나왔다. 그녀의 전화에 응답하지 않는 시간 동안 씻었다는 뜻일 테니까.

"방문 앞에 오래 있었네요."

결국 그걸 들켜버린 수연은 입술을 살짝 깨물었다가 떼며 변명하듯이 말했다.

"잠이 안 와서 사장님이랑 대화하고 싶었어요."

생각이 많았던 건 그뿐만이 아닌 듯해서 무진의 입꼬리가 올라갔다.

"그럼 말해요. 내가 들어줄 테니까."

잠시 말없이 그의 머리만 말리던 수연은 거울을 통해 그의 얼굴을 보며 물었다.

"우리가 연애하면서 못 했던 게 뭘까요?"

그녀의 물음에 무진은 어렵지 않게 대답했다.

"둘이서 여행 가기."

그가 출장을 간 그녀를 쫓아 중국까지 가기도 하고, 이리 서울을 떠나 양평까지 왔지만 둘 다 여행이라고 할 수는 없었다. 여행을 가기 위해서는 꼭 필요한 시간이 안타깝게도 두 사람 모두에게 없었다.

"그럼 이 근처에 여행 가기 좋은 곳 있어요?"

이 밤에 여행을 가자는 그녀의 말에 무진은 놀란 표정을 지었다. 그건 그도 미처 생각하지 못한 것이었다.

"지금 가자고요?"

수연은 웃으며 고개를 끄덕였다.

"갔다가 아침에 회장님 깨시기 전에 돌아와요."

잠깐의 여행이라도, 원하는 곳까지 갈 수 없는 여행이라도 상관없었다. 같이 있을 수 있다면 그것만으로도 충분했다.

태성가의 별장이 양평에서 가장 좋은 위치에 있었기에 그리 멀리 갈 필요도 없었다.

걸어서 갈 수 있는 거리에 풍경이 좋은 호수가 있었다.

태무진 사장은 호숫가에 직접 텐트를 쳤다. 텐트의 뼈대를 만들고 순식간에 모양을 갖추는 걸 보니 처음 해보는 솜씨가 아니었다.

수연은 놀라서 물었다.

"이런 것도 해본 적 있으세요?"

"밤낚시할 때."

"사장님 낚시도 잘하세요?"

처음 안 사실에 수연은 눈을 키웠다.

"오늘은 낚시 안 할 겁니다."

태무진 사장이 못을 박자 수연은 의아해하며 물었다.

"왜요? 낚시가 재미없어요?"

"네."

그의 대답이 너무 빨리 나와서 수연은 낚시하자는 소리는 할 수 없었다. 그의 반응을 보니 태무진 사장한테 낚시는 명상이랑 비슷한 것 같았다.

"그런데 제가 진짜 안 도와드려도 돼요?"

사장님한테 일을 시키고 가만히 앉아 있으려니 좀이 쑤시는 것 같았다. 아무래도 그녀의 몸 안에 아직 비서 본능이 남아 있는 듯했다.

"그대로 있어요."

태무진 사장은 텐트를 다 친 뒤에 불도 직접 피웠다.

타닥타닥.

모닥불 소리가 들리며 주홍빛 불꽃이 피어오르자 수연은 박수를 치며 환하게 웃었다.

"이제 진짜 여행 온 거 같아요."

고작 5분 걸어온 것뿐이지만, 나쁘지 않았다.

풍경이, 분위기가, 시간이…… 여행에 취하기 딱 좋았다.

"진짜 여행 온 겁니다."

그의 단호함에 수연은 웃으며 고개를 끄덕였다.

태무진 사장은 모닥불에 주전자를 올려서 물도 끓였다.

"뭐 하시게요?"

"컵라면 먹으려고."

"네?"

수연은 진심으로 깜짝 놀랐다.

"사장님 라면도 드세요?"

중요한 건 그가 아직도 저녁을 못 먹었다는 것이었다. 텐트를 치고 불을 피우면서 남은 에너지를 다 써버렸더니 지금은 아무거나 다 먹을 수 있을 것 같았다.

"조금만 기다려요."

태무진 사장이 진지한 눈빛으로 컵라면 뒤의 조리법을 읽는 걸 보고 수연은 웃음이 나오려는 걸 손으로 막으며 그의 손에서 컵라면을 빼앗아왔다.

"이건 제가 해드릴게요."

"나도 할 수 있습니다."

"사장님이 텐트 쳤잖아요. 그러니까 먹을 건 제가 준비할게요."

그녀의 말에 그도 더 이상 자신이 하겠다고 고집부리지 않았다. 어차피 물이 끓으면 적당한 양을 붓기만 하면 되었다. 직접 요리한다고 하기에는 민망할 정도로 간단한 일이었다.

"제가 다른 요리도 해드릴까요?"

"지금은 컵라면밖에 없습니다."

이것도 그가 일부러 챙겨 온 것이었다. 배고파서 여행을 망칠 수는 없었으니까.

"이 근처에 마트 같은 거 없나요?"

"차 타고 30분 가야 해요."

"그럼 별장에서 좀 훔쳐 올까요?"

훔쳐 온다는 말에 태무진 사장은 잠시 생각하더니 고개를 저었다.

"컵라면이면 충분해요."

대한민국을 먹여 살리는 것이나 마찬가지인 태성 그룹의 후계자가 지금은 가진 게 컵라면밖에 없다는 말에 수연은 짠한 표정으로 그를 쳐다보았다.

설마 이건 여행이 아니라 가난 체험인가?

물을 붓고 3분이 지났을 때 수연은 컵라면 뚜껑을 열어서 그에게 주었다.

"이제 드셔도 돼요."

태무진 사장은 컵라면을 받아서 바로 먹기 시작했다. 그가 이리 잘 먹는 모습은 처음 보는 것 같아서 수연은 신기한 눈으로 쳐다보았다.

"맛있으세요?"

태무진 사장은 꼬들한 면발을 씹으며 고개를 끄덕였다. 비상식량치고 이 정도면 훌륭했다. 사실 최근에 먹은 음식 중 제일 인상적이었다. 역시 시장이 반찬이란 말이 괜히 있는 게 아니었나 보다.

"제가 준 쿠키는 안 드시더니."

"쿨럭."

국물까지 먹던 무진은 짠 라면 국물이 기도로 흘러가자 괴롭게 기침하기 시작했다. 그가 갑자기 온몸을 들썩이며 거칠게 기침을 해대기 시작하자 수연은 깜짝 놀라서 주전자의 물을 따라서 그에게 건넸다.

"물 마시세요."

그녀가 준 물을 단번에 마시던 무진은 손으로 입을 가리고 더 괴로워했다. 물이 너무 뜨거워서 혀까지 덴 것이다. 재난에 재난이 겹치자 그의 눈가에 눈물까지 고였다.

수연이 놀라서 물었다.

"사장님 지금 우세요?"

무진은 그녀의 시선을 피해 일어나서 휘청휘청 텐트로 걸어갔다. 혀는 얼얼하게 따끔거리고 목 안은 타는 듯이 찌르르했다. 도저히 아무렇지 않은 표정을 지을 수가 없었다.

"나 잠깐 쉴게요."

수연은 차마 안 된다고 할 수가 없었다. 여행의 고난이 이리 갑자기 닥칠 줄이야. 하지만 그들은 고작 컵라면을 먹었을 뿐이기에 수연은 황망한 눈으로 그가 먹던 컵라면을 쳐다보았다. 역시 태무진 사장에게 가난은 어울릴 수 없는 건가 보다.

10분 정도 지났을 때 수연은 텐트로 다가가서 누워 있는 태무진 사장에게 조심스럽게 물었다.

"사장님, 이제 좀 괜찮으세요?"

태무진 사장한테서 돌아오는 대답이 없었다.

설마 자나?

"사장님?"

설마 나한테 화났나?

그럼 더 큰 일이라서 수연은 신발을 벗고 엉금엉금 텐트 안으로 기어들어 갔다. 가까이 가서 보니 태무진 사장은 눈을 감고 있었다. 촘촘하게 박힌 긴 속눈썹과 매끈하게 뻗은 콧날이 우아한 조화를 이루었다. 수연은 그의 얼굴 앞에서 턱을 괴고 빤히 쳐다보았다.

"이 상황에 용케 자네."

"이 상황이 뭡니까?"

갑자기 그의 목소리가 들려오자 수연은 어깨를 움츠렸다.

"왜 자는 척하셨어요?"

“혀가 아파서 말을 못 하겠어요.”

그한테 뜨거운 물을 주는 실수를 한 수연은 입이 열 개라도 할 말이 없었다.

“그럼 병원 가요.”

그제야 태무진 사장이 눈을 떠 바로 앞에 있는 그녀의 얼굴을 쳐다보았다.

“그럼 우리 여행은?”

“여행보다는 건강이 먼저잖아요.”

“난 여행이 먼저인데.”

“말도 잘 못 하시겠다면서요.”

“굳이 말을 많이 할 필요는 없죠.”

태무진 사장의 손이 다가와 그녀의 뺨을 감쌌다. 그의 손길이 싫은 건 아니었지만 수연은 기꺼이 그의 손에 자신을 맡길 수 없었다.

“병원 가기 싫어서 이러시는 거죠?”

“네, 병원 너무 싫어요.”

그리 말하며 다가온 태무진 사장이 그녀의 이마에 짧게 입을 맞추었다. 따뜻하고 촉촉한 감촉이 닿았다가 떨어지는 느낌에 그녀는 눈을 질끈 감았다. 천천히 눈을 뜨자 이번엔 그의 입술이 그녀의 눈가에 닿았다. 속눈썹이 잘게 떨렸다. 그녀는 손을 뻗어 그의 팔을 꾹 움켜잡았다.

“그만할까요?”

그가 나직하게 묻는 말에 수연은 다시 눈을 감으며 고개를 저었다.

그녀의 허락과 동시에 무진은 두 팔로 그녀의 몸을 끌어당겨 안으며 벌어진 그녀의 입술에 깊게 입을 맞추었다. 거슬렸던 통증들은 키스의 뜨거움에 모두 묻혀버렸다.

무진은 그녀의 여린 살을 꽉 물었다가 풀어주며 농밀하게 입술을 더듬었다. 그의 팔에 갇힌 가는 몸이 움찔거릴 때마다 더 그를 자극했다.

먼 곳에서 피리 소리를 닮은 새의 우는 소리가 길고 높게 울려 퍼졌다. 깊은 밤, 자연 속에서 뜨거움과 열망을 가진 숨탄 것은 두 사람이 유일했기에 서로를 갈구하는 행위를 쉬이 멈출 수는 없었다.

무진은 그녀의 입술을 벌리고 그 안으로 파고들어 살덩이를 휘감았다. 거칠어진 호흡 소리가 덩달아 엉켜 들었다. 틈 없이 맞닿은 가슴에서 튀어 오를 듯한 서로의 심장 소리가 들리는 것만 같았다. 지극히 동물적이었고, 그래서 더없이 뜨거웠다.

"칸."

숨쉬기가 힘들어서 그를 부르려고 했는데 왜 하필 그렇게 불렀는지 그녀도 모를 일이었다. 단 한 번도 그리 부른 적 없었고, 그저 지갑에 새긴 이니셜일 뿐이었는데도 태무진 사장은 찰떡같이 알아듣고 그녀를 쳐다보았다. 그녀의 눈동자가 물기로 젖어 들어 있었다면 그의 눈빛에는 활활 타오르는 불꽃이 넘실거리고 있었다.

"멈추라고 하지 마요."

이다지도 고압적인 애원은 처음이었다. 수연은 방황하는 눈으로 그를 쳐다보았다. 어떤 계획도 없이 갑자기 떠나온 여행이었기에 그녀는 어찌해야 할지 알 도리가 없었다.

"안 멈추면요?"

물으면서도 그녀는 그 답을 이미 알고 있는지도 모르겠다. 그의 눈빛이 원하는 건 하나뿐이었으니까. 태무진 사장이 대답 대신 그녀의 목덜미에 얼굴을 묻더니 맥박이 뛰는 곳을 강하게 흡입했다. 수연은 비에 흠뻑 젖은 것처럼 온몸이 떨려왔다. 그는 입술을 떼기 전에 이를 세워 그녀의 살을 물었다. 그 동물적인 행동에 그녀는 깜짝 놀랐다. 그리고 그의 몸에 변화가 느껴져서 당황스러웠다.

"사, 사장님. 괜찮으세요?"

이 상황에 할 수 있는 가장 멍청한 질문인 듯했다. 하지만 다른 사람도 아니고 태무진 사장을 흥분시킨 사람이 그녀라는 걸 어떻게 당당하게 인정할 수 있겠나. 그녀는 그렇게 뻔뻔할 수 없었다.

"병원 가자는 말만 하지 마요."

그의 부탁에 수연의 얼굴은 불타는 토마토가 되었다.

"저도 그 정도는 알아요!"

당황해서 크게 튀어나온 목소리에 그녀가 더 깜짝 놀랐다. 태무진 사장이 씁쓸한 표정을 지으며 그녀한테서 떨어지려고 하자 수연은 서둘러 그의 손을 두 손으로 움켜잡고 그녀의 가슴 위에 올려놓았다. 이번엔 태무진 사장이 깜짝 놀란 눈으로 그녀를 쳐다보았다. 수연도 자신의 대담한 행동에 머릿속이 과열되어서 아무런 생각도 할 수 없었다.

하지만 하나는 확실했다. 그녀가 동의하지 않으면 태무진 사장은 절대 이다음으로 넘어가지 않을 것이다. 이 선을 넘을지 말지는 모두 그녀에게 달려 있었다.

"저 때문에 이렇게 된 거니까……."

100미터 달리기를 한 것도 아닌데 숨이 턱 끝까지 차올랐다. 온 우주가 그녀의 목소리에 귀 기울이고 있는 것만 같아서 귀까지 빨갛게 달아올랐지만 끝까지 말을 해야만 했다.

그녀가 용기를 내지 않으면 태무진 사장도 용기를 내지 않을 것이고, 두 사람의 역사는 더 이상 쓰이지 않을 것이다. 그건 싫었다. 여기서 멈춘다면 여기까지 함께 온 의미도 없어질 것이다. 끝까지 가봐야만 했다. 그래야 후회도 미련도 남지 않을 것이다.

마음이 넘칠 것처럼 찰랑이자 눈가에 물기가 서렸다. 그녀가 울 것처럼 보여서 태무진 사장의 눈빛이 일그러졌다. 그가 점점 이성적이게 되어서 그녀의 가슴 위에 놓인 손을 빼내려고 할 때, 수연은 떨어지는 그의 손을 더 강하게 움켜잡으며 말했다.

"제가 책임질게요."

양평의 밤하늘에 수놓아진 저 많은 별이 증인이었다.

그녀는 100% 진심이었다.

무진은 태어난 순간부터 가진 게 많았기에 그만큼 책임져야 할 것도 많았다. 철없는 게 용납이 되는 사춘기 시절에도 그는 반항보다 책임이 먼저였다. 그래서 누군가 자신을 책임져준다는 말을 들었을 때 기분이 정말 이상했다. 타오르던 욕망을, 일렁이는 감정이 감싸 안았다. 한없이 따뜻하다가도 한없이 약해지는 기분.

그는 한껏 낮아진 목소리로 말했다.

"책임에는 희생이 따릅니다. 그러니 그런 말은 함부로 하면 안 됩니다."

이런 상황에서도 멀리 보는 이 남자의 뇌 구조는 도대체 어떻게 생긴 건가 싶었다. 그런데 지금 이 순간만은 이 남자의 원칙을 깨버리고 싶었다.

"희생이 무섭다고 꺼리면, 그런 사랑이 의미가 있나요?"

되레 그녀가 질문하자 무진은 눈살을 찌푸렸다. 말도 하기 힘든 몸 상태인데 토론을 하게 생겼다.

"책임을 진다더니, 날 괴롭히고 있네요."

그의 꾸지람에 수연은 짧게 그를 흘겨보았다.

"사장님이 먼저 시작하신 거예요."

"장담할 수 있습니까?"

말로 태무진을 이길 수 없다는 걸 절감한 수연은 두 손으로 그의 얼굴을 붙들고 끌어당겼다. 입술이 부딪치며 숨결이 얽히자 그의 입에서 신음이 흘러나왔다. 찰나의 자극에도 못 참을 정도로 몸의 감각이 극도로 예민해져 있었다. 핏줄을 타고 흐르는 뜨거운 피가 펄떡이는 활어처럼 날뛰었다.

이 순간 그가 어찌 살아왔는지, 그가 누구인지는 아무런 의미가 없어졌다. 이리도 쉽게 발가벗겨질 수 있다는 게 허무하면서도 아찔했다. 그가 가장 자신 있는 게 참고 인내하는 것이었는데 지금은 가장 힘이 없는 게 인내였다.

무진은 그녀의 허리를 끌어안고 더 깊게 입을 맞추었다. 둑이 허물어진 강물처럼 모든 걸 쏟아내고 싶은 갈증이 휘몰아쳤다. 그가 그녀의 옷깃을 끌어 내리고 드러난 하얀 어깨에 입을 맞추자 수연은 훅 숨을 들이켰다.

투툭.

그가 손에 조금 힘을 주었을 뿐인데도 블라우스의 단추들이 뜯겨 나갔다. 벌어진 블라우스 옷깃 사이로 그의 시선이 집요하게 달라붙었다. 이어서 그의 입술이 따라가자 수연은 심장이 미친 듯이 뛰었다. 먼저 책임진다는 말을 던진 건 그녀였는데, 먼저 겁을 먹은 것도 그녀였다. 이제 와서 겁이 난다고 하면 그가 그녀를 원망할까 봐 수연은 입술을 꾹 깨물었다.

무서워할 것 없었다. 그는 그녀가 이 세상에 태어나 처음으로 사랑하게 된 남자였고, 죽을 때까지 사랑하고 싶은 유일한 남자였다. 그런데 뭐가 무섭단 말인가.

뜨거운 입술이 그녀의 심장 위에 닿자 무섭게 뛰어댔다.

무진의 제어심이 바닥났다. 당장 그녀의 옷을 모두 벗겨내서 그녀의 몸 구석구석 그의 흔적을 남기고 싶었다. 마치 짐승의 본능과도 같은 욕구가 당황스러울 정도였다. 무진은 손톱이 파고들 정도로 주먹을 쥐며 쉰 목소리로 그녀에게 말했다.

"나한테 안 된다고 말해요."

몽롱한 상태였던 수연은 그의 말을 바로 이해할 수가 없었다. 왜 온몸으로 그녀를 안고 싶다는 욕망을 드러내면서 그의 말은 반대로 나오는 건가 싶었다.

"여기서는 안 된다고."

그제야 수연은 그들이 있는 장소가 탁 트인 야외라는 걸 인식했다. 그들의 머리 위에는 밤하늘이 있었고, 그들의 앞에는 깊이를 알 수 없는 호수가 있었고, 동물들의 소리도 어둠 속에서 들려왔다. 아마도 태초에 아담과 이브라면 이런 곳에서 첫 경험을 했을 것만 같은 그런 장소였다.

"하지만, 이대로 정말 괜찮으세요?"

그녀가 그저 그를 사랑한다고 했다면 무진은 참지 못했을 것이다. 그런데 그녀가 그의 몸 상태를 걱정하자 가출했던 무진의 이성이 돌아왔다. 그는 벌떡 몸을 일으켰다.

"낚시하면 됩니다."

역시 그한테 낚시는 도를 닦는 것이랑 같은 것이었다.

"그럼 별장으로 돌아가실래요?"

별장에 가서 여기서 못 한 걸 제대로 하자는 말인지, 별장에 돌아가서 각자 잠이나 자자는 소리인지 명확하지 않아서 무진은 그녀의 얼굴을 빤히 쳐다보았다.

수연은 그한테 등을 돌리고 앉아 그의 손에 엉망이 된 옷을 정리하는 것에 열중할 뿐이었다. 아무래도 각자 잠이나 자자는 뜻이었나 보다.

무진은 '꿍' 소리를 삼키며 흥분한 몸을 어떻게든 진정시키려고 노력했다. 설마 오늘 밤, 이런 고난이 그에게 닥칠 줄은 상상도 못 했었다.

태준석 회장은 밤에 화장실에 가고 싶어 깨어났다가 밖에 세워진 무진의 차를 발견하고 관리인을 호출했다. 태무진이 왔다는 말에 데려오라고 지시했으나 아들을 데리러 갔던 관리인은 혼자 돌아왔다.

"방에 없어?"

그를 만나러 와놓고 사라졌다는 말에 태준석 회장은 기가 찼다. 그럴 거면 굳이 여기까지 왜 온 건가 싶었다. 태준석 회장은 창가 앞에 서서 투덜거렸다.

"어떻게든 지 애비를 이겨먹으려는 못된 놈 같으니라고."

비서라는 것들이 다 태무진에게 매수되어 그한테 알려주지 않았지만, 그 자체가 태무진한테 숨기고 있는 여자가 있다는 뜻이었다. 그래서 더 일부러 맞선을 밀어붙인 것이었다. 어떻게든 태무진의 입으로 털어놓게 하려고.

"어떤 여자인지 내가 반드시…… 어?"

태준석 회장은 저 멀리서 걸어오는 태무진과 여자를 발견하고 놀라서 눈이 커졌다.

"뭐야, 혼자 온 게 아니었어."

태준석 회장은 여자의 얼굴을 확인하기 위해서 체통도 집어 던지고 창문에 바싹 얼굴을 붙였다.

"여기 비서를 데려왔을 리가 없잖아."

몇 번이고 고개를 돌려 옆의 여자를 확인하는 태무진의 태도는 결코 비서를 대하는 느낌이 아니었다. 눈을 크게 뜨고 어떻게든 여자의 얼굴을 확인하려고 애를 쓰던 태준석 회장은 두 사람이 환한 불빛 아래 들어선 순간 깜짝 놀라서 휘청하며 몸이 크게 흔들렸다.

"말도 안 돼."

태준석 회장은 눈으로 확인하고도 자기 눈을 믿을 수가 없었다. 다른 여자도 아니고 바로 무진과 결혼식을 올리기로 했던 천수연이라니!

"도대체 왜?"

무진이 만나는 여자가 진짜 천수연이라면 그때 그냥 결혼하면 되는 거였다. 그렇게 그를 원망하며 결혼식을 취소할 이유가 뭐가 있단 말인가. 그 일로 그가 얼마나 아들의 눈치를 보며 살았는데!

그의 완벽한 패배라고 생각했던 일조차 사실은 그렇지 않았다. 그는 지푸라기라도 잡는 심정으로 천수연을 데려다가 무진과 결혼시키려고 한 건데, 알고 보니 그 지푸라기가 아들이 진짜 사랑한 여자였던 거다.

"허허허. 내가 처음부터 맞았던 거야."

태준석 회장은 자기 능력에 감탄하며 혼자 웃다가 다시 무진에게 분노를 터트렸다.

"그럼 도대체 결혼식은 왜 취소한 거냐고!"

이랬다저랬다 하며 감히 아버지를 가지고 놀았겠다.

태준석 회장은 이대로 두 사람을 만나면 그가 또 당할 것 같았기에 작전 시간을 가지기로 했다.

이번엔 결코 두 사람에게 당할 수 없었다.

별장에 돌아온 두 사람은 태준석 회장이 머무는 방의 불이 켜진 걸 발견했다.

"회장님이 깨셨나 봐요."

수연은 태무진 사장을 올려다보았다. 그는 아무 표정이 없어서 무슨 생각을 하는지 알 수 없었다.

"사장님, 지금 만나러 가실 거예요?"

"아뇨, 아침에 만나는 게 좋겠어요."

무진은 지금 아버지를 만날 기분이 아니었기에 아침으로 미루었다. 맑은 정신으로 아버지를 상대하지 않으면 낭패를 겪을 게 뻔했다. 수연은 태무진 사장의 결정을 받아들일 수밖에 없었다. 짧은 여행도 흐지부지 끝나버리고, 아까 못 한 일을 이어가기에는 분위기도 깨진 것 같아서 수연은 그한테 밤 인사를 할 수밖에 없었다.

"그럼 전 방으로 올라갈게요."

태무진 사장이 그녀를 내려다보았다. 뭔가 할 말이 있는 듯한 눈빛이었지만 그의 입술은 선뜻 열리지 않았다. 그녀도 아쉬움이 남았지만 지금은 그에게 무슨 말을 해야 할지 알 수 없었다. 그래서 수연은 먼저 계단을 올랐다. 뒤에서 태무진 사장이 그녀를 쳐다보는 시선이 느껴졌지만 돌아볼 수가 없었다. 서로 싸운 것도 아니고, 마음이 상한 일이 있었던 것도 아닌데 지금은 마주 보는 게 쉽지 않았다.

수연은 길게 한숨을 내쉬었다. 남녀 관계는 업무적인 관계보다 몇 배는 더 복잡한 것 같았다.

달칵.

다시 방으로 돌아온 수연은 바로 침대에 누웠다. 하지만 쉬이 잠이 올 것 같지 않았다.

그녀는 가슴 위로 손을 올렸다. 태무진 사장의 입술이 닿았던 부분이 아직도 뜨겁게 느껴졌다.

수연은 작게 몸을 웅크렸다. 만약 그녀가 괜찮다고 했다면 두 사람은 어떻게 되었을까 상상하니 배 안이 찌릿찌릿했다. 수연은 화끈거리는 얼굴을 베개에 묻었다.

이제 보니 그녀는 요조숙녀가 아니라 밝히는 쪽인가 보다. 그래서 그렇게 끝나버린 게 아쉬웠다. 그러나 다시 태무진 사장의 방으로 찾아갈 용기는 나지 않았다. 하룻밤에 한 번으로도 많은데, 어떻게 두 번이나 찾아갈 수 있겠나.

잠을 자야 하는데 정신은 점점 더 또렷해져만 갔다. 수연은 도저히 참을 수 없어서 벌떡 일어나 앉았다.

"샤워라도 하자."

그럼 좀 진정이 될지 몰랐다.

똑똑.

갑자기 들린 노크 소리에 그녀의 어깨가 움찔했다. 수연은 자신이 잘못 들은 건가 싶어서 눈을 크게 뜨고 문만 뚫어져라 쳐다보았다. 더 이상 소리가 들리지 않아서 역시 잘못 들은 건가 싶었지만 그녀는 침대에서 벗어나 문으로 걸어갔다.

달칵.

문을 조금만 열고 밖을 확인했는데 돌아서는 태무진 사장의 모습이 보였다. 문이 열리는 소리를 듣고 그도 걸음을 멈추고 돌아보았다. 그녀가 놀란 눈으로 쳐다만 보자 태무진 사장이 먼저 입을 열었다.

"나 오늘 이 방에서 같이 자도 됩니까?"

쿵쿵쿵.

이번에 소리가 들리는 곳은 다른 곳이 아니라 그녀의 가슴 안쪽이었다. 심장이 미친 속도로 뛰어댔다.

무진은 원래 그의 방으로 가서 아무 일 없었다는 듯이 잠을 잘 생각이었다. 그런데 방으로 걸어가는 동안 생각이 점점 바뀌었다. 텐트에서는 그의 몸이 너무 욕구에만 충실했다는 사실에 죄책감을 느껴 참았었다. 순간 자신이 너무 동물적으로 느껴진 것이다.

그런데 그런 이유로 참는다면 평생 그녀를 안을 수 없을 것 같았다. 그가 그녀를 안고 싶어 흥분한 건 그녀를 사랑하기 때문이었으니. 그의 몸은 거짓말을 하지 않았을 뿐이었다. 잘못을 한 게 아니라. 그래서 몸을 돌려 그녀의 방으로 찾아갔다.

그녀의 방에서 같이 자도 되냐는 그의 질문에 수연은 바로 대답하지 못하고 멍한 시선으로 그의 얼굴을 바라만 보았다. 그도 그녀의 대답을 강요하지 않고 조용히 기다렸다.

"……."

"……."

시간조차 멈춘 것 같은 침묵을 깬 건 태무진 사장이었다.

"싫으면 그냥 가겠습니다."

그리 말하며 태무진 사장이 돌아서자 수연은 깜짝 놀라서 서둘러 그를 향해 팔을 뻗었다.

"안 싫어요!"

그녀의 손이 그의 팔을 붙잡자 태무진 사장이 고개를 돌려 그녀를 내려다보았다. 수연은 어찌할 바를 몰랐지만 그렇다고 잡은 그의 팔을 놓을 수는 없었다.

"난 그냥 잠만 자겠다는 뜻이 아니었습니다."

그의 설명에 그녀의 얼굴은 더욱더 활활 타올랐다.

"저도 어린애 아니니까 다 알아요."

처음 문라이트 오픈 파티장에서 만났을 때 그는 명백히 그녀를 어린애 취급하였다. 그러나 시간의 마법은 신비로워서 지금은 남자와 여자로 이렇게 서로를 마주 보고 있었다.

그때와 달라지지 않은 건 그를 바라보는 그녀의 거짓 없는 눈빛이었다. 무엇을 담든 왜곡되지 않고 더럽혀지지 않고 끝까지 아름다울 것만 같은 그런 눈빛이었다. 아마도 그래서 그녀에게 빠졌는지도 모르겠다. 그녀와 함께라면 그도 의심하지 않고, 싸우지 않고, 평화로울 수 있을 것 같았기에.

그가 그녀의 턱 밑에 손가락을 대고 들어 올리자 수연의 속눈썹이 파르르 떨렸다.

오늘 아침에 일어날 때만 해도 무진은 전혀 몰랐다. 오늘 밤 그녀를 안게 되리라고는. 예측 불허이기에 더 심장이 떨려왔고 삶이 비로소 의미를 가졌다. 무진은 그녀의 입술에 부드럽게 입을 맞추며 방 안으로 들어섰다.

탁—.

등 뒤로 문이 닫히자마자 그의 행동은 거침없어졌다. 오늘 밤 두 사람을 방해할 수 있는 건 더 이상 아무것도 없었다. 겹친 입술이 농밀하게 서로를 보듬었다.

"하아."

그녀한테서 흘러나온 더운 숨결까지 태무진 사장이 삼켜버렸다. 어지럽다고 느낀 순간 그가 그녀의 몸을 두 팔로 단숨에 안아 올렸다. 세상이 멀어지고 그의 존재만이 그녀의 안에 터질 듯이 가득했다.

수연은 그의 가슴에 얼굴을 기대고 두 눈을 감았다. 아무것도 보이지 않자 그의 몸 안에서 울려 퍼지는 심장 소리가 더 선명해졌다. 그도 그녀처럼 떨림을 느낀다는 것에 기쁘면서도 아찔했다.

아마도 오늘 밤이 지나면 그녀는 전혀 다른 자신이 되어 있을 것만 같았다. 문득 엄마 없이 맞이했던 첫 월경이 떠올랐다. 무엇이 그렇게 서러웠는지 화장실에 앉아서 혼자 한참이나 울었었다. 하지만 오늘은 울고 싶지 않았다. 설령 고통만 느끼게 되더라도 눈물은 필요 없었다.

뚜벅뚜벅.

그가 그녀를 안고 향하는 곳이 어디인지 보지 않아도 알 수 있었다. 곧 부드러운 침대 시트가 그녀의 등에 닿았다. 이 순간은 부드러움조차도 자극이 되어서 몸에 소름이 돋아났다.

수연은 천천히 눈을 떠서 태무진 사장을 올려다보았다. 그는 두 팔 안에 그녀를 가두어두고 평소와는 다른 눈빛으로 그녀를 내려다보고 있었다. 이런 순간에는 그도 냉정을 유지할 수 없는 건가 싶어서 그녀의 입가에 미소가 걸렸다.

"왜 그렇게 웃습니까?"

묻는 그의 목소리가 잔뜩 잠겨 있었다. 어쩌면 그의 몸은 벌써 반응이 왔는지도 모르겠다.

"사장님이 긴장한 거 같아서요."

그녀의 발칙한 도발에 태무진 사장의 눈매가 찌푸려졌다.

"그런 말로 날 자극하면 나중에 후회할 겁니다."

그는 진심으로 하는 말이었다. 그의 인내심이 언제까지 남아 있을지 무진 자신도 알 수 없었다.

"후회 안 해요. 저 지금 굉장히 좋아요."

어째서인지 더 강한 모습을 보이는 건 그보다 그녀였다.

"정말 겁 안 납니까?"

그가 오히려 불안한 마음을 완전히 지우지 못하고 그녀에게 물었다. 수연은 손을 올려 그의 뺨을 감싸 안으며 부드러운 미소를 지었다.

"심장이 너무 뛰어서 겁을 상실했어요."

무진은 입꼬리를 올리며 그녀의 손에 입을 맞추었다.

"사랑해요."

말에 힘이 정말 있는 것이라면, 이 말이 모든 고통을 삼키길 바랐다. 묵직한 그의 몸이 그녀의 몸 위로 겹쳐오자 수연은 잠시 호흡을 멈추었다. 사실 겁이 안 난다는 말은 거짓말이었다. 온몸의 신경이 예민해져서 그와 닿기만 한 것만으로도 저릿저릿했다.

그가 그녀의 블라우스 자락을 어깨의 밑으로 내리며 하얀 살결 위에 깊게 입을 맞추었다. 수연은 입술을 깨물며 터져 나올 것 같은 신음을 참았다. 그의 단단한 손이 그녀에게 닿는 순간 그녀는 결국 참지 못하고 소리를 내버렸다.

"앗."

무진은 손에서 힘을 빼며 그녀를 쳐다보았다.

수연은 당황해서 서둘러 말했다.

"계, 계속하세요. 괜찮아요."

너무 분위기 깨는 말이었나 싶어서 입술을 깨무는데 그의 손이 그녀의 블라우스 단추에 닿았다.

“나도 멈출 생각 없습니다.”

툭, 툭, 툭.

그녀가 정신을 차릴 새도 없이 옷이 벗겨졌다. 속옷이 드러나자 정말 발가벗겨진 기분이었다. 그러나 그건 그리 대단한 일도 아니었다. 그의 손이 거침없이 그녀의 몸을 어루만지자 전기에 감전된 듯이 몸이 떨렸다. 더 이상 생각이라는 걸 할 수가 없었다. 그저 그가 주는 새로운 감각에 달아오르고 떨리는 게 전부였다.

손으로 만지는 것만으로는 만족할 수 없다는 듯이 그는 입술을 가져갔다. 이미 달구어진 피부에 닿은 입술 온도가 너무 높아서 수연은 신음이 터져 나왔다.

“아흣.”

수연은 두 손으로 그의 팔을 세게 움켜쥐었다. 그녀의 몸 안에서 감각의 소용돌이가 휘몰아쳤다. 그의 손이 그녀의 등 아래로 파고들어 상체를 일으켜 세웠다. 몸에서 힘이 빠진 수연은 그대로 그의 가슴에 얼굴을 기댔다.

태무진 사장은 반쯤 벗겨진 그녀의 옷을 깨끗하게 그녀의 몸에서 떼어냈다. 그리고 그의 옷도 벗기 시작했다. 단추가 하나하나 풀릴수록 드러나는 남자의 단단한 맨가슴을 보고 수연은 꽃을 본 벌처럼 손을 가져다 댔다. 그녀의 행동에 태무진 사장이 그녀를 내려다보았다.

“사장님도 내가 만지면 몸이 이상해져요?”

당연한 소리를 하는 그녀의 질문에 무진은 눈썹을 찌푸리고는 그녀의 몸을 끌어안았다.

"폭발하기 직전입니다."

무진은 다시 그녀와 함께 침대 위로 쓰러졌다. 그녀의 손을 머리 위로 올리며 단단하게 손깍지를 꼈다. 완전히 하나가 되기 전에 그녀의 눈을 바라보았다.

"여전히 겁 안 납니까?"

그녀의 눈동자는 처음과 달리 붉게 달아올라 있었다. 여린 듯하면서도 관능적이었다.

"사랑해요."

말의 힘은 정말 있었다. 그녀의 말에 그의 인내심이 끊어져 버렸으니까. 무진은 그녀의 몸에 자기 몸을 밀착했다. 그녀의 몸에 힘이 들어간 게 느껴졌지만 일부러 무시했다.

이젠 그녀가 울어도 그가 멈출 수 없을 듯했다. 심장은 터질 것 같았고, 몸은 불이라도 삼킨 듯이 뜨거웠다. 이 순간만은 사랑과 욕망이 같았다.

이 침대 위에 태성 그룹의 태무진 사장은 존재하지 않았다. 그저 한 여자를 지독히도 원하는 남자가 있을 뿐이었다.

무진은 그녀와 하나가 되기 위해 몸을 겹쳤다. 떨리는 그녀의 몸을 끌어안고 그 역시 힘겨운 숨을 토해냈다.

그렇게 또 다른 세상의 문이 열렸다.

어지럽게 아름답고, 뜨겁게 관능적인.

chapter 24

유일무이한 프러포즈

무진이 눈을 뜬 건 해도 뜨지 않은 새벽이었다.

푸른 기운에 휩싸인 실내가 좀 춥게 느껴져서 무진은 품 안의 그녀를 바싹 끌어안았다.

"으음."

그녀의 입에서 얕은 신음이 흘러나오자 무진은 걱정스러운 눈으로 그녀를 내려다보았다. 수연은 혼곤한 잠에 빠진 듯 쉬이 깨어나지 않았다.

결국 그의 욕심대로 그녀를 안았다. 하지만 그녀가 아프길 원한 건 정말 아니었기에 무진은 응급 상자를 구하기 위해서 혼자 방을 빠져나왔다. 약을 먹어서 나을 상황인지는 모르겠지만, 그래도 없는 것보다는 나을 듯했다.

1층으로 내려와서 관리인이 사는 별채로 가기 위해 현관문을 열었던 무진은 정원에 있는 아버지를 발견하고 걸음을 멈추었다. 태준석 회장은 마치 그가 내려올 줄 알았다는 듯이 고개를 돌려 심상한 눈으로 그를 쳐다보았다.

"그래서 너랑 천수연이랑 손잡고 날 속인 거냐? 그냥 너 혼자 한 짓이냐?"

태준석 회장의 문책에 무진은 솔직하게 말했다.

"아버지의 목표가 결혼이었다면 전 아니었을 뿐입니다."

그 정도 해명으로 만족할 수 없었던 태준석 회장은 팔짱을 끼며 엄한 표정을 지었다.

"이제 네가 천수연과 결혼하고 싶다고 해도 내가 반대할 수 있어. 그래도 정말 나한테 할 말이 그거뿐이냐?"

태준석 회장은 무진이 완벽하게 잘못을 시인하고 용서를 빌길 바랐다. 그 정도는 해야 아버지로서의 너그러운 위엄을 보여줄 수 있을 것 같았다. 아무리 아들의 결혼이 급하다고 해도 이대로 어영부영 두 사람 사이를 인정하는 건 너무 자존심이 상했다.

"아버지가 허락하신다 해도 당장 결혼할 수는 없습니다."

뜻밖의 말에 태준석 회장의 근엄하던 표정이 무너졌다.

"또 왜!"

"아버지가 태성 그룹 회장이라고 해도 신은 아니잖아요."

"이 망할 자식! 네가 결혼하는데 내가 신까지 되어야 해?"

차라리 새장가를 가서 태무진의 새엄마를 만들어서 결혼 문제를 다 떠넘기고 말겠다는 무모하고도 미련한 생각까지 하고 있는데 무진이 힘없는 목소리로 말했다.

"천태진 대표를 깨어나게 할 수 있는 사람은 아무도 없습니다."

무진의 입에서 나온 이름을 듣고 태준석 회장은 순간 멍한 표정을 지었다. 그제야 그도 기억해낸 것이다. 천수연한테는 병원에서 시체처럼 누워 있는 아버지가 있다는 걸.

"천태진 대표가 깨어나기 전까지 결혼은 못 합니다."

태준석 회장은 이제 마음이 급해졌다. 어떻게 두 번째도 첫 번째 결혼보다 더 나은 게 없어 보였으니까. 아니, 오히려 더 나쁜 상황인 것 같았다. 적어도 첫 번째 결혼식에서 천태진 대표는 결혼을 막는 장애물이 아니었으니까.

"그럼 천태진이 평생 저리 누워 있으면 너도 평생 결혼을 안 하겠다는 거야? 그래?"

그건 태준석 회장이 용납할 수 없었다. 절대 안 되었다.

그러나 무진의 태도는 단호했다.

"오늘 제가 할 말은 다 했으니 그만 가보겠습니다."

"태무진! 아직 내 말 안 끝났어! 거기 서! 이 자식아!"

태준석 회장이 멈추라고 했지만 무진은 아버지를 피해 현관문을 열고 다시 들어가버렸다. 그리고 계단 아래 서 있는 수연과 눈이 마주친 무진은 그 자리에 멈추어 섰다.

"언제 내려왔어요? 몸은 괜찮습니까?"

대답 없는 수연에게 다가가려던 무진은 자신이 해야 할 일을 깨닫고 멈추어 섰다.

"아! 내가 약을 가지러 가던 길이었는데."

아버지와 대화한 이후 까맣게 잊어버렸다. 다시 나가기 위해 서둘러 몸을 돌리던 그를 수연의 목소리가 붙잡았다.

"회장님한테 왜 그렇게 말씀하셨어요?"

무진은 고개를 돌려 다시 그녀를 보았다. 수연은 슬픈 표정을 짓고 있었다. 처음으로 하룻밤을 보낸 여인이 아침에 지을 표정은 아니었기에 무진의 마음도 무거워졌다.

"난 아직도 비서 천수연의 자기소개서 첫 줄을 기억합니다."

그의 말에 그녀의 눈빛이 일렁였다. 무진은 그녀를 향해 걸어가며 그녀가 오래전 썼었던 자기소개서 첫 줄을 읊었다.

"우리 아버지는 가방을 파십니다."

자신을 소개하는 그 한 장의 소개서 첫 줄에 그 말을 적음으로써 수연은 자신에게 아버지가 얼마나 크나큰 존재인지 알렸다.

무진은 손을 뻗어 그녀의 하얀 손을 부드럽게 감싸 쥐었다.

"저는 아버지 같은 사람이 되고 싶습니다. 사회에 꼭 필요하고, 사람에게 대가 없이 인정이 넘치고, 가족에게 언제나 자랑스러운."

그녀에게 가온이 중요한 건 가온이 아버지나 마찬가지였기 때문이다. 그런 아버지를, 그를 위해 뒤로 미루라고 할 수는 없었다. 그에게는 감히 그럴 자격이 없었다. 무진은 웃음이 서린 눈빛으로 그녀를 쳐다보며 흔들림 없이 말했다.

"천태진 대표가 깨어나지 않는 이상, 우리 결혼식도 없습니다. 내가 약속할게요."

그의 다짐에 수연은 울고 싶어졌다. 단지 눈을 떴을 때 태무진 사장이 옆에 없는 것에 놀라서 그를 찾으러 내려왔을 뿐이었다. 그런데 2층에서 1층으로 내려온 것만으로 그녀가 결혼 문제에 직면하게 될 줄은 꿈에도 몰랐다.

“그만 들어가서 쉬어요.”

“하지만 회장님한테…….”

분명 태무진 사장의 말에 기분이 상했을 테니 그녀가 제대로 설명해야만 했다.

“아직 해도 뜨지 않았어요. 아버지는 나중에 만나도 충분해요.”

수연은 그의 말을 따르기로 했다. 너무 이른 시간에 만나는 것도 실례인 것 같았으니까.

“걸을 수 있습니까?”

그의 질문에 수연의 얼굴이 달아올랐다. 그제야 두 사람이 지난밤을 함께 보낸 사이라는 걸 다시금 깨달았다. 아직도 그 뜨거움이 그녀의 몸 안에 남아 있었다.

“당연하죠!”

호기롭게 대답하고 계단을 오르는데 하반신에 통증이 찌르르 퍼졌다. 그녀가 잠시 주춤하자 태무진 사장이 바로 그녀의 몸을 안아 들었다. 수연은 기겁하며 그의 어깨를 밀었다.

“회장님 밖에 계시잖아요! 내려줘요.”

“그런 걸 따진다면, 서울 돌아갈 때까지 안 참은 내가 나쁜 겁니까?”

수연은 붉어진 얼굴로 아무런 대꾸도 할 수 없었다. 그저 그의 옷깃만 그러쥐었다. 무진은 끝까지 그녀를 안고 2층으로 올라갔다. 수연은 다른 사람한테 이런 모습을 들킬까 봐 방 안에 들어올 때까지 온몸이 긴장되어 굳어 있었다.

연인끼리의 달콤한 시간을 마음껏 즐기기도 전에 결혼 문제가 기습적으로 닥쳐왔다. 태무진 사장은 약속했지만, 과연 이번에도 그의 뜻대로 할 수 있을까 싶었다. 분명 태준석 회장은 가만히 있지만은 않을 것이었다. 그럴 게 뻔했다.

"앞으로 회장님이 어떻게 나오실 거 같아요?"

그녀는 나쁜 상상부터 했다. 가장 최악은 그녀 때문에 가온이 타격을 입는 거다. 결혼식을 취소하고, 거짓말로 속이고, 마음대로 결혼도 할 수 없는 그녀를 태준석 회장이 좋게 봐줄 리가 없었다.

"지금은 그런 생각 접어두고 자요."

태무진 사장의 손이 그녀의 두 눈을 덮었다. 하지만 수연은 나쁜 생각을 멈출 수가 없었다.

"설마 헤어지라고 하시진 않……."

태무진 사장이 그녀의 입술에 키스하며 그녀의 말을 끊어냈다. 닿았던 입술은 흔적만 남기고 금세 떨어졌다. 따뜻한 호흡이 그녀의 입술을 건드렸다.

"그럴 일 없습니다. 내가 장담하죠."

그의 말은 언제나 진리처럼 느껴졌었다.

지금도 그가 하는 말의 힘은 여전했지만, 그녀의 떨리는 심장은 쉬이 진정되지 않았다.

그녀가 깨어났을 때, 태준석 회장은 이미 양평 별장을 떠나고 없었다. 그래서 수연은 태준석 회장을 만나지 못한 채 서울로 돌아올 수밖에 없었다. 서울에 돌아온 그녀는 집에도 들르지 못하고 바로 출근했고, 이 대리의 도움으로 겨우 옷만 갈아입을 수 있었다.

수연은 출근할 때 각오했다. 태무진 사장이 회사 앞까지 와서 그녀를 기다린 일 때문에 이미 회사에 소문이 다 났을 테니까. 아마 당분간은 그녀의 스캔들로 시끄러울 것 같았다. 그런데 그런 그녀의 예상과 달리 회사의 분위기는 이전과 다르지 않았다.

"대표님, 좋은 아침입니다."

"네, 좋은 아침."

수연은 평소와 똑같이 인사하는 직원들의 인사를 받으며 대표실로 향했다.

사무실에 도착해서야 수연은 이 대리에게 물었다.

"회사가 왜 이리 조용한 거예요?"

이 대리는 해맑게 웃으며 말했다.

"원래 가온 직원들이 천 대표님 닮아서 의리가 넘치잖아요."

이 대리가 말하는 천 대표가 아버지라는 걸 수연은 단번에 알 수 있었다.

"천 대표님 대신 자기들이 대표님을 지키겠다고 똘똘 뭉친 거죠."

말이 되는 것도 같고, 아닌 것도 같고.

수연은 턱을 괴고 골똘히 생각에 빠졌다.

"설마 나랑 태무진 사장이랑 절대 그런 사이일 리 없어 보이는 걸까요?"

그건 도대체 어느 쪽의 문제란 말인가.

"대표님은 소문 안 났다고 실망하신 거예요? 대표님이야말로 서이재 스캔들 때랑 태도가 너무 다르시잖아요."

이 대리의 타박만 듣고 말았다. 그리고 그녀가 바라는 스캔들은 뜻밖의 장소에서 터져 나왔다.

"네? 태성에 소문이 퍼졌다고요?"

이정희 과장의 전화를 받은 수연은 놀라기보다는 황당함을 더 크게 느꼈다. 정작 소문이 나야 할 가온은 조용한데 태성이 두 사람의 관계 때문에 시끄러워졌다니.

[사장님이 가온 최대 주주가 된 게 천 대표랑 연인 사이라서 그렇다고. 사실 그땐 진짜 보스와 비서 사이였을 뿐이잖아.]

수연은 한쪽 눈을 찌푸렸다. 아무래도 어디서 시작된 소문인지 알 수 있을 것 같았다. 역시 태준석 회장은 가만히 있을 분이 아니었다. 칼을 뽑은 이상 무라도 썰려고 하시나 보다.

"그래서 태성 직원들은 뭐래요?"

[뭐라긴. 천수연이 고결한 사장님 홀린 희대의 팜므 파탈이라고 하지.]

"하하하, 제가 팜므 파탈이요?"

[사장님이 워낙 철벽남 이미지잖아. 그래서 사장님이 먼저 꼬리 쳤다고는 아무도 감히 생각 못 하는 거지.]

도대체 누가 먼저 꼬리를 친 건지는 수연도 잠시 생각을 해 봐야 했다. 그녀가 먼저 그를 만나러 태성 면접을 봤으니까 그녀가 맞는 것 같기도 했다.

[소문나는 거 싫으면 내가 나서줄게. 완전히 없애는 건 안 되겠지만, 그래도 이 이상 시끄러워지는 건 막을 수 있을 거야.]

"괜찮아요."

[진짜? 그런데 회장실이 너무 조용한 게 불길해.]

그녀는 오히려 마음이 차분해졌다. 태성에 그런 소문이 퍼졌다는 건 태준석 회장이 두 사람 사이를 갈라놓을 생각은 없다는 것이니까.

[회장님이 어떻게 나오실 거 같아?]

"저도 잘 모르겠어요."

[도움 필요하면 말해. 내가 도와줄게.]

결혼식 업무는 이미 끝났는데도 이정희 과장은 끝까지 책임지려고 했다.

"고맙습니다. 진심이에요."

[나도 응원해. 진심이야.]

수연은 입꼬리를 올리며 미소를 지었다. 이번 일로 그녀의 주위에 좋은 사람이 많다는 걸 알게 되었다. 이제 아버지만 무사히 깨어난다면 정말 바랄 게 없었다. 아버지는 그녀를 실망하게 한 적이 한 번도 없으니 반드시 그리될 거라고 믿었다.

꼭 깨어나실 거다.

사직서

무진은 앞에 놓인 사표를 말없이 쳐다보기만 했다. 연정우 대리는 공손하게 모은 손을 꽉 쥐며 그에게 물었다.

"소문이 사실입니까?"

"그게 이 사직서랑 무슨 상관인지 모르겠군요."

"사실이라면 전 더 이상 비서로 일할 자신이 없습니다."

수연이 그를 좋아하지 않는 건 견딜 수 있었지만, 수연이 좋아하는 남자의 비서로 일하는 건 도저히 그의 자존심이 허락하지 않았다. 대한민국에 일할 회사가 태성만 있는 건 아니었기에 차라리 떠나는 게 마음이 홀가분할 것 같아 무작정 사표를 낸 것이었다.

그런 연정우의 마음을 무진은 모르지 않았다. 무진은 사표를 손에 쥐며 솔직하게 말했다.

"내가 연 대리를 부러워했던 적이 있습니다."

자존심이 바닥을 치다 못 해서 고통스럽기까지 했던 연정우 대리는 태무진 사장의 말에 동공이 흔들렸다.

"거짓말하지 마십시오."

태무진 사장 같은 사람이 일개 대리를 부러워하다니 말도 안 되는 일이었다. 상상조차 한 적이 없었다.

"천수연 대표가 비서실에서 일할 때 모두가 당연하게 생각했었습니다. 연 대리와 천수연이 잘 어울리는 한 쌍이라고."

무진은 연정우 대리를 똑바로 바라보며 물었다.

"그때 천수연을 마음에 품었던 난, 잘 어울리는 두 사람이 너무 싫었습니다. 그때 내가 둘 중 한 명을 다른 곳으로 쫓아 보냈어야 했던 겁니까?"

연정우 대리는 할 말을 잃은 눈으로 그를 쳐다보았다. 무진은 사표를 다시 연정우 대리에게 돌려주며 충고했다.

"내가 그랬다면 천수연 대표는 날 비열한 인간으로 기억하고 끝났겠죠. 연정우 대리는 본인이 어떤 모습으로 기억되고 싶은 겁니까?"

연정우 대리는 바로 대답할 수가 없었다. 숨이 꽉 막혀오는 기분이었다.

"한 번 더 생각해보고 그때도 답이 똑같으면 다시 가져와요. 그럼 군말 없이 잘라줄 테니까."

무진은 시선을 돌리며 평소처럼 냉정하게 말했다.

"그만 나가보십시오."

연정우 대리는 습관처럼 인사하고는 집무실을 떠났다.

혼자 남은 무진은 다시 일하기 위해서 만년필을 집어 들었다. 서류에 사인하려는데 순간 전기에 감전된 사람처럼 잡고 있던 만년필을 떨어뜨렸다.

툭—.

만년필이 서류를 더럽히고 굴러갔지만 무진은 다시 만년필을 잡을 수 없었다.

“이런 멍청이.”

자존심 때문에 충동적으로 사표를 낸 연정우 대리를 욕한 게 아니었다. 바로 자신을 욕한 말이었다. 지금 이 순간까지 전혀 깨닫지 못하고 있었다. 첫 번째 결혼식을 그렇게 취소한 주제에, 두 번째도 그녀한테 제대로 된 프러포즈 없이 아버지한테 결혼을 안 한다는 소리부터 했다는 걸.

어떻게 결혼과 관련된 일에는 이렇게 미련해질 수 있는 건지 자신도 도저히 이해가 안 되었다.

무진은 오늘 수연이 퇴근하기 전까지 그의 실수를 만회하기로 마음먹고 서둘러 자리에서 일어났다.

프러포즈를 준비할 수 있는 시간은 이제 겨우 3시간 남아 있었다.

주얼리 숍 직원은 남자를 정확히 기억하고 있었다. 벌써 두 달이나 지났지만 그처럼 기품 넘치고 잘생긴 손님도 드물었고, 무엇보다 그가 사간 반지는 아주 비싼 보석이었으니까. 그는 사 갔던 반지를 내밀며 정말 생각지도 못한 소리를 했다.

“이 반지를 산 영수증이 필요합니다.”

"네?"

딱 봐도 돈이 넘칠 정도로 많은 재벌남이 영수증을 요구하자 직원은 순간 멍해졌다.

설마 가계부 쓰나?

무진에게 반지의 영수증이 필요한 이유는 하나였다. 영수증에 찍힌 날짜가 필요했기 때문이었다. 그게 유일한 증거였다, 그가 결혼식을 취소하기 전에 수연한테 진심으로 청혼하려고 했었다는.

그래서 일부러 주얼리 숍까지 직접 찾아가서 생전 해보지 않은 영수증을 구하기까지 해봤는데, 문제는 이 영수증을 어떻게 프러포즈할 때 자연스럽게 전해주느냐였다.

이대로 그냥 주면 수연은 바로 반지의 가격부터 보게 될 거다. 영수증의 용도가 원래 돈을 얼마 썼는지 확인시켜주는 것이니까. 영수증을 볼 때 날짜를 먼저 보는 사람은 없었다. 그처럼 꼭 필요한 경우가 아닌 다음에야. 수연에게 돈 자랑이나 하는 한심한 남자로 찍힐 수는 없었다.

무진은 문라이트로 가는 차 안에서 반지와 영수증을 번갈아 보며 머리를 굴려보았다. 문라이트 사장 문수호에게는 전화로 미리 프러포즈할 때 필요한 것들을 준비해달라고 부탁했다. 그런데 프러포즈란 게 그의 전문 분야가 아니어서인지 도통 방법이 생각나지 않았다.

무진은 답답한 마음에 운전기사에게 물어보았다.

"김 기사님이라면 이 종이를 딸한테 선물할 때 어떻게 주겠습니까?"

운전기사가 살짝 놀란 눈으로 룸미러에 비친 그의 얼굴을 쳐다보았다. 빈부와 직급에 상관없이 모두에게 예의를 지키는 재벌 3세였지만, 지금까지 이런 사적인 질문은 절대 하지 않았으니까. 처음이었기에 운전기사는 열심히 생각하게 되었다.

"아! 그게…… 저희 딸은 별을 좋아해서요. 별 모양으로 접어서 줄 거 같습니다."

종이를 별 모양으로 접는다는 말에 무진의 눈빛이 밝아졌다. 꽤 괜찮은 방법처럼 들렸다. 그는 아예 운전석 쪽으로 가까이 다가가서 운전기사에게 다시 물었다.

"그럼 혹시 반지 접을 줄도 압니까?"

"아! 네, 제가 해드리겠습니다."

"아뇨, 내가 직접 할 겁니다. 접는 법을 알려만 주세요."

운전기사는 정말 어떤 표정을 지어야 할지 알 수가 없었다.

이젠 품위 넘치는 사장님께서 종이접기까지 하겠다고 하시니. 도대체 사장님이 왜 이러실까?

늦어도 상관없으니까
오늘 퇴근하고 문라이트에서 만나요.

태무진 사장의 메시지가 온 건 오후 늦은 시간이었다. 아무래도 태성에 퍼진 소문에 대해서 그녀한테 제대로 해명하려는 것 같아서 수연은 피식 웃고 말았다. 시간을 끌지 않으려는 걸 보니 소문에 대한 그녀의 반응이 신경 쓰이나 보다.

"그럼 나도 제대로 속상한 척해볼까?"

그를 속여서 그녀의 앞에서 쩔쩔매는 모습을 보고 싶었다. 이럴 때가 아니면 절대 불가능한 일이었으니까. 언제나 차분하고 자신감이 넘치는 남자가 그녀의 앞에서 어쩔 줄 몰라 하는 모습을 상상하는 것만으로도 즐거워졌다.

그녀의 계획이 성공하려면 우선 태무진 사장을 기다리게 만들어서 초조한 마음을 심어주어야 하기에 수연은 일부러 일을 더 하다가 퇴근했다.

수연이 문라이트에 도착한 시간은 밤 9시였다.

"왜 이렇게 늦었어요! 무진이는 아까부터 와서 기다리고 있는데. 천 대표처럼 태무진 기다리게 만드는 사람 살다 살다 처음 보네."

문라이트 사장 문수호는 그녀를 보자마자 타박부터 했다.

"손님한테 잔소리하시면 안 되죠."

그녀의 경고에 문수호는 팔짱을 끼며 고개를 절레절레 저었다. 그녀에 대한 불만이 아주 많아 보였지만 수연은 그런 문수호를 신경 쓰지 않고 태무진 사장이 그녀를 기다리고 있는 루프탑으로 올라갔다.

두 사람만을 위한 공간이었기에 손님으로 북적이는 홀과 달리 조용했다. 태무진 사장은 난간 앞에 서서 서울의 밤 풍경을 바라보고 있었다. 혼자만의 생각에 빠진 남자의 뒷모습이 영화의 한 장면 같아서 그녀는 잠시 넋을 놓고 보게 되었다.

수연은 처음부터 속상한 척을 할 것인지, 태무진 사장이 말을 하기 전까지 모른 척할 것인지 고민했다. 태무진 사장을 속이는 건 쉬운 일이 아니니까 그가 말을 하기 전에는 아무것도 모르는 척하는 게 좋을 것 같았다.

"사장님."

그녀의 부름에 태무진 사장이 고개를 돌려 그녀를 보았다. 그녀의 얼굴을 보고 부드럽게 휘어지는 우아한 눈매와 입술을 보니 그를 속이려고 했던 사악한 마음이 녹아내렸다.

"늦어서 죄송해요."

그냥 속이지 말까?

그녀가 갈등하고 있는데 태무진 사장이 그녀가 있는 곳으로 걸어왔다.

"오늘 꼭 주고 싶은 게 있어서 만나자고 했습니다."

응? 소문에 대해 말하려던 게 아니었어?

수연이 의아하게 생각하며 그를 쳐다보는데, 태무진 사장이 품에서 작은 벨벳 상자를 꺼내 그녀에게 내밀었다. 태무진 사장이 그녀에게 팔찌를 선물할 때 내밀었던 상자와 많이 비슷했지만, 그것보다는 좀 작았다. 딱 반지가 들어가기 좋은 크기였다.

"받아요."

수연의 심장이 쿵쿵 뛰기 시작했다. 오늘 이곳에 오면서도 이런 걸 받게 될 줄은 상상조차 못 했으니까. 태무진 사장이 프러포즈를 준비할 동안 그녀 혼자만 너무 소문에 집착했었나 보다. 정말 창피하니 비밀로 해야겠다.

"지금 열어봐도 돼요?"

그녀의 물음에 태무진 사장은 천천히 고개를 끄덕였다. 수연은 기대감 가득한 손길로 그가 준 상자의 뚜껑을 열었다.

달칵.

상자 뚜껑을 열자마자 빛나는 물건이 보일 거라 생각했는데, 이상하게도 전혀 그렇지 않았다. 안의 물건을 확인한 그녀의 눈이 살짝 커졌다. 그녀가 상상했던 것과는 전혀 다른 게 눈에 들어왔다.

수연은 살짝 고개를 들어서 태무진 사장의 얼굴을 살펴보았다. 그의 얼굴은 진지하고 품위가 넘쳤다. 프러포즈 반지 상자에 종이 반지를 넣어서 장난칠 사람으로는 보이지 않았다.

"반지긴 반지네요."

종이로 만든.

뒤의 말은 차마 입 밖으로 꺼내지 못했다.

진짜 장난인가? 왜 이런 장난을 치는 거지? 사람이 갑자기 변하면 어디가 안 좋은 거라던데.

이런저런 생각이 복잡하게 얽히는데 태무진 사장이 말했다.

"그 반지에 담긴 내 마음을 찾아내면."

찾으라는 말에 수연은 다시 종이 반지를 보았다. 설마 이 안에 편지라도 적은 건가?

"내가 결혼해줄게요."

수연은 놀라서 고개를 들어 태무진 사장을 보았다.

"네? 결혼해달라는 게 아니라 결혼해주신다고요?"

태무진 사장이 고개를 끄덕였다.

"언제까지든 기다릴 테니까."

수연은 그 말에 그녀가 당장 결혼할 수 없는 처지라는 걸 깨닫고 어깨가 움츠러들었다. 확실히 그녀는 태무진 사장 같은 남자가 결혼해주는 것만으로도 감지덕지해야 했다.

수연은 상자에서 종이 반지를 꺼냈다. 이리저리 유심히 살펴보던 수연은 반지를 만든 종이가 그냥 종이가 아니라는 걸 깨달았다.

매출 전표?

종이에 인쇄된 글씨는 어딘지 모르게 굉장히 익숙했다. 이런 글자가 있는 종이는 보통 영수증이었다.

수연은 무언가 감이 와서 반지로 만든 종이를 해체하기 시작했다. 점점 반지의 형태가 사라지고 접은 자국이 선명한 종이의 형태로 돌아오자 그제야 실체가 드러났다.

역시나 진짜 영수증이었다. 그것도 종이 반지가 아니라 진짜 반지를 산 영수증이었다. 프러포즈를 받으면서 반지 가격부터 알게 된 여자는 그녀가 지구 역사상 최초일 것 같았다.

너무 황당했지만, 태무진 사장이 자신이 얼마에 반지를 샀는지 과시하려고 이 영수증 반지를 주지는 않았을 거라는 생각이 들었다. 그녀가 아는 태무진 사장은 그렇게 얄팍한 인성을 가지고 있지 않았다.

수연은 조용히 지켜보고 있는 태무진 사장의 얼굴을 한 번 본 뒤 다시 영수증을 찬찬히 살펴보았다. 분명 그가 말하는 마음은 이 영수증 안에 담겨 있었다.

"아!"

영수증에 찍힌 날짜를 본 그녀의 눈이 커졌다. 수연은 믿을 수 없다는 눈으로 영수증에 찍힌 날짜를 뚫어지게 바라보았다. 태무진 사장이 그녀에게 프러포즈하기 위해 산 반지라면 분명 최근에 산 것이어야 하는데 영수증에 찍힌 날짜는 6주 전이었다. 그땐 아직 두 사람의 첫 번째 결혼식이 취소되기 전이었다.

"영수증에 찍힌 날짜가 이상해요. 반지 산 날이 이 날짜 맞아요?"

수연은 영문을 모르겠다는 눈으로 태무진 사장을 올려다보며 말했다.

태무진 사장은 담담한 목소리로 진실을 알려주었다.

"그때 반지를 사러 갔었습니다. 가짜 결혼식을 진짜로 만들고 싶어서. 하지만 결국 주지 못했죠. 내가 당신 마음을 오해하는 바람에."

지금껏 몰랐던 사실을 듣고 그녀의 눈동자가 일렁였다.

태무진 사장은 고개를 숙이며 쓸쓸한 목소리로 말했다.

"아무래도 나랑 결혼은 상극인 거 같습니다. 할 때마다 이리 엉망이니."

그는 주머니에서 무언가를 꺼내 그녀에게 내밀었다.

그건 그녀가 그렇게나 기대했던 진짜 반지였다.

영롱하게 빛나는 다이아몬드는 눈물 나게 아름다웠다.

"그래도 나랑 결혼해줄 수 있겠습니까?"

수연은 고개를 끄덕였다. 몇 번이고 끄덕였다. 그녀는 머뭇거림 없이 그에게 왼손을 내밀었다.

"끼워주세요."

"한 번 끼면 돌이킬 수 없……."

"빨리요!"

인내심이 바닥난 그녀가 재촉하자 태무진 사장은 웃고 말았다. 무진은 그녀의 왼손 약지에 반지를 끼워주었다. 빵 끈으로 사이즈를 잰 노력 덕분에 반지는 그녀의 손가락에 딱 맞았다. 그녀에게 줄 수 없을 줄 알았던 반지가 결국 이렇게 제 주인을 찾아갔다. 손가락에 끼워진 반지를 보고 수연의 입가에 그제야 미소가 걸렸다.

"저, 이 반지 가격 죽을 때까지 잊지 못할 거예요."

반지에 대한 그녀의 감상에 태무진 사장은 곤란한 표정을 지었다. 역시 영수증으로는 완벽하게 감동적인 프러포즈가 무리였나 보다.

하지만 그녀의 마음은 달랐다. 물건을 산 뒤 쓰레기통에 버려지는 영수증이 억 소리 나는 가격의 다이아몬드 반지보다 더 그녀의 마음을 들었다 놨다 했던 프러포즈였다. 분명 이런 프러포즈는 세상에서 그녀밖에 받아보지 못했을 것 같았다.

"저도 사장님한테 결혼 증표 주고 싶어요."

그녀만 반지를 받고 끝낼 수는 없었다. 수연도 태무진 사장에게 잊지 못할 물건을 주고 싶었다.

"뭘 원하세요? 말씀해주세요."

무진은 그녀가 반지를 받는 것만으로도 감동이었지만, 그녀가 그에게 주고 싶은 마음이 넘친다면 굳이 거절하고 싶지도 않았다. 무진은 그녀의 허리에 팔을 둘러 자신에게 가까이 끌어당겼다. 그의 얼굴이 가까이 다가와 코와 코가 닿았다. 입술보다 친밀하지는 않지만 충분히 따뜻한 온기가 전해졌다.

"내가 원하는 결혼 증표는……."

수연은 그의 눈동자를 가만히 응시하며 그의 다음 말에 귀를 기울였다. 그가 무엇을 원하든지 줄 생각이었다.

"양평에서 이미 당신이 나한테 줬어요."

그와 함께 보냈던 양평의 밤이 떠오르자 수연의 뱃속이 찌르르 울렸다.

"오늘 밤은 무리겠죠?"

그의 눈빛에 넘실대는 열망은 그녀한테도 온전히 전해졌다.

"네, 아직 몸이……."

정말이었다. 부끄러움은 둘째치고 이틀 연속은 무리인 듯했다. 그녀를 배려하는 것처럼 물었던 태무진 사장은 그녀가 안 될 것 같다고 하자 눈에 띄게 실망하는 표정이었다. 역시 그도 어쩔 수 없는 남자였나 보다.

"다른 건 원하는 거 없으세요?"

수연은 제발 그가 돈으로 살 수 있는 물건을 말해주길 바랐다. 그래야 그녀도 마음이 편할 것이었다.

"없어요."

그 말이 꼭 그가 원하는 건 그것 하나뿐이라는 단호함처럼 들려서 부담되었다. 그녀도 그와 함께한 밤이 좋았다. 어떻게 싫을 수 있겠나. 그녀가 처음으로 사랑한 남자와 맺어진 것이었는데. 그런데 체력적으로 그와 비교되는 건 어쩔 수 없었다. 그녀의 몸 안에 있는 에너지를 전부 쏟아부어야 끝이 났던 것 같다. 아니, 그 이상이었다. 마지막에는 거의 기억이 안 나는 걸 보니 기절했던 건지도 모르겠다.

"그럼 오늘은 들어가서 푹 쉬고 다음에 봐요."

'다음'이라는 말이 처음으로 부담으로 다가왔다. 그때까지 체력을 열심히 키워야 할 것 같은 막중한 책임감이 느껴졌다.

"사장님, 저 오늘 데이트는 할 수 있는데."

당신도 나와 하는 데이트가 세상에서 제일 좋다고 했잖아요.

그녀가 생글생글 웃으며 그에게 동의를 구했지만, 태무진 사장은 단호하게 말했다.

"집에 가서 쉬어요. 무리하지 말고."

아! 데이트가 좋다고 했던 님은 그 강을 건너가셨습니다.

아무래도 앞으로 그가 데이트만으로 만족하는 일은 없을 것 같았다.

chapter 25

태성 창립 파티

가온 대표실로 초대장 한 장이 배달되었다.

> 50주년 태성 그룹 창립 파티에 초대합니다.

수연은 그녀에게 온 태성 그룹의 초대장을 물끄러미 바라보았다. 발신자는 태준석 회장이었다.

태성 그룹 창립 파티는 올해 열리는 태성 그룹 행사 중 가장 의미가 깊고 중요한 행사였다. 태성 그룹에서 중요한 인사뿐만 아니라 외부에서 정재계 인사가 많이 참석할 예정이었다.

그런 자리에서 그녀가 태무진 사장 옆에 선다면 많은 사람이 주시하게 될 텐데 그중에는 태무진 사장의 적도 분명 있을 것이다. 태성 생명 태무열 상무가 태무진 사장에게 이를 갈고 있는 건 모두가 아는 사실이었다. 그를 공격할 약점을 찾던 적들에게 수연은 태무진보다는 쉬워 보이는 먹잇감일 게 뻔했다. 그러니 태무진 사장은 그녀를 창립 파티에 데려가지 않으려고 할 테고, 태준석 회장은 이런 큰 공식적인 자리를 통해서 어떻게든 태무진 사장의 결혼을 공식화하고 싶은 것이다.

이런 상황에서 수연은 자신이 할 수 있는 일을 골똘히 생각했다. 절대 태무진 사장의 약점이 되어서도 안 되고, 아버지와 아들 사이의 분쟁거리가 되기도 싫었다.

수연은 키폰을 눌러서 이 대리를 불렀다.

"태성 그룹 창립 파티에 입고 갈 옷 좀 준비해주세요."

비서 시절에 참석했던 파티에서는 항상 단정한 무채색의 정장만 입었었다. 태무진 사장 뒤에서 그림자처럼 존재해야 했으니까. 그러나 이번에는 달랐다. 그녀의 차림새에 태무진 사장의 체면이 달려 있었다.

"파티에서 내가 제일 눈에 띄었으면 좋겠어요."

어차피 사람들의 시선을 받아야 하는 자리라면 가장 화려한 꽃이 되리라.

"대표님, 걱정 마세요. 제가 신데렐라로 만들어드릴게요."

그녀의 마음을 읽은 이 대리가 자신 있게 주먹을 들어 올렸다. 수연은 고개를 저었다.

"신데렐라 말고, 다이애나 비로 하죠."

그날만은 우아하고 아름다운 왕세자비가 되어야겠다.

수연은 창립 파티에 대해 말하기 위해서 그에게 만나자고 연락했다. 중요한 이야기니 전화로 이야기하는 것보다는 직접 만나서 이야기하는 게 나을 듯했다.

늦게 퇴근하는 그녀를 위해 태무진 사장이 가온까지 데리러 왔다.

그가 그녀의 손가락만 빤히 쳐다보자, 수연은 난처한 표정을 지으며 설명했다.

"반지가 너무 화려해서 회사에는 끼고 올 수가 없어요."

"반지 확인한 거 아닙니다."

태무진 사장이 서둘러 시선을 돌리는 걸 보고 수연은 속으로 웃었다. 영수증 반지 프러포즈를 생각하면 자꾸 웃음이 나왔다.

수연은 가방에서 반지 상자를 꺼내어 그 안에 넣어두었던 반지를 빼서 왼손 약지에 끼웠다.

"이제 완벽하죠?"

그녀가 반지 낀 손을 흔들며 묻자 태무진 사장은 수줍은 소년 같은 표정을 지었다.

영수증을 액자까지 만들어서 고이 간직할 거라고 하면 그가 어떤 표정을 지을지 궁금해졌다. 하지만 그녀는 그를 곤란하게 만드는 대신 중요한 걸 물었다.

"창립 파티에는 누구랑 같이 가실 거예요?"

그녀가 퇴사하기 전에도 있었던 파티였기에, 그가 말을 안 해도 그녀는 알고 있었다.

"올해는 그냥 혼자 갈 겁니다."

역시나 그녀한테 같이 가자는 말을 안 하는 걸 보고 수연은 눈을 가늘게 떴다.

"제가 같이 가드릴게요."

불문율은 아니었지만 대부분 파트너가 동석하는 자리였다. 호스트인 태무진 사장한테 파트너가 없다면 부족해 보일 것이었다. 그러니 그가 빛날 수 있게 연인인 그녀가 그날 그의 옆자리를 지키는 게 맞았다. 태준석 회장은 그녀한테 그런 역할을 부탁한 것이었다.

"그럴 필요 없어요. 번잡하고 재미없는 자리일 뿐입니다."

"그럼 앞으로 그런 자리는 절대 같이 안 가실 거예요?"

"천태진 대표가 일어날 때까지만입니다."

"누군가 절 지켜줄 사람이 있어야만 안심될 정도로 제가 미덥지 않으세요?"

막힘없이 대답하던 태무진 사장은 그녀의 질문에 잠시 아무 말도 못 하고 그녀의 얼굴을 쳐다만 보았다.

"그런 거 아닙니다."

"사장님의 말과 달리 행동은 그런데요."

태무진 사장은 심각한 표정으로 그녀를 쳐다보다가 물었다.

"혹시 아버지한테서 연락이 왔었습니까?"

"그냥 반지를 빼는 게 좋겠어요."

그녀가 반지를 빼려고 하자 태무진 사장이 서둘러 그녀의 손을 붙잡아서 못 빼게 막았다.

"내가 뭘 잘못했습니까?"

그의 표정에 혼란이 가득했다. 수연은 더욱 진지해졌다.

"사장님, 싫어도 우리는 파티에 꼭 같이 가야 해요. 왜 그런지 아세요?"

"왜요?"

태무진 사장은 정말 모르겠다는 눈빛이었다.

그의 얼굴에서 백치미를 보게 될 줄이야.

아주 사랑스러워 죽겠다.

수연은 그의 이마에 자기 이마를 가볍게 부딪치며 단호히 말했다.

"내가 사장님 약혼녀니까요!"

당연히 함께 있어야 할 자리인데 다른 사람 눈치를 보느라고 피하고 싶진 않았다. 태준석 회장의 초대장 때문이 아니라 그 이유 때문에 그녀는 창립 파티에 그와 동행하고 싶었다.

차가 멈춘 곳을 보고 수연은 의아한 표정을 지었다. 처음 와 보는 곳이었다.

"누구 집이에요?"

누군가의 초대를 받고 그녀를 데려온 건가 싶어서 물었지만, 만약 그랬다면 분명 태무진 사장은 미리 그녀의 허락을 구했을 것이었다. 철두철미한 태무진 사장이 그런 절차를 대충 건너뛸 리가 없었다.

그리고 무엇보다 태무진 사장이 집까지 찾아갈 정도로 친한 사이인 사람이 있었던가? 그한테는 보통 사람들이 말하는 친구는 단 한 명도 없었다. 그래서 그녀가 그에게 더 친근한 사람이 되고 싶은 것이기도 했다. 그한테 없는 친구의 빈자리까지 그녀가 채워줄 수 있게. 그게 비록 욕심이라고 해도 정성껏 노력하기로 마음먹었다.

"우리 집입니다."

태무진 사장의 말에 수연의 눈이 커졌다.

"설마 이 집도 사신 거라고요?"

서울 한복판에 있는 전원주택이니 그 가격이 얼마나 하는지는 굳이 물어보지 않아도 짐작할 수 있었다.

"같이 편하게 있을 곳이 필요할 거 같아서."

"문라이트 있잖아요."

"거기로는 부족해요."

뭐가 부족하다는 건지 자세히 물어볼 수가 없었다. 감당 안 될 대답이 돌아올 것 같았으니까.

"이건 너무 과한 거 같아요."

수연은 그와 함께 호텔에 가도 상관없었다. 남의 눈치 볼 게 뭐가 있단 말인가, 서로 사랑하는 사이인데.

사실 무진은 결혼 후를 생각해서 집을 마련한 것이었다. 태준석 회장은 두 사람의 분가를 절대 허락할 사람이 아니었다. 그러니 미리 이런 집을 마련해두는 건 대비책이기도 했다. 어머니에게 해은사가 있었듯이, 수연한테도 심신이 피곤할 때 혼자서 편하게 쉴 수 있는 공간이 꼭 필요했다. 물론 지금 당장은 두 사람만의 은밀한 공간으로 쓰일 예정이었지만.

"들어가서 구경하죠."

수연은 고개를 저으며 차 문고리를 꽉 잡았다. 들어가기를 거부하는 그녀를 태무진 사장이 기어코 차에서 끌어내어 집으로 데려갔다.

"비밀번호는 우리가 양평 간 날입니다."

태무진 사장이 가르쳐준 비밀번호를 듣고 수연의 뺨이 달아올랐다. 그러니까 처음으로 같이 잔 날이라는 소리였으니까.

생일도 있는데! 처음 만난 날도 있는데! 프러포즈한 날도 있는데! 하필 그날을 고르다니!

그녀는 부끄러워서 비밀번호를 누르지 못하고 그에게 부탁했다.

"비밀번호 바꾸면 안 돼요?"

비밀번호가 야하게 느껴질 줄이야.

"난 이 번호가 좋아요."

태무진 사장이 이렇게 짓궂은 줄 미처 몰랐다.

그는 그녀의 손을 잡고 기어코 번호를 누르게 했다.

삑삑삑삑. 달칵—.

현관문을 열고 들어가니 깔끔한 실내가 드러났다.

새집, 새 가구, 새살림 느낌이 물씬 났다.

꼭 신혼집 같은 느낌이었다.

수연은 태무진 사장을 올려다보았다.

설마 그들의 신혼집을 미리 마련한 건가?

하지만 언제까지든 기다려주겠다고 말했던 태무진 사장이었다. 그러니 신혼집은 아닐 거다. 태무진 사장은 무기한 연장될 수 있는 계획에 힘을 쏟을 사람이 아니었다. 그리 생각하고 있는데 태무진 사장이 창문이 있는 쪽으로 걸어갔다.

좌악!

그가 암막 커튼을 치자 안과 밖이 완벽하게 차단되었다. 달빛조차 두 사람을 방해할 수 없었다. 태무진 사장이 고개를 돌려 그녀를 쳐다보았다. 커튼 앞에 서 있는 그의 주위 공기만 다른 흐름으로 움직이는 것처럼 보였다. 아주 느릿하고 관능적으로. 이 순간 남자 태무진은 보스 태무진을 완전히 넘어서 그녀를 지배했다.

"아직도 이 집이 마음에 안 듭니까?"

수연은 짧게 고개를 저었다. 태무진 사장이 만족한 듯 매끄럽게 입술을 휘었다.

"다행이네요."

뚜벅.

그가 그녀를 향해 걸어왔다. 발걸음은 단정하고 조용했지만, 그의 눈빛은 거침없이 맹렬했다. 수연은 그가 자신의 안으로 들어오던 순간의 눈빛을 기억해내고 몸을 떨었다.

"배고파요?"

수연은 그의 눈을 피하며 고개를 끄덕였다. 뭔가를 먹어두는 게 좋을 것 같았다.

"냉장고에 먹을 게 있을 겁니다."

"제가 가볼게요."

그녀는 몸을 돌려 서둘러 부엌으로 향했다. 커다란 양문형 냉장고 안은 먹거리로 가득했다. 수연은 순간 말문이 막혔다. 태무진 사장한테 없는 게 있다면 그건 바로 식탐이었다.

"사장님, 설마 여기서 사세요?"

그 물음에 태무진 사장이 고개를 저었다. 그녀가 생각해도 태준석 회장이 그리 쉽게 독립을 허락했을 것 같진 않았다.

"그럼 냉장고 안의 음식들은 누가 다 먹어요?"

"우리가 먹으면 됩니다."

도대체 이 집에 얼마나 자주 오려는 건지.

그녀는 냉장고에서 과일과 음료수를 꺼내며 넌지시 말했다.

"전 데이트는 밖에서 하는 게 좋은데."

무진은 일부러 못 들은 척 음료수를 컵에 따랐다. 그는 지금도 그녀를 안고 싶은 걸 꾹 참고 그녀에게 맞추어주고 있는 것이었다. 나중 일을 굳이 지금 확실히 결정할 필요는 없었다. 그한테 지금 가장 중요한 건 그녀와 함께 있는 이 순간이었다.

"집에만 있으면 답답하잖아요."

수연은 가능한 한 밝은 목소리로 말했다. 그가 오해하지 않게. 하지만 그건 별로 소용없는 일이었나 보다.

"설마 그날 많이 힘들었습니까?"

당황스러운 질문이 돌아왔다. 수연은 사과 껍질을 칼로 벗기다가 하마터면 손을 베일 뻔했다.

"아뇨, 그런 뜻이 아니라……."

머릿속이 하얗게 변해서 뭐라고 해명해야 할지 모르겠다. 수연은 처음이었기에 그게 좋았는지 안 좋았는지 판단할 수조차 없었다. 그저 아주 뜨겁고, 버거울 정도로 크…….

"오늘은 그만 돌아가는 게 좋겠네요."

그녀가 대답을 못 하자 태무진 사장이 몸을 돌려 현관으로 걸어갔다. 수연은 당황해서 서둘러 그를 향해 뛰어갔다. 덥석, 그의 뒤에서 허리를 두 팔로 끌어안으며 그녀는 마음속 말을 쏟아냈다.

"저도 너무 좋았어요."

태무진 사장이 고개를 돌려 그녀를 내려다보자 수연은 얼굴 가득 미소를 지었다. 하지만 그는 웃지 않았다. 그의 고요함이 차갑게 느껴져서 그녀의 얼굴에서도 서서히 미소가 사라졌다.

"애써 나한테 맞춰주려고 하지 마요. 난 하나도 안 좋으니까."

그녀는 입술을 깨물었다. 처음이었다. 연인이 되고 나서 그가 이리 냉정하게 말한 건. 그래서 그녀는 솔직해질 수밖에 없었다.

"그럼 제가 어떻게 해야 하는지 가르쳐주세요."

그의 손이 다가와 그녀의 뺨을 어루만졌다. 냉정한 말 다음에 다정한 손길이 다가오자, 그녀의 마음이 울컥했다.

"그냥 힘들면 힘들다고 솔직하게 말해요. 그래야 내가 멈출 수 있으니까."

수연은 고개를 저었다.

"나 때문에 사장님이 참는 건 싫어요."

그제야 굳어 있던 태무진 사장의 입꼬리가 위로 올라갔다.

"그럼 서로 비긴 걸로 하죠."

한쪽은 무리하고, 한쪽은 참고. 서로를 배려하느라 그리된다면 차라리 그냥 마음 흘러가는 대로 하는 게 자연스러웠다.

"난 지금 당신을 너무 안고 싶어요."

솔직한 그의 말에 그녀의 뺨이 붉어졌다.

"그날 이후 매일 밤 생각나서 힘들었어."

그는 낮은 한숨을 내쉬었다. 고단한 그의 모습이 오늘은 사랑스러웠다. 힘들어도 절대 힘든 티를 내지 않았던 사람이기에. 수연은 두 손으로 그의 뺨을 감싸고 짧게 입맞춤을 했다. 태무진 사장이 눈을 감았다가 뜨며 그녀를 흘겨보았다.

"이걸로는 턱없이 부족합니다."

수연은 히죽 웃었다.

"저도 알아요."

그녀가 두 팔로 그의 목을 끌어안자 태무진 사장은 고개를 숙여 그녀의 입술을 머금었다. 매끄러운 살결을 더듬고 삼키는 감각이 황홀했다. 그녀는 키스만으로도 절정에 도달할 것 같았다. 하지만 그는 여전히 턱없이 부족하다는 듯이 옷의 버클을 풀었다.

"앞으로 단추 많은 옷은 입지 마요."

그의 말에 수연은 머릿속이 달구어지는 기분이었다.

부드러운 실크 옷은 그가 벗기는 대로 허물처럼 그녀의 몸에서 떨어져 나갔다.

수연은 속옷만 입은 채 다시 그와 깊게 키스했다.

"아흑."

속옷 안으로 들어와 젖가슴을 움켜쥐는 손길에 신음이 잇새로 흘러나왔다.

"침실로…… 가요."

힘겨운 호흡 속에서 겨우 말을 꺼냈다.

"우리 둘뿐이니 괜찮아요."

어디서든 그녀를 안을 수 있다는 그의 말에 현기증이 났다. 수연은 어떻게든 이성을 부여잡고 그의 옷을 벗겨주기 위해 손을 뻗었다. 단추 2개를 푸는 데 몇 초나 걸리자 결국 그가 참지 못하고 셔츠를 머리 위로 벗어버렸다.

날렵하게 뻗은 쇄골과 건장한 어깨에 그녀의 손이 닿았다. 그의 피부는 매끄러운 도자기 같았다. 그 아래의 탄력 넘치는 근육을 손으로 더듬어 전부 확인하고 싶었다. 그가 마지막 남은 옷까지 벗기려고 하자 수연은 다시 말했다.

"침실로."

사실 어디서 하든 그녀는 정신을 못 차릴 게 뻔했지만 그래도 침대에서 하면 좀 더 안정감이 느껴질 것 같았다.

그의 팔이 그녀의 겨드랑이 아래로 파고들더니 몸을 번쩍 안아 들었다. 그녀의 가슴에 그의 시선이 고정되자 수연은 손으로 그의 눈을 가려버렸다. 그의 입에서 웃음소리가 흘러나왔다.

"눈을 가리면 어떻게 침실을 찾아갑니까?"

"제가 알려드릴게요. 앞으로 쭉 가세요."

그가 그녀의 말대로 움직였다. 눈을 가리고 있는데도 거침없이 앞으로 걸어갔다. 단 1초도 낭비할 수 없다는 듯이.

처음엔 기대감보다 두려움이 컸었다. 어떤 일이 벌어질지 알 수 없었으니까. 그렇게 내밀하고 깊게 타인과 몸을 섞을 수 있다는 것이 놀랍고 아찔했다.

그를 처음 보고 반했던 소녀는 이제 그의 품에 안겨 여자가 되었다. 그녀의 몸을 새로 빚듯이 더듬는 손길에 수연은 거침없이 뜨거워졌다. 오늘은 부끄러움보다 쾌락이 더 컸다. 그녀의 요염한 몸짓에 그의 숨결도 거칠어졌다.

두 사람은 침대 위에서 엉켜서 서로를 탐닉했다. 붉게 달아오른 그녀의 눈가에 그의 입술이 닿았다.

"무서워하지 마요."

그는 처음에도 이 말을 했었다. 그 말에 더 떨렸는데 오늘은 갈증이 일었다. 수연은 두 손으로 헐벗은 그의 등을 꽉 끌어안았다. 그가 다시 그녀에게 밀려들어왔다. 그 아찔함을, 그 감동을 수연은 기꺼이 끌어안았다. 뜨거움의 절정에 다다랐을 때 두 사람은 다시 키스를 나누었다.

그녀는 이번에도 많이 울었다. 하지만 상관없었다. 슬픔의 눈물도, 아픔의 눈물도 아니었으니까. 얼굴을 닦아주는 손길에 수연은 선잠에서 깨어났다. 그녀는 잠긴 목소리로 물었다.

"몇 시예요?"

"알려주기 싫은데."

그의 짓궂음에 수연은 고개를 돌려 그의 얼굴을 보았다. 태무진 사장이 그녀의 얼굴에 남은 눈물 자국을 마저 닦아주며 그녀를 안심시켰다.

"걱정 마요. 늦지 않게 집에 보내줄 테니까."

하지만 이미 늦은 시간이었다. 집에 가면 분명 수민의 잔소리가 쏟아질 거다. 그러나 지금은 그게 별로 중요하게 느껴지지 않았다. 나른한 몸과 그의 손길이 이 세상의 전부인 것만 같았다.

"이번에도 많이 울던데."

그의 말에 수연은 입꼬리를 올렸다.

"아파서 운 거 아니에요."

"정말?"

그는 당연히 아파서 운 줄 알았다. 그래서 그녀를 안고 싶은 욕구를 눌러 참았다. 그녀를 안을수록 만족보다는 갈증이 커져만 가니 큰일 날 노릇이었다.

"그냥 나와요."

몸의 감각이 극치에 다다르면 눈물도 제어가 안 되었다.

"그럼 한 번 더."

그의 말에 수연은 서둘러 그의 어깨를 손으로 붙잡았다.

"저 집에 가야 해요."

한 번 더 하면 그녀는 오늘 이 침대에서 못 일어날 게 분명했다. 방금 그의 입으로 늦지 않게 보내준다고 약속했기에 무진은 끙 소리를 삼켰다.

"천수민 눈치 보는 것도 이젠 좀 지치는군요."

그가 남의 눈치를 봤다는 말이 웃겨서 수연은 쿡쿡 웃었다. 그녀가 혼자 웃는 게 얄미웠는지, 한 번 더 못 하는 게 속상했는지 태무진 사장이 그녀의 벗은 어깨를 이로 꽉 물었다.

"꺄악! 아파요."

이번엔 아프라고 문 게 맞았다. 그만 아쉬워하는 것 같았으니까. 사랑한다고 고백하여 서로 마음이 통하는 걸로 사랑이 완성되는 것이 아니었다. 쉼 없이 갈구하고 매혹당하며 사랑은 끝없이 모습을 바꾸었다.

"배 안 고파요?"

어떻게든 그녀를 붙잡으려는 그의 질문에 수연은 웃으며 고개를 저었다.

"배불러요."

분명 거짓말일 게 뻔했기에 무진은 손가락으로 그녀의 뺨을 잡아당겼다. 이래서 사람들이 결혼한다는 것을 처음으로 깨달았다.

헤어지기 너무 싫은 밤이었다.

창립 파티에 입고 갈 옷을 고르기 위해 이 대리와 함께 드레스 숍을 찾아갔다. 그녀를 위해 준비된 옷 중 마음에 드는 걸 고르면 되는 것이었는데 이런 일을 거의 해본 적 없다 보니 수연은 쉽게 선택할 수 없었다. 그녀는 원래 쇼핑에 시간을 투자하는 타입이 아니었다.

"우선 한 번씩 다 입어보세요. 그냥 눈으로 보는 것과 입는 건 또 다르니까."

직원의 말에 수연은 바로 한숨을 쉬었다. 이 많은 옷을 언제 다 입어본단 말인가. 하지만 중요한 파티였기에 아무거나 입을 수는 없었다.

"이 대리, 내가 입고 나오면 잘 보고 선택해줘요."

"네? 대표님이 선택하는 게 아니고요?"

수연은 이 대리의 귀에 대고 솔직하게 말했다.

"나 사실 옷 잘 못 입어요."

이 대리는 히죽 웃으며 아부성 멘트를 날렸다.

"얼굴이 패션의 완성이라잖아요. 그러니까 대표님은 뭘 입어도 아름다우세요."

수많은 사람이 오고 수많은 플래시가 터지는 창립 파티에서 그녀는 그냥 아름다운 걸로는 부족했다. 태무진 사장 옆에서 우아한 다이애나 비처럼 보여야만 했다.

옷을 네 벌이나 입어보고도 마음에 드는 게 안 나오자 그녀의 자신감은 점점 쪼그라들었다. 수연은 탈의실에 들어가 다음 옷으로 갈아입기 위해서 옷을 벗으며 또 한숨을 내쉬었다. 아무래도 목표를 너무 높게 잡았나 보다.

수연은 크림색의 부드러운 쉬폰 원단 소재 옷을 조심스럽게 입었다. 풍성한 치맛자락이 꽃처럼 피어났다. 아름다운 옷이었지만 좀 어린 느낌이라 마음에 걸렸다.

"이 대리, 들어와서 등에 지퍼 좀 올려줄래요."

달칵—.

탈의실 문이 열리며 누군가 들어오기에 그녀는 이 대리라고 생각하고 치마를 이리저리 살펴보았다.

"다이애나 비는 이런 옷 안 입었을 거 같죠?"

그런데 그녀의 취향이긴 했다.

옷의 컬러도 그녀의 피부톤과 잘 어울렸다.

지익—.

지퍼를 올려주는 손길이 중간에 멈추는 것 같더니 그녀의 등에 입술이 닿았다. 수연은 깜짝 놀라서 고개를 돌렸다.

"사장님?"

당연히 이 대리라고 생각했던 사람은 태무진 사장이었다.

"사장님이 어떻게 여기 계세요?"

설마 그를 탈의실에서 마주칠 줄은 상상도 못 했다.

"이 대리가 전화했습니다."

범인은 이 대리였다.

"내 도움이 절실하게 필요하다고."

태무진 사장의 안목은 훌륭했다. 그가 고른 옷이 촌스러울 리는 절대 없었다.

"하지만 사장님은 제가 파티에 가는 거 별로 안 좋아하셨잖아요."

"그래서 내가 내 약혼녀한테 못난 옷을 입혀서 망신줄 거 같아요?"

수연은 고개를 저었다.

"그럼 제 옷 골라주실 거예요?"

그의 시선이 그녀의 몸을 따라 아래로 내려갔다. 어쩐지 옷을 품평하는 게 아니라 옷을 벗기는 것만 같은 시선이라 수연의 발가락이 오그라들었다.

"난 다이애나 비가 아니라 천수연 대표였으면 좋겠습니다."

"그냥 저로도 괜찮을까요?"

그녀 때문에 태무진 사장이 사람들한테 얕잡아 보일까 봐, 수연은 그게 가장 불안했다.

"안 괜찮은 건 사람들의 선입견입니다, 수연이 아니라."

그녀가 그의 비서 출신이라는 것만으로도 이미 사람들에겐 그녀에 대한 편견이 생겼을 것이다.

무진은 그녀의 어깨를 두 손으로 잡고 진심으로 말했다.

"당신은 어떤 옷을 입든 천수연 대표이고, 내가 사랑하는 여자입니다. 나머지는 중요하지 않아요."

그의 진심을 수연도 느꼈기에 이를 보이며 환하게 웃었다.

"사장님이 사랑하는 여자가 옷도 멋있게 입으면 더 좋잖아요. 그러니까 제대로 골라주셔야 해요."

그녀의 명령에 태무진 사장이 눈을 가늘게 떴다.

"내 사랑만으로는 부족하다는 거군요."

수연은 웃으며 그의 얼굴을 두 손으로 감쌌다.

"우리 둘만 있을 때 사랑해주세요. 사람들 앞에서는 태성 그룹 사장님이면 충분해요."

"언제부터 이렇게 계산적으로 된 겁니까?"

그의 타박에 수연은 뻔뻔하게 받아쳤다.

"사장님이 절 가온 대표로 만들어줬을 때부터요."

무진은 할 말이 없어졌다. 그의 업보라고 하니.

결국 그녀의 옷을 골라주게 된 무진은 수연이 탈의실에서 옷을 갈아입고 나올 때마다 꼼꼼하게 살펴보았다.

"가온 주주 총회에 입었던 레드 드레스가 강렬하던데. 그걸 입으면 세 보일 거 같네요."

"전 싸우러 가는 게 아니에요."

이 대리는 옆에서 두 사람의 모습을 흐뭇하게 바라보았다. 사장님과 대표님의 연애가 참 멋있는 것 같다고 생각하면서.

50주년을 기념해서 더 성대하게 열린 창립 파티에는 수많은 사람이 참석했다. 대한민국에서 내로라하는 기업인, 정치인, 유명인은 전부 초대되었다. 그들 사이의 화제는 단연 태성 그룹 후계자 서열 1위인 태무진 사장의 연인 천수연이었다.

"그렇게 고르고 고르더니, 결국 자기 비서였던 여자라면서요."

"지금의 대표 자리도 태무진 사장이 만들어준 거라던데."

"남자 하나 잘 잡아서 팔자 핀 거네."

"양 여사님, 어떡해요. 그런 여자가 조카며느리로 들어오면 격 떨어질 텐데."

여자들에 둘러싸여 있던 양진숙은 교양 있는 미소를 지으며 말했다.

"무진이가 좋다면 어쩌겠어요. 다 감수해야지."

양진숙은 태성 생명 태강석 사장의 부인이었다. 친정은 해화 그룹이니 태성 그룹이라는 배경이 없어도 이미 대단한 백그라운드를 가지고 있었다.

양진숙이 결혼 전에 태준석 회장을 짝사랑했던 건 유명한 일화였지만 지금은 그것에 대해 언급하는 사람은 단 한 명도 없었다. 태준석 회장의 부인은 일찍 죽고 양진숙이 태성가의 안방마님 노릇을 하고 있으니 결국 승자는 양진숙이라고 말하는 사람도 있었다.

"형님, 오늘 어떻게 하실 거예요?"

언제나 양진숙의 오른팔처럼 따라다니는 삼남 태한석의 부인 김희정이 양진숙에게 넌지시 물었다.

태무진의 모친도 결국은 병들어 죽게 할 정도로 괴롭혔던 양진숙이었다. 그러니 태무진의 여자 역시 가만두지 않을 게 분명했다.

"헛소문일 수도 있으니 유난 떨 거 없어."

소문만 돌았지 태무진이 여자와 공식 석상에 나타난 적은 지금껏 한 번도 없었다.

"사실이겠죠. 그러니까 회장실에서 가만히 있는 거 아니겠어요?"

양진숙은 한껏 틀어 올린 머리를 매만지며 서늘한 눈빛을 지었다.

"사실이면 내가 애쓸 수밖에 없겠네. 어차피 그 집에는 며느리 교육할 안주인도 없으니."

아무리 태무진이 잘났어도 여자들의 세계까지 일일이 참견할 수는 없었다. 그런 체면 떨어지는 짓을 할 리가 없었다. 자기 아버지처럼.

양진숙은 도도하게 턱을 들어 올리며 입구 쪽을 응시했다. 아직 태무진은 파티장에 모습을 드러내지 않았다. 이런 자리에 절대 지각하지 않던 인물이 늦는 걸 보니 아무래도 오늘은 혼자가 아닌 듯했다.

양진숙은 샴페인을 한 모금 마시며 만족한 미소를 지었다. 부디 그녀를 실망하게 하지 않길 바랄 뿐이었다.

수연은 두 손으로 크림색 드레스의 치맛자락을 단단히 움켜잡고 믿을 수 없다는 눈으로 차 타이어를 바라보았다.

"타이어가 터졌다고요? 하필 오늘?"

그들은 이미 창립 파티에 도착해 있어야 했다. 그런데 차 타이어가 갑자기 터지는 바람에 아직도 도로 위에 있었다.

"걱정 마십시오. 제가 금방 타이어를 바꿔 끼울 테니까."

운전기사는 보험사에 연락도 하지 않고 자기가 직접 타이어를 교체하기 시작했다.

수연은 태무진 사장을 돌아보았다. 지각하는 걸 제일 싫어하면서 이 순간 그는 너무 여유로워 보였다.

"늦을 거 같으니까 그냥 택시 타고 가실래요?"

"금방 고칠 테니까 염려 마요."

수연은 느긋하게 팔짱 끼고 앉아 있는 태무진 사장과 역시나 느긋하게 타이어를 갈고 있는 운전기사를 번갈아 보았다.

아무래도 이 둘이 짜고 치는 고스톱을 하는 것만 같은 이 느낌.

"사장님, 타이어를 50개는 갈아야 파티가 끝날 거예요. 그런데 굳이 이럴 필요가 있을까요?"

태무진 사장은 끝까지 무슨 소리인지 모르겠다는 눈으로 그녀를 쳐다보았다. 수연은 불안해져서 물었다.

"설마 타이어 다음에 또 뭐가 있는 건 아니죠?"

태무진 사장은 짧게 혀를 차고는 밖에 서 있는 그녀한테 손을 내밀었다.

"차 안에 들어와요. 그런 차림으로 도로에 서 있는 건 위험하니."

그녀는 지금 이 차림으로 도로를 뛰어서라도 파티장에 가고 싶은 심정이었다. 하지만 그녀 혼자 제시간에 도착하는 건 아무 의미가 없었다. 어떻게든 태무진 사장과 함께 가야만 했다.

수연은 태무진 사장의 옆자리에 앉으며 그의 두 손을 움켜잡았다.

"사장님, 오늘 파티에는 꼭 가야 해요. 50주년 파티라고요. 이런 파티에 빠지려고 생각하시는 거면 진짜 큰일 나요."

"내가 언제 안 간다고 했습니까."

태무진 사장이 그녀에게 잡혔던 손을 빼며 핸드폰을 꺼냈다. 열심히 울려대는 전화는 비서실에서 걸려 온 것이었다. 그녀가 파트너로 동석한다고 했기에 오늘 이 차에 비서는 없었다. 비서 출신인 그녀만으로도 충분하다고 생각한 게 이 사달이 난 것이었다.

"전화 받아서 곧 간다고 하세요."

태무진 사장이 눈동자를 들어 올려 그녀를 쳐다보았다. 그의 눈빛은 명백하게 그러기 싫다고 말하고 있었다. 그 파티에 어떤 사람들이 있는지 아느냐고. 그들은 당신을 잡아먹고 싶어 안달이 나 있는데 내가 어떻게 거기에 가고 싶겠냐고.

"조금 늦는다고 어떻게 되지 않아요."

사실 지금 그의 마음 같아서는 거의 끝날 때쯤 도착하고 싶었다. 태무진 사장이 이런 꼼수를 부리게 만든 원흉이 자신이라는 게 수연은 가장 참을 수 없었다. 그래서 그녀는 힘을 주어 말했다.

"비서들이 몇 개월이나 준비한 이 파티를 망치면 정말 최악의 보스예요."

그녀가 나무라자 태무진 사장의 목소리가 쓸쓸하게 흘러나왔다.

"지금 내 편이 아니라 비서들 편을 드는 겁니까?"

수연은 태무진 사장에게 대답하는 대신 창밖으로 고개를 빼 타이어를 갈고 있는 운전기사에게 소리쳤다.

"5분 내로 끝내요. 안 그럼 내가 직접 할 거예요!"

운전기사가 깜짝 놀라서 태무진 사장 쪽을 쳐다보았다. 명령대로 시간을 끌고 있었는데 이젠 어찌해야 하느냐고. 무진은 고개를 틀며 할 수 없이 끄덕였다. 그녀가 가겠다고 하니 이젠 정말 갈 수밖에 없었다. 파티장에 무엇이 있든, 그곳에서 어떤 일이 벌어지든.

원래는 일찍 도착해서 손님들을 맞이해야 하는 입장이었지만, 도착이 늦어지는 바람에 무진과 수연은 사람들의 환대를 받으며 파티장에 입성하게 되었다. 두 사람에게 쏟아지는 시선에는 태성의 신데렐라에 대한 호기심과 질투와 멸시 그리고 수많은 것들이 뒤엉켜 있었다.

수연은 태무진 사장의 옆에 서 있는 것만으로 단 1분 만에 그 파티장 안에서 가장 유명인이 되었다.

"비서 출신이라더니, 전혀 안 그래 보이는데."

"아버지가 기업 대표라잖아. 그러니까 그냥 비서는 아니지."

"여신이네. 어쩐지 목석같은 태무진 사장이 넘어갔다 싶었어."

수연을 모르는 사람들도, 수연을 원래 알던 사람들도 놀라기는 마찬가지였다.

"진짜 천수연 대리 맞아? 오늘은 완전 딴사람 같아 보이는데."

"저 손가락에 반지 봤어? 세상에, 도대체 얼마짜리야."

"와! 소문이 진짜였다니. 대박이네."

"도대체 언제부터 저런 사이였지? 설마 그래서 퇴사한 건가?"

술렁이는 사람들의 소리가 그녀의 귀에도 들려왔기에 수연은 긴장한 나머지 눈에 힘이 들어갔다.

이제야 제대로 실감이 났다. 그녀가 이 남자를 사랑하면서 치러야 할 대가가 무엇인지. 앞으로 절대 실수하면 안 되었다. 여기서 그녀가 조금이라도 잘못하면 모두 태무진 사장의 허물이 되었다. 그런 일은 결코 있어선 안 되었다.

몸에 힘이 잔뜩 들어간 채 걷고 있던 그녀의 손을 따뜻한 무언가가 감싸 안았다. 수연은 놀라서 고개를 들었다. 태무진 사장이 그녀를 내려다보고 있었다. 아무런 말도 하지 않았지만 그의 눈빛만 보아도 마음이 안정되었다.

"하나만 기억해요."

신기하게도 그 순간 어지럽게 그녀의 귀를 파고들었던 주위의 소리가 모두 사라지면서 태무진 사장의 곧고 차분한 목소리만이 들려왔다.

"당신 혼자가 아니라는 거."

피할 수 없다면 뚫고 나갈 수밖에 없었다.

"그리고 여기서 날 이길 사람은 없다는 거."

수연은 피식 웃었다.

"그럼 하나가 아니라 두 개잖아요."

그녀의 지적에 무진도 웃고 말았다.

마주 보고 웃는 태무진 사장과 천수연 대표를 목격한 사람들은 잠시 두 사람을 넋을 놓고 쳐다보았다. 그런 두 사람의 모습이 너무도 아름다워서.

태준석 회장이 두 사람에게 다가오며 나무랐다.

"지각한 주제에 왜 여기서 꾸물거리고 있어."

수연은 서둘러 태준석 회장에게 고개 숙여 인사했다.

"초대해주셔서 정말 감사합니다."

무진은 눈을 좁혔다. 그녀한테 아버지의 초대를 받았다는 말은 못 들었으니까. 결국 아버지의 뜻이었다는 것을 알고 무진은 차가운 눈빛으로 아버지를 바라보았다.

"그 눈빛은 뭐냐? 지금 여기서 나랑 싸우자는 거야?"

수연은 그의 소매를 잡아당기며 말렸다. 무진도 사람들 보는 앞에서 감정적으로 행동할 생각은 없었다. 결국 모든 게 사람들의 눈과 귀를 통해 꼬투리로 남을 테니까.

"너는 바로 가서 무대 인사 준비해."

무진은 태준석 회장의 지시를 바로 거부했다.

"아버지가 직접 하세요."

"이건 회장인 내가 내리는 명령이다. 그런데도 거부할래?"

태무진 사장은 못마땅한 표정으로 태준석 회장을 쳐다보다가 고개를 내려 그녀를 보았다. 수연은 웃으며 말했다.

"저 혼자 있어도 괜찮으니까 다녀오세요."

그녀가 괜찮다고 해서 되는 게 아니었다.

무진은 눈동자를 움직여 주위를 살펴보았다. 태성 생명의 태강석, 태무열 부자가 이쪽을 보며 서로 이야기를 나누고 있었다. 힐긋, 다른 쪽을 보자 호텔과 백화점 쪽을 맡은 태한석 부부도 보였다. 이 부부한테는 딸만 네 명이었다. 태가의 피가 흐르는 여자들답게 모두 만만찮은 성격이었다. 시집가서 이젠 외부인이 된 태미란과 태경란도 보였다. 호적상 두 사람은 무진에게 고모가 되었다.

무진은 수연에게 주의를 주었다.

"이 파티에서 태 씨 성 가진 인간들과는 말도 섞지 마요."

수연은 알겠다는 듯 고개를 끄덕였다.

"얼른 가지 못해."

꾸물거리는 태무진 사장을 태준석 회장이 재촉했다. 그런 아버지를 흘겨보며 태무진 사장은 그녀에게 한마디 더 했다.

"우리 아버지도 포함이에요."

그건 좀 어려울 거 같은데.

수연은 어색하게 웃으며 태무진 사장에게 무대 인사 잘하고 오라고 응원했다. 그제야 태무진 사장은 비서진들과 함께 무대 뒤쪽으로 향했다. 떠나는 그의 뒷모습에서 눈을 떼지 못하는 그녀의 옆으로 태준석 회장이 다가왔다.

"무진이가 자넬 물가에 내놓은 아이처럼 여기는군."

수연은 뜨끔한 표정을 지으며 태준석 회장을 쳐다보았다.

"죄송합니다."

태준석 회장은 고개를 저었다.

"자넬 탓하는 게 아니야. 무진이는 나와 같은 실수를 하고 싶지 않은 거니, 내 탓이 가장 클지도."

"네?"

그녀가 알아듣지 못했지만, 태준석 회장은 굳이 자세히 설명하지 않았다. 어차피 태가에 시집오게 되면 자연히 깨닫게 될 말이었다.

"두 사람의 결혼식이 왜 깨졌는지 계속 생각해보았네."

수연은 또다시 죄송하다고 말할 타이밍인 것 같아서 태준석 회장의 눈을 똑바로 볼 수가 없었다.

"무진이는 처음부터 천수연 대표와 결혼식까지만 할 생각이었지? 안 그런가?"

수연은 왼손 약지에 끼워진 반지를 오른손으로 어루만지며 솔직하게 말했다.

"네, 사장님이 저한테 결혼식만 해달라고 하셨어요."

태준석 회장은 자신의 짐작이 맞았다는 걸 확인하고는 길게 한숨을 내쉬었다.

"그래, 그러니까 그리 쉽게 결혼식이 진행되었겠지."

그가 억지로 밀어붙였던 결혼식이었기에 결국 태준석 회장은 아들한테 큰 잘못을 한 셈이었다.

"이번엔 내가 간섭하지 않겠네."

태준석 회장의 말에 수연은 놀란 눈으로 그를 쳐다보았다.

"두 사람이 정말 결혼할 운명이라면 할 수 있겠지. 난 그렇게 결론 내렸는데, 자네 생각은 어떤가?"

수연의 마음속에서 뜨거운 게 울컥 올라왔다. 고맙다는 말을 해야 하는 건지, 죄송하다는 말을 해야 하는 건지 선택할 수조차 없었다.

그때 사회자의 소개를 받으며 태무진 사장이 무대로 올라왔다. 수많은 스포트라이트와 사람들의 박수를 받으며 서 있는 태무진 사장은 이 세상에서 가장 빛나는 사람처럼 보였다.

"안녕하십니까. 태성 그룹 태무진 사장입니다."

지금 그의 이름은 그녀만의 칸이 아니라 태성의 역사였다. 많은 사람이 우러러보고, 많은 사람이 경외하고, 누군가는 두려워하는.

"저도 사장님이랑 꼭 결혼하고 싶어요."

그녀의 말이 진심처럼 들렸기에 태준석 회장은 희미하게 미소를 지었다. 이젠 천태진에게 달렸다. 그처럼 부자 부모의 도움 같은 것 없이 오직 노력으로 그 자리까지 올라온 악바리답게 이리 쉽게 죽지는 않을 거라고 태준석 회장도 믿었다.

내내 긴장하고 있었더니 화장실이 가고 싶어졌다. 태무진 사장이 무대 인사를 끝내고 내려오기 전에 다녀오기 위해서 수연은 서둘러 여자 화장실로 갔다. 손을 씻고 있는데 누군가 그녀에게 말을 걸어왔다.

"손에 낀 반지가 정말 예쁘네요."

수연은 고개를 들어 거울을 통해 여자를 보았다. 외모만으로는 나이를 짐작할 수 없는 아름다운 여자였다. 그녀가 누구인지 수연은 알고 있었다. 태성 호텔 태한석 사장의 부인이었다.

"고맙습니다, 김 여사님."

그녀의 인사에 여자의 입꼬리가 더 높이 올라갔다.

"역시 비서 출신답게 날 알고 있네요."

사실이긴 한데 왜 '비서 출신'이란 말이 귀에 거슬리는 걸까 싶었다.

"태무진 사장과 결혼하면 우리 가족이 되는 건데, 지금부터 잘 지내야 하지 않겠어요?"

"언제 결혼할지 정해지지 않았으니 벌써부터 신경 안 쓰셔도 돼요."

태무진 사장이 태 씨 성 가진 사람을 멀리하라고 했는데, 태 씨 성 가진 사람과 결혼한 사람도 거기에 포함인지 잠시 생각하게 되었다.

"그럴 수야 있나. 그 집에 시어머니가 안 계시니, 우리가 그 자리를 대신해야 하는데."

우리?

그 말에 어쩐지 보스 빌런은 아직 등장하지 않았다는 예감이 들었다.

수연은 허리를 똑바로 세우고 정중하게 인사했다. 아직 파티가 끝나지 않았으니 굳이 충돌하고 싶지 않았다.

"그럼 앞으로 잘 부탁드립니다, 여사님."

그녀가 먼저 몸을 낮추자 김희정은 만족한 표정을 지었다.

"그 말이 진심이면 날 따라와요. 사람을 소개해줄 테니까."

이미 태무진 사장이 무대에서 내려와 그녀를 찾고 있을 것이었다.

"죄송한데, 지금 사장님한테 가봐야 해서."

그녀의 거절에 김희정의 표정이 바로 차가워졌다.

"큰일을 해야 하는 남자를 귀찮게 하면 쓰나. 이런 자리에서는 여자들이 해야 할 본분이 있는 거예요."

갑자기 조선 시대로 끌려간 듯한 말이었다. 아무래도 사람들한테 소개해준다는 것도, 그들 앞에서 권력관계를 확실히 하기 위해서인 것 같았다. 상류 사회에서 가장 중요한 건 체면이었고, 그건 사람들의 입을 통해서 높아지기도 하고 무너지기도 하니까.

수연은 짧은 시간 동안 빠르게 생각을 정리했다. 김희정을 따라가면 굴욕은 당할지라도 조용히 넘길 수 있을 거다. 김희정을 안 따라가면 이곳에서 소란이 벌어질 수도 있었다. 처음으로 태무진 사장의 약혼녀 자격으로 참석한 파티에서 소란은 절대 안 되었다. 그렇다고 굴욕당하는 걸 참으면 태무진 사장이 그녀보다 더 마음 아파할 게 뻔했다.

"그럼 같이 가시죠."

그녀가 웃으며 따르겠다고 하자 김희정은 도도하게 고개를 들어 올렸다.

"처음부터 그렇게 나왔어야죠. 따라와요. 양 여사님은 기다리는 걸 가장 싫어하시니 앞으로 주의해요."

김희정이 말하는 양 여사는 태강석 사장의 부인을 말하는 것 같았다. 김희정이 여자 화장실까지 그녀를 쫓아온 것도 양 여사가 시킨 일인 듯했다. 상류 사회 부인들의 행동이 꼭 학교 일진처럼 느껴졌다.

수연은 조용히 김희정의 뒤를 따라 여자 화장실에서 나왔다. 화장실 근처에는 사람이 없었지만 연회장 근처로 갈수록 점점 많아졌다.

수연은 호흡을 가다듬고 준비했다. 그녀가 벗어날 기회는 지금뿐이었다. 수연은 걸음 속도를 높여서 김희정의 옆에 가서 섰다. 힐긋, 곁눈으로 쳐다보았지만 경계하는 눈빛은 전혀 아니었다. 아마 그녀가 비서 출신이라서 속으로 만만하게 보고 있는 것 같았다.

지금은 오히려 그래서 다행이었다. 수연은 발을 옆으로 뻗었다. 김희정이 그녀가 내민 발에 걸려 넘어진 건 순식간에 일어난 일이었다.

콰당!

"악!"

바닥이 대리석이라서 넘어지는 소리가 엄청났다. 여자의 찢어지는 비명도 한몫했다. 사람들의 시선이 단숨에 넘어진 김희정에게로 몰렸다.

"어머! 괜찮으세요!"

수연은 김희정의 옆에 쭈그려 앉아 그녀의 상태를 물었다. 하지만 김희정은 이렇게 사람 많은 곳에서 꼴사나운 모습으로 넘어진 충격에 빠져 한동안 아무런 말도 못 했다.

수연은 서둘러 주위에 도움을 청했다.

"누가 좀 도와주세요. 다치신 거 같아요."

바로 호텔 직원들이 달려와서 김희정을 부축했다. 그 틈에 수연은 조용히 뒤로 빠졌다. 호텔 직원들의 부축을 받은 김희정이 고개를 돌려 그녀를 쳐다보았지만 입술만 빵긋거릴 뿐 아무 말도 못 했다. 그녀가 발을 걸었다는 증거는 없었으니까. 괜히 태무진 사장의 약혼녀를 모함했다는 오명만 쓰게 될 것이었다.

수연은 짧게 고개를 숙여 인사하고는 바로 몸을 돌려 걸어갔다.

양진숙은 기가 막혔다. 태무진의 약혼녀 천수연을 데려오라고 보냈던 김희정이 엉망인 몰골로 반쯤 넋이 빠진 채 돌아온 것이다. 그리고 천수연도 없었다.

“자네 도대체 뭘 하다 온 건가? 천수연은?”

김희정은 억울함이 한 바가지 담긴 얼굴로 그녀의 소매를 부여잡으며 말을 쏟아냈다.

“형님, 그 비서 년, 이연희랑은 완전 딴판입니다! 글쎄 제 발을 걸어서 넘어뜨리고는 자기가 안 한 척 앙큼을 떨지 뭡니까! 살다가 그렇게 창피를 당한 건 처음이에요. 이 수모를 어떻게 갚아준단 말입니까!”

양진숙은 헛웃음이 나왔다. 외모는 이연희처럼 청순가련형으로 생겨서, 행동은 정반대였나 보다. 쉽게 보았다가 먼저 한 대 맞은 꼴이었다. 양진숙은 김희정의 손을 거칠게 떨쳐내며 나무랐다.

“그만 징징대고 돌아가게. 그 꼴로 여기 더 있다가 나까지 망신시키지 말고.”

양진숙이 편을 들어주지 않자 김희정은 배신감이 들었지만 그녀의 면전에 대고 따질 수는 없었다. 이미 양진숙에게 약점이 단단히 잡힌 처지였으니까. 양진숙은 사람의 약점을 찾아내어 무력화시키는 데에 천부적인 재능을 가지고 있었다.

“그럼 형님은 그 계집이 나대는 꼴을 그냥 두고 보기만 하실 겁니까?”

양진숙은 누군가를 찾아 급하게 파티장을 나가는 태무진 사장을 서늘한 눈으로 쳐다보았다.

“세상에 약점 없는 사람은 없어. 지금 태무진의 약점이 천수연이듯이. 천수연에 대해 알아봐. 어린 시절부터 뒤져보면 뭔가 나오겠지.”

양진숙의 계획을 듣고 김희정도 눈에 독기를 품었다. 오늘 당한 창피를 천수연에게 몇 배로 갚아주지 않으면 편하게 잠을 잘 수 없을 것 같았다.

연회장으로 돌아가던 수연은 클러치 백 안에서 진동하는 핸드폰을 꺼내 전화를 받았다.

“여보세요.”

[지금 어딥니까?]

태무진 사장이었다.

“잠깐 화장실 왔어요. 지금 돌아가는 중이에요.”

[아무 일 없었습니까?]

물가에 내놓은 아이.

태준석 회장은 오늘 그녀가 이런 일을 당할 줄 알고 그런 말을 한 것 같았다.

“오랜만에 일진을 만났는데, 잘 해결했어요.”

[네?]

“제가 말한 적 없죠? 저 학교 다닐 때 일진한테 제대로 찍혔었거든요. 그래서 제가 어떻게 했는지 아세요?”

그럼 그녀는 물가에서도 혼자 잘 노는 아이라는 걸 태무진 사장에게 알려줄 거다.

어쩌다 보니 그녀의 일진 무용담은 전화를 끊고 태무진 사장을 만나고 나서도 쭉 이어졌다. 태무진 사장은 내내 다이내믹하고 흥미진진한 구전 소설이라도 듣는 표정으로 그녀의 이야기를 들었다.

“우리 아버지가 말씀하셨거든요. 좋아하는 사람에 대해 많은 걸 알고 싶은 것처럼 싫어하는 사람에 대해서도 잘 알아야 대응할 수 있다고요.”

“천태진 대표가 생각보다 더 독하네요.”

금이야 옥이야 키워도 모자란 예쁜 딸이 학교에서 일진한테 찍혔다는데 그런 이야기나 해주다니. 그였다면 바로 학교로 쳐들어가서 다신 그런 짓을 못 하도록 응징했을 거다.

“물론 힘든 일도 많았지만 그게 다 경험이 되었으니까 괜찮아요.”

몰래 발을 걸어 넘어뜨리는 기술은 일진에게 그녀가 당했던 기술이었다. 상대방이 방심하고 있을 때 허를 찌르는 것이 싸우지 않고 이기는 방법이었다. 옛날의 그녀가 순진해서 당했다면, 오늘 김희정은 그녀를 무시해서 당한 것이었다.

"도대체 어쩌다 일진한테 찍혔던 겁니까?"

무진은 아주 근본적인 시작부터 이해가 안 된다는 표정을 지었다. 그가 아는 천수연은 누구한테 미움을 살 사람이 전혀 아니었으니까. 수연은 대수롭지 않게 대답했다.

"오빠 때문에요."

일진 중 한 명이 그녀의 오빠를 소개해달라는 걸 거절했더니 그때부터 괴롭힘이 시작된 것이다.

"그 정도면 오빠가 아니라 업보 같은데."

수연이 가온의 대표 자리에 앉게 된 것도 천수민 때문인데, 학교 일진에게 괴롭힘을 당한 것도 천수민 때문이라고 하니 무진은 그가 영 탐탁지 않았다.

"나중에 다 알게 된 오빠가 직접 일진을 찾아가서 담판을 지었어요."

음, 그럼 업보는 아닌 걸로.

"태 씨 집안사람이 어떤 사람들이든 그 일진들과 똑같다고 생각하면 전 안 무서워요."

그녀가 당당히 말하자, 오히려 무진의 눈빛이 무거워졌다. 결국 이번엔 그녀가 그 때문에 일진보다 더 독한 사람들한테 괴롭힘을 당하게 되었다는 뜻이었으니까. 사방에 적뿐이었다. 그녀가 편하게 의지할 수 있는 사람은 이곳에서 그 한 사람뿐이었다. 그렇게 생각하니 그가 꼭 최악의 신랑감 같았다.

"나도 당신 오빠처럼 직접 찾아가서 담판을 지을까요?"

"오빠는 그 일진이랑 일주일 사귀어줬는데요. 사장님도 그러시려고요?"

태무진 사장의 표정이 상한 음식이라도 먹은 것처럼 변하자 수연은 쿡쿡, 웃었다. 그녀는 태무진 사장에게 팔짱을 끼며 다정하게 말했다.

"굳이 벌써 걱정할 필요 없어요. 그럼 그 사람들한테 휘둘리는 거나 마찬가지잖아요. 안 그래요?"

수연은 그가 생각했던 것보다 훨씬 더 강하고 마음이 넓었다. 그녀는 그의 어머니와 달랐다. 무진은 그녀의 왼손을 잡고 손가락에 끼워진 반지를 어루만졌다.

행복하게 사랑만 하고 살 수 있으면 얼마나 좋을까. 하지만 현실은 두 사람이 그렇게 살게 내버려두지 않았다.

태무열이 두 사람을 향해 걸어왔다.

"태무진, 너도 남자긴 남자였네. 이렇게 여자를 옆에 끼고 나타나고."

태무열의 시선이 수연의 몸을 노골적으로 훑어 내리자 무진은 주먹을 움켜쥐고 한 발 앞으로 나섰다. 하지만 수연은 그런 태무진 사장의 팔을 힘껏 붙잡아, 그가 태무열에게 가까이 가는 걸 막았다.

"이야, 비서 일을 할 때랑 완전 딴판이네. 못 알아보겠어."

비아냥과 추파가 동시에 담긴 말은 듣기 거북했다.

"태 상무님이야말로 우리 사장님한테 빚지신 거 빨리 갚으셨으면 좋겠네요."

그녀의 말에 태무열의 눈빛이 찌푸려졌다.

"뭔 소리야? 내가 태무진한테 무슨 빚을 져?"

무진 역시 무슨 말인지 알 수 없어서 그녀를 쳐다보았다.

"전에 한 대 때리셨잖아요. 그러니까 한 대 맞아서 갚으셔야죠."

"뭐?"

태무열은 너무 기가 막혀서 할 말을 잃고 그녀를 쳐다보았다. 수연은 주위를 둘러보았다.

"여긴 사람이 너무 많아서 맞으면 쪽팔리시겠죠? 다음에 적당한 장소를 골라서 연락해주세요."

"야! 너!"

태무열이 참지 못하고 목소리를 높이며 수연을 향해 손을 뻗자, 태무진 사장이 그의 손을 움켜잡았다. 그 힘이 엄청나서 태무열의 눈썹이 일그러졌다. 억센 힘과 달리 무진의 입에서 나온 목소리는 정중하고 차분했다.

"이건 제 약혼녀에 대한 예의가 아닌 거 같으니 자중하시죠. 태무열 상무님."

태무열은 분노로 충혈된 눈으로 태무진 사장을 노려보았다. 사람들이 이쪽을 쳐다보며 웅성거리니 태무열도 난감해졌다.

"다, 당장 이 손 놔."

무진은 뿌리치듯이 태무열의 손을 놓았다. 태무열은 휘청하며 뒤로 몇 걸음 물러났다. 그는 무서운 눈으로 두 사람을 노려보며 이를 갈았다.

"두고 보자."

마치 만화 영화의 악당들이나 할 것 같은 대사를 마지막으로 남기고 태무열은 몸을 돌려 떠나버렸다. 태무진 사장이 짧게 한숨을 내쉬며 그녀를 나무랐다.

"일부러 도발하지 마요. 나중에 골치 아파지니까."

"양아치는 그냥 존재 자체가 골칫거리예요."

그녀의 말대꾸에 태무진 사장은 그녀를 내려다보며 헛웃음을 지었다.

"이제 보니 양아치 전문가였군요."

수연은 팔짱을 끼며 으스댔다.

"가온 천태진 대표의 딸을 우습게 보면 큰코다치는 거죠."

겸손함이라고는 1도 없는 그녀의 거만한 모습에 태무진 사장이 웃으며 그녀의 머리를 마구 쓰다듬었다. 수연은 머리가 헝클어진다고 기겁했다.

멀리서 두 사람의 모습을 지켜보던 태준석 회장은 좀 더 고개를 들어 위를 올려다보았다.

"당신이 이걸 봤어야 했는데."

너무 일찍 떠나버린 아내가 몹시도 그리워지는 날이었다.

chapter 26

천태진 깨어나다

창립 파티도 무사히 넘어가고 태준석 회장도 두 사람의 결혼을 강요하지 않기로 해서 수연은 이제 겨우 마음을 놓게 되었다. 이젠 가온의 일이 바빠서 그의 얼굴을 자주 볼 수 없다는 것만이 그녀의 걱정거리였다. 행복한 걱정이니 얼마든지 감수할 수 있다고 생각했는데 태무진 사장은 아니었나 보다.

"1박 2일로 여행 가는 거 괜찮습니까?"

그 말에는 스케줄을 어떻게든 조정해서 1박 2일의 시간을 비우라는 압박이 담겨 있었다.

"사장님은 시간 괜찮으세요?"

분명 태성 그룹 사장이 그녀보다 바쁠 것이었다.

그래야 했다.

"난 주말에 시간 됩니다."

그가 된다고 하니 그녀도 안 된다고 할 수 없었다. 금요일에 야근을 빡세게 하면 가능할 것도 같았다.

"그럼 토요일에 가실래요?"

그가 만족한 표정을 지으니 그녀도 기분이 좋았다. 여행 기간에는 핸드폰을 꺼두어야겠다. 아무한테도 방해받지 않게. 양평에서는 여행 흉내를 내었는데 이번에는 두 사람만의 진짜 여행을 가게 되었다.

토요일 아침이 되자, 수연은 짐을 꾸리고 수민이 병원에 가자마자 집을 나섰다.

"아줌마, 저 다녀올게요. 오빠한테는 출장 갔다고 해주세요."

플라워 원피스에 클로슈 햇을 쓴 그녀의 모습은 딱 봐도 출장과는 거리가 멀어 보였지만 박 씨는 웃으면서 그녀를 배웅해주었다. 그녀가 걸을 때마다 또각거리는 하이힐 소리가 오늘따라 더욱 경쾌하게 들렸다.

태무진 사장과는 공항에서 만나기로 했다. 비행기를 타고 떠나는 것만으로도 이미 여행 느낌이 물씬 났다. 택시를 타고 공항으로 향하면서 여행을 가서 할 일들을 상상해보았다.

"그런데 방은 하나만 예약했을까?"

모든 준비를 태무진 사장이 직접 해서 그녀는 두 사람이 어디서 묵는지도 몰랐다. 그와 방을 같이 써도 이젠 어색할 게 없었다. 두 사람은 이미 한 침대를 써본 사이였으니까.

다시금 떠오르는 기억에 수연은 달아오르는 얼굴을 두 손으로 감쌌다. 처음에는 너무 긴장하고 정신이 없어서 제대로 보지도 못했고, 두 번째는 미칠 것처럼 뜨거웠던 느낌만 선명했다. 수연은 손으로 부채질하며 솟아나는 열기를 식혔다.

"생각하지 말자. 생각하지 마."

이러다 태무진 사장 앞에서 음흉한 표정이라도 짓게 되면 큰일이었다. 그런데 그에게는 한 번도 물어본 적이 없었다.

사장님은 좋았을까?

너무 궁금했지만 직접적으로 묻지는 못할 것 같았다. 그녀는 양아치한테 대거리는 잘해도, 남자한테 그런 말은 못 하는 숙맥이었다.

그에게 그녀는 몇 점짜리 약혼녀일까?

그녀한테 그는 세상 그 누구와도 바꿀 수 없는 완벽한 약혼자였다. 그러니 그녀도 그에게 어울리는 사람이 되고 싶었다, 다른 사람이 보기에도 그녀가 태무진 사장의 약혼녀로서 부족해 보이지 않게.

택시에서 내린 수연은 어렵지 않게 태무진 사장을 찾을 수 있었다. 그가 서 있는 주위에 포토존이라도 생긴 것처럼 여자들이 둘러싸고 있었으니까. 태무진 사장은 흰 셔츠에 차콜 슬랙스를 입고 가만히 서 있을 뿐이었다. 그 어느 때보다 수수한 차림이었는데 그래서 그런지 오히려 여자들의 환심을 더 많이 사는 웃지 못할 상황이 벌어져 있었다.

권력을 거두니 거리감이 사라져 사람들이 쉽게 다가섰다. 저럴 거면 그냥 그리스 로마 신화가 나은 것도 같았다. 수연은 모두의 칸이 아니라 그녀만의 칸을 원했으니까.

그녀는 핸드폰을 꺼내 그에게 전화를 걸었다. 전화를 받는 태무진 사장의 모습을 지켜보며 수연은 말했다.

"사장님 저 도착했어요."

[그래요? 몇 번 출구입니까? 내가 가겠습니다.]

"탑승 수속하는 곳에서 봐요."

여자들은 버리고 오라고 말하려다가 관두었다. 그는 의식도 못 하고 있을 것 같았으니까.

수연은 짧게 고개를 저으며 공항 안으로 들어갔다.

두 사람은 항공사 탑승 수속을 하는 곳에서 만났다.

"사장님은 짐이 그게 전부예요?"

그녀는 커다란 캐리어를 끌고 왔는데 태무진 사장은 그녀가 선물했던 가온 가방을 메고 있을 뿐이었다. 그건 여행용 가방도 아니고 사무용 가방이었다. 한마디로 많은 짐을 넣을 수 없는 가방이었다.

"필요한 건 호텔에 다 있을 테니까."

"갈아입을 옷은요?"

"어차피 내가 가진 건 거의 슈트뿐이라 거기 가서 사는 게 더 나을 거 같아서. 수연이 골라줬으면 좋겠는데."

그건 어려운 일이 아니었다.

"그럼 그 가방 안에는 뭐가 들어 있어요?"

"표 먼저 끊죠."

태무진 사장은 그녀의 질문에 전혀 엉뚱한 말을 하며 고개를 돌렸다. 그가 말해주지 않으니 더 궁금했다.

태무진 사장이 탑승 수속을 하며 그녀의 짐을 대신 부쳐주는 동안 수연은 그의 가방에 계속 관심을 가졌다. 그냥 빈 가방을 메고 왔을 리는 없었다. 여행이었으니까. 어쩌면 그녀를 위한 서프라이즈 선물을 담고 왔을지도 몰랐다.

수연은 슬금슬금 그의 가방으로 손을 뻗었다. 궁금한 건 참을 수가 없었다. 그녀가 막 가방을 열어보려고 했다.

탁—.

그러자 태무진 사장의 손이 그녀의 손을 움켜잡았다.

"뭐 합니까?"

수연은 순진한 여자처럼 씨익 웃었다.

"이 가방은 화물로 안 부치세요?"

"그럴 필요 없습니다."

태무진 사장은 나머지 한 손도 끌어와서는 한 손으로 그녀의 두 손을 다 붙잡았다. 마치 수갑이라도 찬 것 같은 모습이 되어 그녀는 당황했다.

"사장님, 이런 식으로 손을 잡는 건 좀……."

"내 가방 또 털지 못 하게 한 겁니다."

"지금 약혼녀를 도둑 취급하시는 거예요?"

"현행범이잖습니까."

연인들의 대화치고는 꽤 범죄스러웠다.

"이제 신분증 검사해야 해요. 그만 놔주세요."

그가 입국장 앞에서도 손을 놓지 않자 수연은 사정했다.

"사랑한다고 말하면 놔줄게요."

"네? 여기서요?"

'세상의 중심에서 사랑을 외치다'라는 제목의 일본 영화는 들어봤지만, 설마 그녀가 공항의 중심에서 사랑을 외쳐야 하는 처지가 될 줄은 몰랐다.

그녀는 주위를 둘러보았다. 이미 사람들이 기묘한 방식으로 손을 잡은 두 사람을 이상한 눈으로 쳐다보고 있었다. 이 상황에서 사랑한다는 말까지 해야 한다니.

"사장님, 사람들이 쳐다봐서 제가 조금 창피하거든요."

"그럼 나만 봐요."

와아, 사랑은 사람을 변하게 했다.

태무진 사장이 이리 뻔뻔해지다니.

수연은 주위의 눈치를 보다가 아주 작은 목소리로 말했다.

"사랑해요."

하지만 태무진 사장은 손을 놓아주지 않았다.

"안 들립니다."

보통 많은 사람 앞에서 사랑한다는 고백을 듣는 건 여자 쪽인 것 같은데 그녀는 어쩌다 해야 하는 입장이 된 건가 싶었다.

"그럼 사장님은 여기서 말할 수 있으세요?"

"사랑해요."

그녀가 말을 다 끝내기도 전에 나온 그의 사랑 고백에 줄을 서 있던 여자들이 더 얼굴을 붉히며 어쩔 줄 몰라 했다.

"저도요."

그녀의 말에 태무진 사장은 웃으며 손을 놓아주었다.

"날 이용했네요."

태무진 사장은 싸우면 절대 지는 법이 없는 북극 호랑이였지만 그녀한테만은 얼마든지 이용당해줄 것 같았다.

이번엔 수연이 먼저 그의 손을 잡았다. 처음 그가 그녀의 손을 잡았을 때가 생각났다. 문라이트 루프탑에서 늑대에게 쫓기는 그녀를 지켜주기 위해서. 처음 그녀가 그의 손을 잡았을 때도 생각났다. 접대 자리에 나간 그녀를 지켜주기 위해서 그가 나타났을 때.

"사장님은 처음부터 지금까지 계속 저의 흑기사였네요."

그녀가 웃으며 말하자 태무진 사장은 눈을 내리깔았다.

"그런데 수연은 흑기사의 가방을 털려고 했군요."

아무래도 저 가방 안에 비밀 병기가 들어있나 보다. 그렇지 않다면 태무진 사장이 이리 집요하게 굴 리가 없었다.

제주도는 가족 여행과 출장으로 자주 왔던 곳이었다. 하지만 태무진 사장과 단둘이 온 건 처음이었다.

"사장님은 제주도에 출장 말고 관광하러 오신 적 있으세요?"

무진은 고개를 저었다. 그는 많은 곳을 다녔지만 모두 일 때문이었지, 개인적으로 여행을 간 적은 한 번도 없었다. 아마도 평범한 집에서 태어났다면 남들처럼 그도 여행을 다니며 즐겼을 것이다. 그랬다면 그녀를 못 만났을 수도 있으니 그가 태성의 태무진인 걸 다행이라고 여겨야 했다.

"그럼 이제부터 저랑 여행 많이 다니셔야겠네요."

그녀의 말에 태무진 사장은 기분 좋은 미소를 지었다. 그의 얼굴에 걸린 웃음이 반짝거렸다.

"기대되네요."

이렇게 그한테 좋은 것만 주는 사람이 되고 싶었다. 그게 욕심이라고 해도 간절히 바랐다. 그가 그녀 때문에 슬퍼지는 일은 절대 없기를.

두 사람은 차를 타고 서울에서는 볼 수 없는 바다로 향했다. 해안 도로를 달리자 바로 옆에 에메랄드 빛 바다가 펼쳐졌다. 처음 보는 것도 아닌데 오늘은 그와 함께 보는 풍경이기 때문인지 더 특별하게 느껴졌다.

수연은 고개를 돌려 운전하는 태무진 사장을 보았다. 남자는 여전히 그녀의 눈을 황홀하게 만들 정도로 멋있었다. 그의 이름을 몰랐을 때에도, 그녀의 보스였을 때에도, 그리고 그녀의 연인이 된 지금도 그는 한결같이 우아한 존재였다.

"나 그만 보고 바다 봐요."

앞만 보고 운전하던 그가 갑자기 그리 말하자 수연의 눈이 커졌다.

"제가 보는 게 싫으세요?"

"내가 지금 차를 돌려서 호텔로 가면 수연이 싫지 않겠습니까?"

수연은 붉어진 얼굴로 바다 쪽으로 시선을 돌렸다.

"와, 바다다."

그녀의 가식적인 감탄에 무진은 입꼬리를 올렸다. 피하는 게 아니라 부끄러워하는 거라는 걸 알았기에.

좋은 향기가 나는 그녀의 피부에 입술을 묻고 음미하고 싶었다.

그를 뜨겁게 받아주던 그녀의 몸이 간절했다.

이 강렬한 욕망은 그가 다스릴 수 없는 것이었다.

눈앞의 제주 바다는 한없이 아름답기만 했고, 그녀를 향한 그의 갈망은 끝도 없이 열기를 더해갔다.

바다에서의 시간은 서울보다 느리게 흘러가는 듯했다. 수연은 그의 어깨에 머리를 기대고 앉아서 말없이 바다만 바라보았다. 태무진 사장도 말이 없었지만 두 사람 사이의 침묵은 답답하지 않고 평화로웠다.

가족과 함께 온 어린아이가 모래사장을 달리다가 두 사람 앞에서 넘어졌다. 태무진 사장이 바로 일어나서 넘어진 아이를 일으켜주었다.

"괜찮니?"

아이는 놀란 눈으로 태무진 사장의 얼굴만 빤히 쳐다보았다. 수연이 그 모습을 보고 웃으면서 말했다.

"그 아이가 사장님한테 반한 거 같아요."

태무진 사장이 짧게 웃으며 아이의 옷에 묻은 모래를 털어주었다. 그때 아이의 부모가 다가와서 그에게 감사 인사를 했다. 아이는 부모에게 쪼르르 달려가 다리에 매달리며 흥분한 목소리로 말했다.

"아빠, 나 저 아저씨한테 시집갈래."

아이의 부모는 난처한 미소를 지으며 태무진 사장을 쳐다보았다. 수연에게 아주 어린 연적이 나타난 것이다. 그녀는 그가 어떻게 할지 궁금해서 조용히 지켜보기만 했다. 태무진 사장은 아이의 앞에 한쪽 무릎을 꿇고 앉아서 장난기 없는 아주 진지한 목소리로 말했다.

"아저씨는 이미 결혼할 여자가 있어서 그건 무리겠구나."

그의 말에 아이는 울상을 지었고, 수연은 손으로 입을 가리며 웃음을 참았다.

부모가 아이를 데리고 떠나고 태무진 사장이 다시 그녀의 옆으로 다가오자 수연은 일부러 엄한 표정을 지으며 나무랐다.

"아이한테까지 그렇게 진지하면 어떡해요. 거짓말이라도 나중에 예쁘게 자라면 결혼해주겠다고 하셔야죠."

다가온 태무진 사장의 입술이 그녀의 입술에 닿았다. 부드러운 키스 속에 청량한 파도 소리가 스며들어왔다. 입술을 뗀 태무진 사장은 그녀의 눈을 그윽하게 바라보았다.

"난 한 말은 꼭 지켜야 하는 사람이라서 그건 무리겠군요."

수연은 따뜻한 눈웃음을 지으며 그의 목에 두 팔을 둘렀다. 그가 자연스럽게 다시 그녀에게로 다가왔다. 입술이 닿기 직전에 수연은 말했다.

"그럼 앞으로 저한테 거짓말하면 전 재산을 주셔야 해요."

태무진 사장이 놀라서 뒤로 빠지려고 하자 수연은 그의 목을 꽉 끌어안으며 입을 맞추었다.

달콤한 시간이었다. 바다를 온통 설탕으로 채운 것처럼.

바다에서 해가 지는 걸 본 뒤 두 사람은 예약한 호텔로 향했다. 호텔에 들어서자 수연은 괜히 그의 얼굴을 똑바로 볼 수 없었다.

진짜 방을 하나만 예약했을까?

태무진 사장은 예의 바른 신사이니 2개를 잡았을지도 몰랐다. 그럼 그녀가 서운할 것 같기도 해, 마음이 복잡해졌다.

"예약하신 스위트룸 카드키입니다."

프런트 직원이 카드키를 하나만 주는 걸 본 수연은 그의 등 뒤에 숨었다. 태무진 사장이 고개를 돌려 그의 뒤에 서 있는 그녀를 쳐다보았다.

"왜 거기 있습니까?"

"여기가 제일 안전한 거 같아서."

그의 등 뒤는 언제나 굳건하고 든든했다. 태무진 사장은 짧게 웃고는 그녀의 손을 잡고 엘리베이터로 걸어갔다.

"배고파요?"

두 사람은 아직 저녁을 먹지 않은 상태였다. 호텔 레스토랑을 이용하려면 마지막 주문 시간에 다시 내려와야 했다.

"모르겠어요."

호텔에 들어선 순간부터 긴장하고 있어서인지 허기는 느껴지지 않았다.

"다행이네."

그의 혼잣말에 수연은 고개를 들어 태무진 사장의 얼굴을 보았다. 바다에서 평화로워 보였던 모습과 달리 지금 그의 얼굴에서는 여유가 전혀 느껴지지 않았다.

왜 그러지? 혹시 몸이 안 좋나?

"사장님."

그녀가 그를 부르며 손을 잡자 태무진 사장은 더 센 힘으로 그녀의 손을 꽉 움켜잡았다.

띵—.

엘리베이터가 멈추고 문이 열렸다. 태무진 사장은 그녀의 손을 잡고 성큼성큼 걸어 나갔다. 그의 걸음 속도가 빨라 그녀 역시 아주 빨리 걷게 되었다. 하지만 선불리 그한테 멈추라고 말할 수가 없었다. 어쩐지 그럼 안 될 것 같은 분위기였다.

달칵—.

호텔 방문을 열고 들어가자마자 그가 그녀를 벽에 세우고 깊게 입을 맞췄다.

"더 이상 못 참겠어."

그의 손이 치마를 걷어 올리고 그 안으로 파고들어 왔다. 뜨거운 손에 허벅지가 잡히자 그녀의 몸 안에서도 열기가 달아올랐다. 그는 침대까지 갈 여유도 없다는 듯이 그녀의 옷을 벗기기 시작했다. 마치 오늘 내내 그녀의 옆에서 보여주었던 여유로운 모습은 다 거짓말이었다고 말하듯이 행동은 급하고 거침없었다.

무진은 그녀의 옷을 벗겨내고 새하얀 피부 위에 뜨겁게 키스했다. 단숨에 치고 올라오는 아찔한 뜨거움에 그녀는 고개를 크게 젖히며 그의 머리를 꽉 끌어안았다. 그녀의 몸을 탐하는 입술은 그녀의 입술에 키스할 때보다 더 거침이 없었다.

결국 침대까지 가지도 못하고 소파 위로 두 사람의 몸이 함께 쓰러졌다. 그녀의 가슴을 눌러오는 그의 묵직한 무게에 잠시 호흡이 멈추었다. 그의 몸을 기억하는 그녀의 몸은 이미 뜨겁게 열려 있었다. 그의 몸이 틈 없이 그녀와 겹쳤다.

"아흣."

그와 하나가 되는 순간 고통과 쾌락이 동시에 그녀한테 휘몰아쳐 왔다. 오늘도 그는 모든 걸 그녀한테 쏟아부어야만 만족할 게 분명했다.

수연은 그제야 깨달았다. 이 방에 들어오기 전에 저녁을 꼭 먹었어야 했다는 걸.

손가락 하나 까딱할 힘조차 없어진 수연이 침대에 뻗어 있자, 태무진 사장은 전화로 룸서비스를 시켰다. 침대로 다가온 태무진 사장이 시트 위에 걸터앉으며 그녀의 머리카락을 손으로 정리해주었다.

"밥 먹고 자요."

이제 와서 챙겨주어도 본능에 지나치게 충실했던 그의 모습은 지워지지 않았다.

"밥 먹을 힘도 없어요."

'그게 다 당신 탓.'이라는 눈으로 쳐다보자 태무진 사장이 반듯한 미소를 지으며 말했다.

"그럼 내가 먹여줄게요."

꼭 배부른 짐승이 보여주는 친절 같았다. 앞으로는 공복에는 절대 안 된다고 해야겠다고 다짐하는데 전화벨 소리가 들렸다. 그녀의 핸드폰은 방해받기 싫어서 꺼둔 상태였다. 태무진 사장의 핸드폰도 오늘은 한 번도 울리지 않았다. 전화벨 소리는 호텔 룸에 있는 전화기에서 울리고 있었다.

"룸서비스 안 된다는 전화이면 사장님이 나가서 직접 사 오서야 해요."

하지만 호텔에서 그런 경우는 없었기에 의아하긴 했다.

전화를 받은 태무진 사장은 상대방의 목소리를 듣고 그녀 쪽을 돌아보았다. 그가 심각한 표정으로 쳐다보자 수연은 불안해졌다.

"알겠어요. 수연과 바로 돌아가겠습니다."

전화를 끊기 전 그가 한 말에 수연은 놀라서 물었다.

"지금 돌아간다고요?"

태무진 사장이 전화기를 내려놓고 돌아서며 말했다.

"천태진 대표가 곧 깨어날 거 같답니다. 손가락을 움직였다는군요."

수연은 침대에서 벌떡 몸을 일으켰다. 이불이 흘러내리며 그녀의 하얀 나신이 드러났지만 그걸 신경 쓰는 사람은 그 자리에 아무도 없었다.

그녀와 태무진 사장은 아슬아슬하게 마지막 비행기를 타고 서울로 돌아와 곧장 한국 병원으로 향했다.

"며칠 내로 의식을 찾으실 가망성이 큽니다."

수연은 의사의 말이 쉽게 믿기지 않았다. 아버지가 안 계신 동안 있었던 일들이 차례로 떠오르면서 마음이 울컥했다.

"정말 감사합니다, 선생님."

수민이 의사에게 인사할 때도 수연은 멍한 상태였다. 수민이 그녀의 손을 움켜잡자 수연은 그제야 정신을 차리고 고개를 들었다.

"아버지만 깨어나시면 다 괜찮아질 거야."

수연은 감정을 주체할 수 없어서 몸이 떨려왔다. 기쁜 마음과 서러운 마음이 동시에 터졌다. 아버지가 돌아오시면 할 이야기가 너무나도 많았다.

말도 제대로 못 하는 수연의 어깨를 무진은 한 팔로 감싸 안으며 위로했다. 천태진 대표가 없는 동안 그녀가 얼마나 고생했는지 그만큼 잘 아는 사람은 없을 거다. 천태진 대표가 깨어나는 데 아주 오랜 시간이 걸릴 수도 있다고 생각했는데 예상보다는 빨라서 무진도 안도했다. 무진은 잠든 듯이 누워 있는 천태진 대표의 얼굴을 바라보았다.

이제 그만 돌아오십시오.

그가 돌아오면 그녀와 무진의 사이에도 변화가 생길 테지만, 지금은 천태진 대표가 깨어나는 것보다 중요한 일은 없었다.

수연은 밤에도 아버지의 병상을 지켰다.

"사장님은 그냥 가셔도 돼요."

여행도 그녀 때문에 중간에 끝나버렸는데 늦은 밤까지 병실에 함께 있어 주는 태무진 사장에게 미안해서 수연은 그를 보내려고 하였다.

"아직 우리 여행 안 끝났습니다."

그래서 병실에 있겠다는 그의 말에 수연은 병원에 오고 처음으로 웃음이 나왔다.

"전 정말 사장님을 못 당하겠어요."

"설마 날 이기고 싶었던 겁니까?"

아버지 소식에 정신을 차릴 수 없었던 수연은 태무진 사장 덕분에 안정을 찾을 수 있었다.

새벽이 되었을 때, 수연은 그의 어깨에 기대 잠이 들었다. 제주도에서 올라오자마자 병실에서 밤을 새웠으니 지칠 만도 했다. 무진은 잠든 수연을 안아서 소파로 옮겼다. 그녀가 잘 자는지 확인한 뒤 그는 다시 병상 옆으로 걸어갔다. 이제 천태진 대표의 곁을 지키는 건 그뿐이었다.

"당신이 돌아오지 않으면 수연은 평생 가온에 대한 책임감을 내려놓지 못할 겁니다. 그러니까 그만 일어나세요."

그의 말에 화답이라도 하듯이 천태진 대표의 눈꺼풀이 잘게 요동쳤다. 그리고 천천히 두 눈이 떠졌다. 잠시 공허한 눈빛이 허공을 응시하다가 무진과 시선이 마주쳤다. 무진은 서두르지 않고 차분하게 물었다.

"절 기억하시겠습니까? 천태진 대표님."

그가 천태진 대표를 처음이자 마지막으로 본 건 대학 강의실에서였다. 벌써 10년이나 지났건만 그날의 기억은 마치 어제처럼 또렷했다.

"전 당신이 제게 한 말을 아직도 기억합니다."

천태진 대표가 눈을 두 번 깜빡였다.

점점 또렷해지는 그의 눈빛을 보며 무진은 입꼬리를 올렸다. 사위와 장인은 그렇게 첫인사를 나누었다.

아버지가 깨어났다!

잠에서 깬 수연은 아버지가 깨어난 걸 알고 진심으로 놀랐다.

"왜 절 안 깨우셨어요!"

수연은 아버지가 깬 순간을 놓친 것이 너무 아까워서 태무진 사장에게 따졌다.

"푹 자라고요."

태무진 사장의 진심 어린 대답에 그녀는 더 이상 따질 수도 없었다.

연락받은 수민도 이미 병원에 도착해 있었고, 깨어난 아버지의 상태를 확인하기 위한 검사가 시행되었다.

"다행히 뇌에 후유증은 없으십니다. 이젠 재활 치료에만 집중하시면 됩니다."

아버지와 대화를 할 수 있다는 것만으로도 수연과 수민에게는 기적과 같은 일이었다.

천태진 대표가 호흡기를 떼고 제일 처음 한 질문은 사고가 나던 날 같이 차에 타고 있던 운전기사에 대한 것이었다.

"기사님은 구하지 못했어요. 죄송해요, 아버지."

수민의 말에 천태진 대표는 침통한 표정을 지었다. 다른 이에게는 아주 긴 시간이 흘러버린 사고였지만 이제 막 깨어난 천태진 대표한테는 어제 일이나 마찬가지였으니까.

"유족들한테 보상은 제대로 했니?"

수민과 수연은 서로를 쳐다보았다.

그 당시에는 아버지가 사고로 혼수상태에 빠진 것만으로도 정신이 없어서 미처 그걸 신경 쓸 겨를이 없었다. 그리고 책임 소재를 따지면 운전을 맡은 기사의 책임이 가장 컸기에 유족들도 연락해 오지 않았다.

"지금이라도 박 기사 가족들한테 연락해라."

수민은 고개를 끄덕이며 서둘러 말했다.

"제가 할게요. 걱정 마세요, 아버지."

수민이 운전기사의 유족에게 연락하기 위해서 병실을 나가고 아버지와 그녀 둘만 남겨졌다.

천태진 대표는 그녀를 보며 물었다.

"내가 눈 떴을 때 제일 처음 본 사람이 네 보스인 거 같은데, 내가 잘못 본 거냐?"

천태진 대표는 그녀가 태성에 사표를 쓰고 가온 대표가 되었다는 사실을 아직 알지 못했다.

"태무진 사장 맞아요."

"그 사람이 왜 여기 있었던 거냐?"

수연은 이걸 어디서부터 어떻게 설명해야 할까 고민하다가 간단하게 대답했다.

"저 태무진 사장님한테 청혼받았어요."

천태진 대표는 깜짝 놀란 표정을 지었다.

혼수상태에서 깨어나 보니 딸한테 남자 친구도 아니고 결혼할 남자가 생겼다고 하니 안 놀랄 수가 없었다. 그것도 태성그룹 태준석 회장의 외동아들이라니.

천태진은 자신이 너무 오래 잠들어 있었다는 걸 그제야 실감할 수 있었다.

가족끼리 보낼 시간을 주기 위해서 집으로 돌아갔던 무진은 천태진 대표가 그를 만나고 싶어 한다는 수연의 연락을 받고 다시 병원으로 찾아갔다.

"아버지가 사장님이랑 둘만 만나고 싶으시대요."

수연이 걱정스러운 눈으로 쳐다봐서 무진은 웃으며 물었다.

"아버지가 깨어나셨으니 이제 다 괜찮아질 텐데 왜 그런 표정입니까?"

수연도 그게 이상했다. 마냥 기쁘고 좋아해야 할 순간인데 아버지와 태무진 사장 둘만 만난다고 하니 마음이 놓이지 않았다.

"저만 빼고 만나신다고 하니까. 설마 나쁜 말씀 하시려는 건 아니겠죠?"

태무진 사장은 고개를 저었다.

"그럴 리 없으니 안심해요."

수연은 혼자 병실로 들어가는 태무진 사장한테서 눈을 떼지 못했다.

그녀가 가장 믿는 아버지와 그녀가 가장 사랑하는 남자였다. 그런 두 사람이 그녀에게 상처를 줄 일을 만들 리가 없었다.

그래, 그러겠지.

수연이 애써 안심하는 동안 무진은 병실 안에서 천태진 대표와 인사를 나누었다.

"정식으로 인사드립니다. 태무진입니다."

정중하게 인사하는 무진을 천태진 대표는 조용히 바라보았다. 눈을 떴을 때 처음 본 사람이기 때문인지 남다르게 느껴졌다.

"나는 이미 태성의 태무진을 알고 있으니 굳이 자기소개는 할 필요 없네."

두 사람은 잠시 서로를 쳐다보기만 했다. 마치 재야의 고수 두 명이 서로의 내공을 탐색하는 듯한 모습이었다.

무진은 마음을 비웠다. 천태진 대표는 그가 싸울 수 없는 상대였으니까.

천태진 대표가 그에게 첫 질문을 했다.

"내가 이 결혼을 찬성할 거 같나? 반대할 거 같나?"

천태진 대표는 부드러운 바람이었다. 그럼에도 무진은 태풍을 만난 것만 같은 기분이었다.

"저는 수연과 결혼하고 싶습니다."

그의 대답에 천태진 대표는 눈을 가늘게 떴다.

"내 질문에 대한 대답이 아닌데."

"대표님의 마음을 저한테 대답하라고 하시면 전 제 마음을 대답해드릴 수밖에 없습니다."

천태진 대표는 짧게 고개를 끄덕이고는 웃음을 거둔 진지한 얼굴로 그를 쳐다보았다.

"솔직히 말해서 난 태성 그룹 후계자가 내 딸의 짝이 되는 걸 반기지 않네."

무진의 눈매가 굳었다. 아무리 좋게 들으려고 해도 결혼을 반대한다는 말처럼 들렸으니까.

"어째서입니까?"

"자네 어머니가 어찌 살았는지 다 아니까."

태무진의 어머니, 연희와 천태진 대표는 대학 동기였다. 태성 그룹의 태준석 회장이 작은 가방 회사의 대표한테 처음 관심을 가지게 된 것도 그런 인연 때문이었다.

대한민국에서 제일가는 재벌가에 시집간 그녀의 결혼 생활은 대학 동문회에서 빠지지 않고 나오는 이야기였다.

결혼하고 얼마 지나지 않아서 친정이 망하면서 사기 결혼이란 오명을 썼고, 그래서 이혼하려고 했지만 태준석 회장이 그녀를 놓아주지 않았다. 부부의 사랑은 있었던 것 같지만 지켜줄 친정이 사라진 연희에게 태 씨 집안은 맨발로 서 있는 가시밭이나 마찬가지였다.

“태 씨 집안사람들은 돈으로 사람을 평가하고, 권력으로 사람을 굴복시키는 거 같던데. 내 말이 틀렸나?”

“저는 진심으로 수연을 사랑합니다.”

“자네의 진심을 의심하는 게 아니네.”

천태진 대표의 단호함이 무진을 묵직하게 찔러왔다.

“자네와 호적으로 얽힌 사람들을 경계하는 거지.”

무진은 반박할 수가 없었다. 그 역시 오픈 파티에 수연을 파트너로 데려갈 때 가장 불안해했던 부분이었으니까. 그렇다고 여기서 포기할 수도 없었다.

“저는 아버지와 다를 겁니다. 약속드립니다.”

“내가 보기에 자네와 태준석 회장은 크게 다르지 않아. 태성을 위해서는 얼마든지 잔인해질 수 있는 사람들이지. 벤처기업들을 인수할 때 그들의 미래를 지켜주려고 한 적이 단 한 번이라도 있었나? 태성이 얼마나 많은 중소기업의 기회를 빼앗아 갔는지, 설마 사장인 자네가 모르지는 않겠지?”

무진은 손발이 꽁꽁 묶인 기분이었다. 그가 청춘을 전부 바쳐 일한 태성이 그의 약점이 될 수 있다고는 생각조차 해본 적이 없었다.

기업 경영이란 건 자선 사업이 아니라는 말을 차마 이곳에서 할 수는 없었다. 결국 그가 인정 없는 사람이라는 걸 인정하는 꼴이었으니까.

"정말 내 딸과 결혼하고 싶어서 노력할 의지가 있다면 더 큰 걸 보여줘야 할 거야."

이제 무진은 천태진 대표의 입에서 무슨 소리가 나올지 두려워졌다.

"태성을 버리고 오게. 그럼 내가 기꺼이 허락할 테니까."

무진의 두 눈이 크게 흔들렸다. 그건 그의 아버지를 배신하라는 말과 똑같았으니까.

"아버지한테는 저뿐입니다."

그의 목소리가 처음으로 흔들렸다.

"저는 아버지를 배신할 수 없습니다."

이런 말밖에 할 수 없는 자신이 너무 나약하게 느껴졌다.

"아버지와 내 딸 중에서 하나만 선택하라고 하는 내가 잔인하게 느껴지나?"

무진은 대답하지 못하고 천태진 대표의 얼굴을 쳐다보기만 했다.

"하지만 자네가 선택하지 않으면 내 딸이 선택하게 되겠지. 나와 자네 중 하나를."

무진의 몸에서 힘이 빠져나갔다.

"어려운 선택을 내 딸한테 떠넘기는 게 자네가 말한 진심인가?"

무진은 끝까지 천태진 대표의 질문에 어느 것 하나 제대로 대답하지 못했다. 천태진 대표가 깨어나기만 하면 모든 게 괜찮아질 것이라고 생각했는데 그의 착각이었다.

"수연이 선택하지 않아도 이미 알고 있습니다."

무진은 온기가 사라진 눈으로 천태진 대표를 바라보며 건조하게 말했다.

"수연한테 아버지보다 더 필요한 사람은 없다는 거."

그 사실이 이렇게 잔인하게 그를 아프게 할 줄은 몰랐다. 천태진 대표는 더 이상 그를 다그치지 않고 바라보기만 했다.

무진은 마지막까지 정중하게 고개를 숙여 인사했다.

"그만 가보겠습니다. 건강히 지내십시오."

이제 막 혼수상태에서 깨어나 자기 발로 걷지도 못하는 환자에게 태무진은 완벽하게 졌다.

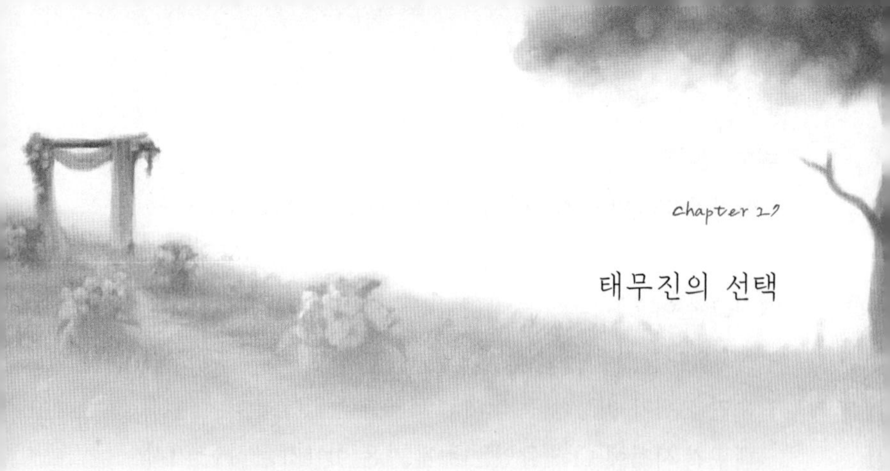

chapter 27

태무진의 선택

수연은 사과를 깎으며 아버지의 눈치를 보았다. 아버지와 만나고 돌아가는 태무진 사장의 분위기가 아무래도 마음에 걸렸다. 그녀의 아버지가 태무진 사장에게 심하게 말할 리 없다고 믿으면서도 병원을 떠나던 태무진 사장의 묵직한 뒷모습을 떠올리니 목 안에 뭔가 걸린 듯한 기분이었다.

"사장님이랑은 무슨 이야기를 나누신 거예요?"

천태진 대표는 회사에서 가져온 재무제표에서 눈을 떼지 않으며 말했다.

"몰랐었는데 너한테 경영 능력이 있나 보구나. 이젠 가온에 내가 없어도 되겠어."

"무슨 소리세요! 당연히 아버지가 다시 대표 자리로 돌아가셔야죠."

그녀는 아버지가 없는 자리를 지키고 있었을 뿐이기에, 그가 깨어난 이상 계속 대표 자리에 앉아 있을 생각이 없었다.

"그럼 넌 이제 결혼 생각밖에 없는 거야? 가온 일에서는 손

떼고 싶어?"

아버지의 진지한 질문에 수연의 마음도 무거워졌다.

"그런 거 아니에요. 가온에 제가 필요하다면 당연히 일을 계속하고 싶어요."

"그래, 다행이구나."

수연은 뭔가 이상한 걸 느끼고 고개를 틀었다.

태무진 사장에 대해 물었는데 왜 가온 이야기를 하는 거지?

수연은 불안한 눈으로 아버지의 얼굴을 보았다. 아버지가 태무진 사장을 마음에 안 들어 할 거라는 생각은 해본 적이 없어서 좀 당황스러웠다.

"아버지는 사장님이 마음에 안 드세요?"

"아니, 보기 드문 훌륭한 청년이지."

분명 칭찬이었다.

"그럼 저희 결혼 허락해주시는 거죠?"

"그거야 태 사장한테 달려 있을 거 같구나."

"네? 왜요?"

부모님의 허락을 받아야 할 수 있는 결혼인데 그걸 왜 태무진 사장에게 떠넘기는 건가 싶었다. 천태진 대표는 재무제표에서 눈을 떼 창밖의 풍경으로 시선을 돌리며 미소를 지었다.

"나도 궁금하구나. 보기 드문 훌륭한 청년이 어떤 선택을 할지."

태성을 버리는 것도, 수연을 포기하는 것도, 둘 다 현명한 선택은 아니었다. 태무진이 새로운 선택을 발견할 수 있다면 그가 태성의 미래라는 걸 인정해주기로 했다.

태준석 회장은 앞에 앉아서 밥을 먹는 태무진을 쳐다보았다. 천태진 대표가 깨어났다는 걸 태준석 회장도 알고 있었다. 그렇다는 건 이제 본격적으로 결혼 이야기를 꺼내야 할 때라는 소리였다. 결국 궁금한 걸 못 참고 태준석 회장이 먼저 묻고 말았다.

"천태진 대표는 언제쯤 퇴원할 수 있다더냐?"

"모르겠습니다."

아들의 대답에 태준석 회장은 바로 답답해졌다.

"그걸 네가 모르면 어떡해! 곧 그 집 사위가 될 텐데."

태무진이 고개를 들어 그를 쳐다보는데 눈빛이 영 석연치 않았다.

"천태진 대표는 제가 싫대요."

"뭐!"

태준석 회장은 자리에서 벌떡 일어나다가 뒷골이 당기자 다시 주저앉았다. 그는 손으로 뒷목을 움켜잡고는 화를 냈다.

"그 자식이 뭐라고 널 싫어해!"

"수연의 아버지시죠."

"나도 네 아비다!"

태준석 회장은 눈빛을 번뜩이며 호기롭게 장담했다.

"내가 내일 안에 그놈 입에서 내 딸과 제발 결혼해달라는 소리가 나오게 하고 만다."

"돈으로 해결하시려고요?"

"그래! 가온 같은 회사 열 개는 살 수 있는 돈을 주면 지가 안 넘어오고 배겨."

자신하는 아버지를 무진은 쓸쓸한 눈으로 쳐다보았다.

"아버지는 태성이 정의롭다고 생각하세요?"

무진의 물음에 태준석 회장은 잠시 얼이 빠졌다. 태성이 얼마나 대단한 기업인지 설명하라면 1시간이고 2시간이고 쉬지 않고 말할 수 있지만, 그 질문에 대한 답만은 입에서 바로 나오지 않았다.

"저 역시 사장 자리에 앉아 있으면서 한 번도 생각해보지 못했어요. 사장인 내가 잊어버렸는데 누가 그걸 신경이나 쓸까요."

그런데 천태진 대표는 태성이 정의롭지 못하다는 이유로 그를 거부했다. 그가 태성 그룹의 사장이니 책임이 있다고. 그러니 어떻게 억지를 쓴다고 할 수 있겠는가. 그가 태성의 차기 오너가 될 사람이 맞다면 천태진 대표의 질문에 반드시 답을 해야만 했다.

수연은 태무진 사장한테서 아무런 연락이 없는 게 신경이 쓰여서 아버지의 병간호를 잠시 수민에게 맡기고 병원을 나와 태무진 사장에게 전화를 걸었다.

"사장님, 지금 만나실래요?"

[병원 아닙니까?]

"잠깐 나왔어요."

그녀가 그를 만나기 위해 일부러 나왔다고 하면 기뻐할 줄 알았는데 태무진 사장의 태도는 상상했던 것과 반대로 흘러갔다.

[그냥 병원으로 돌아가요. 천태진 대표 상태 아직은 안심할 단계가 아니니까.]

"병원에는 오빠가 있으니까 걱정 안 하셔도 돼요."

태무진 사장이 아무 말이 없자 수연은 불안해져서 입술을 깨물었다.

그녀도 모르는 사이 그와의 사이에 틈이 생긴 것만 같았다.

"사장님, 아직도 저랑 결혼하고 싶은 거 맞죠?"

말하고 보니 유치하고 바보 같은 질문이었다. 그녀는 태무진 사장 앞에서 세련된 사람이 되고 싶었다.

[네. 그러니 천태진 대표한테 가서 말해줘요.]

역시 아버지가 이유인 것 같아서 수연의 미간이 좁아졌다. 그녀가 아버지 없는 동안 얼마나 고생하며 가온을 지켰는데, 아버지는 일어나자마자 그녀와 태무진 사장을 갈라놓으려고 하는 것 같아서 화가 났다. 태무진 사장을 위해 아버지와 싸울 각오까지 하는데 핸드폰 안에서 그의 목소리가 들려왔다.

[난 선택을 했다고.]

그가 말하는 선택은 식사 메뉴 선택과는 무게감이 달랐기에 수연의 심장이 덜컹거렸다.

“아버지가 사장님한테 무슨 선택을 하라고 한 거예요?”

수연은 아버지를 믿지만 마음이 불안해졌다.

[내가 내일 병원으로 찾아가서 말해줄게요.]

그가 이미 선택을 내린 걸 알 수 있었다. 그녀한테 한마디 상의도 안 한 게 서운해졌다. 그가 그녀의 보스였을 때는 그래도 상관없었지만 지금은 결혼을 약속한 사이였다. 서로에게 숨기는 일은 없어야 한다고 생각했다.

“선택하기 전에 저한테 상의할 생각은 안 하신 거예요?”

[이번엔 내가 잘못했어요.]

그가 사과하니 수연은 마음이 더 안 좋았다. 그녀의 아버지 때문에 생긴 일이었기에 마냥 그를 탓할 수만도 없었다.

태성 그룹 회장실.

태준석 회장은 믿을 수 없다는 듯이 태무진을 쳐다보았다.

“너 방금 뭐라고 했냐?”

무진은 표정 변화 없이 똑같이 말했다.

“아프리카에 석 달 동안 다녀오겠다고 했습니다.”

당장 결혼해야 하는 놈이 결혼식장이 아니라 아프리카에 간다고 하니 태준석 회장은 기가 막힐 따름이었다.

"대기업 사장이 그렇게 오래 회사를 비우는 게 가능하다고 보는 거냐!"

"그래서 이걸 썼습니다."

무진은 재킷 안주머니에서 꺼낸 봉투를 태준석 회장의 책상 위에 올려놓았다.

사직서

봉투에 적힌 글자를 태준석 회장은 더더욱 믿을 수 없다는 눈으로 쳐다보았다.

"너, 설마 미친 거냐?"

안 그럼 어떻게 이런 걸 갑자기 내밀 수가 있단 말인가.

제정신으로 할 수 없는 일이라고 태준석 회장은 단정했다.

"아니면 천태진이 너보고 결혼하고 싶으면 가온에 와서 일하라고 했어?"

태준석 회장은 다시 혈압이 끓어올랐다. 당장 천태진을 찾아가서 멱살 잡고 싸움이라도 하고 싶은 심정이었다.

"천태진 대표와는 상관없는 제 결정입니다."

"도대체 왜!"

아버지는 그가 배신이라도 한 것처럼 분노했다. 하지만 무진은 그럴 마음으로 낸 사직서가 전혀 아니었다. 오히려 지키고 싶어서 낸 사직서였다.

"전 시작부터 다른 이들보다 높은 곳에 있었습니다. 아버지 덕분에요."

태성 그룹의 최연소 사장이 될 수 있었던 건 아버지의 힘 때문이었다. 한 번도 낮은 곳으로 떨어져본 적이 없었다. 보통 사람들이 겪는 현실의 비참함을 그는 겪어본 적이 없었다.

"이번엔 가장 낮은 곳에서부터 시작하고 싶습니다. 그래서 아프리카에 가려는 겁니다. 거기서 도움이 필요한 사람들에게 봉사하면서 시작할 겁니다."

"그러니까 네가 왜 그런 걸 해야 하냐고!"

이대로 그냥 사장 자리에 버티고 있으면 자연스럽게 태성 그룹의 회장이 될 수 있었다. 굳이 그런 고생을 사서 할 필요가 없었다.

"저도 태성 그룹을 정의롭게 만들 능력은 없으니까요. 하지만 내가 정의로워진다면, 정의가 뭔지 깊이 고민하는 사람이 태성 그룹의 오너가 된다면 그것에 공감하는 사람이 태성에 점점 늘어나지 않겠습니까?"

태준석 회장은 할 말을 잃은 눈으로 태무진을 쳐다보았다. 왜 결혼 한 번 하는 데 그런 거까지 신경을 써야 하느냐고 따지고 싶었지만 그럴 수 없었다. 그는 태성 그룹의 회장이었으니까.

지금 태무진의 말을 틀렸다거나 쓸데없는 것이라고 치부한다면 그의 손으로 태성의 미래를 가두는 거나 마찬가지였다.

"네가 이대로 떠나서 안 돌아오면 나는 어쩌냐?"

아버지가 잠긴 목소리로 묻자, 무진은 입꼬리를 올렸다.

"전 반드시 돌아올 겁니다. 태성에는 태무진이 꼭 필요하니까요.”

천태진 대표의 질문에 대한 그의 대답은 태성의 새로운 미래였다. 아무리 긴 시간이 걸리더라도 그는 태성을 변화시킬 것이었다. 그러기 위해서는 그의 변화가 먼저 필요했다. 그가 가장 먼저 배워야 할 건 ‘희생’이었다.

답이 나오는 데 시간이 너무 오래 걸려서 결혼을 허락할 수 없다고 천태진 대표가 말한다고 하더라도 무진은 이 선택을 바꿀 수 없었다.

천태진 대표는 다시 병원에 찾아온 무진을 반갑게 맞았다.

“수연이한테 들었네. 선택을 했다고.”

“네. 그걸 말씀드리러 왔습니다.”

“난 수연이한테 한 소리 들었네. 그냥 결혼을 허락한다는 한마디면 될 걸 왜 어렵게 구냐고.”

그를 심판하는 것처럼 대했던 저번과 달리 천태진 대표는 얼굴에 미소까지 지으며 말했다.

“자네가 수연이 데리고 멀리 도망쳐서 결혼식을 올리면 내가 어찌할 수 없기는 하지.”

“걱정 마십시오. 그럴 일은 없을 테니까.”

“원래 그렇게 재미없나? 아니면 자네도 나한테 화나서 그러는 건가?”

무진은 품에서 비행기 표를 꺼내 천태진 대표에게 내밀었다. 천태진 대표는 그가 내민 비행기 표를 받아서 도착지를 확인했다.

"다르에스살람? 탄자니아에 가나?"

"네, 의료 봉사팀과 함께 떠날 겁니다. 거기서부터 시작해볼 생각입니다."

그가 굳이 더 설명하지 않아도 그의 의도를 파악한 천태진 대표는 고개를 끄덕였다.

"태준석 회장이 쉽게 허락하지 않았을 텐데."

"아버지한테는 석 달 뒤, 꼭 태성으로 돌아오겠다고 약속했습니다."

그러니 그의 선택은 태성을 버리는 것도 아니었고, 수연을 포기하는 것도 아니었다. 천태진 대표는 비행기 표를 다시 그에게 내밀었다.

"그래, 자네 선택 잘 들었네."

그의 선택이 맞았다는 말도, 틀렸다는 말도 없었다. 아마도 그가 아프리카에서 돌아온 뒤의 행보를 보고 나서 결정하겠지. 그가 흉내만 내려는 건지, 진심인 건지 먼저 알아야 했으니까.

무진이 비행기 표를 받자, 천태진 대표가 물었다.

"수연이도 아프리카에 데려갈 건가?"

그의 눈빛이 처음으로 흔들렸다. 하지만 그 흔들림은 바로 사라졌다.

“아뇨.”

그의 대답은 명확했고 번복할 마음은 없었다. 여행이 아니라 봉사하러 가는 것이니 아프리카 생활은 힘들 것이었다. 그가 할 고생은 개의치 않지만 그녀가 고생하는 건 보고 싶지 않았다. 천태진 대표도 동의한다는 듯이 고개를 끄덕였다.

“그런데 그 결정은 자네가 아니라 우리 수연이가 해야 할 거 같군.”

천태진 대표가 병실 문 쪽으로 고개를 돌리자 그의 시선도 따라갔다. 병실 문 앞에 서 있는 수연을 발견하고 무진의 눈이 커졌다. 그를 쳐다보는 그녀의 표정은 처음으로 온기 없이 냉정했다.

이런 식으로 그녀한테 말할 생각이 아니었던 무진은 당황스러웠다. 아무래도 이번엔 잘못했다는 한마디로 회복될 수 있는 게 아닌 듯했다. 그가 아무 말도 못 하고 있는데 천태진 대표가 수연에게 물었다.

“수연이 너는 태무진 사장을 따라서 아프리카에 가고 싶니?”

무진은 그녀의 얼굴에서 시선을 떼지 못했다. 그가 먼저 데려갈 수 없다고 해놓고 그녀의 대답을 듣는 게 긴장되었다. 수연은 한참이나 그의 얼굴을 쳐다만 보다가 천천히 입을 뗐다.

“전…….”

태무진 사장의 시선을 피해 고개를 돌리며 대답했다.

“아버지 옆에 있을 거예요.”

죽다가 살아나서 아직 치료가 더 필요한 아버지를 두고 남자를 따라 아프리카에 갈 수는 없었다. 태무진 사장이 아프리카에 가는 걸 혼자 결정했듯이 그녀도 태무진 사장에게 묻지 않고 그녀 혼자 결정하기로 했다. 그녀의 결정에 대해 태무진 사장은 아무 말이 없었다.

"두 사람의 의견이 같군."

천태진 대표 혼자 만족한 표정을 지었다.

"그럼 그렇게 하는 걸로 하지."

그렇게 두 사람은 석 달 동안 생이별을 하게 되었다.

"수연아, 태 군 배웅해주렴."

그만 떠나라는 뜻이었기에 태무진 사장은 천태진 대표에게 꾸벅 인사를 했다.

"그럼 아프리카 다녀와서 뵙겠습니다."

"그래, 잘 다녀오게."

두 사람은 의기투합해서 사이가 좋아 보였지만, 수연의 기분은 좋지 않았다.

두 사람은 병실에서 나와 같이 복도를 걸어갔다. 그녀도, 그도 앞만 보고 걸었다.

엘리베이터를 기다리는 동안 수연은 사무적으로 물었다.

"사장 자리를 석 달이나 비워도 되는 거예요?"

"안 돼서 사표 썼습니다."

수연은 헛웃음이 나왔다. 결혼 승낙을 받기 위해 사표까지 쓰는 남자라니. 이건 감격스러운 게 아니라 황당하기 그지없었다.

"우리 결혼 때문에 사표 쓴 거면 정말 바보짓 한 거예요. 아버지는 우리 둘이 조금만 설득했어도 결혼 승낙을 했을 거라고요."

"태성을 위해서 쓴 겁니다."

수연은 고개를 돌려 그를 쳐다보았다. 태무진 사장은, 아니, 이젠 그냥 태무진이었다. 그는 언제나처럼 앞만 보고 서 있었다. 지금은 그게 너무나도…… 서운했다.

"미래에 내가 태성의 오너가 되었을 때 지금보다 더 좋은 사람이 되어 있길 바라니까."

수연의 눈빛이 일렁였다. 이런 신념을 말하는 남자에게 그녀가 어떻게 서운한 티를 낼 수 있겠는가. 이건 정말 너무 불공평했다.

"잘나셨어요, 정말."

그녀의 말투가 심상치 않았기에 그제야 무진은 고개를 돌려 그녀의 얼굴을 보았다. 내내 미안한 마음 때문에 얼굴을 똑바로 보지 못했다. 수연은 반대편으로 고개를 돌리고 있어서 눈을 똑바로 마주 볼 수 없었다.

"공항에는 안 나와도 돼요."

"처음부터 나갈 생각 없었어요!"

"보고 싶을 겁니다."

"난 아니에요."

따지고 보면 두 사람이 연인이 된 이후 첫 다툼이었다.

태무진 사장은 일주일 뒤에 아프리카로 떠날 예정이었다. 하지만 수연은 그때까지 먼저 화를 풀 생각이 전혀 없었다. 그녀가 독한 여자라는 걸 이번에 확실히 깨닫게 해줄 거다.

사흘 동안 태무진 사장한테서 아무 연락이 없는 걸 보고 수연은 깨달았다. 그는 그녀보다 더 독한 남자라는 걸.

"매일 찾아와서 사과해도 모자랄 판에."

수연은 핸드폰에 찍힌 태무진 사장의 이름을 노려보았다. 그녀가 혼자 이러고 있는 동안 그는 착실하게 아프리카에 갈 준비를 하고 있을 거라 생각하니 더 분했다.

"아프리카에 가면 우리 사이도 끝이라고 해버릴까."

그녀도 초강수를 둘까 생각하다가 바로 접었다. 그럼 아버지는 차라리 잘 되었다고 할 테고, 태무진 사장은 그래도 아프리카로 떠나버릴 것 같았으니까.

가벼운 마음으로 떠나는 게 아니라는 걸 느낄 수 있었다. 그걸 알고 있었지만 그래도 그녀의 마음은 안 풀렸다. 차라리 그녀에게 같이 가달라고 사정했다면 좀 덜 했으려나.

수연은 두 팔에 얼굴을 묻었다. 답답한 마음은 아무리 해도 풀리지 않았다. 아버지와 태무진 사장만 고결한 사람이고 그녀 혼자 이기적인 인간이 된 것 같았다. 당장 그녀가 헤어지기 싫은데 어떻게 그 멀리 있는 사람들까지 신경 쓸 수 있겠는가.

수연은 도저히 잠이 안 올 것 같아서 집을 나왔다. 수민은 아버지 병원에서 자고 온다고 했으니 그녀의 밤 외출을 혼낼 사람도 없었다.

수연은 택시를 타고 문라이트로 향했다. 그곳에 혼자 가는 건 처음이었다. 언제나 태무진 사장과 함께였다. 심지어 태무진 사장을 몰랐던 때조차도.

그냥 혼자라도 술을 마시고 싶었다. 그럼 기분이 풀릴지도 몰랐다.

"아버지가 깨어나셔서 날아다녀야 할 사람이 어찌 이리 죽상이실까?"

365일 근심 걱정 없이 사는 것 같은 문수호가 오늘은 부러워 보였다.

"왜 혼자 왔냐고 물어야 하는 거 아닌가요?"

"내가 굳이 남의 연애사에 왜?"

얄밉게 웃는 문수호를 뒤로하고 그녀는 루프탑으로 올라갔다. 당연히 아무도 없을 거라고 생각했는데, 가장 먼저 보인 건 난간 앞에 서 있는 키가 큰 남자의 뒷모습이었다. 얼굴을 보지 않아도 누군지 단번에 알 수 있었다. 그녀는 그동안 그의 얼굴보다 뒷모습을 더 많이 보아왔기에.

수연은 마치 환영을 보는 것처럼 그의 뒷모습을 바라보았다. 그가 이곳에 있을 거라는 생각은 전혀 못 했다. 아프리카에 갈 준비로 바쁜 줄만 알았지. 그녀가 부르지 않았는데 태무진 사장이 천천히 고개를 돌려 그녀가 있는 쪽을 보았다.

낮보다도 더 환한 네온사인을 등지고 역광을 받은 그의 얼굴은 짙은 밤의 향기를 품고 있었다.

"왜 여기 있어요?"

설마 석 달 동안 아프리카에서 술을 못 마실 게 아쉬워서 술 마시러 온 건가.

"화가 풀리면 여기로 오지 않을까 해서."

수연은 고개를 돌려 그를 외면하며 쌀쌀맞게 말했다.

"전 그냥 술 마시러 온 건데요."

정말이었다. 그녀는 아직도 그한테 마음이 풀리지 않았다. 그러니까 이리 보자마자 심장이 울컥하는 거다.

"내가 여기 있어서 방해가 됩니까?"

그녀는 입술을 깨물었다가 떼며 대답했다.

"네."

순간 그의 눈빛에 쓸쓸한 빛이 감돌았지만 수연은 그를 보고 있지 않아서 알지 못했다.

뚜벅뚜벅.

그가 걸어오는 발소리가 들려왔다. 점점 그녀에게 다가오고 있다는 걸 알 수 있었다. 하지만 그는 그녀에게 오는 게 아니었다.

"그럼 난 갈게요."

태무진 사장이 그녀의 옆을 스쳐 지나갔다.

이렇게도 쉽게, 이렇게도 아무렇지 않게 떠나는 그의 뒷모습을 견딜 수가 없어 수연은 큰 소리로 외쳤다.

"거기 서요!"

태무진 사장이 계단 중간에 멈추어 서서 그녀를 돌아보았다. 수연은 주먹을 꽉 움켜쥐며 화를 냈다.

"그런 결정을 어떻게 그리 쉽게 하는 건데요! 나랑 떨어져 지내는 게 사장님한테는 그렇게 쉬웠어요? 왜 당신은 아무렇지 않은데 나만 이렇게 힘들어해야 하냐구요!"

그녀가 화내는 걸 말없이 듣고만 있던 태무진 사장은 씁쓸한 표정을 지었다.

"난 항상 태무진으로 사는 게 어려웠습니다."

매 순간이 시험이었고, 경쟁이었고, 전쟁이었다. 아버지는 하나뿐인 아들인 그를 사랑했지만, 그가 태성 그룹의 후계자로 모자란 모습을 보이는 것도 결코 용납하지 않았다. 그러니 그가 할 수 있는 건 싸우고, 이기고, 이 자리를 지키는 거였다. 그렇게 사는 게 어떻게 쉽겠나. 그런 그의 삶에 그녀는 휴식과 같은 존재였다.

"이 선택 역시 어려웠고, 내가 한 선택 때문에 당신과 헤어져 지내야 하는 건 더 끔찍해요."

수연은 멍하니 그의 고해성사 같은 말을 들었다. 그의 입가에 미소 비슷한 게 걸렸다.

"어렵고 힘들다고 포기하는 건 못 합니다. 난 항상 그런 선택만 해왔으니까. 그렇게 사는 방법밖에 몰라서."

유일한 변수가 있다면 그녀에 대한 사랑이었다.

"중간에 보고 싶어 미칠 거 같아서 그냥 돌아올지도 모르죠. 그때는 내가 나약하다고 실망할 겁니까?"

수연은 계단을 뛰어 내려갔다. 그리고 그의 품으로 날아가듯이 떨어졌다. 태무진 사장은 지구의 중력까지 끌어모아 안겨 오는 그녀의 몸을 온전히 받아냈다. 수연은 온 힘을 다해 그의 몸을 두 팔로 끌어안았다.

"사장님 탓이 아니에요. 우리 아버지가 무리한 걸 요구한 거예요. 다 아버지 탓이야! 우리 아버지는 사랑을 몰라!"

무진은 낮게 웃었다. 수연이 한 번은 인생의 기둥인 아버지가 아니라 그의 편을 들어주었으니 이젠 죽어도 여한이 없을 것 같았다. 무진은 그녀의 향기로운 머릿결에 코를 묻고 그녀의 향을 몸 안에 담았다. 떨어져 있는 석 달 동안 잊어버리지 않게.

"자주 메일 쓸게요."

수연은 터져 나오려는 눈물을 참기 위해 그의 어깨에 얼굴을 깊게 묻었다.

"석 달 뒤에 봐요."

고작 석 달이건만, 마치 몇 년은 헤어져 있자는 말처럼 들려왔다. 어찌할 바를 모르겠다. 그녀는 그에게 화난 게 아니었다. 단지 그를 보내는 법을 모르는 것뿐이었다.

태무진이 아프리카로 떠나는 날, 그녀는 병원에 있었다.

"정말 안 가볼 생각이냐?"

아버지의 물음에 그녀는 퉁명스럽게 말했다.

"아버지 때문에 가는 거잖아요. 이제 와서 걱정하는 척하지 마세요."

"난 태 군한테 아프리카에 가라는 말을 한 적은 없다."

수연은 더 이상의 대화는 거부한다는 뜻으로 몸을 돌려 창밖을 보았다. 창밖으로 푸른 하늘이 펼쳐져 있었다. 어딘가로 멀리 떠나기에는 정말 좋은 날씨였다. 지금쯤 공항에 있을 태무진 사장을 생각하니 그녀의 눈빛이 일렁였다.

미동 없는 딸의 뒷모습을 바라보던 천태진 대표가 입을 열었다.

"난 태 군이 태준석 회장을 닮았을까 걱정했단다. 태준석 회장은 왕자의 난에서 살아남아 왕좌를 차지한 사람이니까. 싸우는 법을 너무 잘 아는 사람이지."

사실 태무진 사장도 그랬다. 하지만 그는 이젠 사랑하는 법도 아는 사람이 되었다.

수연은 핸드폰을 꺼냈다.

공항에 나오지 말라고 부탁한 건 태무진 사장이었다. 그녀를 보면 정말 떠나기 힘들 것 같다면서.

그래서 그녀는 태무진 사장에게 메시지를 보냈다.

그때 공항에서 왜 가방 안을 못 보게 한 거예요?

그들은 결국 아직까지도 제대로 된 여행을 떠나지 못했다.

이제 결혼해서 신혼여행을 가야만 가능할 것 같았다. 그런데 도대체 결혼은 언제 할 수 있는 건지. 이번에는 진짜 할 수 있을 줄 알았는데 이렇게 생이별을 하게 되었다. 수연은 왼손에 끼워진 반지를 바라보며 한숨을 내쉬었다.

삑삑.

그때 태무진 사장의 답변이 도착했다. 수연은 바로 확인했다.

내 속옷이 들어 있었습니다.

그가 보낸 답변을 보고 그녀는 웃음이 터져 나왔다.

삑삑.

그녀의 핸드폰이 다시 울렸다.

다녀오겠습니다.

수연은 핸드폰에 찍힌 일곱 글자에서 눈을 떼지 못했다.

그는 결국 떠났다.

chapter 28

완전무결한 결혼식

대기업에서 아프리카에 봉사를 간다는 건 그룹 홍보에 좋은 일이라 그런 일이 있을 때면 언론 기사를 통해 접할 수 있었지만, 이번에 태무진 사장이 사장직까지 내려놓고 아프리카로 떠난 건 단 한 줄의 기사도 나오지 않았다.

아마도 태무진 사장의 지시였을 테지만, 그녀는 그의 소식을 알 수 없어서 답답했다. 대신 열심히 탄자니아 관련 기사를 찾아보게 되었다. 그 나라의 날씨가 어떤지, 그 나라의 사람들은 어떻게 사는지. 한 번도 가본 적 없는 모르는 나라의 기사에 이리 모든 신경을 집중하게 될 줄은 그녀도 몰랐다.

참지 못하고 태무진 사장에게 전화를 해보았지만, 전원이 꺼져 있다는 황망한 소리만 들려왔다. 그가 낯선 땅에 막 도착해서 정신없을 거라는 건 알지만 한국에서 그의 소식을 기다리고 있을 그녀는 잊어버린 것 같아서 섭섭했다.

태무진 사장한테 첫 메일이 온 건 그가 아프리카로 떠나고 사흘이 지나서였다.

저는 잘 지내고 있습니다.

그 한 문장을 보자마자 울컥했다. 아무 일 없다니 다행이지만, 그녀가 없어도 잘 지낸다고 하니 섭섭했다.

여기는 선생님이 부족해서 이곳 아이들에게 가르쳐주는 일을 하기로 했어요.

아이들과 어울리는 태무진 사장은 전혀 상상이 안 되었다. 어른들도 어려워했던 태무진 사장인데 아이들은 그렇지 않은 걸까? 아마 그가 자신이 가진 모든 권력을 내려놓고 다가갔기 때문일 것이다. 그는 이번 여행을 통해 태성의 태무진 사장이었다면 절대 겪어보지 못했을 일들을 경험하고 있었다. 그래서 그는 무엇을 깨닫고 있을까?

아프리카에서 당신의 칸이 보냄

수연은 마지막 문장을 하염없이 바라보았다. 그저 이름이 같아서 붙인 애칭일 뿐이었는데 그녀가 사랑한 남자는 정말 칸의 후예인지도 모르겠다. 그는 어디에 있든 자신의 존재를 가장 가치 있게 만들며 살아갔다. 그녀가 원하는 건 단지 그의 사랑일 뿐인데, 그는 더 큰 꿈을 꾸며 먼 나라에 있었다. 그런 그를 붙잡아서는 안 되는 것이라면 그녀도 앞으로 나아가야만 했다.

수연은 아버지를 찾아갔다.

"저는 가온에서 계속 일하고 싶어요."

늦은 밤, 찾아와서 결의에 찬 태도를 보이는 그녀를 천태진 대표는 웃으며 바라보았다.

"결혼해도 말이냐?"

"네. 누구랑 결혼하든 상관없이 가온을 우리나라 대표 가방 회사로 만들 거예요."

그녀는 태무진 사장처럼 심오한 성장까지는 바라지도 않았다. 그저 가온이 돈을 아주 많이 벌었으면 좋겠다고 생각했다.

"그래. 네 의지가 그렇다면 가온으로서는 행운이지. 하지만 태성에서 일하는 것보다 편한 일자리는 절대 아닐 거다."

그건 이미 아버지가 없는 동안 임시 대표를 하면서 충분히 느꼈다.

"전 이제 대표만 빼면 뭐든 할 수 있을 것 같아요."

의욕이 넘치는 그녀를 바라보며 천태진 대표는 따스한 표정을 지었다.

"나는 네가 아주 자랑스럽구나."

처음이었다, 아버지한테 그런 말을 들은 건.

가슴이 벅차올랐지만, 아직은 그 말을 듣기에 부족한 것만 같았다.

"그 말은 나중에 해주세요. 제가 정말 해내면."

아버지와 딸은 서로를 바라보며 웃었다.

두 번 다시 이렇게 이야기하지 못할 수도 있다고 절망했던 때도 있었기에, 아버지와 다정한 시간을 다시 가질 수 있는 것에 감사했다. 세상에서 가족보다 더 소중한 건 없었다.

천태진 대표가 하루빨리 회사로 돌아갈 수 있게 재활에 힘쓰는 동안 수연은 아버지가 돌아오기 전까지 가온의 대표 자리를 지켰다. 그건 무진이 그녀를 아프리카로 데려갈 수 없었던 가장 큰 이유이기도 했다. 아직 가온에는 천수연 대표가 필요했으니까.

"전 이제라도 디자인 공부를 시작하려고요."

수민도 자신의 진로를 결정했다. 아버지와 그녀는 당연히 수민의 선택을 응원했다.

"그래, 배움에 늦는 건 없는 법이야."

수민은 눈시울이 뜨거워졌다. 비겁하게 도망쳤던 그를 아무 대가 없이 품어주는 건 가족뿐이었다. 그래서 그는 아버지와 수연을 위해 더 강한 사람이 되고 싶었다.

"태무진한테서 연락은 왔어?"

태무진 사장을 가장 못마땅하게 여겼던 수민이 먼저 그에 대해 묻자 수연은 헛웃음이 나왔다.

"왜? 아예 아프리카에서 안 돌아왔으면 좋겠어?"

수민은 떨떠름한 표정을 지으며 말했다.

"생각보다는 괜찮은 놈인 거 같으니, 아프리카에서 돌아오면 밥이나 같이 먹든가."

그래도 태무진 사장이 아프리카에 감으로써 하나는 확실히 얻을 수 있었다. 천수민과 밥을 같이 먹게 되었으니까.

수연은 태무진 사장에게 전화해서 그 소식을 알렸다.

[진짜 천수민이 나랑 밥을 먹겠다고 했다고요?]

태무진 사장은 믿기 힘들었는지 재차 물었다.

수연은 웃으며 말했다.

"네, 그런데 메뉴는 만두일 확률이 높아요. 우리 오빠 엄청 편식하거든요."

[하하하하. 나한테 선택권은 절대 안 주겠네요.]

아프리카의 공기가 다르긴 한지 그의 웃음소리가 더 맑고 환하게 들렸다.

"오늘은 아이들한테 뭘 가르쳐줬어요?"

[지구를 사랑하는 방법이요.]

"와! 이젠 저보다 사랑이 더 넘치시네요."

전화 통화를 하고 있어도 그가 너무 보고 싶었다. 얼굴을 보고, 체온을 느끼며 이야기하고 싶었다.

매일 자기 전에 달력의 날짜에 엑스 표시를 했다. 그리고 그가 돌아오기까지 얼마나 남았는지 세어보았다. 이제 고작 열흘밖에 안 지났다는 게 믿기지 않았다. 꿈에서라도 만났으면 좋겠는데, 잠이 드는 것조차 쉽지 않았다.

그리움만 쌓여가는 이 시간이 어서 빨리 지나가기만을 바랄 뿐이었다.

아버지는 드디어 퇴원하여 집으로 돌아왔고, 가온에 첫 출근을 하였다. 천태진 대표가 다시 출근하는 날, 가온의 전 직원이 나와서 대표를 반겨주었다. 모두 진심으로 기뻐했고, 어떤 이는 감격에 겨워 눈물까지 보였다. 그녀를 끝까지 못마땅하게 여겼던 황 전무는 가장 앞에서 천태진 대표를 반겼다.

"잘 돌아오셨습니다, 대표님."

그녀가 아버지 옆에서 두 눈을 똑바로 뜨고 쳐다보고 있었지만 그녀한테는 눈길조차 주지 않았다.

"황 전무도 내 딸 밑에서 일하느라 고생했어요."

천태진 대표가 그녀를 언급하자 황 전무는 크게 헛기침을 했다. 그녀도 묵은 감정은 넘기기로 했다. 황 전무도 이제는 아르노에 대한 미련을 완전히 접었을 테니까.

천태진 대표가 출근한 날 가온의 주가는 최고치를 찍었다. 이제야 그녀도 가온에 대한 무거운 책임감을 내려놓을 수 있게 되었다.

"천 대표님이 돌아왔으니 천수연 대표는 사임하는 겁니까?"

황 전무의 물음에 수연은 새침한 표정을 지으며 물었다.

"제 얼굴 더 이상 안 보고 싶으신가 봐요?"

황 전무는 너털웃음을 지으며 친한 척을 했다.

"하하하. 그럴 리가 있나. 가온에 남아서 계속 일했으면 좋겠기에 물어본 겁니다."

그의 상사만 아니면 뭐든 좋다는 뜻이었다.

천태진 대표도 진지하게 그녀에게 물었다.

"넌 어떻게 했으면 좋겠니?"

수연이 가온에서 계속 일하겠다고 말은 했지만 정확한 보직에 대해서는 자세히 이야기하지 않았다. 이젠 확실히 정할 때였다. 수연은 생각해두었던 자리가 있었다.

"전 마케팅 쪽에서 일하고 싶어요."

지난번 서이재의 광고로 가온은 도약할 수 있는 계기를 마련할 수 있었다. 마케팅의 중요성을 깨달은 수연은 그쪽에서 일하면서 가온을 더 많은 사람에게 알리기 위해 노력하리라 다짐했다.

"하지만 서이재의 재계약은 내가 승인해줄 수 없다."

천태진 대표의 단호함에 수연과 황 전무는 처음으로 마음이 맞았다.

"제가 광고비는 어떻게든 깎아볼게요."

"지금 광고 효과가 얼마나 좋은데."

두 사람은 함께 천태진 대표와 설전을 벌였지만, 서이재의 재계약 승인을 받아내는 데는 실패했다. 아무래도 그녀가 서이재 광고를 받고자 태무진 사장과 거래했다는 걸 아버지가 눈치채고 있는 것 같은 느낌이었다. 이미 태무진 사장은 아프리카에서 봉사하고 있으니 아버지가 그 일로 태무진 사장을 불러서 혼낼 수 없는 게 처음으로 다행이라고 여겨졌다.

그런데 며칠 전부터 태무진 사장한테서 메일이 오지 않았다. 매일 일기처럼 오던 메일이었기에 빈 메일함 창을 수연은 몇 번이고 새로 고침했다. 그래도 메일이 오지 않자 수연은 그에게 직접 전화를 걸었다.

[고객님의 전원이 꺼져 있어서 음성 사서함으로…….]

그의 전화는 전원이 아예 꺼져 있었다. 처음 아프리카에 도착했을 때 빼고는 이런 적이 없었기에 수연은 마음이 불안해졌다. 메일과 전화가 둘 다 안 되면 그에게 연락할 방법이 없었다.

수연은 인터넷으로 들어가 탄자니아 기사를 찾아보았다.

탄자니아 홍수 피해 심각

탄자니아 기사는 모두 '홍수'로 도배되어 있었다. 수연은 기사 제목을 보자마자 낯빛이 창백해졌다. 태무진 사장이 있는 지역에도 홍수로 인한 이재민이 발생했다는 기사를 발견하고 심장이 쿵쿵 불안하게 뛰어댔다.

그의 연락이 끊어진 게 이 홍수 때문이 분명했기에 그녀는 가만히 기다리고만 있을 수가 없었다. 수연은 바로 태성 그룹 회장 비서실의 윤서영 과장에게 전화했다. 늦은 밤이었지만 윤서영 과장은 그녀의 전화를 받았다.

"과장님, 탄자니아에 홍수가 났다는데 회장실에서는 알고 있나요?"

[안 그래도 그거 때문에 지금 태성에서 직접 탄자니아로 보낼 봉사팀을 꾸리고 있어. 이번에 가면 무조건 태무진 사장을 귀국시키라는 게 회장님 지시야.]

태준석 회장이 자기 아들을 홍수 피해 지역에 그냥 둘 리가 없었다. 어떻게든 한국으로 데리고 오려고 할 것이었다.

"그럼 저도 갈게요."

수연은 생각보다 말이 먼저 나왔다. 지금은 그한테 가야 한다는 것 말고 다른 건 아무것도 중요치 않게 여겨졌다.

아버지, 아프리카에 다녀올게요.
봉사팀과 함께 가니 걱정하지 마세요.
허락 안 받고 가서 죄송해요.

수연은 쪽지 한 장을 남기고 집을 나섰다.

공항으로 가는 길에 다시 태무진 사장의 번호로 전화를 걸어보았지만 여전히 연락 두절이었다. 그녀는 아쉬운 대로 음성 메시지를 남겨두었다.

"저 지금 탄자니아 가는 길이에요. 무사하시면 이거 듣자마자 전화 주세요."

수연은 공항에서 봉사팀과 합류했다. 거기엔 태무진 사장의 귀국 임무를 맡은 비서실 사람도 있었다. 태무진이 사직해서 회장 비서실에서 맡을 줄 알았는데 여전히 사장 비서실에서 태무진 사장과 관련된 일을 맡고 있었다.

비서실장이 지원했지만 나이가 많고 가족이 있다는 이유로 연정우 대리가 왔다고 했다.

"퇴직한 사장님 때문에 연 대리님이 고생이네요."

그녀의 위로에 연정우 대리는 찡그린 듯한 미소를 지었다.

"그러게. 설마 나보다 태무진 사장이 먼저 퇴직할 줄은 상상도 못 했어."

연정우 대리가 진짜 사표를 냈었던 걸 모르는 수연은 그저 농담인 줄 알고 미소로 받았다.

"대단한 사람이야. 난 도저히 이길 수가 없어."

연정우 대리도 그만의 장점이 있었다. 태무진 사장은 절대 가질 수 없는.

"사장님 괜찮으시겠죠?"

지금은 그저 그가 무사하기만을 바랄 뿐이었다. 태무진 사장이라면 그를 직접 만나러 가는 그녀를 실망하게 하지 않을 것이라고 굳게 믿었다.

한국에서 두바이를 거쳐서 탄자니아까지 가는 길은 굉장히 멀고도 멀었다. 비행기 안에서만 20시간을 보냈다.

탄자니아에 도착해서 알게 된 홍수 소식은 더 심각했다. 큰 홍수로 사상자가 많이 생긴 상태였다. 이재민만 5만 명이라고 했다. 태무진 사장이 있는 키비티도 홍수로 많은 사람이 집을 잃었다.

Rrrrrrrrrrrr— Rrrrrrrrrrrr—.

다르에스살람 공항에서 그녀의 전화가 울렸다. 처음 보는 이상한 번호가 찍혀 있었지만, 수연은 바로 전화를 받았다.

"여보세요."

[수연, 나예요.]

핸드폰 안에서 들려오는 태무진 사장의 목소리를 듣고 수연의 눈이 커졌다.

"제 메시지 들으신 거예요?"

[아니, 내 핸드폰은 망가졌어요. 그래서 다른 곳에서 전화기를 빌려 하고 있어요. 걱정하고 있을 거 같아서.]

무사한 그의 목소리를 들으니 수연은 한꺼번에 감정이 쏟아져 나왔다.

"전화도 안 되고, 메일도 안 와서 진짜 무슨 일 생긴 줄 알았어요."

[아이들이 실종되어서 찾느라고 미처 연락할 틈이 없었어요.]

그때 핸드폰 안에서 소란이 느껴졌다.

[일이 생겨서 그만 가봐야겠어요. 다시 연락할게요.]

그가 끊으려고 하자 수연은 그제야 다급하게 말했다.

"사장님, 저 탄자니아예요."

뚜뚜뚜뚜뚜뚜뚜—.

전화는 이미 끊겨 있었다. 수연은 멍하니 핸드폰을 바라보았다. 그가 무사하다는 걸 알게 되었으니 안심해야 하는 데 여러 가지 감정이 휘몰아쳤다.

수연은 감정을 수습하고 태성 쪽 사람에게 이 소식을 알리기 위해 서둘러 움직였다.

"연 대리님, 방금 태무진 사장님 전화 왔어요. 무사하시대요."

연정우 대리가 놀란 표정을 짓다가 핸드폰을 꺼내며 그녀에게 오케이 사인을 했다. 그가 곧장 태준석 회장에게 소식을 알릴 것이라 수연도 마음을 놓았다.

봉사팀은 곧장 다르에스살람에서 키비티로 향했다. 수해 지역에 가까워질수록 길도 험해지고 집을 잃고 떠도는 이재민들도 볼 수 있었다. 심각한 탄자니아의 상황을 본 수연의 표정이 무거워졌다. 그녀는 단지 태무진 사장 한 사람만 걱정해서 온 것인데, 이곳에는 오히려 도움이 필요한 사람이 더 많았다.

"키비티의 상황은 더 안 좋다고 합니다."

아무래도 태무진 사장을 만나도 바로 한국으로 돌아가는 건 불가능할 것 같았다. 이런 상황에서 태무진 사장이 자기만 살겠다고 이곳을 떠날 리가 없었다.

수연은 연정우 대리에게 따로 말했다.

"회장님께 바로 돌아가기 어려울 수도 있다고 전하세요. 태무진 사장님은 수해 복구까지 도와주고 나서야 돌아가려고 할 거예요."

연정우 대리는 난색을 보였다. 안 오겠다고 하면 기절시켜서라도 데려오라는 태준석 회장의 목소리가 아직도 머릿속에서 쩌렁쩌렁 울리는 것 같았다.

"태무진 사장 같은 사람이 이런 곳에서 살 수 있다는 게 신기하네요."

그녀도 쉽게 상상이 안 되긴 했다. 그는 항상 귀족 같은 삶을 살아왔으니까.

"사람은 적응의 동물이라잖아요."

연정우 대리도 동의한다는 듯이 고개를 끄덕였다. 그도 이젠 적응했다. 천수연 대리가 없는 비서실에. 태무진 사장의 약혼녀 천수연에.

그때 앞에서 빵빵 울리는 클랙슨 소리가 들려왔다. 앞을 보니 커다란 지프차를 탄 신부가 봉사팀이 탄 차를 향해 손을 흔들고 있었다.

한국에서 수해 복구를 돕기 위한 봉사팀이 온다는 소식을 듣고 안내해주려고 온 키비티 쪽 사람인 듯 보였다.

"하하하하. 저는 미카엘 신부라고 합니다. 이 먼 곳까지 와주셔서 정말 감사드립니다."

흑인 신부는 키가 크고 목소리가 우렁찼다. 그가 데려온 개는 얌전히 차 운전석을 지키고 앉아 있었다.

"제가 안전한 길로 안내할 테니까 제 차를 따라오세요."

홍수로 유실된 길이 많았기에 봉사팀이 사고당하는 일이 없게 마중 나온 것이었다.

수연은 미카엘 신부에게 다가가 조심스럽게 물었다.

"혹시 태무진이라는 이름을 가진 한국인을 아세요? 지금 키비티에 있거든요."

미카엘 신부는 안타까운 표정을 지으며 고개를 저었다.

"저런! 그런 이름은 처음 듣네요."

수연은 실망했지만 신부에게 미소를 지어 보였다. 키비티에 도착하면 금방 태무진 사장을 찾을 수 있을 것이라고 믿었다. 그는 지금 열심히 사람들을 도와주고 있을 것이다. 그러니 그녀도 힘을 내야 했다.

봉사팀은 미카엘 신부의 안내를 받고 키비티에 무사히 도착할 수 있었다. 하지만 워낙 오는 길이 험해서 수연은 차에서 내리자마자 갓길로 달려가 헛구역질을 했다. 연정우 대리가 가까이 다가오려고 하자 수연은 손을 뻗어 막았다.

"욱! 오지 마요."

하지만 힘들어하는 그녀를 보고도 아무것도 안 할 수는 없었다.

"내가 약을 받아 올게요. 조금만 참아요."

그녀가 괜찮다고 말하려고 했지만, 연정우 대리는 이미 저 멀리 뛰어가고 있었다. 수연이 나무를 손으로 짚고 기대며 울렁이는 속을 다스리고 있는데, 오는 길을 안내해준 미카엘 신부가 백인 청년에게 다가가는 게 보였다.

"다니엘! 칸이 아이들을 찾았다고 하던데, 모두 무사한가?"

그 말을 듣자마자 그녀의 눈이 번쩍 떠졌다. 수연은 서둘러 미카엘 신부를 향해 달려갔다.

덥석, 갑자기 팔을 억세게 움켜잡는 힘을 느낀 신부가 놀라서 돌아보았다. 조금 전까지 죽을 것처럼 비실대던 여자가 그의 팔을 아주 힘껏 부여잡고 있었다.

"방금 누구라고 하셨어요?"

"아! 이쪽은 다니엘이라고. 아주 건실한 청년인데."

"말고 그 다음이요!"

"칸? 그쪽은 경쟁률이 너무 높을 텐데."

그 이름만 들어도 확신할 수 있었다. 태무진 사장이었다. 그가 분명했다.

"제가 칸의 약혼녀예요."

그 말에 신부도, 다니엘이라는 청년도 깜짝 놀랐다. 그들이 아는 칸은 한 번도 약혼녀 이야기를 한 적이 없었으니까. 항상 여자들을 멀리해서 그냥 여자를 싫어하는 줄만 알았다.

"절 칸한테 좀 데려다주세요."

미카엘 신부는 곤란한 표정을 지었다.

"아가씨 부탁을 들어주고 싶긴 한데, 칸의 약혼녀라는 것도 확실하지 않은데 무작정 데려가는 건 좀……."

"제가 진짜 기부금 많이 낼게요."

"하하하하하하하! 이리 아름다운 걸 보니 칸의 약혼녀가 맞는 거 같아. 안 그런가, 다니엘?"

신부는 다니엘에게 그녀를 맡겼다.

다니엘이라는 청년은 여전히 그녀가 칸의 약혼녀라는 걸 믿지 않았지만, 그녀를 칸이 있는 곳으로 데려가주었다.

마을에서 가장 큰 학교 건물을 이재민들의 수용 장소로 사용하고 있었다. 그 안에서는 집을 잃은 사람들이 옹기종기 모여 앉아 응급 식량으로 허기를 달래고 있었다. 전 세계에서 온 봉사자들도 섞여 있어서 정말 다양한 인종들이 한자리에 모여 있었다.

"저기 있네요."

수연은 다니엘이 손가락으로 가리키는 곳으로 서둘러 시선을 돌렸다. 가장 구석진 곳에서 아이들에게 직접 스프를 떠먹여주고 있는 남자의 뒷모습이 눈에 들어왔다. 태무진 사장이 항상 입고 다니던 명품 슈트와는 너무 거리가 먼 낡은 옷을 걸치고 있었지만, 머리도 다듬지 못해서 제멋대로 길었지만, 그녀는 남자의 뒷모습에서 눈을 떼지 못했다.

그녀가 아는 우아하고 품위 넘치는 태무진 사장의 모습과 너무도 달랐는데도 수연은 그가 누구인지 알 수 있었다. 그녀가 태무진 사장의 뒷모습을 못 알아볼 리가 없었다. 4년 내내 그의 뒤에 서서 뒷모습만 보며 살았었다.

그녀를 안내해주던 다니엘이 그 남자를 향해 외쳤다.

"칸!"

그의 부름에 남자가 고개를 돌려 그녀가 있는 쪽을 보았다. 다니엘과 함께 서 있는 그녀를 보고 태무진 사장이 놀라서 벌떡 일어났다.

당연히 한국에 있을 줄 알았던 그녀가 눈앞에 나타나자, 그는 보고도 믿기 힘들다는 표정이었다. 먼 거리였지만 떨리는 그의 눈빛을 수연은 느낄 수 있었다.

39일 만에 보는 것이었다. 그녀가 그를 만나러 태성에 간 뒤, 그와 이리 길게 떨어져 있었던 건 처음이었다. 그를 만나기 위해 멀고 먼 길을 달려와서 겨우 그의 얼굴을 보게 되자 수연은 마음이 벅차서 눈가가 뜨거워졌다. 울면 안 된다고 스스로를 다그쳤지만 끝내 참지 못한 눈물 한줄기가 그녀의 왼쪽 뺨을 타고 흘렀다.

태무진 사장이 그녀한테 달려왔다. 주위의 풍경과 사람들이 블러 처리되며 그녀한테 뛰어오는 그의 모습만 눈 안에 들어왔다. 수연은 눈물을 손으로 닦고 환하게 웃었다.

그에게 말해주고 싶었다. 오늘 그의 모습이 그녀가 지금껏 본 모습 중 가장 아름다웠다고.

그녀의 앞까지 달려온 태무진 사장은 두 팔로 그녀의 몸을 꽉 끌어안았다. 그런 그의 행동에 다니엘이 깜짝 놀랐다.

"설마 지금 내가 꿈꾸는 건 아니죠?"

수연은 그 가슴에 얼굴을 묻으며 넓은 등에 두 팔을 둘렀다.

"네, 아니에요. 제가 진짜 만나러 왔어요."

그녀가 현실이라고 말해주니 그제야 안심하고 그녀의 몸을 더 세게 안던 무진은 순식간에 그녀한테서 떨어졌다. 이젠 그녀도 다니엘과 함께 놀란 표정을 지었다. 그녀는 아직 재회의 감격이 다 끝나지도 않았는데 포옹이 갑자기 끝나버렸다. 마치 영화관에서 클라이맥스에 영화가 끊긴 것처럼.

"아! 다니엘, 수연한테 여기 안내 좀 해줘."

"내가?"

다니엘과 수연은 서로 쳐다보며 이게 무슨 상황이냐고 서로에게 눈으로 물었다. 무진은 홍수가 날 때 사람들을 대피시키고 실종된 아이들을 찾으러 다니느라 며칠 동안 제대로 씻지도 못하고 옷도 못 갈아입은 상태였다. 그런 자기 모습이 이제야 신경이 쓰인 것이다.

"난 급한 일이 있어."

마치 그녀를 피해 도망치듯이 서둘러 가버리는 그의 뒷모습을 수연은 멍하니 바라보았다.

"설마 내가 안 반가운 걸까요?"

"처음엔 엄청 반가운 것처럼 보였는데. 혹시 사람을 착각했나?"

다니엘은 다시 그녀가 칸의 약혼녀가 맞는지 의심하기 시작했다. 수연은 태무진 사장이 정말 급한 일 때문에 간 거라고 믿기로 하고 다니엘에게 물었다.

"저기, 내가 뭘 도와주면 될까요?"

"아이들 밥 먹는 걸 챙겨주세요. 칸이 이곳 아이들 이름을 다 외우고 있어요."

수연은 태무진 사장이 아이들과 잘 지낸다는 게 보고도 신기하기만 했다. 한국에 있을 때는 주민등록증이 안 나온 사람과 이야기하는 거 자체를 본 적이 없었으니까.

"여기서는 모두 그를 칸이라고 부르네요."

그녀가 그에게 붙여준 애칭을 이젠 많은 사람이 부른다는 게 참 기분이 묘했다.

"칸은 이곳 사람들이 다 좋아해요. 잘생기고 예의 바르잖아요."

태무진 사장이 태성의 사장 자리를 내려놓고 이 먼 곳까지 와서 헛고생은 안 한 것 같아서 수연의 입가에 미소가 지어졌다.

"홍수 때문에 칸이 고생을 많이 했어요."

다니엘이 오히려 그녀에게 미안한 표정을 짓자 수연은 손을 내저으며 괜찮다고 했다.

"어려울 때는 서로 돕는 게 당연하죠. 사장님도, 아니, 칸도 이곳의 어려운 상황을 보고 당연히 도왔을 거예요. 고생이라고 생각하지 않고."

수연은 다니엘을 도와서 아이들이 식사를 제대로 할 수 있도록 도왔다.

아이의 부모들은 수해 복구를 하러 갔다고 했다.

급한 일이 있다고 했던 태무진 사장이 돌아온 건 30분 정도 지나서였다.

"오! 당신이 진짜 약혼녀가 맞네요."

태무진 사장은 씻고 옷을 갈아입고 온 듯 아까와는 많이 다른 모습이었다. 그런 그의 모습을 보고서야 다니엘은 수연이 그의 약혼녀라는 걸 인정했다.

"칸이 외모를 신경 쓰는 건 처음 봐요."

"전 안 씻은 걸 처음 봤어요."

아마도 이곳 사람들은 칸이 한국에서 태무진 사장으로 살았던 모습은 상상조차 못 할 것 같았다. 그녀도 굳이 알려주지 않을 생각이었다. 지금 그들이 알고 있는 칸도 나쁘지 않은 것 같았으니까.

"난 여기 수해 복구가 끝날 때까지는 떠날 수 없을 거 같아요."

태무진 사장이 미안한 표정을 지으며 그녀에게 말했다.

수연은 괜찮다는 뜻으로 웃었다.

"사장님 때문에 오긴 했지만 나도 여기서 같이 도울게요."

"괜찮겠어요?"

태무진 사장이 가온에 대해 묻는 거라는 걸 알고 수연은 고개를 끄덕였다.

"네, 가온에는 이제 아버지가 있으니까요."

가온에 천태진 대표가 돌아와서 그녀의 1순위가 이젠 가온에서 그가 된 것만 같아서 무진은 기분이 좋았다. 그래서 두 사람은 함께 그곳에 남아 수해 복구를 돕기로 했다. 그녀가 미카엘 신부를 다시 만난 건 늦은 저녁을 먹을 때였다.

"오! 아름다운 커플 덕에 이곳이 환해지는 기분이네요."

반갑게 인사하는 신부에게 그녀는 웃어 보였지만 태무진 사장은 신부를 싫어하는 듯 행동했다. 하지만 그녀는 이곳에서 처음 만난 사람이 미카엘 신부였고, 그 덕에 태무진 사장을 빨리 만날 수 있었던 거라 그와 인연이 있는 것처럼 느껴졌다.

"저 신부님한테 꼭 부탁하고 싶은 게 있어요."

그녀의 말에 태무진 사장이 고개를 저었다.

"웬만하면 나중에 다른 신부님께 부탁해요."

"왜요?"

태무진 사장이 그녀의 귓가로 다가와서 그녀만 들을 수 있게 속삭였다.

"사이비 신부입니다."

수연은 놀란 표정을 지으며 앞에 있는 미카엘 신부를 보았다.

그녀는 신부에게 양해를 구하고 태무진 사장을 끌고 다른 곳으로 갔다.

"좋은 분인 거 같던데 왜 그렇게 말하세요?"

"신부가 그리 경박한 건 신성 모독입니다."

말도 함부로 하고, 돈도 너무 밝히고, 술까지 잘 마셨다.

"하지만 전 미카엘 신부한테 부탁하고 싶어요."

"도대체 뭘 부탁하려는 건데요?"

자연재해 앞에서 신의 존재를 깨닫고 개종이라도 하려는 건가 싶었다.

수연은 태무진 사장의 손을 잡고 다시 미카엘 신부를 찾아갔다.

"신부님, 우리 결혼식 주례 좀 서주세요."

미카엘 신부도, 태무진 사장도 놀란 눈으로 그녀를 쳐다보았다.

"이 키비티에서 결혼식을 올리겠다는 겁니까?"

"오! 홍수도 사랑을 막을 수는 없었나 보군요."

수연은 얼굴 가득 미소를 지으며 말했다.

"내일이 우리가 결혼식을 하기로 한 날이에요."

그랬다. 첫 번째 결혼식이 취소되지 않았다면 내일 그녀는 태무진 사장과 함께 결혼식장에 들어갔을 거였다.

그녀가 결혼식 이야기를 꺼낸 뒤에도 태무진 사장은 1시간이나 아무 말이 없었다. 결국 그녀가 먼저 물었다.

"사장님은 저랑 결혼하기 싫으세요?"

"그게 아니라, 이곳에서 결혼하는 건 무리입니다."

"왜요?"

당연히 두 사람의 가족은 모두 한국에 있었고, 신부를 위한 아름다운 웨딩드레스도 없고, 화려한 결혼식장도 없었다. 홍수로 많은 것이 망가진 마을과 이재민만 있을 뿐이었다.

"전 이제 사장님과 제가 결혼할 마음만 있다면 그걸로 충분하다고 생각해요."

더 이상 부모님의 허락도 중요하지 않았고, 수많은 사람의 축하를 받는 화려한 결혼식도 필요하지 않았다.

"그래도 그 사이비 신부한테 우리 결혼을 맡기는 건 절대 안 돼요."

태무진 사장은 미카엘 신부라서 더더욱 거부하는 것 같았다. 그런 그의 모습이 재미있어서 수연은 까르르르 웃었다.

"하지만 이곳 사람들은 모두 미카엘 신부를 좋아하는 거 같던데요. 그거면 충분하지 않나요?"

무진은 더 이상 반박하지 못했다. 그건 사실이었기에. 그저 그가 신부에게 바라는 기대치가 너무 높은 것인지도 몰랐다.

그녀는 태무진 사장의 손 위에 자신의 손을 겹치며 진지하게 말했다.

"이곳 사람들한테 당신은 칸이잖아요. 난 칸과 결혼하고 싶어요. 그리고 한국에 가서 태무진 사장님과도 결혼하고 싶고."

태무진 사장은 난처한 표정을 지었다. 고작 이름일 뿐이라고 할 수는 없었다. 한국과 탄자니아에서 얼마나 다른 모습을 하고 있는지 그 자신이 가장 잘 알고 있었으니까.

"여기서 결혼식을 하면 제대로 준비하지 못할 거예요."

거의 아무것도 없다고 봐도 무방했다. 수해 복구가 아직 안 되어서 평소에 얻을 수 있는 것조차 쉽게 구할 수 없었다. 수연은 괜찮다고 고개를 끄덕였다.

"결혼 서약해줄 신부님만 있으면 돼요."

바로 그 신부가 제일 마음에 걸렸지만 수연이 좋다고 하니 무진도 더 이상 반대할 수 없었다. 사실 이 지역에서 유일한 신부이기도 해서 미카엘 신부를 거부하면 내일 결혼 자체가 불가능했다. 무진의 마음속에도 어떤 확신이 생겼다.

"그래요. 그럼 우리 내일 결혼해요."

그의 말에 수연은 태무진 사장의 목을 두 팔로 꽉 끌어안으며 환호했다.

"와! 우리 이제 드디어 결혼해요!"

무진도 웃으며 그녀의 등을 끌어안았다.

정말 길고 긴 대장정이었다.

수해 복구로 고단한 하루가 끝나가는 저녁 시간에 교회에서 결혼식이 있다는 소식을 듣고 키비티 주민들과 자원봉사자들이 삼삼오오 교회로 모여들었다.

"와! 칸 엄청 멋져!"

결혼식을 위해서 한국에서 가져온 옷 중 하얀 와이셔츠와 정장 바지를 오랜만에 꺼내 입은 그의 주위로 그가 가르쳤던 아이들이 몰려들었다. 평소 안면이 있는 사람도, 오늘 처음 보는 사람들도 너나없이 그에게 축하한다는 인사를 건넸다.

"결혼 축하해요."

그저 결혼 서약만 하면 끝이라고 생각했는데 사람들의 축하가 쌓이기 시작하니 무진은 정말 자신이 결혼한다는 실감이 나기 시작했다.

작은 교회는 금세 사람들로 꽉 찼다. 탄자니아 사람부터 봉사하러 온 사람들까지 섞이니 전 세계 국적의 사람은 다 모인 것만 같았다.

홍수로 힘든 시기에 오랜만에 있는 축하의 자리이기 때문인지 사람들의 얼굴에 미소가 번졌다.

미카엘 신부가 무진에게 다가와서 팔을 툭 쳤다.

"두 사람의 결혼이 키비티에도 축복을 내렸으니 앞으로 잘 살 걸세."

무진은 오늘만은 정중하게 미카엘 신부에게 감사를 전했다.

"주례를 서주셔서 감사합니다."

"나야말로 오늘 정말 행복하군."

그때 결혼식 행진곡 연주가 시작되자 모두의 시선이 교회 입구로 향했다.

고급스러운 웨딩드레스 대신 빌린 하얀 원피스를 입고, 아이들이 직접 만들어준 화관을 쓰고, 버진 로드 앞에 서 있는 신부는 존재 자체로 아름다웠다. 마침 노을이 절정을 이루며 붉은빛 너울이 그녀의 몸을 감싸 안았다. 그 모습이 꼭 지금 막 하늘에서 내려온 천사처럼 보여서 사람들은 감탄하며 신부를 반겼다.

무진은 오월의 마지막 신부가 된 그녀의 모습을 보고 입가에 미소를 지었다. 이젠 그도 아무것도 개의치 않게 되었다. 이건 행복한 두 사람의 결혼식이었다.

한 발, 한 발, 수연이 그를 향해 걸어왔다. 무진도 그녀를 향해 걸어갔다. 두 사람은 버진 로드 가운데에서 만났다. 무진은 그녀의 손을 잡으며 부드러운 눈빛으로 그녀를 쳐다보았다. 수연도 그를 향해 활짝 웃었다.

두 사람은 함께 걸어서 미카엘 신부 앞에 섰다.

미카엘 신부는 경건하게 결혼 서약을 시작했다.

"신랑 칸은 신부 수연을 아끼며 감싸주고 좋을 때나 궂을 때나, 부자일 때나 가난할 때나, 아플 때나 건강할 때나 죽음이 갈라놓을 때까지 함께할 아내로 맞이하겠습니까?"

영원의 맹세와 같은 결혼 서약을 듣는 것만으로도 마음이 벅차 왔다.

"네."

태무진의 목소리가 청량하게 교회 안을 울리자, 마치 이곳 어디에선가 하느님이 그들을 지켜보고 있는 것만 같았다.

"신부 수연은 신랑 칸을 아끼며 감싸주고 좋을 때나 궂을 때나, 부자일 때나 가난할 때나, 아플 때나 건강할 때나 죽음이 갈라놓을 때까지 함께할 남편으로 맞이하겠습니까?"

수연은 처음부터 이 순간까지 사랑하지 않은 적이 한 번도 없는 남자의 얼굴을 바라보며 진심으로 대답했다.

"네."

미카엘 신부가 흐뭇한 표정을 지으며 서약을 끝맺었다.

"이제 두 사람은 부부가 되었음을 선포합니다."

사람들의 환호와 박수가 터져 나왔다. 지금 이 교회 안에서는 키비티의 불행을 전혀 느낄 수가 없었다.

태무진 사장과 수연은 서로를 마주했다. 처음에는 낯선 타인으로, 그리고 보스와 비서로, 어제까지는 연인 사이로, 그리고 오늘 이 순간부터 두 사람은 진짜 부부가 되었다.

"신랑 신부 키스하세요."

결혼식에 참석한 하객들의 관심도가 가장 높은 순간이었다.

수연은 이 많은 낯선 사람들 앞에서 키스한다는 게 부끄러웠는데, 태무진 사장이 그녀한테 먼저 다가왔다. 수연은 두 눈을 꽉 감았다.

따뜻한 입술이 그녀의 입술에 겹치자 어딘가에서 아름다운 종소리가 들려왔다. 수연은 그의 목에 두 팔을 두르며 그와의 키스에 빠져들었다.

완벽한 결혼식이었다. 그리고 두 사람은 이제 영원히 함께하게 되었다. 신이 그들을 갈라놓기 전까지.

외전 1

두 번째 결혼식

결혼식이 끝나고 밤이 되었지만 사람들은 떠나지 않고 모두 피로연에 참석했다. 간단하게 준비된 음식과 술을 마시며 자유롭게 춤을 추고 노는 피로연은 한국이었다면 결코 못 했을 일이었다. 오늘의 주인공은 그녀와 무진이었기에 두 사람도 춤을 춰야 했다.

"저 춤 진짜 못 추는데 어떡해요?"

수연은 무진의 팔을 붙잡고 불안한 표정을 지었다. 무진은 그녀의 손을 끌어 손등에 입을 맞추며 안심시켰다.

"못해도 상관없어요. 우리를 축하해주려고 만든 자리이니까."

하지만 한국인의 고질병이었다. 뭐든 못하면 안 될 것 같은 강박감.

"사장님은 춤춰본 적 있으세요?"

그녀의 물음에 무진의 반듯한 눈썹이 살짝 찌푸려졌다. 그도 춤을 안 춰봐서 그런 건가 싶었는데 무진의 입에서는 전혀 예상 못한 말이 나왔다.

"결혼식까지 올렸는데 아직도 사장님이라고 하는 건 아닌 거 같은데."

수연의 입이 벌어졌지만 말은 나오지 않았다. '사장님'이라고 그를 부르는 건 숨을 쉬는 것처럼 자연스러운 일이었기에 수연은 호칭을 고쳐야 한다는 생각을 한 번도 못 해봤다.

그는 처음부터 완벽한 보스였고, 그녀가 회사를 나오고 나서도 가온 일로 그의 도움을 많이 받았기에.

남자 태무진이 그녀의 낭만이었다면, 보스 태무진은 그녀의 정신적 지주인 셈이었다.

그때 사람들이 두 사람을 환호하며 불렀다. 무진은 그녀의 손을 잡고 홀의 중앙으로 나가며 미션을 주었다.

"춤 끝날 때까지 생각해봐요. 앞으로 남편을 뭐라고 부를지."

수연이 쓴 면사포 안이 땀으로 젖는 기분이었다. 춤 하나만 추기도 어려운데 춤추면서 호칭까지 생각해야 한다니.

사장님, 아니, 칸, 음…… 여보? 자기? 무난하게 무진 씨?

하아, 너무 어려웠다.

놀랍게도 무진은 춤까지 잘 추었다. 그의 리드로 몸을 움직이면서 수연의 눈이 점점 커졌다.

"춤 배운 적 있으세요?"

"어릴 적에 어머니한테."

그가 가볍게 밀어내니 그녀의 몸이 핑그르르 돌며 하얀 드레스 자락이 아름답게 휘날렸다. 그것도 잠시, 순식간에 그녀는 다시 무진의 품으로 돌아와 안겼다. 그녀는 술도 안 마셨는데 취하는 기분이었다.

"어머니랑 이런 걸 췄다고요?"

"아니, 그땐 순수한 걸로."

그럼 지금 이 춤은 안 순수하단 뜻인가?

그의 손이 그녀의 등허리를 받치고 바짝 끌어당기자 두 사람의 몸과 얼굴이 밀착되었다.

구경하던 사람들의 환호성이 높아졌다. 결혼식 때보다 더 열렬히 박수를 보내주는 것 같았다.

"서, 설마 춤에 키스도 포함인 건 아니죠?"

무진의 짙은 눈빛이 잠시 그녀의 붉은 입술에 머물렀다.

"원한다면."

싫은 건 아니었지만 이 많은 사람 앞에서 키스하는 건 영 익숙해질 것 같지 않았다.

"그건 방에 가서."

무진이 고개를 끄덕였다.

그녀는 무진이 자신의 말뜻을 이해한 거라 생각하고 안심했는데 몸이 갑자기 허공으로 붕 떠올라 짧게 비명을 질렀다.

무진은 그녀를 두 팔에 안고 가까운 곳에 있던 미카엘 신부에게 말했다.

"우린 먼저 들어가 보겠습니다."

"벌써 간다고? 너무 급한 거 아닌가."

급한 게 아니라 이미 첫날밤의 시간이 흘러가고 있었다. 늦은 시간에 결혼식을 시작했기에 피로연까지 다 끝내고 나면 자정을 넘길 게 뻔했다. 두 사람의 결혼식에 참석해서 축복해준 건 정말 고마운 일이지만, 첫날밤을 이 많은 사람과 공유하고 싶은 생각이 무진은 눈곱만큼도 없었다. 어차피 두 사람이 이 자리에서 사라져도 알아서 잘 놀 사람들이었다.

"그래요. 사장님. 좀 더 있……."

무진이 고개를 돌려 그녀를 노려보듯이 쳐다보자 수연은 입술을 깨물었다.

아차, 호칭 바꿔야 하지.

"가보겠습니다."

미카엘 신부도 더 붙잡지 않고 잘 가라고 손을 흔들어주었다. 두 사람이 떠나갔지만, 피로연의 흥은 전혀 줄어들지 않았다. 이미 두 사람만의 결혼식이 아니라 모두의 파티가 되어 있었다.

무진은 끝까지 그녀를 안은 채 피로연장을 나왔다. 수연은 내려달라고 하지도 못하고 그의 눈치만 보았다.

"뭐라고 불러야 할지 몰라서 입 다물고 있는 겁니까?"

그녀의 속내를 눈치챘는지 그가 물어왔다.

수연은 짧게 웃었다.

"칸은 여기서는 좋지만 한국 가면 좀 어색할 거 같아서."

"그래서요?"

무진은 재촉하지 않고 그녀의 다음 말을 기다렸다. 인내심에서 그녀가 그를 이기는 건 불가능했다. 수연은 다음 말을 이어가야만 했다.

"무진 씨라고 부르는 건 연애할 때가 더 어울리는 거 같고."

그들은 이미 결혼한 부부 사이였다.

"그래서요?"

무진은 한결같은 톤으로 물어왔다. 그녀의 우유부단한 결정력에 짜증은 단 한 톨도 안 난다는 듯이.

"아기 이름을 미리 지어서 아기 아빠라고 부를까요?"

이토록 가족적인 부름은 또 없을 거다. 그녀가 해맑게 물어본 말에 태무진 사장은 1초의 망설임도 없이 고개를 저었다.

"그건 싫은데. 아기는 아기고, 나는 나니까."

아, 거부권도 있는 거구나.

수연은 더 신중해질 수밖에 없었다.

그녀가 여전히 고민하는 사이 두 사람은 신방에 도착했다. 원래 쓰던 방을 마을 여인들이 꽃과 하얀 천으로 꾸며주었다.

무진은 침대 위에 그녀를 내려놓았다. 그리고 그녀의 앞에 무릎을 꿇고 앉았다. 그가 올려다보는 시선에 수연의 마음이 붉게 달아올랐다. 꼭 그를 처음 보았을 때 떨리던 마음이 지금 똑같이 느껴지는 것만 같았다.

"어렵게 생각하지 말고 그냥 쉽게 불러요."

'사장님'이라는 호칭에는 그에 대한 그녀의 존경이 너무 많이 담겨 있었다. 그로 인해 무의식중에 상하 관계가 정해져버렸다. 결혼 생활은 두 사람이 함께 꾸려가야 하는 것이었으니 호칭부터 수평적인 게 좋을 거라 생각했다.

"그럼 막 이름 불러도 돼요?"

그녀의 물음에 무진은 입꼬리를 부드럽게 올리며 고개를 끄덕였다.

"태무진."

수연은 소심하게 그의 이름을 오롯이 발음해보았다. 그의 앞에서 그의 이름을 말해보는 건 처음이었기에 얼굴이 달아올랐다.

"네."

그가 성실하게 답하니 수연은 더 어찌할 바를 모르게 되었다. 그녀는 면사포로 붉어진 얼굴을 꽁꽁 가렸다. 하지만 그가 곧바로 그녀의 면사포를 치워버리고 얼굴을 감싸오니 숨고 싶은 마음이 발가벗겨지는 것 같았다.

"내 아내는 신랑 이름을 너무 어려워하는군요."

그의 놀림에 수연은 곤혹스러운 표정을 지었다.

"그러게 내 앞에서 덜 대단하게 굴었으면 좋았잖아요."

좀 만만하게 생각할 수 있게.

그가 웃음을 품은 채 그녀의 입술에 부드럽게 키스했다. 감싸오는 살결이 따뜻하고 매끄러워 절로 두 눈이 감겼다.

쪽.

입술을 떼며 그가 나직하게 말했다.

"그럼 매일 내 이름을 백 번씩 불러요, 익숙해지게."

이건 숙제인가, 벌인가, 아니면 새로운 각인일까.

“만약 우리가 소개팅 같은 데서 만났으면 더 좋았을까요?”

결혼까지 했는데 호칭 문제로 어려워하는 게 좀 바보 같아서 수연은 하소연하듯이 물었다.

“그냥 지금 이 순간에 집중해요.”

오늘은 인생에서 단 한 번뿐인 두 사람의 첫날밤이었다. 굳이 벌어지지도 않은 또 다른 인생을 상상하며 시간을 허비하고 싶지 않았다.

“그런데 이 옷 어떻게 벗기는 겁니까?”

어쩌다 보니 결혼식 끝나고 바로 첫날밤이 되어서 웨딩드레스를 벗기게 되었다. 남의 옷을 빌려 입은 거니까 찢으면 안 될 것 같았다. 하지만 옷 벗기는 것에 신중하기에는 그의 인내심이 별로 남아 있지 않았다.

“태무진은 여자 옷에 약하군요.”

그녀의 놀리는 말에 무진은 그대로 그녀와 함께 침대 위로 쓰러졌다. 하얀 드레스를 입고 침대에 누운 신부는 순결해 보이기도 했고, 유혹적으로 보이기도 했다. 무진은 고개를 숙여 드레스 위로 드러난 그녀의 하얀 피부 위에 입을 맞추었다.

수연은 당황해서 그의 어깨를 손으로 잡았다.

“자, 잠깐만요. 사장, 아니, 칸! 나에게 옷 벗을 시간 1분만 줘요.”

지금 이 순간 깨달은 사실, 급해지면 칸이었다.

그러나 칸은 침대 위에서 그리 자비롭지 못했다.

그는 그녀의 부드러운 살결을 더 강력하게 흡입하며 1분도 내어주지 않았다.

그는 그녀의 몸에 키스하는 것에 집중하고, 그녀는 옷을 벗으려고 애쓰다 보니 마치 싸우는 것처럼 엎치락뒤치락하게 되었다.

가까스로 드레스를 벗은 수연은 보복 차원에서 그의 귓불을 이로 깨물었다. 하지만 보복이 아니라 자극이 되었는지 파고드는 힘이 더 강해졌다. 수연도 더 이상 이성을 붙잡고 있을 여력이 없었기에 그의 등을 감싸 안으며 가쁜 호흡을 내뱉었다. 맞잡은 손에 땀이 배어들었다.

그가 그녀의 몸 안에 불덩이를 집어넣은 것처럼 온몸이 지나칠 정도로 뜨거워졌다. 감각의 절정에서 그가 그녀의 귓불을 더듬으며 속삭였다.

"내 이름을 불러봐요."

사장님이란 호칭이 그리 불만이었단 말인가.

그녀한테는 얼마나 소중한 부름인데.

수연은 반쯤은 무의식 속에서 그를 불렀다.

"칸."

"한 번 더."

태무진은 침대 위에만 올라오면 집요하고 욕심이 많아졌다.

"무진."

그의 이름이 달고 뜨거웠다. 마치 달이 태양을 삼킨 듯이.

밖에서는 여전히 경쾌한 음악 소리가 들려오고 있었다.

결혼식 피로연도 쉽게 끝나지 않았고, 두 사람의 첫날밤도

밤이 깊을 때까지 열기가 식지 않았다.

몽롱하게 정신을 차렸을 때 더 이상 음악 소리는 들리지 않았다. 그녀는 무진의 팔을 베고 누워 있었다. 그의 팔을 베고 잠이 든 기억이 없었기에 수연은 고개를 들어 그의 얼굴 쪽을 보았다. 무진은 창밖을 보고 있었다.

"안 잤어요?"

그녀의 목소리를 듣고 그가 그녀의 몸을 더 가까이 끌어안았다. 어느 부분은 뜨겁고, 어느 부분은 따가웠다.

"별이 너무 많아서 별 보면서 생각하고 있었어요."

열대의 자연과 밤하늘의 별은 신비로운 조화를 이루며 두 사람의 첫날밤을 더 특별하게 만들어주었다.

"무슨 생각이요?"

"우리 아기 이름."

수연의 눈이 놀라서 커졌다. 그 말을 듣자마자 배 안이 욱신거리는 것 같았다.

"설마 허니문 베이비까지 바라는 거예요?"

이제 보니 태준석 회장보다 더 치밀한 남자였다.

"그냥 이름만 먼저 지어놓으면 수연이 날 부르기 더 편할 거 같아서."

그녀가 '아기 아빠'라고 한 걸 마음에 담아둔 건지, 진심으로 하는 말인지 헷갈렸다.

"아들일지, 딸일지도 모르잖아요."

"그럼 둘 다 지어놓으면 되죠."

수연은 생각하는 척하다가 웃으며 그에게 말했다.

"만약 허니문 베이비 생기면, 아들은 '탄', 딸은 '니아' 해요."

딱 봐도 탄자니아에서 따온 이름이었다.

무진은 그 이름을 듣고 충격받은 표정을 지었다.

"내 성이 태 씨인 건 기억하고 지은 겁니까?"

"아차, 까먹었다."

그녀는 장난친 거였는데, 무진은 진짜 응징이라도 하려는 것처럼 그녀의 배를 움켜잡았다.

"꺄악! 거긴 만지지 마요!"

수연은 비명을 지르며 이불 속으로 피했다. 하지만 그의 손에서 벗어나는 건 불가능했다. 마지막 불씨가 꺼져가던 첫날 밤이 다시 타올랐다. 마치 영원히 끝나지 않을 것처럼.

두 사람이 한국에 돌아온 건 수연이 그를 만나러 탄자니아에 가고 두 달 만이었다. 생각보다 길어진 여정이었다. 태성에서 보낸 봉사팀은 그들보다 한 달 일찍 고국으로 돌아갔다. 다른 나라에서 온 봉사팀도 수해 복구가 마무리 단계에 이르자 하나둘 떠나고 무진과 그녀가 가장 마지막까지 남아 있었다.

한국에 도착한 시간은 이른 새벽이었다. 공항은 텅 비어 있었고, 두 사람을 마중 나온 사람은 없었다. 당연했다. 그들이 한국에 돌아온다는 사실을 가족들한테도 알리지 않았으니까.

"그런데 이렇게 몰래 온 거 알면 회장님이 엄청 화내실 거 같은데."

사실 돌아오는 날짜를 알리지 않은 것보다 지금 더 걱정인 건 탄자니아에서 두 사람 마음대로 치른 결혼식이었다. 집으로 돌아가서 두 사람이 두 달 전에 이미 결혼한 부부라고 말하면 부모님들이 어떤 표정을 지을지 안 봐도 상상이 되었다. 분명 좋은 분위기는 절대 아닐 거다.

"어느 집부터 먼저 갈래요?"

그의 물음에 수연의 머리 회로가 잠시 정지했다. 이것 역시 미처 생각지 못한 일이었다.

시집이 먼저냐, 친정이 먼저냐.

이것이야말로 인류의 역사를 통틀어서 가장 숙명적인 골칫거리인 것 같았다.

"당신이 골라요."

사장님을 벗어나서 여러 가지 호칭으로 그를 불렀는데, 그 중 가장 많이 하게 되는 말은 '당신'이었다. 다정하면서 존중이 느껴지는 그 부름이 그녀는 퍽 마음에 들었다.

수연은 도저히 시집과 친정 중 하나를 못 고르겠어서 불쌍한 표정을 지으며 무진에게 넘겨버렸다.

태무진 사장은 1초도 고민하지 않고 대답했다.

"그럼 천태진 대표 만나러 가죠."

수연의 입이 쩍 벌어졌다.

홍수가 나자마자 그를 한국에 데려오기 위해 탄자니아로 봉사팀을 꾸려 보낸 사람은 태준석 회장이었고, 그녀의 아버지 천태진 대표는 그를 아프리카로 가게 만든 장본인이었다.

"지, 진심이세요?"

나중에 태준석 회장이 이 사실을 알았을 때 얼마나 분노할지 상상하니 수연은 뒷감당할 일이 두려웠다.

"우리 아버지는 언제 가든 화낼 준비가 되어 있는 사람입니다. 정말 거기로 가고 싶어요?"

수연은 고개를 저었다.

어차피 맞을 매라면 일찍 맞고 싶지 않았다.

결국 두 사람은 수연의 집으로 먼저 향했다. 이제 진짜 한국에서의 결혼 생활이 시작되었다. 살짝 긴장되는 건 설레기 때문일 것이다. 그럴 거다. ……그렇겠지?

"그렇구나."

두 사람이 탄자니아에서 결혼식을 올렸다는 말에 천태진 대표가 처음으로 뱉은 말이었다. 수연은 고개를 돌려 무진을 쳐다보았다. 무진도 잠시 그녀를 바라보다가 다시 천태진 대표 쪽으로 고개를 돌리며 말했다.

"아직 혼인 신고는 하지 않았습니다."

그러니까 무르고 싶으면 지금밖에 기회가 없다는 말이었다.

"혼인 신고야 천천히 하면 되는 거고, 우선은 태준석 회장한테 제대로 말해야 할 거 같은데. 안 그러면 많이 섭섭해하실 거다."

무진이 아프리카에 가게 된 게 천태진 대표의 결혼 반대 때문이었는데, 어쩐지 그런 일이 없었다는 듯이 구는 아버지가 수연은 좀 얄미워지려고 했다.

"아마도 아버지는 한국에서 제대로 결혼식을 하라고 하실 겁니다."

"결국 그리할 거라면 탄자니아에서 결혼식한 건 회장님께 말하지 않는 게 좋겠네."

서로 짜고 치는 고스톱을 치자는 말에 수연과 무진은 다시 서로를 쳐다보았다.

"두 사람이 한국에 없는 동안 회장님이 몇 번이고 우리 집에 왔었어."

옆에서 조용히 듣고만 있던 수민이 못 참겠다는 듯이 끼어들어 말했다. 태준석 회장이 이 집에 와서 어찌했을지 안 봐도 눈에 선했기에 무진은 진심으로 미안한 표정을 지으며 천태진 대표에게 사과했다.

"앞으로 그런 일은 없도록 하겠습니다."

천태진 대표는 웃으며 고개를 저었다.

"굳이 과오를 따지자면 두 사람이 부모에게 한 잘못이 더 크니까 그냥 태준석 회장이 하자는 대로 하는 게 좋겠군."

가재는 게 편이 아니라 부모는 부모 편이었다. 이제 보니 태준석 회장의 마음을 가장 잘 이해하는 사람은 그녀의 아버지였다. 아무래도 천생연분은 그녀와 무진이 아니라 두 사돈지간 같았다.

"그런데 앞으로 태성에서 어떤 일을 할 생각인가?"

아프리카에 가기 전에 태성 그룹 사장 자리를 내놓고 갔으니 그 자리로 다시 돌아갈 수는 없었다. 사실 그녀도 내내 마음에 걸렸던 부분이지만 미안한 마음에 무진에게 물어본 적이 없었다. 무진은 이미 생각해둔 계획이 있었는지 고민도 없이 바로 대답했다.

"태성 건설로 갈 겁니다."

태성 건설은 무진이 사장 자리에 있을 때 직접 사망 선고를 내린 회사였다. 그 탓에 태성 건설 사장이 충격을 받고 급사한 거라는 비난에 휩싸이기도 했었다. 태성 건설 사장의 장례식에 다녀오는 길에 접대하고 있던 그녀를 만나러 온 그의 모습이 아직도 눈에 선했다.

그가 희망을 거둔 곳으로 가서 새로운 싹을 틔우겠다는 그의 말에 수연의 가슴이 뭉클해졌다. 태무진이라면 정말 그럴 수 있을 거다.

"그래, 건투를 비네."

천태진 대표는 아주 빨리 사위와의 첫 상견례를 끝냈다. 어서 빨리 태준석 회장한테 가라는 무언의 압박인 것 같았다.

연락도 없이 돌아온 두 사람에게 불같이 화를 내려고 했던 태준석 회장은 결혼식 날짜를 언제로 잡으면 좋겠냐는 무진의 물음에 바로 입가에 미소가 걸렸다.

"어차피 준비는 저번에 다 했으니까 보름 뒤에 해치우자."

해치우자는 말에 수연의 몸이 부르르 떨렸다. 그녀는 조심스럽게 태준석 회장을 만류했다.

"이미 준비가 되었어도 보름 동안 결혼식 준비를 끝내려면 비서실에서 계속 철야를 해야 할 겁니다. 아랫사람들 노동 환경도 고려해주십시오, 회장님."

비서 출신 수연이 그리 말하니 태준석 회장은 내키지 않았지만 결혼식을 좀 더 뒤로 미룰 수밖에 없었다.

"그럼 한 달 뒤로 하자. 그 이상은 안 돼!"

이미 몇 번이고 엎어졌던 결혼이었다. 그러니 어서 빨리 해치우지 않으면 또 무슨 일이 벌어질지 모른다는 불안감이 태준석 회장의 마음에 남아 있었다.

차라리 두 사람이 이미 탄자니아에서 결혼했다는 말을 하는 게 더 나을 것 같기도 했지만, 그럼 자신이 하나뿐인 아들 결혼식에도 참석 못한 걸 서운해하는 마음이 더 커질 거라 그냥 입을 꾹 다물고 있었다.

"결혼식 전에 속도위반해도 나는 괜찮다."

아버지가 이럴 것 같아서 천태진 대표를 먼저 만났던 것이었다.
"아기는 늦게 가질 겁니다."
무진이 못을 박자 태준석 회장은 경악했고, 수연도 놀란 눈으로 그를 쳐다보았다.

"회장님한테 왜 그렇게 말했어요?"
집으로 돌아가기 전에 수연은 무진에게 물어보았다.
"안 그랬으면 만날 때마다 아기 이야기만 했을 겁니다. 차라리 미리 못을 박아놓는 게 나아요. 그래야 덜 실망하죠."
무진은 자기 아버지에 대해 너무 잘 알았다.
"사랑이네요."
"난 업보라고 생각했는데."
두 사람은 마주 보며 웃었다.
이제 두 번째 결혼식 준비를 해야 했다.
분명 탄자니아 결혼식 때보다 엄청나게 화려하고 세상의 주목을 받을 것이다.

한 달 뒤.

태성 그룹 태준석 회장의 외동아들, 가방 회사 가온의 장녀와 결혼

두 사람이 결혼하는 날, 대한민국 국민 모두가 천수연과 태무진이 부부가 됨을 알게 되었다. 태준석 회장은 이번에 아주 떠들썩하게 결혼식을 준비했다. 이 세상에 그의 아들이 결혼하는 걸 모르는 사람이 있는 걸 용납하지 않겠다는 듯이.

두 사람의 결혼에 대한 사람들의 반응은 제각각이었다.

> 찐 사랑이네. 그러니까 재벌이 가방 회사 딸이랑
> 결혼하겠지.

빈부의 격차로 사랑을 확인할 수 있다는 건 완벽한 블랙 코미디였다.

> 속도위반이겠지.
> 아이가 안 생겼으면 결혼을 할 리가 없어.

이 댓글이 사실이길 가장 간절히 바라는 사람은 태준석 회장일 것이다.

> 행복하게 사세요. 응원합니다.

좋은 댓글은 분명 태성 그룹과 가온의 직원들이 달았을 거다.

"식장 앞에 기자들이 엄청 몰려와 있대요. 어떡해요?"

웨딩드레스를 입고 리무진의 뒷자리에 앉은 수연은 초조해하며 무진을 돌아보았다.

"결혼식장 안까지는 안 들어올 테니까 안심해요."

그는 매일 스포트라이트를 받으며 산 사람처럼 전혀 긴장하지 않았다.

"나 못생기게 사진 찍히면 어떡해요?"

그녀의 말이 진짜 재미있는 농담이라는 듯이 무진은 '하하' 소리를 내며 웃었다. 세상에 못생긴 신부는 없지만, 그녀는 신부가 아니었을 때도 못생겼던 적이 없었다.

"그건 다시 태어나야 가능할 거 같은데."

그의 말도 지금은 위로가 되지 못했다. 결혼식 전에 결혼 기사를 본 게 실수였나 보다. 그녀는 아직 수많은 사람의 다양한 반응을 모두 수용할 큰 그릇이 못되었다. 가방 회사 딸일 때는 할 필요도 없던 걱정이 태성 그룹 후계자의 신부가 되니 생겨버렸다.

"탄자니아 결혼식이 차라리 좋았던 거 같아요."

부담감이 너무 큰 나머지 그녀가 우울해지려고 하자 무진은 그녀의 손을 두 손으로 감싸며 말했다.

"우리가 만난 적도 없던 사람들이 우리 결혼에 대해 어떻게 생각하건 신경 쓸 필요 없어요. 그런 것들에 1초라도 마음 쓰면 인생의 낭비입니다."

그녀는 오늘 하루였지만 그는 평생을 이렇게 살아왔다. 사람들은 눈에 불을 켜고 그가 실수하기만을 기다리고 있었다. 비웃고 비난하기 위해서. 그런 생각이 들자 힘이 불끈 솟은 수연은 무진의 손을 마주 잡았다.

"난 오늘 태무진을 위해서 완벽한 신부의 모습을 보여줄 거예요."

굳이 완벽할 필요는 없었지만 그녀가 그를 위해 힘을 낼 거라는 걸 알았기에 무진은 웃으며 응원했다.

"그럼 난 오늘 천수연만 믿을게요."

수연은 환하게 웃으며 고개를 끄덕였다. 그때 차가 멈추어 섰다. 결혼식장 앞이었다. 차 밖에서는 이미 기자들이 터트리는 플래시가 사방에서 번쩍이고 있었다.

"준비됐어요?"

그의 물음에 수연은 고개를 끄덕였다. 차 문을 열기 전 무진이 그녀의 뺨에 가볍게 입을 맞추었다. 따뜻한 감촉에 수연은 눈을 깊게 감았다가 떴다.

달칵—.

차 문이 열렸다. 태성의 새로운 여왕님을 보기 위해서 기자들이 앞다투어 나서며 카메라 셔터를 눌러댔다. 수연은 부담감을 완벽하게 숨기고 무진의 손을 잡고서 차에서 내렸다. 사방에서 터지는 플래시 세례가 두 사람의 두 번째 결혼식의 시작을 화려하게 수놓았다.

호텔에 들어선 순간, 수연은 그대로 소파 위에 쓰러졌다. 손가락 하나 까딱할 힘도 없었다. 결혼식 내내 대단한 하객들 앞에서 계속 긴장하고 있었더니 남은 힘이 하나도 없었다. 무진은 그녀의 하이힐을 직접 벗겨주었다.

"발 안 아파요?"

"아파요."

꼼짝도 못 하는 그녀 대신 무진은 그녀의 발을 손으로 주물러주었다. 그가 생각해도 오늘 결혼식은 너무 휘황찬란했다. 아버지의 욕심이 결혼식으로 재산을 탕진하는 건 줄은 그도 미처 몰랐다.

"오늘 고생했어요."

그는 처음으로 탄자니아에서 먼저 결혼식한 게 천만다행이라고 생각하게 되었다. 안 그랬으면 오늘 결혼식 끝나고 그녀한테 너무 미안했을 거다.

"그런 말도 있잖아요. 왕관을 쓴 자는 그 무게를 견뎌야 한다고."

수연은 그를 보며 그제야 씨익 웃었다.

"무겁지만 폼 나니까 괜찮아요."

그녀가 그리 말해주어서 무진은 고마웠다.

"쉬어요. 지금은 아무도 방해 못 하게 할 테니까."

수연은 정말 휴식이 필요했기에 두 눈을 감았다. 어둠 속에서 그가 움직이는 게 느껴졌다.

뚜벅뚜벅.

창가 쪽으로 걸어가는 것 같았다. 아무래도 방해하는 대상에 그도 포함이었나 보다. 수연은 잠시 눈을 떠 그가 있는 쪽으로 고개를 돌렸다. 커다란 창문 앞에 서 있는 그의 뒷모습은 아련한 과거를 떠올리게 했다.

"칸."

그녀의 작은 부름에 그가 고개를 돌려 돌아보았다. 햇살이 그의 얼굴을 환하게 비추었다. 그의 입가에 걸린 미소는 햇살보다 더 따뜻했다. 수연은 그를 향해 손을 뻗었다.

"이리 와요."

처음부터 마지막까지 그녀가 사랑할 사람이었다.

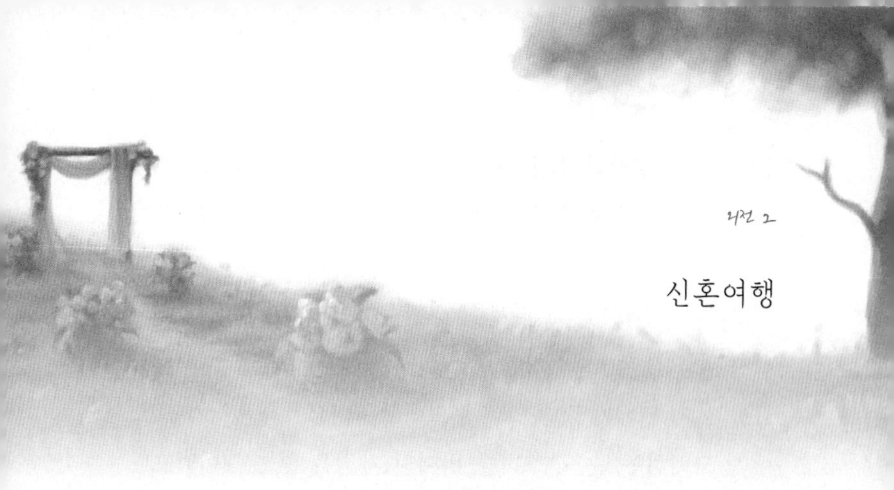

외전 2

신혼여행

어느새 수연은 그의 뒷모습이 익숙해졌다. 분명 태무진 사장의 얼굴이 걸어 다니는 그리스 신화라고 극찬받을 정도로 훌륭하다는 걸 너무 잘 아는데도, 그녀는 이제 그의 얼굴보다 뒷모습을 보는 일이 많아졌다. 비서란 그런 직업이었다. 보스의 뒤에서 있는 듯 없는 듯 조용히 그의 일거수일투족을 세심하게 살피고 보좌하는 일이었다.

그러나 그녀는 그의 높고 각진 어깨와 곧게 뻗은 목, 단단한 턱을 볼 때마다 자꾸 그를 처음 만났을 때가 떠올랐다. 그때도 그는 그녀의 앞에 서서 그녀에게 뒷모습을 보여주며 그녀를 지켜주었었다. 설마 그녀한테 허락된 인연은 단지 그의 뒷모습뿐인 걸까.

그 생각을 할 때면 걷잡을 수 없이 우울해졌다. 그가 그녀를 다시 만나자마자 사랑에 빠지는 운명 같은 만남을 기대하고 태성에 온 것은 아니지만, 적어도 그의 뒤에 서 있는 사람으로만 남고 싶지는 않았다. 어쩌면 그건 비서가 결코 품어서는 안 되는 방탕한 소망일지도 모르지만 수연은 쉽게 그 마음을 버릴 수가 없었다. 첫사랑이었으니까. 아마 비참하게 차이기 전에는 쉽게 이 마음을 정리할 수 없을 거다.

그녀가 고백했을 때 태무진 사장이 그녀의 마음을 받아줄 확률은 고작 0.000001%이지 않을까 싶다. 그러니 그녀는 사표를 쓰기 전에는 절대 그에게 고백할 수 없었다. 비서가 보스에게 고백하는 순간, 그녀는 비서의 자격을 잃는 것이었으니까. 그렇게 되기에는 그녀는 이 직업도 너무 좋아하게 되어버렸다. 태무진 사장은 더할 나위 없이 훌륭한 보스였고, 그런 보스를 모실 수 있다는 건 비서로서 천운이었으니까.

"누구 줄 지갑인데 이리 열심히 만드는 거야?"

주말에 수원 공장까지 내려와서 온종일 지갑을 만드는 그녀를 지켜보던 김 반장이 궁금해하며 물었다.

"곧 사장님 생일이세요."

수연은 이니셜을 한 땀 한 땀 정성스럽게 새겼다. 그녀가 태성에 들어가서 처음 맞는 보스의 생일이니까 특별한 선물을 주고 싶었다. 그는 돈으로 살 수 있는 건 뭐든 쉽게 얻을 것이라 그녀가 직접 만들기로 했다. 가방집 딸답게 가방을 만들면 좋겠지만, 태무진 사장은 가방을 쓰지 않았다. 그래서 지갑을 만들고 있었다.

"역시 태성 같은 대기업은 뇌물을 줘야 승진할 수 있구나."

그녀의 손이 멈칫했다. 순식간에 그녀의 선물이 뇌물이 되어버리자 수연은 걱정되었다.

설마 태무진 사장도 그렇게 생각하려나?

그, 그럴 수도 있겠네.

좋은 마음으로 선물을 주었다가 오히려 승진하고 싶어 안달나서 상사에게 뇌물을 주는 직원으로 찍힐 수도 있었다. 수연은 그녀가 새기던 이니셜을 서글픈 눈으로 내려다보았다. 이제 겨우 'K' 한 글자가 완성되었다.

선물도 마음대로 줄 수 없는 관계라니.

이 선물을 과연 태무진 사장의 생일에 줄 수 있을지 모르겠지만 이왕 만들기 시작한 것이기에 수연은 끝까지 완성했다.

그녀가 가온이 아니라 태성에 입사하는 것도 허락한 아버지가 유일하게 허락하지 않는 게 있었으니, 그건 바로 독립이었다. 여자 혼자 사는 건 너무 위험하다는 게 이유였다. 본가는 태성과는 너무 멀어서 그녀는 매일 아침 전쟁 같은 러시아워를 경험해야만 했다. 야근할 때도 불편한 건 마찬가지였다.

"그럼 룸메이트를 구해서 같이 살면 안 돼?"

같은 비서실 소속 연정우 대리의 말에 수연은 솔깃했다.

"그런데 제가 생판 남이랑 살아본 적이 없어서."

그건 그거대로 불편하지 않을까 싶어 쉽게 결정을 내릴 수 없는데 연정우 대리는 적극적으로 그녀를 설득했다.

"어차피 비슷한 나이에, 같은 회사면 금방 친해지게 되어 있어."

그렇게 말하니 그럴 수 있을 것도 같고.

"독립은 수연 씨가 하는 건데 왜 연 대리가 그리 적극적이야?"

조용히 밥만 먹고 있던 이정희 과장이 연정우를 보며 의심의 눈길을 보냈다. 연정우는 사심은 전혀 없다는 듯이 열심히 설명했다.

"그거야, 수연 씨가 지금은 집이 너무 멀어서 출퇴근하기 힘들다고 하니까. 저도 그래서 독립한 거예요. 지금 얼마나 편한데요. 출퇴근 시간이 20분밖에 안 걸려요."

정말 꿈만 같은 이야기였다. 수연도 그럴 수 있으면 정말 좋을 것 같았다.

"아하. 그러니까 수연 씨보고 독립해서 연 대리 근처에서 살라는 거구나."

이정희 과장이 정확하게 꼬집은 이유를 연정우는 빠르게 포장해서 수연에게 설명했다.

"지금 내가 사는 오피스텔 정말 좋아. 수연 씨가 만약 독립할 마음 있으면 내가 부동산에 빈방 있는지 바로 알아볼 수 있어."

수연은 웃으며 고맙다고만 말했다. 마음 같아서야 당장 구해서 들어갈 수 있으면 좋겠지만 마음이 맞는 룸메이트 구하기도 쉬운 게 아니고, 아버지의 허락을 얻어내는 것도 만만치 않았다.

"그런데 사장님 생일은 어떻게 준비해요?"

연정우 대리는 그녀의 독립에 대해 말할 때와는 현저하게 온도 차가 나는 목소리로 설명했다.

"사장님은 그런 거 챙기는 거 싫어해. 그냥 아무 준비 안 해도 되니까 걱정 마."

그녀는 죄 없는 반찬을 젓가락으로 쿡쿡 찌르며 이해할 수 없다는 듯이 말했다.

"그걸 왜 싫어하시죠? 생일은 축하받으라고 있는 날이잖아요."

"원래 그런 사람이야. 우리랑은 사는 세계가 달라."

생일 안 챙기는 걸로 태무진 사장은 다른 세계 사람이 되었다. 그런데 정말 그 말이 맞긴 했다. 같은 세계에 사는 사람이 맞는지 의심이 될 정도로 그는 너무 멀었다. 고작 문 하나를 사이에 두고 일하고 있음에도 말이다.

태준석 회장과의 식사 자리였다. 요즘 들어 아버지는 입만 열면 그에게 결혼하라는 말을 꺼내고 있어서 밥을 먹어도 소화가 잘 안되었다.

"다음부터 업무 시간에 잡힌 회장님과의 식사는 무조건 빼요."

그의 지시에 비서실장은 난감한 표정을 지었다. 태무진 사장한테는 아버지일 테지만 비서실장한테는 하늘 같은 회장님이었다. 어떤 핑계를 대도 회장님의 심기를 거스르게 될 게 뻔했다. 심란한 마음으로 걷던 비서실장은 뒤늦게 태무진 사장이 멈추어 선 걸 발견하고 걸음을 멈추었다.

태무진 사장은 회사 앞 카페 쪽을 쳐다보고 있었다. 그곳에는 비서실장도 잘 아는 두 사람이 커피를 마시며 이야기를 나누고 있었다.

두 사람이 머리를 맞대고 핸드폰을 보고 있는 모습이 퍽이나 다정해 보였다. 20대의 선남선녀여서 더 그런 것 같았다. 보이는 그대로 청춘 연애 드라마였다.

"요즘 연 대리와 수연 씨가 같이 집을 알아보고 있다고 합니다."

태무진 사장이 너무 오래 쳐다보기에 비서실장은 습관적으로 설명했다. 그리 말하고 보니 꼭 신혼집 구한다는 뉘앙스가 된 것 같았지만 지금 와서 천수연이 살 집이라고 정정하는 것도 뭔가 좀 우스운 것 같았다.

"……실장님이 보기에도 저 두 사람 잘 어울립니까?"

태무진 사장의 질문이 비서실장은 뜻밖이었다. 다른 사람에 대한 사적인 질문은 하지 않는 보스였으니까. 거의 처음인 듯했다.

"네, 두 사람이 친하긴 합니다. 아무래도 나이가 비슷해서. 아! 그런데 집 구하는 건……."

태무진 사장이 이리 자세히 물어볼 줄은 몰랐기에 이제라도 사실을 제대로 전달하려고 했는데, 태무진 사장이 걸음을 떼 다시 앞으로 걸어갔다. 비서실장도 서둘러 그 뒤를 따랐다. 말을 제대로 끝맺지 못해서인지 조금 찜찜함이 남아버렸다. 업무상 실수도 아니니 그냥 무시하면 된다고 생각은 하면서도, 꽤 오래도록 찜찜함이 비서실장의 마음에 남아 있었다.

태무진 사장의 생일에 수연은 일부러 야근을 자처했다. 평소에도 일찍 퇴근하는 법이 없는 태무진 사장은 본인의 생일에도 어김없이 늦게까지 집무실에 남아 일을 했다.

밤 10시쯤 되었을 때 그녀는 야식을 준비해서 집무실로 향했다.

달칵—.

수연은 집무실 문을 두 번 노크하고 문을 열었다.

환하게 불이 켜진 사무실 창문 밖으로 서울의 야경이 휘황찬란하게 펼쳐져 있었다. 그 아름다운 광경을 뒤로하고 태무진 사장은 책상에 앉아서 경영기획팀에서 올라온 예산 보고서를 거칠게 넘기고 있었다. 아마도 보고서 내용이 마음에 안 드는 듯했다. 그의 앞에 담당자가 서 있었다면 분명 신랄한 비난을 들었을 거다. 그 담당자가 가졌어야 할 긴장을 그녀가 떠안게 되었다.

촥, 촥—.

태무진 사장이 서류를 넘기는 소리만 공간을 매섭게 울렸다. 선불리 말을 붙이면 그녀까지 저 보고서처럼 함부로 넘겨질 것 같았지만 수연은 용기를 내어 책상으로 걸어갔다.

태무진 사장은 그녀가 가까이 가는 동안 한 번도 눈길을 주지 않았다. 어찌 보면 세상에서 가장 이기적인 사람이었다. 다른 이의 관심은 숨을 쉬듯 쉽게 얻으면서 본인은 타인에게 철저하게 무관심하니까.

탁—.

그녀는 차와 조각 케이크가 담긴 접시를 책상 위에 올려놓았다.

"필요 없으니까 가지고 나가요."

"네?"

그녀의 목소리를 듣고 그제야 태무진 사장이 보고서에서 눈을 떼고 고개를 들었다. 한 사무실에 있지만 그와 눈이 마주친 건 오늘이 처음인 듯했다. 그녀는 아직 그의 뒷모습을 대하듯이 담담하게 그의 얼굴을 마주 볼 수가 없었다. 하지만 애써 아무렇지 않은 척했다.

"한 실장은 어디 간 겁니까?"

회의와 외부 일정과 같이 급하게 처리해야 할 일이 있는 게 아니면 그가 야근할 때 비서실에 대기하는 직원은 공평하게 로테이션시키고 있었다. 직급 상관없이. 그리고 오늘 비서실에 남아 있어야 할 사람은 비서실장이라는 걸 무진은 똑똑히 기억하고 있었다.

"아! 제가 대신 남았습니다. 시키실 일이 있으면 저한테 말씀하세요."

점심도 포기하고 일부러 유명 케이크 가게까지 택시를 타고 가서 사 온 이 케이크를 오늘 꼭 그에게 주고 싶었다. 태무진 사장이 단 음식을 잘 안 먹는다는 걸 알지만 그래도 오늘은 그의 생일이니까. 생일 선물을 못 주는 대신 이거라도 주고 싶었다.

"내일 오전에 경영 관리 부문 팀장들 전부 소집해요."

"네, 알겠습니다."

수연은 성실하게 대답하면서도 슬쩍 케이크 접시를 좀 더 태무진 사장 쪽으로 밀어 넣었다. 시즌 한정판이었다. 케이크 위에 장식된 무화과는 꼭 예술 작품 같았다.

힐긋, 그의 시선이 잠시 케이크에 닿았다. 그녀는 긴장한 눈으로 그의 반응을 살폈다. 그가 케이크를 딱 한 입만 먹어줘도 너무 좋을 것 같았다.

"천수연 씨는 결혼을 일찍 할 생각입니까?"

그런데 전혀 생각도 못 한 질문이 그녀한테 돌아왔다.

"네?"

크게 당황해서 멍청하게 되묻고 말았다. 태무진 사장의 시선이 케이크에서 그녀의 얼굴로 옮겨졌다. 마치 그녀의 내면까지 파헤칠 것 같은 짙고 검은 눈빛에 수연은 바짝 긴장했다. 갑자기 이런 걸 왜 묻는 건지 해석하느라 머리에 쥐가 날 것 같았다. 하여튼 무조건 대답을 잘해야 했다. 혹시라도 그녀의 마음을 들키면 큰일 났다.

"전……."

하지만 거짓말은 하기 싫었다.

"수연."

그녀를 부르는 아늑한 목소리에 수연은 과거의 회상에서 벗어났다. 그가 그녀를 '천 대리'라고 불렀던 비서 시절이 아주 오랜 옛날인 것만 같았다.

"무슨 생각 중이에요?"

수연은 고개를 돌려 옆을 보았다. 운전 중이었던 무진이 어느새 차를 세워 그녀를 쳐다보고 있었다. 이제는 그녀의 보스가 아니라 그녀의 남편이 되어.

"혹시 제가 그때 뭐라고 대답했는지 기억나세요?"

그녀의 질문이 무진한테는 너무 생뚱맞았기에 고개를 살짝 기울이며 물었다.

"언제?"

"사장님이 제가 사 온 무화과 케이크를 한 입도 안 먹었을 때요."

오랜만에 듣게 된 '사장님' 호칭에 무진은 살짝 긴장하게 되었다.

무화과 케이크?

뭔가 암호처럼 들리는 말이었다. 무진은 그 케이크를 언제 봤는지 떠올리려 했지만 기억이 도통 나지 않았다. 그런데 수연이 그의 얼굴을 빤히 쳐다보고 있으니 대답해야 한다는 압박감이 느껴졌다.

두 사람은 지금 신혼여행 중이었다.

함께 양평도 가고, 제주도도 가고, 탄자니아까지 가보았지만 결국 제대로 된 여행을 결혼식을 올릴 때까지 하지 못했다. 그러니 두 사람이 함께하는 진정한 의미의 여행은 신혼여행이 처음이었다.

한국에 돌아가면 또 언제 둘이서 같이 여행할 시간이 날지 알 수 없었기에 이번에 열흘 동안 유럽의 여러 나라를 돌아보기로 했다. 처음 도착한 나라는 프랑스였다. 3일 동안 프랑스를 여행하다가 스위스로 넘어가기로 했다.

처음부터 끝까지 행복한 순간만 만들고 싶었는데, 설마 중간에 이런 복병이 있을 줄이야.

"그게……."

그가 쉽게 대답을 못 하자 수연은 빤히 쳐다보다가 갑자기 웃었다.

"태무진도 기억 못 하는 게 있네요. 태성 직원들이 이 어리바리한 모습을 봤어야 하는데."

하지만 무진은 그 말을 쉽게 인정할 수가 없었다. 그래서 어떻게든 해명했다.

"음. 내가 기억 못 하는 건 케이크 같은데. 내가 원래 음식을 관심 있게 보는 일이 없는 거 알잖아요. 차라리 날짜를 말해주면 기억날 거예요."

수연은 조수석 문을 열고 먼저 차에서 내리며 장난스럽게 말했다.

"싫어요. 스스로 생각해봐요. 내가 언제 무화과 케이크를 줬는지."

어쩐지 이젠 그냥 그를 놀리는 것처럼 들리기도 했다. 확실한 건 그녀가 비서였을 때다. 그런데 난감한 건 4년 내내 그녀는 거의 매일 그의 식사를 챙겼다는 거다. 하지만 그가 단 음식을 잘 안 먹는 걸 아는 수연이 아무 때나 케이크를 사 왔을 리가 없었다. 그리고 과일이 올라간 음식은 보통 가장 신선할 때 사 왔을 거다.

무화과가 언제 제철이지?

"빨리 와요."

재촉하는 그녀를 따라서 걸으면서도 무진은 추리를 계속했다. 조금만 더 생각하다 보면 답이 나올 것도 같았다. 하지만 유럽에서는 아름다운 아내를 조금만 혼자 놔두어도 호시탐탐 노리는 놈들이 어디서든 튀어나왔기에, 무진은 딴생각에 오래 빠져 있을 수 없었다. 그의 옆에서 천진하게 웃는 수연은 무진이 파리의 거리를 걷는 동안 얼마나 많은 남자와 눈싸움했는지 모를 것이었다.

그의 아름다운 비서였던 수연은 어찌 된 일인지 그의 아내가 되고 더 아름다워졌다. 예전엔 순수한 요정이었다면, 지금은 그 누구든 매혹할 것 같은 여신이었다. 그의 눈에만 아름답게 보이길 바란다면 그건 그의 욕심이겠지.

"와! 저거 보세요. 박물관 건물이 너무 예뻐요."

14세기 궁전답게 루브르 박물관은 웅장하고 화려했다. 수연은 건축물이 간직한 우아한 역사에 순수한 감탄을 뱉어냈다. 처음 와보는 파리가 마음에 들어서 수연은 들뜬 목소리로 말했다.

"아무래도 저 전생에 프랑스인이었나 봐요. 여기 꼭 전에 와 본 것처럼 친숙해요."

무진은 진심이냐는 눈으로 그녀를 쳐다보았다.

"코르셋으로 허리를 꽉 조이고, 항아리 같은 치마 입고 파티장에서 왈츠를 췄던 거 같아요."

수연은 그리 말하며 그의 주위를 빙글빙글 돌았다. 그녀가 입은 부드러운 새틴 치마가 그녀의 가벼운 움직임에 따라 나부꼈다. 분명 농담하는 거라고 생각하면서도 무진은 어떻게 반응해야 하는지 고민하기 시작했다.

"불교에서는 사람이 선행을 많이 하면 다시 사람으로 환생할 수 있다고 했습니다. 만약 수연이 진짜 환생한 거라면 프랑스에서 좋은 사람이었겠네요."

농담 같은 말도 진지하게 받는 무진을 보고 수연은 하얀 이를 드러내며 웃었다. 그의 이런 점이 좋았다. 평생 변치 않을 사람 같았으니까. 수연은 그에게 가까이 다가서며 진지해진 얼굴로 물었다.

"제가 언제 무화과 케이크 드렸는지 기억났어요?"

무진은 티를 안 내려고 했지만 눈가가 잘게 떨렸다. 그는 여전히 기억 안 난다는 말 대신 그가 알아낸 걸 말했다.

"무화과가 8월에서 11월이 제철이니까 그때쯤이겠죠."

수연은 웃음을 참으며 고개를 끄덕였다.

"맞아요. 그래서 그때 어떤 중요한 날이 있는지 이제 아시겠죠?"

중요한 날?

"케이크가 꼭 필요한 날이요."

수연이 결정적인 힌트를 주었는데도 무진은 여전히 골똘히 생각 중이었다. 회사의 어려운 일은 척척 해내는 사람이 이런 단순한 일에는 헤매는 걸 보니 귀여웠다. 그래서 수연은 발뒤꿈치를 들어 올려 그의 귓가에 다가가서 속삭였다.

"당신이 기억해내면 오늘은 같이 씻어요."

이제는 한 침대를 쓰는 사이지만, 그래도 아직 부끄러움이 남아 있어서 욕실을 함께 쓴 적은 한 번도 없었다. 그녀가 먼저 꺼낸 말에 무진이 놀란 듯 쳐다보았다. 수연은 사뿐히 발을 내리며 박물관 쪽으로 먼저 걸어갔다.

"이제 안으로 들어가 봐요. 저 모나리자 꼭 보고 싶어요."

무진은 그녀의 뒤를 따라가며 핸드폰을 꺼내 서울에 있는 한 실장에게 메시지를 보냈다.

> 수연이 태성에 근무했던 시기에
> 무화과 케이크를 산 영수증 찾을 수 있습니까?

비서한테 시킬 수 있는 일 중 가장 염치없는 일이었다. 한 실장은 이제 그의 비서도 아니었으니까 공적으로 이런 일을 시켜도 안 되었다. 그런데 지금 그를 도와줄 수 있는 사람은 한 실장뿐이었다.

메시지의 답변을 못 받은 채 그는 박물관 안으로 들어갔다. 수연이 보고 싶다고 한 모나리자뿐만 아니라 수많은 명화가 박물관에 전시되어 있었다.

"그림을 그린 화가들이 대부분 남자이기 때문인지, 여자 그림이 많은 거 같아요."

꼭 살아 있는 것처럼 정교하게 조각한 조각상들도 인상이 깊었다. 단단한 돌로 어떻게 하늘거리는 옷감과 부드러운 살결을 표현한 것인지, 경이로울 정도였다.

"위대한 예술가는 불멸의 작품을 세상에 남기네요."

무진의 감상이 진심 같았기에 수연은 넌지시 그에게 물었다.

"태무진도 위대한 기업가로 불멸의 역사를 만들고 싶으세요?"

무진은 짧게 입꼬리를 올렸다. 이제 한국에 돌아가면 그는 태성 건설로 출근해야 했다. 그의 손으로 사형 선고를 내린 회사를 이젠 그의 손으로 살려내야 하는 거다.

"부끄럽지 않은 기업가만 되어도 만족입니다."

그의 담담한 말이 태무진이 평생 가슴에 끌어안고 갈 말인 걸 느꼈기에, 수연은 손을 뻗어서 조심스럽게 그의 손을 쥐었다. 그녀의 온기를 느낀 무진이 고개를 내려 그녀의 얼굴을 보았다.

“저는 믿어요. 태무진은 부끄럽지 않게 태성 그룹을 이끌고 갈 거라는 거.”

사실 태성 그룹 전 직원이 그리 믿을 필요도 없었다. 수연이 그를 믿고 함께 해주는 것만으로도 무진은 힘이 났다. 무진은 고개를 숙여 그녀의 이마에 입술을 가져다댔다. 그녀한테서는 보드라운 꽃향기가 났다. 이런 게 바로 행복의 향기 같다고 생각하며 눈을 감는데, 그의 핸드폰이 울렸다.

무진은 바로 메시지를 확인하지 않고, 수연에게 말했다.

“이제 모나리자 보러 가요.”

관광을 끝내고 호텔로 돌아온 시간은 저녁 8시였다. 온종일 돌아다녔기에 호텔 방에 들어오자마자 수연은 피곤함을 이기지 못하고 소파 위에 쓰러졌다.

“오늘은 진짜 눈만 감으면 잠들 수 있을 거 같아요.”

무진은 조용히 그녀의 신발을 벗겨주었다. 일부러 낮은 신발을 신었기에 발이 많이 붓지는 않았다. 그녀의 앞에 무릎을 꿇고 앉아서 발을 주물러주는 그의 모습을 소파에 기댄 채 바라보고 있던 수연은 웃으며 말했다.

“제가 비서였을 때도 사장님 발은 못 챙겼던 거 같은데.”

무진은 짧게 입꼬리를 올렸다가 내리며 입을 뗐다.

"비서 천수연은 내가 결혼한 뒤에 결혼할 거라고 했던 거 같은데."

그의 말을 듣고 수연은 동그랗게 눈을 키웠다. 그녀는 소파에 기댔던 몸을 천천히 세웠다.

"어떻게, 기억났어요?"

수연은 그가 기억 못 할 거라고 생각했다. 무진도 한 실장이 보낸 메시지를 보고 겨우 떠오른 거였다.

영수증은 못 찾았고 이정희 과장이 말하는데,
사모님은 사장님 생일 때만 케이크를 사셨답니다.

그 메시지를 보자마자 그날의 일이 퍼즐 맞춰지듯이 하나씩 떠올랐다. 무화과 케이크를 들고 그의 집무실로 들어오던 수연, 결혼을 일찍 할 거냐고 물었던 그, 그리고 그녀의 대답까지. 그녀는 그의 결혼식을 무사히 끝낸 뒤에야 결혼할 마음이 생길 것 같다고 말했었다. 당연히 그 말은 그도 똑똑히 기억하고 있었다. 단지 그날이 그녀가 무화과 케이크를 준비한 날이라는 것만 잊었을 뿐이지.

"그래서 내가 결혼은 가능한 한 늦게 하게 된 거 같으니, 신부 없는 결혼식은 수연의 책임이 제일 컸네요."

그가 웃으며 하는 말에 수연은 억울한 표정을 지었다. 갑자기 그때 고생했던 게 한꺼번에 떠오르며 그가 미워지려고 했다.

"그게 왜 내 책임이에요!"

나무라며 주먹으로 그의 어깨를 때리려고 했는데, 무진은 그녀의 가는 손목을 단번에 낚아채 잡고는 그녀의 몸을 번쩍 안아 올렸다.

“내가 기억해내면 같이 씻기로 했던 거 같은데.”

수연은 그녀한테 곧 닥칠 일을 깨닫고 얼굴에 열이 올랐다.

“아! 그건 제가 실언한 거 같은데.”

막상 닥치고 보니 역시나 부끄럽다. 씻는 일과 화장실 가는 일은 누구와도 공유할 수 없을 것 같았다. 그러니까 욕실과 화장실이 한 공간에 있는 거다. 그러나 무진은 개의치 않고 그녀를 안은 채 욕실로 걸어갔다.

“나한테 맡겨요.”

수연은 고개를 저으며 끝까지 무진을 말려보았지만, 이번엔 그의 뜻을 꺾을 수가 없었다. 어차피 그녀의 알몸을 침대에서 실컷 보면서 왜 욕실에서까지 욕심을 내는 건가 싶었다. 장소가 달라진다고 그녀의 몸이 바뀌는 것도 아닌데.

욕조 안에 따뜻한 물을 가득 채우고 들어간 순간 수연은 그제야 깨달았다.

야릇했다. 침대에서 그를 마주할 때와는 뭔가 달랐다. 일렁이는 물속에 담긴 육체는 반짝이는 유리알처럼 느껴졌다. 차가울 것 같은데, 만져보면 그 뜨거움에 아찔해졌다.

무진의 젖은 손이 그녀의 머리를 넘겨주자 긴장해서 가슴이 솟아올랐다. 그는 그대로 얼굴을 내려 그녀의 분홍빛 가슴을 삼켰다. 수연은 목구멍에서 솟아나는 신음을 겨우 삼켰다.

"씨, 씻는다고 했잖아요."

그의 말과 행동이 다른 건 이번이 처음인 것 같았다.

"조금만."

그녀가 옷을 벗으면 그의 인내심도 같이 벗겨진다는 걸 무진은 처음부터 알고 있었다. 그러니 욕실에 들어올 때부터 예견된 결과였다. 그는 씻는 것보다 그녀를 안는 게 더 급했다.

그의 손이 그녀의 부드러운 몸을 타고 흘러 내려가자 수연은 고개를 비틀었다. 무진은 개의치 않고 그녀의 허벅지 안으로 손을 밀어 넣어 다리를 벌렸다.

수연은 그가 무얼 하려는지 깨닫고 물기 어린 눈으로 그의 움직임을 좇았다. 무진의 젖은 머리카락에서 떨어진 물기가 그녀의 피부에 닿자 소름이 돋아나서 수연은 어깨를 움츠렸다. 수연은 그를 피하기보다 그의 품에 들어가는 게 더 안전할 것 같아서 그의 가슴으로 파고들었다.

무진이 뱉어낸 더운 숨이 그녀의 등으로 쏟아졌다. 지금 그의 얼굴을 보지 않아도 그가 어떤 표정을 짓고 있을지 수연은 알 수 있었다. 그녀의 몸 안으로 들어오기 직전에 그가 짓는 표정이 있었다. 다른 사람들은 절대 볼 수 없는, 그녀만이 아는 태무진의 얼굴이었다.

그래서 그녀가 그한테 특별한 존재라는 걸 느낄 수 있어서 수연은 아프더라도 좋았다. 아니, 이젠 그녀도 그와 함께 몸이 뜨거워졌다. 생경한 쾌락이 몸을 때릴 때면 정신을 놓아버릴 것만 같았다. 여전히 절정에서 그녀는 눈물을 조금 흘렸다.

한 번의 관계를 끝낸 뒤에야 무진은 진짜 그녀의 몸을 씻겨 주었다. 그녀는 직접 한다고 말하고 싶었지만, 여행하느라 지친 몸이 완전히 방전되어서 그가 하는 대로 맡길 수밖에 없었다. 부드러운 거품이 피부 위를 미끄러지며 덮자 뜨거웠던 마음이 조금 진정되는 것 같았다.

수연은 무거운 눈꺼풀을 밀어 올리며 그에게 물었다.

"저랑 결혼해서 뭐가 제일 좋아요?"

갑자기 궁금해졌다. 무진은 바디 스펀지를 잡은 손을 그녀의 허리 아래로 미끄러뜨리며 대답했다.

"아침에 눈 떴을 때 당신이 있는 거."

수연의 눈매가 부드럽게 접혔다. 좋은 대답이었다. 하지만 그녀의 대답은 그처럼 좋지 않았다.

"저는 남편의 봉사를 받는 거요."

무진이 눈동자를 들어 그녀를 쳐다보았다.

"왜요? 제가 너무 건방진 아내예요?"

무진은 웃으며 고개를 저었다.

"아내를 위해 봉사할 수 있는 건 저의 영광이죠."

올바른 남편의 마음가짐이었다.

그녀는 그가 그 마음을 아주 오래도록 지키게 할 것이다.

두 사람의 평화로운 결혼 생활을 위해서.

프랑스에서 스위스로 넘어오니 동화 속에 들어온 것 같은 자연 경관이 아름다웠다. 인터라켄에서 산악 열차를 타고 융프라우로 향하는 길에 보이는 대자연의 이국적인 풍광에서 수연은 쉽게 눈을 떼지 못했다. 자연 속에 지어진 집들까지 동화 속에 등장할 법한 예쁜 집들이었다.

그녀는 어릴 때도 동화 속 공주님이 되고 싶다는 상상을 한 적이 없지만, 이런 장소에 있으니 자연스럽게 그녀가 동화 속에 있는 것 같다는 상상을 하게 되었다.

"만약 우리가 동화 속에 등장한다면 뭐가 되고 싶으세요?"

천상 왕자님일 것 같은 무진에게 질문을 던져보았다. 무진은 경제 이야기를 할 때보다 더 어렵다는 듯이 매끈한 미간을 좁혔다.

"농부."

한참 만에 그가 꺼낸 대답에 수연은 재미있다는 듯이 깔깔 웃었다. 무진은 그녀가 왜 웃는지 모르겠다는 눈으로 쳐다볼 뿐이었다. 수연은 쏟아져 나온 웃음을 겨우 참으며 웃은 이유를 설명했다.

"어쩐지 태무진은 농사를 지어도 엄청 잘할 거 같아서요. 진짜 농사만 열심히 지을 테니까."

무진은 그런 삶도 나쁘지 않다고 생각했다. 오히려 더 가치 있을 수도 있었다. 그리고 생활이 단순할수록 행복의 밀도는 더욱 높아질 거다.

"그럼 전 빵집 아가씨가 될래요. 잘생긴 농부 총각이 농사지은 밀로 빵을 맛있게 만들어서 농부를 유혹해야죠."

그녀가 즐겁게 하는 말이 꼭 노랫소리처럼 들렸다.

아름다운 자연 풍경은 사소한 일상도 정말 동화로 만드는 것 같았다. 두 사람이 함께 여행을 오지 않았다면 못 느껴봤을 순간이었다. 그래서 앞으로 그녀와 자주 여행을 다녀야겠다고 생각했지만, 과연 그걸 얼마나 실천하고 살 수 있을지는 미지수였다. 두 사람이 신혼여행을 끝내고 한국에 돌아가면 수연은 가온으로, 그리고 그는 태성 건설로 가서 다시 일을 시작할 테니까. 분명 예전처럼 바빠질 거다.

그가 바보처럼 짝사랑만 그리 오래 하게 된 것도 바쁘게 산 영향이 크게 있었다. 하루하루 꽉 짜인 스케줄에 맞추어 24시간을 살았으니 사람의 마음을 세심하게 들여다볼 여유가 있을 리 없었다. 앞으로는 시간에 쫓겨서 그런 소중한 걸 놓치고 싶지 않았다.

수연과 함께 창밖의 아름다운 풍경을 감상하고 있는데 다른 이가 먼저 말을 걸어왔다.

"혹시 한국 분들이세요?"

이국의 땅에서 듣게 된 모국어였다. 한국에서 계속 타인의 시선을 신경 쓰며 살아야 했던 무진은 반사적으로 경계하는 눈으로 쳐다보게 되었다. 하지만 수연은 그와 달리 반갑게 인사했다.

"네, 신혼여행 중이에요."

"그럴 거 같았어요. 축하드려요."

낯선 이들한테서 받는 진심 어린 축하가 무진은 조금 얼떨떨했다. 가십거리를 찾는 사람이 아닐까 경계했던 게 좀 미안할 정도로.

"저희는 친구끼리 대학 졸업 전에 여행 왔어요. 나중에 취업하면 이런 거 못 할 테니까."

그래서 네 명이 전부 젊은 20대였나 보다.

"사실은 저희가 방금 작은 내기를 했는데요. 융프라우 신라면 걸고요."

융프라우까지 가서 거기서 파는 신라면을 안 먹는다면 여행의 먹는 재미를 포기한 거나 마찬가지였다. 그러니 라면이 아무리 비싸다고 해도 먹어야만 했다.

"혹시 두 분 중 누가 먼저 대시하셨어요?"

결국 그걸 물어보려고 두 사람에게 먼저 말을 건 것이었다. 네 명의 청춘들이 반짝이는 눈으로 쳐다보는 게 여간 부담스러울 수밖에 없었다. 수연이 그를 쳐다보자 무진도 그녀의 얼굴을 응시하였다.

"제가 결혼식 신부 해드린다고 했으니 제가 먼저 아닌가요?"

그게 어떻게 대시인가. 무진은 인정할 수 없었다.

"내가 먼저 사랑한다고 고백했으니 나인 거 같은데."

"그런데 제가 결혼식 신부 해주겠다고 안 했으면 끝까지 고백도 안 하셨을 거잖아요."

무진은 움찔했다. 부정할 수 없는 논리였다.

"하지만 대시라는 건 그 사람의 마음을 알아야 하는 건데, 난 수연이 내 비서였던 의리로 신부 해주는 줄 알았습니다."

"제가 얼마나 진심이었는데요. 그걸 눈치 못 챈 태무진 씨가 문제인 거 같은데요."

갑자기 거리감 느껴지게 태무진 씨라니. 나 지금 혼난 거야?

무진은 고개를 돌려 작은 내기로 신혼부부에게 불씨를 던진 네 명의 청춘들을 보았다.

"신라면은 그냥 내가 사주겠습니다."

이게 신라면 때문이라면 그냥 다 같이 평화롭게 라면을 먹는 걸로 마무리하고 싶었다.

융프라우는 그 명성에 걸맞게 웅장한 설산이었다. 마치 이 산 어딘가에 신성한 존재가 살고 있다고 해도 믿을 수 있을 것 같았다. 그리고 그곳의 또 다른 명물이 된 신라면은 얄궂게도 딱 5개가 남아 있었다. 사람은 6명인데, 라면은 5개라니.

수연은 통 크게 함께 여행 온 대학생 친구들에게 라면 4개를 건네주었다.

"이것도 인연이니, 맛있게 먹어요."

네 사람은 정말 고맙다는 표정에 조금 미안하다는 표정을 섞어서 감사 인사를 했다. 수연은 하나 남은 컵라면을 들고 그를 쳐다보았다. 무진은 1초의 망설임도 없이 말했다.

"수연이 먹어요."

"라면 싫어서 그러신 거죠?"

무진은 절대 아니라고 고개를 저었다. 그가 여자 마음도 모르는 눈치가 없는 남자일지는 모르지만, 라면이 싸다고 싫어하는 재벌은 절대 아니었다.

"그럼 같이 먹어요."

수연은 젓가락으로 면을 떠서 무진에게 먼저 권했다. 무진은 라면을 먹기 전에 그녀의 얼굴을 살피며 물었다.

"이제 기분 나아진 겁니까?"

수연은 무슨 소리인지 모르겠다는 눈빛으로 그를 빤히 쳐다보았다.

"저 기분 나쁜 적 없었는데."

"그런데 아까 기차에서……."

그를 눈치 없다고 구박했었다. 그래서 무진은 그녀가 조금 마음이 상한 줄 알았다. 그가 아직도 기차에서 있었던 일을 신경 쓰자 수연은 웃으며 그의 입에 라면을 직접 넣어주었다.

"지금 누가 먼저 대시한 게 뭐가 중요해요. 결혼도 하고 신혼여행 와서 알프스에서 라면도 같이 먹는 게 더 우리한테 중요하죠."

무진은 라면을 씹으며 그녀의 말이 맞는 걸까 생각하다가 눈을 살짝 키웠다.

"이 라면 정말 맛있네요."

그가 처음으로 라면을 칭찬하자 수연은 반짝거릴 정도로 환하게 웃었다. 그의 아내가 아름다워서 무진은 잠시 현기증이 났다. 마치 고산 지대 산소 부족 현상이 심해진 듯이.

"내가 앞으로 눈치 없이 굴면 꼭 알려줘요."

무진은 눈치 없는 남편은 되기 싫어서 수연의 어깨를 감싸 안으며 당부했다.

"눈치 없는 것도 가끔은 귀여워요."

그녀의 농담이 그를 더 헷갈리게 하였다. 칭찬인지, 욕인지 도통 모르겠다. 수연은 그의 어깨에 머리를 기대고 알프스의 아름다움을 두 눈에 가득 담았다. 그녀의 작은 몸을 틈 없이 안아주는 그의 손길이 따뜻하고 든든했다.

완벽을 추구하는 것만큼 고된 길도 없었다. 그래서 그녀는 두 사람이 적당히 행복한 부부가 되길 바랐다.

"농부와 빵집 아가씨의 마음으로 산다면 우린 행복할 거예요."

주어진 삶에 충실하며, 서로를 아끼는 마음을 잃지 않기를.

아주 오랜 세월이 흘렀을 때, 다시 이곳에 오자고 두 사람은 약속했다.

그때 그들이 얼마나 잘 살았는지 판단할 수 있을 것이다.

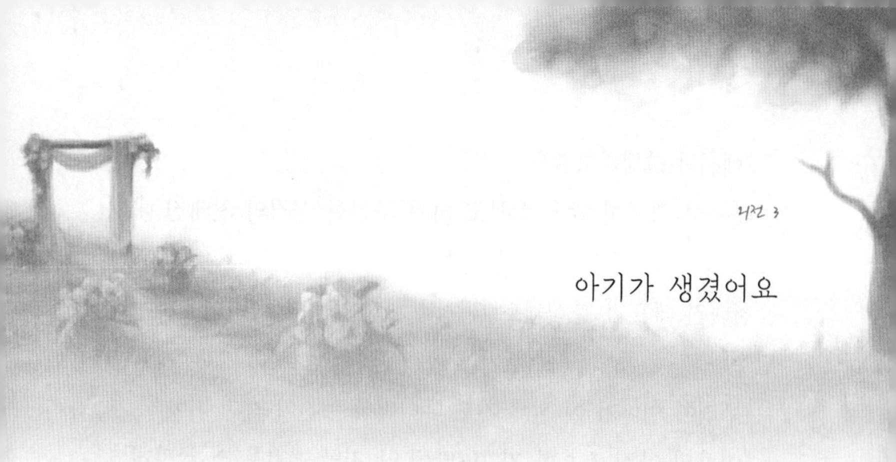

외전 3

아기가 생겼어요

고즈넉한 절의 풍경은 평화로웠다. 번잡한 도시를 떠나 잠시 휴식을 취하기 좋은 곳이었다.

그러나 천태진 대표는 오늘 이곳에 온 것이 영 마땅치 않았다. 왜냐하면 태준석 회장한테 억지로 끌려온 것이기 때문이다. 그것도 자손을 기원하는 새벽 기도를 올리기 위해서.

살면서 그런 걸 하게 될 줄은 상상도 못 했던 천태진 대표가 불상을 앞에 두고 뻣뻣하게 앉아만 있자 태준석 회장은 그를 타박했다.

"우리 집은 양쪽 다 여자 어른이 없으니 이런 건 우리가 해야지. 하기 싫으면 이혼한 마누라를 다시 데려오던가."

천태진 대표는 기가 찬 눈으로 태준석 회장을 보았다. 자기는 사별했다고 남의 이혼은 아주 쉽게 보는 것 같았다.

"이런다고 아이가 생기면 이 세상에 불임 부부가 있을 리가 없습니다."

"설마 자네 딸 불임인가?"

"예시가 그렇다고요!"

태준석 회장이 말을 함부로 하자 차분한 성격의 천태진 대표도 못 참고 목소리가 거칠어졌다.

천태진 대표가 불신해도 태준석 회장은 합장하며 단호하게 말했다.

"무진이 엄마가 이 절에 기도 다니면서 무진이 가진 거야."

"어차피 아직 결혼한 지 1년밖에 안 지났습니다. 전 급하게 아이 가지는 거 별로 바라지……."

"내가 급하다고! 내가!"

조용한 불당에 태준석 회장의 고함이 쩌렁쩌렁 울렸다. 목탁을 두드리던 주지 스님이 흠칫 놀랐으나 소란을 피운 사람이 하필이면 이 절에 가장 시주를 많이 하는 태준석 회장이라 차마 뭐라고 못하고, 못 들은 척 목탁을 계속 두드렸다.

천태진 대표는 할 수 없이 태준석 회장과 함께 108배를 시작했다. 만약 태준석 회장의 아내이면서, 그의 대학 동창이었던 연희가 하늘에서 이 모습을 보고 있다면 배꼽 잡고 웃고 있을 것 같았다.

이런다고 아기가 생길 리 없을 것 같은데, 도대체 이 쓸데없는 정성을 언제까지 들여야 할지 상상해보니 앞날이 캄캄했다.

설마 시집살이를 결혼한 딸이 아니라 그가 하게 될 줄이야.

천태진 대표는 처음으로 무진과 수연의 결혼을 수락한 걸 후회했다.

무진은 태성 그룹 사장 자리에서 물러났으니, 그래도 좀 한가할 줄 알았는데 오산이었다. 문제 많은 태성 건설로 간 뒤 밑 빠진 독이 된 회사를 살리기 위해 오히려 더 정신없이 일하게 되었다. 직접 건설 현장에도 다니면서 고생도 더 심했다.

그래도 무진이 태성 건설에 있으면서 회사가 점점 살아나기 시작해서 결국 그의 능력을 사람들에게 인정받게 되었다. 태무진이 태성 그룹의 사장이 될 수 있었던 건, 단지 태준석 회장의 아들이기 때문만은 아니라는 걸.

"부산이요?"

그가 갑자기 부산에 가게 되었다는 전화를 주어서 수연은 걱정스러운 표정을 지었다.

[현장에 문제가 생겨서 직접 가봐야 할 거 같아요. 아마 며칠 걸릴 거예요.]

"그럼 갈아입을 옷 챙겨야 하잖아요. 제가 바로 옷 보낼게요."

[그럴 필요 없어요. 지금 출발할 거라.]

얼굴도 못 보고 간다고 하니 수연은 마음이 안 좋았다.

"그럼 몸 조심해요."

[나 전쟁터 가는 거 아닌데.]

"집 밖은 다 위험해요."

그가 장난처럼 받아치니까 그녀는 더 심각하게 말했다. 공사 현장에 일이 생긴 거면 분명 성난 사람들이 많을 거다. 혹여라도 험한 일이 생길까 불안했다.

[그럼 부인도 출근하지 말고 집에만 있어요.]

"태무진 씨가 그러면 저도 그럴게요."

결국 실현될 수 없는 일이라는 걸 두 사람 다 알았기에, 말은 더 이어지지 않았다.

[올 때 선물 사 올까요? 뭐 가지고 싶어요?]

그녀가 기분이 상한 줄 알았는지, 무진이 선물로 그녀의 마음을 풀려고 했다.

"그럼 아기 신발 사다 줘요."

그녀의 말에 놀란 듯 전화 반대편이 조용했다. 수연은 그가 오해하지 않게 이유를 설명했다.

"아기 물건을 사서 옆에 두면 임신이 된대요."

그저 앞으로는 그녀의 선물이 아니라, 앞으로 생길 아이를 위한 물건을 사두는 게 좋을 것 같아서 말한 핑계였다.

[설마 우리 아버지가 또 뭐라고 했어요?]

"내가 아니라 우리 아버지 끌고 해은사에 새벽기도 하러 가셨대요."

신부 없는 결혼식을 잡을 때부터, 태준석 회장은 아주 남다른 구석이 있었다. 역시나 손자를 바라는 방법도 남달랐다. 시아버지와 친정아버지가 같이 절에 가서 자손을 기원하고 오다니. 그 어느 집에서도 볼 수 없는 풍경이었다.

[아, 내가 당신한테 또 아기 이야기 꺼내면 분가할 거라고 했

더니 그랬나 보네요. 장인어른한테 미안해서 어쩌지.]

무진의 목소리는 그런 아버지를 둬서 정말 미안하다는 투였다. 수연은 그의 고생이 느껴져서 오히려 무진을 달랬다.

"두 분이 사이좋게 지내면 좋죠, 뭐."

[그게 사이좋은 겁니까?]

"저의 아버지가 권력 앞에 아부할 사람으로 보이세요?"

[음, 그렇게 말하니 사이가 좋은 것도 같네요.]

무진이 서울에 돌아올 때 아기 신발을 사 오겠다고 약속하고 전화를 끊었다. 끊긴 핸드폰을 들고 수연은 중얼거렸다.

"아기라……."

그녀가 아직 젊었기에 급할 필요가 없다고 생각했는데, 요즘은 아기가 생겨도 좋을 것 같다는 마음이 생기기 시작했다. 우선 태준석 회장이 가장 좋아하실 거고, 그녀의 아버지도 겉으론 표현 안 하셔도 외손자를 많이 아껴주실 거다. 무엇보다 무진을 위해서 아이를 낳고 싶었다. 다시 무리해서 일하기 시작한 그한테 새로운 기쁨을 안겨 주고 싶었다. 두 사람의 아기는 분명 세상에서 가장 예쁠 테니까.

그녀는 아기한테 헌신할 자신이 별로 없지만, 무진은 모성애보다 더 대단한 부성애를 보여줄 것 같았다.

아침 식사 자리에서 태준석 회장은 무진이 없는 자리를 보며 투덜거렸다.

“어째 건설로 간 후 출장이 더 잦아. 그러니까 사서 고생은 왜 하는지.”

수연은 별말 없이 듣고만 있었다. 태무진이라면 건설이 제대로 자리를 잡을 때까지 그 회사에서 나오지 않을 걸 잘 알았으니까.

“죽은 태성 건설 사장님에 대한 부채감이 있는 거 같아요.”

그녀가 조용히 건넨 한마디에 태준석 회장은 혀를 찼다.

“그게 왜 무진이 탓이야. 그 양반이 몸이 부실했던 거지.”

결국 마지막 충격을 준 건 태무진 사장이었다. 그는 그걸 결코 잊을 수 없으리라. 자신의 결정 한마디에 사람이 죽을 수도 있다는 걸.

“내일은 쉬는 날이니까 저도 부산에 가보려고요.”

출장이 길어지니 수연이 무진이 있는 곳에 간다고 하자 태준석 회장은 반가운 티를 바로 냈다.

“그래, 남편은 아내가 챙겨야지. 그 녀석이 혼자 외지에서 얼마나 외롭겠어.”

외로움을 타는 건 무진이 아니라 태준석 회장이었지만, 수연은 은은한 미소로 태준석 회장의 말에 동의만 했다. 그녀는 무진이 외로울까 봐 부산에 가려는 게 아니라, 그냥 그녀가 보고 싶어서였다.

문득 궁금해졌다. 지금은 그녀와 그의 사랑 중 누구의 사랑이 더 클까? 그녀는 태무진한테 여전히 아름다운 사람일까?

가족이 된다는 건 그 사람이 일상의 일부가 된다는 뜻이었다. 그랬기에 설레는 사랑은 차츰 조용한 평온으로 바뀌어 갔다. 그게 싫은 건 아니지만, 정말 소중한 일이었지만, 그를 처음 보았을 때의 그 강렬한 느낌이 그립긴 했다. 마치 지나가 버린 과거가 된 것만 같아서.

수연은 일부러 무진에게 부산에 간다고 말하지 않았다. 몰래 가서 놀라게 해줄 생각이었다. 두 사람이 함께 부산을 여행한 적은 없으니 이번에 같이 둘러보아도 좋을 듯했다.

수연은 아침 첫 비행기를 타고 부산으로 향했다.

무진이 어디 있는지 찾기 위해서 그의 비서한테만 전화를 걸어 물어보았다.

[아! 상무님은 지금 현장에 계십니다. 사모님을 만나기 힘드실 거 같은데.]

"그럼 제가 거기로 갈게요."

[아뇨. 오시지 않는 게 좋습니다. 여기 인부들이랑 문제가 생긴 거라서 현장 분위기가 안 좋습니다.]

그렇게 말하니 수연은 걱정이 커져버렸다. 그래서 비서가 극구 오지 말라고 말렸지만, 수연은 현장으로 향했다. 그녀가 간다고 일이 해결되는 건 아니었지만, 그래도 그의 옆에 있어 주고 싶었다.

건설 현장에 도착하니 무진의 비서가 마중을 나와 있었다. 수연은 택시에서 내리면서 비서에게 물었다.

"제 남편은 어디 있어요?"

"지금 안에서……."

건설 현장 인부들은 거친 사람이 많았기에 수연은 대답을 듣기 전부터 불안했다. 설마 몸싸움이라도 났으면 무진이 다칠 수도 있었다.

"술을 드시고 계십니다."

순간 수연은 그 말이 이해가 안 되었다.

"네? 뭘 한다고요?"

"상무님이 먼저 여기 반장님한테 권하셨습니다."

수연은 자기 눈으로 직접 확인하기 위해서 비서와 함께 현장 안으로 들어갔다.

많은 인부가 둘러싸고 있는 곳에서 무진은 정말 50대의 건장한 반장과 마주 앉아 술을 마시고 있었다. 이미 마신 술병이 두 사람의 주위에 줄 세워져 있었다. 거의 술 마시고 죽자는 수준이었다. 그가 이렇게 무식한 방법으로 일하는 걸 본 적이 없는 수연은 너무 기가 막히고 당황했다.

무진이 술잔을 들어 올리는 걸 보고 수연은 곧장 사람들을 뚫고 들어가서 그의 술잔을 가로챘다. 무진은 갑자기 나타난 그녀를 보고 매우 놀란 표정을 지었다. 같이 술을 마시던 반장도 넌 뭐냐는 눈으로 쳐다보았다.

수연은 무진을 노려보다가 반장 쪽으로 고개를 돌리며 냉정하게 물었다.

"제가 그쪽 부인도 불러드릴까요?"

부인을 부른다는 말에 반장은 크게 손사래를 쳤다. 세상 모든 유부남이 공통으로 몸을 사리는 말이었다. 바로 마누라.

수연은 곧장 무진을 데리고 병원으로 갔다. 한꺼번에 그렇게 많은 술을 마셨으니 분명 몸에 탈이 났을 것 같았으니까.

무진이 몇 번이나 괜찮다고 말했지만 그녀는 믿지 않았다.

"도대체 그런 식으로 일하는 법이 어디 있어요! 누가 마시라고 강요한 것도 아닌데 왜 그렇게 술을 많이 마셔요?"

무진은 몸에 가득 찬 숙취 때문에 나른하게 눈을 뜬 채 그가 왜 그런 무식한 방법을 썼는지 설명했다.

"그쪽은 몇 번이나 회사에 당해서 내 말을 믿지 않았어요. 머리만 쓰는 엘리트는 그들을 무시하고 이용만 한다는군요. 그래서 그 사람의 방식으로 몸을 써본 겁니다. 그들을 이해하고 다가가려고요."

태성 그룹 사장 자리에 있을 때 그는 20만 명의 직원들을 거느리고 있었다. 그런데 직접 직원들을 상대한 건 극히 드물었다. 그러니 직원들이 그를 그리스 로마 신화라고 하는 것도 당연했다. 그 자리에서 내려와서야 정말로 사람을 상대할 수 있게 되었다.

"내가 여전히 본사 사장실에 있었다면 이 사람들을 다 잘라버리라고 했을 겁니다. 그게 회사의 이익에 더 부합하니까. 그런데 지금은 어떻게든 설득하고 싶어요. 그래야 그들도 살길이 열리니까."

수연은 그가 무슨 말을 하는지 이해했지만 그래도 마음이 풀리지는 않았다.

툭—.

묵직한 것이 그녀의 어깨 위로 떨어졌다. 무진의 머리였다. 버티다가 결국 기절하듯이 잠이 든 듯했다. 수연은 잠든 그의 얼굴을 바라보며 한숨을 내쉬었다.

병원에서 이상이 없다고 하자 수연은 비서의 도움을 받아 무진을 호텔 방으로 옮겼다. 그리고 무진은 밤이 될 때까지 깨어나지 않았다.

무진이 눈을 떴을 때 수연은 그가 사놓은 아기 신발을 두 손에 들고 바라보고 있었다.

"신발이 너무 작죠."

그의 목소리를 듣고 수연이 고개를 들었다. 무진은 희미한 미소를 지으며 낮은 목소리로 말했다.

"가게에 들어갔을 때 너무 작은 물건들만 있어서 좀 당황했어요."

수연은 신발을 내려놓으며 그를 흘겨보았다.

"저 아직 화 안 풀렸으니까 이걸로 얼렁뚱땅 넘어갈 생각 마요."

말은 그렇게 했지만, 무진이 몸을 일으키려고 하자 바로 다가가서 그를 부축해주었다. 그리고 미리 준비해 둔 꿀물을 그에게 내밀었다.

“그런데 여긴 어떻게 온 겁니까?”

그가 그리 술 마시는 모습만 안 봤어도 솔직하게 말했을 거다. 보고 싶어서 왔다고. 하지만 지금은 그러기 싫어졌다.

“아버님이 가보라고 했어요.”

그녀의 거짓말에 무진은 미안한 표정을 지었다.

“오늘 일 들으시면 별로 안 좋아하시겠네요.”

“아버지한테 말할 겁니까?”

그리 묻는 무진의 눈빛이 꼭 그녀를 나무라는 듯 느껴져서 수연은 눈꼬리를 접었다.

“다신 안 그런다고 약속하면 말 안 할게요.”

약속을 강요하는 그녀를 물끄러미 쳐다보던 무진이 갑자기 웃자 수연은 못마땅한 표정을 지었다.

“왜 웃어요? 제가 농담하는 거 같아요?”

무진은 아니라고 고개를 저으며 그가 웃은 이유를 말했다.

“이게 바로 부부 싸움인가 싶어서.”

수연은 황당한 표정을 지었다가 그녀도 결국 웃고 말았다. 천하에 태무진 사장과 부부 싸움이라니. 그녀가 생각해도 참 천수연 많이 컸다 싶었다.

“부부니까 당연히 싸움도 하고 그러는 거죠. 어떻게 매일 좋겠어요.”

그녀가 투덜거리며 고개를 돌리자 무진은 팔을 뻗어 그녀의 허리를 끌어안았다.

"내가 잘못했어요."

"말만 그런 거 같은데요."

"음, 사실 그렇긴 한데."

그가 바로 시인하는 게 얄미워서 수연은 손으로 가볍게 그의 어깨를 때렸다.

"떨어지세요. 술 냄새나요."

무진은 싫다고 고개를 저으며 그녀의 어깨에 얼굴을 묻었다. 수연도 매정하게 그를 떼어놓을 수는 없었다.

"진짜 아버지 명령으로 온 겁니까?"

무진이 미련을 못 버리고 또 물어왔다. 수연은 입을 꾹 다물고 대답을 거부했다. 그러자 무진은 그녀의 몸을 침대 위에 쓰러뜨리고 그녀의 몸 위로 올라탔다.

"꺄악! 저리 가요."

수연은 그를 밀어내려고 했지만 남자는 술을 마시고 괴력이 생긴 건지 꿈쩍도 하지 않았다. 두 사람의 실랑이는 곧 달뜬 신음 속에 서로를 탐하는 몸짓으로 이어졌다.

역시 부부 싸움은 칼로 물 베기였다.

이젠 명절이 되면 태가와 천가가 함께 모였다. 두 집안 모두 가족이 적었고, 친척들과는 별로 사이가 안 좋았기 때문이었다.

"두 집안이 모였는데 달랑 다섯 명이라니."

태준석 회장은 여전히 빈 자리가 많이 남은 식탁을 보며 한숨부터 내쉬었다.

천태진 대표는 그런 태준석 회장을 나무랐다.

"좋은 날, 좋은 말만 하시죠."

무진도 천태진 대표의 말을 거들었다.

"그래도 아버지랑 저 둘만 있을 때보다는 많잖아요."

태준석 회장은 쿵짝이 잘 맞는 두 사람을 흘겨보았다. 간절하게 후손을 바라는 건 그 하나뿐인 것 같아서 정말 속상했다. 그래서 이번엔 방향을 바꾸어서 천수민에게 물었다.

"사돈총각은 언제 결혼하나? 동생도 결혼했으니 사돈총각도 빨리 결혼해야지."

남을 별로 신경 쓰지 않은 수민은 시큰둥하게 대답했다.

"저는 별로."

수연이 식탁 밑으로 수민의 발을 차며 주의시키었다. 그리고 서둘러 대신 대답했다.

"오빠도 지금 만나는 여자 있어요. 아마 곧 할 거 같아요."

거의 김정숙이 일방적으로 쫓아다니는 거긴 했지만, 그러다 수민도 분명 정이 들 거라고 생각했다.

수민은 무슨 소리냐는 눈으로 그녀를 흘겨보았고, 천태진 대표는 서둘러 태준석 회장에게 술을 권했다. 무진은 수연의 밥그릇 위에 반찬을 올려주었다.

오늘은 명절이라서 전 음식이 많았다.

"요즘 잘 못 먹는 거 같은데, 많이 먹어요."

수연은 작게 미소를 지은 뒤 무진이 집어준 생선전을 입에 가져가다가 비린내가 역하게 느껴지자 손으로 입을 가렸다.

"왜 그래요?"

안 먹으면 무진의 성의를 무시하는 것 같아서 수연은 참으며 생선전을 조금 베어 물었다. 그리고 바로 구역질이 올라와서 수연은 고개를 숙였다.

"우욱."

그녀의 구역질에 식사 자리가 일순 조용해졌다.

수연은 죄송하다고 말을 하려다가 또 구역질이 올라오려고 하자 서둘러 자리에서 일어나 화장실로 급하게 향했다. 무진도 바로 그녀를 쫓아갔다.

수민이 음식에 코를 대고 킁킁 냄새를 맡으며 의심했다.

"음식이 상했나?"

쾅!

태준석 회장이 갑자기 식탁을 두 손으로 내리치며 벌떡 일어나서 수민은 깜짝 놀랐다.

"입덧이야!"

태준석 회장이 너무 흥분한 것 같아서 천태진 대표는 그를 진정시켰다.

"속이 안 좋은 걸 수도 있으니 너무 흥분하지 마시고……."

“아니! 저건 100% 입덧이야. 당장 문 교수 오라고 해. 당장! 아니, 아니. 문 교수는 산부인과가 아니지. 지금 당장 병원으로 가자. 태성 병원에 산부인과 전문의 대기 시키라고 해. 지금 당장!”

“오늘은 명절이니 의사도 집에서 가족들이랑 보내야죠, 응급도 아닌데. 명절 끝날 때까지 기다리세요.”

“난 못 기다려! 절대 못 기다려! 이 순간을 얼마나 기다렸는데!”

딸이 식사 자리에서 구역질 한 번 했다고 난리를 치는 태준석 회장을 보고 천태진 대표는 한숨을 내쉬었다.

다른 집은 시어머니 때문에 고생이라지만 이 집은 제발 시어머니가 생겼으면 좋겠다. 그래야 태준석 회장이 이리 막 나가는 걸 막아주지.

명절에 태준석 회장의 고집 때문에 병원에 불려온 산부인과 의사는 전혀 억울한 내색 없이 웃으며 결과를 알려주었다. 그럴 수밖에 없는 게 진료실 안에 태성 그룹의 회장과 후계자가 다 있으니 표정을 관리할 수밖에 없었다.

“축하드립니다. 임신 8주 되셨네요.”

수연은 그 말을 들으면서도 어안이 벙벙했다. 태준석 회장이 무진을 얼싸안으면서 기쁨의 포효를 할 때도 수연은 도대체 아기가 언제 생긴 건지 계산하고 있었다. 그녀가 부산 내려갔을 때였다. 무진이 그렇게 술을 많이 마셨는데 그날 아기가 생기다니. 기쁘다기보다는 황당했다. 꼭 열심히 공부한 시험은 백 점을 못 받고, 다 찍은 시험이 백 점을 받은 기분이었다.

"초산이고 초기니까 당분간은 조심하시는 게 좋아요."

의사의 말에 태준석 회장의 눈이 빛나는 걸 본 수연은 좀 불안해졌다. 아기가 태어날 때까지 그녀는 결코 태준석 회장의 시야에서 벗어나지 못할 거라는 예감이 들었다. 집에 돌아와서 무진은 그녀의 손을 잡고 사과부터 했다.

"아버지가 유난 떨어서 미안해요."

"괜찮아요. 당신이 당한 거에 비하면 이 정도야, 뭐."

무진은 피식 웃으며 수연의 몸을 조심스럽게 끌어안았다.

"그런데 나도 좀 겁나긴 하네."

"아빠가 되는 게요?"

"아니, 당신이 아기 낳을 때 많이 위험할까 봐."

수연도 아직 자신이 엄마가 된다는 게 실감이 안 났다. 그녀는 그의 어깨에 얼굴을 묻고 솔직하게 말했다.

"날 낳아준 사람은 좋은 엄마가 아니었어요. 그래서 난 좋은 엄마가 어떤 엄마인지 모르는데 잘할 수 있을까요?"

무진은 그녀의 머리카락을 부드럽게 쓸어내리며 위로했다.

"그래서 더 좋은 엄마가 될 수 있을 거 같은데. 당신이 어릴 때 느꼈던 상실감을 우리 아기한테 안 주려고 노력할 테니까."

무진이 그리 말해주니 수연도 좀 용기가 생겼다. 그의 말이 맞았다. 그녀는 결코 그들을 버리고 떠난 엄마 같은 사람은 되고 싶지 않았다.

"우리 내일 해은사 가서 어머님한테도 말씀드려요."

무진도 그러고 싶었지만, 살짝 걸리는 게 있었다.

"아버지가 당신 외출 허락 안 할 거 같은데."

수연은 고개를 들어 그의 얼굴을 보았다.

"설마 나 아기 낳을 때까지 이 집에 갇혀 살아야 해요?"

무진은 진지한 얼굴로 약속했다.

"아버지는 내가 막을 테니까, 하고 싶은 거 다 해요."

그리 말해주는 남편이 정말 든든했기에 수연은 그의 입술에 쪽 입맞춤을 했다.

"태무진은 정말 좋은 아빠가 될 거 같아요. 내가 보증해요."

무진도 웃으며 말했다.

"천수연은 세상에서 가장 아름다운 엄마가 될 거예요. 내가 보증해요."

언제 들어도 질리지 않고 좋은 '아름답다'는 말에 수연은 행복해졌다.

부디 그녀가 끝까지 그에게 아름다운 아내로 남을 수 있기를. 그리고 두 사람의 아기가 건강하게 태어나길.

작가 후기

벌써 네 번째 종이책이네요. 사실 『팔려 온 신부』를 작업할 때 몸에 큰 이상이 나타나서 다시 소설을 쓰는 건 힘이 들 거라고 생각했었습니다.

직장도 그만두고, 서울도 떠나고, 글도 내려놓았던 제가 예전처럼 다시 써서 완성하게 된 글이 이 『완전무결한 웨딩』입니다. 거기다 네이버가 아닌 카카오 페이지에서 론칭한 것도 이 글이 처음이었습니다. 그러니 저한테는 다시 시작하는 의미가 있는 글이었습니다. 그런 글을 많은 사람이 읽어주고, 댓글을 남겨주고, 그리고 웹툰이 나오고, 드라마 계약까지 하게 되었으니 글 쓰는 걸 그만두지 않아서 다행이라고 생각합니다.

이 글에서 가장 마음에 드는 건 제목입니다. '신부가 없는 결혼식'을 어떻게 '완전무결한 결혼식'으로 끌고 가는지 보여주는 글이었기에, 제목에 이 글의 모든 게 담겨 있어서요. 사실 민속촌에서 궁합 본 게 스포였습니다. 두 사람은 한 번에 결혼식을 완성하지 못하고 여러 번의 고비를 넘겨서 행복한 결혼을 하게 될 거라는.

그리고 로맨스 소설의 영원한 클리셰나 마찬가지인 비서물처럼 시작하지만, 사실 비서물이 아닌 점 역시 마음에 듭니다. 천수연은 비서에서 대표가 되니까요. 그래서 진정한 비서물을 다음에 꼭 써보고 싶어지기도 했습니다. 시크크표 비서물은 과연 어떤 내용일지, 혹시 궁금하시다면 기다려주세요.

로맨스를 쓸 때 작가들이 가장 신경 쓰는 건 아무래도 남주인공입니다. 태무진은 이름부터 악인이 될 수 없는 인물입니다. 수연이 말하기도 했지만, 마음이 웅장해지는 '칭기즈 칸'의 이름이죠. 그래서 보스에 어울리는 남자를 그리고 싶었습니다. 하지만 사랑 앞에서는 무너져주어야 로맨스 남주인공이겠죠.

마지막으로 이번에도 함께 작업해주신 테라스북 편집팀께 감사하고, 제 글을 찾아서 읽어주신 독자님들께 고맙다는 말씀을 전합니다.

완전무결한 웨딩 2

초판 1쇄 인쇄 2023년 6월 31일
초판 1쇄 발행 2023년 7월 17일

지은이 이여운 | **펴낸이** 강성욱 | **책임 기획** 전주예 | **기획 편집** 이진영 손효은 강채림
디자인 김한솔 | **교정** 서진영 손효은
펴낸곳 테라스북 | **등록** 제 2022-000073호
주소 (04799) 서울특별시 성동구 아차산로 17길 26, 301호 (성수동2가, 규장각빌딩)
전화 070-4794-5826 | **팩스** 0505-911-5826
블로그 https://blog.naver.com/terracebook | **전자우편** terracebook@naver.com
ISBN 979-11-6728-329-0 (04810)
ISBN 979-11-6728-327-6 (SET)

테라스북은 주식회사 스토리펀치의 임프린트 브랜드입니다.